# MÖBIUS

Hard Science Fiction

BRANDON Q. MORRIS



BRANDON Q.
MORRIS
HARD SCIENCE FICTION

ISBN: 978-3-96357-290-6

Lizenzausgabe des Belle Époque Verlags, Dettenhausen, mit freundlicher Genehmigung des Autors.

Brandon Q. Morris c/o Matthias Matting

Sieglgut 51, 94034 Passau

www.hardsf.de

brandon@hardsf.de

Lektorat: Dr. Ulrike Bunge

Korrektorat: Alexandra Gentara

Covergestaltung: Donn Marlou Ramirez

Druck: Custom Printing, Warszawa, Polen



BE
Belle Époque Verlag

# Inhalt

# A

»Guten Morgen, Max«, sagt Winston, der Assistent seiner Abteilung.

Max seufzt. Das kann kein guter Morgen werden, denn Professor Shou wird sein Poster nicht absegnen. Er hat es erst am späten Abend abgegeben, und gegen solche Überziehungen ist Shou allergisch. Da kann Winnie seinen Charme noch so sehr spielen lassen – Shou wird ihn von der Konferenz faktisch ausschließen. Natürlich wird er im Publikum sitzen und den Koryphäen zuhören dürfen. Aber er wird nicht vor seinem Poster stehen können, um jedem, der es hören will, seine revolutionären Ideen zu erklären.

»Guten Morgen, Max«, sagt Winston noch einmal.

»Entschuldige, ich war in Gedanken. Guten Morgen, Winnie.«

»Wegen deines Posters, Max.«

»Shou hat es abgelehnt, stimmt's? Ich habe es dir doch gesagt.«

»Ich weiß es nicht. Sie will mit dir sprechen.«

»Wann?«

»Es klang, als wäre es eilig.«

»Hat sie denn jetzt Zeit?«

Winston zeigt über seine Schulter zu der Tür in seinem Rücken. »Klopf ruhig.«

»Ich … Ich bin gar nicht vorbereitet.«

»Sie wird dir schon nicht den Kopf abreißen. Was hast du zu verlieren?«

Winnie hat ja recht, wie immer. Max' Herz schlägt trotzdem bis zum Hals. Von Professor Shous Reaktion hängt so viel ab. Er hat zwar einen Arbeitsplatz als Dozent, doch ob er wissenschaftlich weiterkommt, liegt an ihr.

Er geht an Winnie vorbei und klopft.

»Kommen Sie rein, Max.«

Die Tür öffnet sich automatisch. Dabei hat er sich noch gar nicht für ein Gesicht entschieden. Also bleibt wohl nur der Zweifel, den er schon den ganzen Morgen über spürt.

»Guten Morgen, Laura.«

Die Professorin rückt ihre Brille zurecht. Die schwarzen Haare hat sie nach hinten gebunden. So wirkt sie strenger, als sie in Wirklichkeit ist.

»Guten Morgen, Max. Schön, dass Sie einen Moment für mich haben. Was machen Sie denn für ein Gesicht?«

Shou weist auf einen Sessel vor ihrem Schreibtisch und platziert sich selbst dahinter auf ihrem Stuhl. Die Professorin ist ziemlich klein. Den Stuhl hat sie extra so anfertigen lassen, dass ihr Oberkörper ausreichend weit über die Tischplatte ragt. So etwas gibt sie gern zu. Shou ist da absolut offen.

»Ich muss zugeben, dass ich gewisse Befürchtungen wegen meines Posters habe«, sagt Max.

Befürchtungen, haha. Er hat eine Scheißangst. Hoffentlich sieht man ihm das nicht an.

»Ja, darüber wollte ich mit Ihnen sprechen. Sie müssen unbedingt Ihre mangelhafte Termintreue in den Griff bekommen. Damit kann man sich die schönste Karriere vermasseln!«

»Ich weiß, Laura.«

»Sie wissen auch, dass wir ein Programm zur Verbesserung des persönlichen Ressourcenmanagements haben? Es ist preisgekrönt. In der privaten Wirtschaft zahlen Sie dafür fünfstellig.«

»Ich habe davon gehört. Aber ich weiß nicht, wie ich das mit meiner Arbeit …«

»Oh, Sie würden sich wundern! Das Programm setzt Ressourcen frei, von denen Sie nicht mal geträumt haben.«

»Ich sehe es mir noch mal an.«

»Max, ich sage das nur, weil ich Ihre wissenschaftliche Arbeit schätze.«

Sagt sie das nur, um ihn darüber hinweg zu trösten, dass sie sein Poster nicht angenommen hat?

»Danke. Ich versuche es dann nächstes Jahr …«

»Das Poster? Es ist sehr spannend. Ich würde mich freuen, wenn Sie es in Harvard vorstellen würden.«

Er fängt unwillkürlich an zu grinsen. Sie hat es doch nicht abgelehnt! Er ist der glücklichste Mensch auf der Welt.

»Allerdings gibt es einen Fehler, den Sie noch beseitigen müssen. Sie sprechen von Ihrer Theorie. Aber was ich da sehe, ist keine Theorie.«

»Es ist die Raumzeitquantisierungs-Theorie. Ich nenne sie kurz RZQ.«

»Nein, Max. Nennen Sie es lieber ›Konzept‹ oder ›Idee‹, wenn Sie davon sprechen. Das klingt doch auch gut. Sie wollen immerhin Einstein verbessern. Da kommen Sie mit zu großen Schritten nicht hin.«

»Zu große Schritte?«

»Sie wissen es doch selbst: Ein Gedankengebäude ist nur dann eine wissenschaftliche Theorie, wenn es auch die Option enthält, es zu widerlegen. Da sehe ich bei Ihnen einfach nichts. Sie argumentieren sehr schlüssig, aber wie könnte man das Gegenteil beweisen?«

»Tja, ich …«

»Ich schlage vor, Sie verzichten einfach auf das große Wort und begnügen sich mit der Bezeichnung ›Konzept‹. Die Konferenz beginnt in drei Wochen. Bis dahin werden Sie Ihre Idee wohl nicht mehr zur Theorie ausbauen können, oder?«

»Das stimmt wohl, Laura.«

Seine Glückseligkeit ist dahin. Aber immerhin darf er seine Ideen vorstellen. Das ist das Entscheidende.

»Gut, dann sind wir uns ja einig. Ich stehe Ihnen auch immer gern als Sparringspartnerin zur Verfügung. Wenn der neue Einstein aus Princeton käme, wäre das ein großartiger Erfolg für unsere Einrichtung. Ich mag es, wenn unsere Nachwuchsforscher groß denken. Wir wissen doch alle, dass die Allgemeine Relativitätstheorie nicht der Weisheit letzter Schluss sein kann.«

»Und, was hat sie gesagt?«, fragt Winston.

»Ich soll ein Wort ändern.«

»Ein Wort nur? Das ist doch großartig. Swaminathan musste das halbe Poster umbauen.«

Mohan Swaminathan ist das Wunderkind der Physikabteilung. Mit 18 Jahren ist er schon Dozent. Das Physikstudium hat er mit 12 begonnen. Seine Mutter oder sein Vater haben abwechselnd mit ihm in der Vorlesung gesessen.

»Da hatte ich wohl Glück«, sagt Max.

»Von wegen – das war Können. Du musst dir einfach mehr zutrauen, mein Freund!«

Max nimmt die Treppe, um zurück in den vierten Stock zu gelangen. Vor Büro 432 bleibt er kurz stehen. Das Schild daran zeigt drei Namen: Brad Bachu, Artem Denisov und seinen. Mit Artem kommt er gut aus, aber Brad kann nicht arbeiten, ohne Lärm zu produzieren. Er klopft auf den Tisch, wippt mit dem Knie oder hört per Kopfhörer laute Musik. Angeblich braucht er das, um seine Gedanken sortieren zu können. Max jedoch benötigt vor allem Ruhe. Wenn es das Wetter zulässt, flieht er nach draußen, in die Bibliothek, wenn sie nicht zu voll ist, oder notfalls in das alte Archiv unter der Fields Hall.

Er klopft. Niemand antwortet, also öffnet er die Tür. Der Raum ist leer. Sehr gut! Er setzt sich an seinen Schreibtisch.

Der Computer erkennt ihn, schaltet sich an und loggt ihn ein. Auf dem Bildschirm erscheint ein Ausschnitt des Posters, an dem er zuletzt von seinem WG-Zimmer aus gearbeitet hat. Max klickt es weg. Was hat Shou gefordert? Er soll seine Theorie nicht mehr so nennen.

Das ist … Er knackt mit den Knöcheln. Nein, sie hat recht. Es ist seine Schwachstelle. Er ist nun einmal Theoretiker, kein Experimentalphysiker. Trotzdem muss er einen Weg finden, wie sich seine Ideen messtechnisch widerlegen lassen. Einstein hatte es da leichter. Als er 1915 seine Allgemeine Relativitätstheorie veröffentlichte, war er kein Doktorand mehr, sondern hatte schon erfolgreich den photoelektrischen Effekt erklärt. Dass seine neue Theorie erst in der Zukunft überprüfbar sein würde, ließ man ihm durchgehen.

So nett ist die Forschungsgemeinde zu einem bisher nicht in Erscheinung getretenen 27-Jährigen natürlich nicht. Er muss einen Weg finden, wie die Prognosen, die sich aus seiner Theorie ergeben, möglichst schnell nachzumessen sind.

Er geht seine Arbeit noch einmal durch. Es sind nur dreißig Seiten. Einsteins erste Entwürfe waren auch nur wenig umfangreicher. Sein neuer Ansatz besteht darin, dass er die Zeit als ebenso quantisiert betrachtet wie den Raum. Die Zeit besteht also aus unteilbaren Grundeinheiten, so wie sich Längen unterhalb der winzigen Planck-Länge nicht mehr in kleinere Stücke zerlegen lassen.

Das ist ein naheliegender Ansatz, der viele Probleme der Allgemeinen Relativitätstheorie zu vermeiden hilft. Es kommt zum Beispiel nicht mehr zu solchen extremen physikalischen Situationen, wie sie im Inneren von Schwarzen Löchern herrschen müssten, wenn Einstein ganz allein recht hat. Max ist auch nicht der Erste, der diesen Trick anwendet. Die Theorie der Quantenschleifengravitation etwa verfährt ähnlich. Aber sie hat ihre eigenen Probleme und konnte sich bisher nicht durchsetzen.

Wie vermeidet er die Fehler der anderen? Er rutscht auf dem harten Stuhl hin und her. Vielleicht hätte er von Anfang an bescheidener sein sollen. Warum muss ein kleiner Postdoc unbedingt Einstein verbessern? Er hätte sich irgendeinem großen Messprojekt anschließen können. Theoretische Physiker, die für den nötigen Überbau sorgen, werden dort gebraucht. Aber in großen Gruppen hat er sich nie wohlgefühlt. Er hat nicht Physik studiert, um dann nur ein Rädchen im Getriebe zu sein.

Außerdem kann er für die Wahl seines Forschungsgebiets nichts. Der Traum, den er vor ein paar Jahren zum ersten Mal hatte, war überdeutlich. Er schwebt darin über einem riesigen, abstrakt anmutenden Objekt. Es ist vollkommen schwarz, aber trotzdem erkennt er, dass seine Oberfläche eine Struktur hat. Strahlenartig gehen Täler mit dreieckigem Querschnitt von einer zentralen Plattform aus.

Es könnte sich um eine Art Uhr handeln, denn plötzlich setzt sich alles in Bewegung, begleitet von einem tickenden Geräusch. Das Objekt rotiert immer schneller, bis die einzelnen Zacken in der Bewegung verschwimmen. In diesem Augenblick zerbricht das Objekt. Tausende Scherben flattern durcheinander. Sie ordnen sich zu einem neuen Bild, einem anderen Objekt. Es ist erneut rotationssymmetrisch, fängt ebenfalls an zu kreisen, zerplatzt am Ende, verwandelt sich. Der Kreislauf setzt sich fort, bis er irgendwann aufwacht. Es ist wie in einem Kaleidoskop, nur dass alle Farben schwarz sind.

Der Traum wiederholt sich seitdem regelmäßig. Nicht jeden Tag, aber so oft, dass ihm auch die Details im Gedächtnis bleiben. Einzelheiten wie das Gesicht, in das sich die Uhr für einen Moment verwandelt, oder die grüne Färbung, die es später für ein paar Sekunden oder Tage annimmt. Der Traum hat eine seltsame Zeitstruktur. Wenn Max sich darin befindet, scheint er sich über Tage zu dehnen. Doch einmal hat ihn Brad mittendrin geweckt, und er war gerade einmal für fünf Minuten am Schreibtisch eingenickt.

Am Anfang fand Max den Traum noch faszinierend und inspirierend. Unter seinem Einfluss hat er seine Theorie entwickelt. Inzwischen strengt er ihn nur noch an. Jedes Mal, wenn er daraus erwacht, fühlt er sich körperlich erschlagen.

Vermutlich liegt es daran, dass der Vorgang für sein träumendes Ich manchmal Tage dauert. Der extrem verlangsamte Zeitfluss, den er im Traum erlebt, scheint seine Erholung zu beeinträchtigen. Artem hat ihm empfohlen, mit einem Psychologen darüber zu sprechen, doch dafür hat er bisher keine Zeit gefunden.

»Na, träumst du wieder?«

Max zuckt zusammen. Brad ist in das Büro geplatzt, ohne anzuklopfen. Wie jedes Mal. Er schüttelt den Kopf und sieht Brad mit zusammengekniffenen Augenbrauen an.

»Sorry, ich wusste nicht, dass du bei der Arbeit bist. Ich war mir nur kurz eine Cola holen.«

Jetzt sieht Max erst, dass Brad in einer Hand ein großes Glas mit Eiswürfeln hat, in der anderen eine schwarze Coladose.

»Auch was?«, fragt Brad.

»Nein, danke.«

»Nun guck nicht so. Hast du morgen Abend Zeit? Ich könnte mit Celina essen gehen, aber sie sagt nur zu, wenn ich jemanden für ihre Freundin mitbringe.«

Brad und seine Dates. Max hat sich einmal darauf eingelassen. Es war ein Fiasko. Brad ist so ein Aufschneider, da kann niemand mithalten.

»Lass mal. Zu viel zu tun.«

»Verstehe. Ich lass dich schon in Ruhe.«

Brad zieht das Rollo etwas hoch und setzt sich an seinen Schreibtisch. Die heiße Augustsonne nutzt ihre Chance. Kurz darauf fährt die Klimaanlage hoch. Es hat keinen Sinn, mit Brad zu diskutieren. Er besteht auf natürlichem Licht, damit sein Teint erhalten bleibt. Dass die Fensterscheibe sowieso vier Fünftel des UV-Anteils des Sonnenlichts ausfiltert, lässt er nicht gelten.

Max holt die Sonnenbrille aus dem Schreibtischfach und setzt sie auf. Jetzt muss er den Bildschirm heller stellen. Wo war er stehengeblieben? Von Brads Tisch kommt ein Knacken. Max sieht hinüber. Das Eis, über das Brad gerade seine Cola gegossen hat, gibt das Geräusch von sich. Konzentration. Die Besonderheit seiner Herangehensweise besteht darin, dass die Blöcke, in die er die Zeit zerlegt, variabel groß sind. Die Plancklänge, die das Universum räumlich quantisiert, ist unvorstellbar winzig. Darum bemerkt man im Alltag nichts davon, und alle Strecken erscheinen kontinuierlich.

Die Zeit verhält sich in seiner Theorie anders. Die Größe der Bruchstücke hängt von den äußeren Umständen ab, insbesondere von der Masse. Während in der Relativitätstheorie Masse Raum und Zeit verzerrt, kann sie in seiner Theorie die Größe der Zeitstücke verändern. In der Nähe eines Schwarzen Lochs mit seiner riesigen Masse würde das dazu führen, dass die Zeit immer wieder stehenbliebe. Der Zeitmotor des Universums würde stocken wie ein altes Benzinauto, dem der Sprit ausgeht.

Ein glucksendes Geräusch reißt ihn aus seinen Gedanken. Brad trinkt. Das heißt, er nimmt immer wieder einen kleinen Schluck. Wie kann man dabei so einen Lärm machen? Seine Kehle muss anatomisch fehlgebildet sein. Oder bildet sich Max das nur ein? Er war schon immer empfindlich, was Ess- und Trinkgeräusche betrifft.

Max steht auf. Er muss hier raus.

Draußen ist es zu heiß, um sich ins Freie zu setzen. Also fährt er mit dem Fahrstuhl ins erste der zwei Untergeschosse der Jadwin Hall. Hier gibt es einen Eingang zur Bibliothek, die sich Mathematik- und Physik-Abteilung teilen. Max verlässt den Fahrstuhl und läuft durch den breiten, schmucklosen Gang nach rechts bis zur Doppeltür mit der Aufschrift »Bibliothek«. Eine Säule hinter dem Eingang scannt automatisch seine Mitarbeiter-ID. Daraufhin begrüßt ihn das lächelnde Gesicht einer Frau vom Bildschirm, die einen Finger auf die Lippen gelegt hat.

»Guten Tag, Max Webber. Was kann ich für Sie tun?«

Unter dem Text erscheinen zwei Optionen. Er kann ein Buch suchen oder einen Arbeitsplatz. Max tippt die zweite

Auswahl an. Die Dame nickt und weist ihm einen Schreibtisch zu: F17. Der Schirm zeigt einen Plan der Bibliothek, auf dem F17 blinkt.

»Danke«, flüstert Max.

Als ob Mathematik- oder Physikstudierende nicht selbst in der Lage wären, sich einen freien Platz zu suchen! Es fehlt eigentlich nur noch, dass ihm Pfeile auf dem Boden den Weg weisen.

Max zählt die Reihen mit. Das System funktioniert wie im Kino, nur rückwärts. A muss also ganz vorn sein, wo es zur Fine Hall der Mathematiker geht. Er ist bei W. Es folgt V, dann T, jeweils auch in Brailleschrift. Das U hat man wohl wegen der Verwechslungsgefahr mit dem V weggelassen. Schon beim K sieht er, dass in der F-Reihe etwas nicht stimmt. Max hat einen Blick für solche Störungen im System. Die Plätze 1 bis 15 sind links vom Gang, 16 bis 30 sind rechts. Auf der 17 aber sitzt jemand. Von hinten kann Max nur die kurzen blonden Haare erkennen.

Von vorn bemerkt er, dass auf F16 Adriana sitzt, eine Kollegin. Sie unterhält sich mit einer unbekannten Blonden. Die beiden sprechen leise, das gehört sich so in der Bibliothek, und sie bemerken ihn zunächst nicht. Dann sieht ihn die Unbekannte an. Sie verzieht den Mund so, dass er sich wie ein unerwünschter Zuhörer vorkommt oder wie ein Spanner.

Max will weitergehen, doch Adriana spricht ihn an.

»Hallo, Max. Kann ich dir irgendwie helfen?«

»Ich … Nein.«

Doch, kann sie. Er zeigt auf Platz F17.

»Ah, das ist Liz, eine Freundin aus der Mathematik. Darf ich euch bekanntmachen? Liz, das ist Max. Er ist theoretischer Physiker.«

»Angenehm«, sagt Liz. »Theoretische Physik, spannend.«

Der verächtliche Blick verwandelt sich in ein Lächeln.

»Liz befasst sich mit Topologie«, sagt Adriana. »Sie versucht immer wieder, mir das Gebiet schmackhaft zu machen, aber ohne Erfolg. Es ist mir zu wenig greifbar.«

»Ah, Topologie. Ich benutze ein paar Werkzeuge daraus in meiner Arbeit«, sagt Max.

»Interessant. Womit beschäftigst du dich denn?«, fragt Liz.

»Liz sitzt auf deinem Platz, stimmt's?«, fragt Adriana.

Er würde zwar lieber Liz seine Theorie erklären, nickt aber auf Adrianas Frage.

»Liz ist zufällig hier vorbeigekommen. Ich habe sie eine Weile nicht gesehen, und nun müssen«, sie betont das Wort, »wir uns ein bisschen austauschen.«

»Ah, natürlich«, sagt Max.

Adriana zeigt auf die Reihen vor ihnen. »Würde es dir etwas ausmachen, dir einen anderen Platz zu suchen? Schau mal, hier sind doch ganz viele frei.«

»Nein, klar, also, ja, macht mir nichts aus. Ich will euch nicht stören. Tut mir leid.«

Natürlich macht es ihm etwas aus. Wie könnte es anders sein? Egal, welchen Platz er sich aussucht, es wird jemand kommen, dem das Buchungssystem genau diesen Platz zugewiesen hat, und er muss die peinliche Situation aufklären. Und nun wird er auch noch rot! Er dreht sich schlagartig um und geht den Gang weiter.

»Tschüss, Max!«, ruft ihm Adriana hinterher.

Jemand macht laut »Psssst«.

Hinter einem Pfosten bleibt er kurz stehen. Hier können ihn Adriana und Liz nicht sehen. Er könnte einfach zum vorderen Ausgang der Bibliothek gehen und sich einen anderen Platz zuweisen lassen. Aber das System kennt ihn ja und schickt ihn bestimmt erneut zu F17. Oder er wählt einen der Seitenausgänge. So käme er direkt zum Labor der Experimentalphysiker. Vielleicht hat Anish eine Idee, wie seine Theorie sich nachmessen ließe.

Max entscheidet sich für das Labor. Mit schnellen Schritten läuft er zum Seiteneingang und stürmt dort die Treppe zum Erdgeschoss empor.

»Nicht eintreten«, steht vor dem Labor, in dem Anish arbeitet. Er steckt gerade mitten in einer Messung. Heute hat er aber auch Pech. Der Assistent, der Max schon kennt, verrät ihm, dass der Versuch bald beendet sein müsste. Also setzt er sich an Anishs Platz, klappt den Rechner auf und loggt sich mit der Gesichtserkennung ein.

Das Poster erscheint. Als zentrale Grafik hat er ein schwarzes Fraktal gewählt. Max hat sich große Mühe gegeben, es wie das Objekt aus seinem Traum aussehen zu lassen. Allerdings stört die Realität insofern, als er das Schwarz aufhellen musste, sonst könnte man keine Details erkennen. Das Fraktal dreht sich sogar, wenn er es mit dem Cursorpfeil anstößt. Dieser Effekt wird allerdings leider auf dem ausgedruckten Poster nicht zu sehen sein. Das Ticken, das der Computer einspielt, versetzt ihn zuverlässig in einen tranceähnlichen Zustand. Auch dabei hängt er über dem schwarzen Objekt, doch im Gegensatz zu seinem Traum ist die Trance erholsam. Ein Prickeln läuft über seine nackten Oberarme.

»OH, ICH HABE JA BESUCH«, SAGT ANISH.

Max stürzt in die Realität. Anish ist ein starker Raucher. Der Geruch haftet ihm an.

»Ich wollte dich etwas fragen«, sagt Max.

»Klar doch. Kommst du mit raus?« Anish nimmt eine Schachtel Zigaretten aus der hinteren Tasche seiner Jeans.

»Wenn es sein muss.«

»Mann, ich war jetzt mehr als zwei Stunden abstinent. Ich kann schon gar nicht mehr denken.«

Anish geht voran. Sie durchqueren eine kleine Vorhalle, dann treten sie ins Freie. Die Hitze trifft ihn in dem Moment, in dem sie durch die Tür treten. Max schwitzt sofort, obwohl diese Seite des Gebäudes im Schatten liegt. Die von der Sonne beschienene Plaza zwischen Fine und Jadwin Hall ist menschenleer.

Anish zieht ihn in eine Ecke neben dem Eingang. Hier steht ein großer Mülleimer. Auf dem Boden um ihn herum liegen Kippen. Anish zündet die Zigarette an, die er schon im Mund hat, und saugt gierig daran.

»So sieht also Abhängigkeit aus«, sagt Max.

»Haha. Willst du auch eine?«

»Auf keinen Fall.«

»Ist es nicht schön hier draußen?«, fragt Anish.

Meint er das ernst? Es gibt kaum einen hässlicheren Platz in der Stadt.

»Ja, der graue Zement der Jadwin Hall harmoniert prächtig mit den klaren Linien der Fine Hall«, sagt er.

Anish lacht, verschluckt sich dann aber am Zigarettenrauch.

»He, nicht so gierig«, sagt Max und klopft ihm auf den Rücken.

»Geht schon wieder. Wusste gar nicht, dass du Humor hast. Aber im Ernst, diese Brutalität der 1960er-Jahre-Architektur hat etwas. Sie hält mich in Atem.«

»Brauchst du wohl auch, so als Raucher.«

»Haha. Schon wieder. Also, was willst du wissen?«

Max erklärt Anish die Grundzüge seiner Theorie. »Jetzt müsste ich diese Stückelung der Zeit bloß noch nachweisen können.«

»Ich bin nicht sicher, ob ich das Konzept verstanden habe. Was passiert denn während der Pausen, die die Zeit macht?«

»Es gibt keine Pausen. Die Zeit schreitet voran. Siehst du die Uhr an der Fine Hall? Der große Zeiger rückt unaufhörlich weiter. Aber wenn du genau hinsiehst, merkst du, dass er von Minute zu Minute springt. Das liegt natürlich am Uhrwerk, nicht an der Natur der Zeit. In meiner Theorie liegt die Ursache aber in der Zeit selbst.«

»Also geht es dir um sehr kleine Zeitunterschiede?«

»Wahrscheinlich. Das Problem ist, dass sich aus den Gleichungen keine feste Größe für die Zeitquanten ergibt. Es ist wie bei der kosmologischen Konstante in der Relativitätstheorie. Jeder Wert steht im Grunde für ein anderes Universum. Ich möchte den Wert für unser Universum herausfinden.

Vermutlich wird er sehr klein sein. Denn im Alltag fällt uns ja nicht auf, dass die Zeit Sprünge macht, oder?«

»Manchmal frage ich mich schon, wo meine Zeit plötzlich hin ist. Ein Zeitsprung wäre eine schöne Erklärung. Muss ich direkt mal probieren. ›Sorry, Chef, dass ich zu spät komme, aber heute Morgen hatte ich einen Zeitsprung.‹ Ob ich damit durchkomme?«

»Hilf mir, meine Theorie nachzumessen, und deine Chancen steigen.«

»Na gut. Kleinste Zeitdifferenzen sollten sich mit einem Laserinterferometer messen lassen. Je kleiner die Zeitdifferenz, die du messen willst, desto größer muss das Interferometer sein.«

»Das sind die Geräte, die man zum Nachweis von Gravitationswellen einsetzt, oder?«

»Genau.«

»Ihr habt so etwas nicht zufällig im Labor?«

»Nicht in der Qualität, die du brauchst. Ich kenne allerdings jemanden am Ligo.«

»An dem Ligo?«

»Genau an dem.«

»Das wäre ja wunderbar.« Max würde Anish am liebsten umarmen, obwohl er nach Nikotin stinkt. »Kannst du ihn anrufen? Heute noch?«

»Mal langsam, Max. Ich sehe da noch ein Problem. Du weißt doch gar nicht, was du messen willst. Das Interferometer beruht darauf, dass man zwei Laserstrahlen wechselwirken lässt, die unterschiedliche, aber normalerweise exakt gleich lange Wege gegangen sind. Wenn der eine Strahl ein bisschen länger braucht, kommt es zu einer abgeschwächten Interferenz. Wie passt dein Zeitquant da rein?«

»Hm … Wenn der eine Strahl nun ein bisschen später ausgesandt wird? Man könnte das über eine radioaktive Substanz takten.«

»Dann gibt es keine Interferenz.«

»Nun, wenn der Zeitunterschied kleiner als mein Zeitquant ist, müsste es doch eine Interferenz geben, und zwar ein Maximum.«

»Weil der Laserstrahl sich in der Laufzeit deines Zeitquants nicht weiterbewegt.«

»Genau.«

»Oh, du willst Licht anhalten. Das werden dir manche ziemlich übelnehmen.«

»Das Licht hält doch nicht an. Meine Theorie erfüllt alle Feld- und Bewegungsgleichungen. Während die Zeit läuft, funktioniert unser Universum wie gewohnt. Nur in den kurzen Pausen kommt neue Physik zum Vorschein.«

»Max, du bist ein Genie. Oder größenwahnsinnig.«

»Wahrscheinlich Letzteres.«

»Rufst du den Mann am Ligo für mich an?«

»Sieh mal auf die Uhr.«

»Viertel nach vier.«

»Um vier Uhr habe ich Feierabend. Der ist mir heilig. Morgen hänge ich mich für dich ans Telefon.«

# 1

Langsam kehrt unter den Erstsemestern Ruhe ein. Elisabeth setzt sich, nimmt ihre altmodische Ledertasche auf den Schoß und packt aus, was sie für die Einführungslektion benötigt. Sie legt die Papiertüte mit dem Starbucks-Logo auf den schwarz glänzenden Tisch. Daneben platziert sie die Kaffeetasse, die ihr das Kollegium zum 15,705-jährigen Dienstjubiläum geschenkt hat. »Princeton Math« steht darauf, dazu ein großes Π, ein x und eine 5.

Die Frischlinge flüstern untereinander. Hoffentlich ist nicht wieder so ein Klugscheißer darunter, der ihr die Pointe verdirbt. In den 15 Jahren, in denen sie die Einführungsvorlesung in Topologie gegeben hat, ist ihr das dreimal passiert, zuletzt im vergangenen Jahr. Elisabeth lässt sich Zeit. Die wenigsten wissen, was es mit Topologie auf sich hat, obwohl sie Mathematik studieren. Dass es eines der spannendsten Arbeitsfelder ihres Studienfachs ist, ahnen die meisten nicht einmal, wenn sie den Bachelor in der Tasche haben.

Sie nimmt ihre Thermosflasche aus der Tasche, öffnet sie und gießt etwas Kaffee in die Tasse. Die braune Flüssigkeit dampft noch und verbreitet einen aromatischen Duft.

»Bekommen wir auch einen Schluck?«, fragt ein vorlauter Jüngling in der ersten Reihe.

Statt zu antworten, wirft Elisabeth ihm einen bösen Blick

zu, und er verstummt. Der Junge sieht aus wie einer von denen, deren Eltern so viel Geld haben, dass er nur aus Langeweile studiert.

Sie erhebt sich. Das Flüstern verstummt. Sehr gut. Mit ihren 1,80 Metern und dem breiten Kreuz hat sie noch immer für Eindruck gesorgt. Wie viel Fuß waren das doch gleich? Etwa 6? Als Mathematikerin kann sie die alten imperialen Maße nicht ausstehen.

»Guten Morgen«, sagt sie.

Die Gruppe erwidert den Gruß. Es sind nur etwa 20, mehr Mädchen als Jungen. Kein Vergleich mit den alten Zeiten. Mathematik scheint nicht mehr spannend zu sein, seit neue Erkenntnisse vor allem aus der KI-Forschung kommen, auch in ihrem Arbeitsfeld. Als käme es nicht darauf an, die Einsichten der Software auch auf menschliche Weise zu verstehen! Irgendwann werden sie sonst nur noch staunend zusehen können, was die vereinten KIs der Welt über die Realität und den Kosmos herausfinden.

»Sie befinden sich in einem Kurs über Topologie«, sagt sie. »Wer sich für Algebra interessiert, hat die Tür verwechselt. Der Kurs der Kollegin Chang findet gegenüber statt.«

Niemand steht auf. Das ist ein Novum. In den schmalen Gängen des 15-stöckigen Gebäudes der Fine Hall, in dem das Mathematik-Department residiert, kann man sich schon mal verirren.

»Dann lassen Sie uns mit einer Frage beginnen«, sagt Elisabeth. »Was ist der Unterschied zwischen einem Donut und einer Kaffeetasse?«

Sie holt den Donut aus der Starbuckstüte und hält ihn mit der linken Hand hoch. Mit der rechten zeigt sie ihre Tasse.

Sie sieht in die Runde. Niemand antwortet. Sehr gut. Kein Spielverderber. Das blonde Mädchen vorn links zuckt mit dem Arm, meldet sich aber doch nicht. Vielleicht gehört sie zu denen, die Stille nicht aushalten, die sich schlecht fühlen, wenn sie ihrer Lehrerin nicht antworten. Oder sie kennt die Lösung, möchte ihr aber aus Höflichkeit die Pointe nicht verderben. Beides ist möglich. Trotz ihrer 20 Jahre

Lehrerfahrung kann sie den Menschen immer noch nicht ansehen, ob ihnen die Mathematik im Blut liegt.

»Es gibt keinen«, sagt Elisabeth schließlich.

Sie wartet auf Widerspruch, auch wenn er selten kommt. Das blonde Mädchen meldet sich.

»Ja?«, fragt Elisabeth.

»Der Donut ist essbar«, sagt das Mädchen.

»Sehr gut, in diesem Fall allerdings falsch. Mein Donut besteht aus Knete. Andere Vorschläge?«

Niemand anderes traut sich.

»Gut, dann löse ich auf. Aus Sicht der Topologie gibt es keinen Unterschied.«

Sie rückt die Brille zurecht, um die Gesichter ihrer Gruppe betrachten zu können. Manche sehen verblüfft aus. Gelangweilt scheint niemand zu sein.

»Dass ein Donut und eine Kaffeetasse topologisch gleichartig sind, lässt sich leicht zeigen«, sagt Elisabeth.

Sie hält den Donut hoch. Dann knetet sie ihn so, dass aus dem Material der linken Seite ein Hohlzylinder entsteht. Mehr und mehr Knete wandert dorthin, während der Ring zwar erhalten bleibt, aber immer kleiner wird.

Elisabeth zeigt das Ergebnis herum.

»Was haben wir hier?«, fragt sie. »Einen an einer Seite, nämlich unten, geschlossenen Hohlzylinder mit einem ringförmigen, seitlichen Griff. Genau so würde man eine Kaffeetasse beschreiben, oder nicht?«

Ihre Studentinnen und Studenten nicken.

»Dabei ist es wichtig, wie ich den Donut zur Tasse verformt habe. Ich habe kein Teil zerrissen oder geklebt. Ich darf das Material beliebig dehnen und stauchen, aber keine Löcher hineinstechen oder getrennte Teile verbinden.«

Sie steht auf, geht zur ersten Reihe und gibt der blonden Studentin die geknetete Tasse.

»Können Sie nach den von mir genannten Regeln daraus eine 8 herstellen?«

Das Mädchen versucht gar nicht erst, die Knete umzuformen.

»Ich denke, nicht«, sagt sie. »Es dürfte unmöglich sein, das zweite Loch herzustellen.«

»Aber die Kaffeetasse besitzt doch auch zwei Löcher, eines im Griff, das andere hier oben, wo ich Kaffee eingießen könnte?«

»Das … ist etwas anderes«, widerspricht die Studentin und steckt den Finger in die geknetete Tasse. »Sehen Sie, ich kann nicht hindurchgreifen wie durch das Loch im Donut oder im Henkel.«

»Sehr gut«, sagt Elisabeth. »Es gibt also offenbar unterschiedliche Arten von Löchern.«

Ein junger Mann in der zweiten Reihe lacht. Elisabeth ignoriert ihn.

»Donut und Kaffeetasse nennen wir homöomorph«, erklärt Elisabeth. »Die Topologie beschäftigt sich mit Eigenschaften, die solche homöomorphen Objekte gemeinsam haben. Ich kann Ihnen dabei viele Aha-Momente versprechen, aber auch jede Menge Situationen, bei denen sich all Ihre Hirnwindungen homöomorph verdrehen werden.«

Elisabeth nimmt der Studentin den Donut wieder ab und kehrt an ihren Platz zurück. Dort holt sie die Kleinsche Flasche aus ihrer Aktentasche. Sie entfernt die Schutzfolie, die sie um den Glasbehälter gewickelt hat, und stellt die Flasche auf den Tisch.

»Wie viel Wasser bräuchte ich wohl, um diesen Glasbehälter komplett zu füllen?«, fragt sie.

Dazu hält sie die Flasche hoch und dreht sie in alle Richtungen. Hoffentlich hat noch niemand hier eine Kleinsche Flasche gesehen.

Keine Antwort.

»Sie da, in der zweiten Reihe!«

Sie zeigt auf den jungen Mann, der vorhin kurz gelacht hat.

»Ähm, zwei Pint etwa?«, fragt er.

»Ich verstehe Sie nicht, junger Mann. Wie ist Ihr Name?«

»Adrian. Zwei Pint, schätze ich.«

»Es tut mir leid«, sagt sie. »Eine Volumeneinheit dieses Namens ist mir nicht bekannt.«

»Knapp ein Liter«, sagt die blonde Studentin. »Zwei Pint sind knapp ein Liter.«

»Danke«, sagt Elisabeth. »Dann werden Sie bestimmt erstaunt sein, wenn Sie erfahren, dass die Kleinsche Flasche …«

Mit großem Schwung fliegt die Tür auf. Elisabeth erkennt den Chair der Abteilung, Charles Pardon. Hinter ihm betritt ein beleibter Herr um die fünfzig in einem für den Sommer zu warmen Anzug den Raum. Sie sieht beide missbilligend an.

»Es tut mir leid, dich stören zu müssen, Elisabeth, aber es ist sehr wichtig«, sagt Charles.

»Was könnte wichtiger als meine Vorlesung sein? Diese jungen Leute haben ein Recht …«

»Es geht um die nationale Sicherheit und so etwas«, sagt Charles.

Er klingt erstaunlich uninformiert. Sonst drückt sich der Chair des Departments für Mathematik wesentlich präziser aus.

»Und das kann nicht warten?«

»Nein, Elisabeth. Ich muss dich bitten, uns sofort zu begleiten.«

»Aber meine Studierenden …«

»Ich habe Sergiu schon gesagt, dass er diesmal den Basiskurs übernehmen muss.«

»Wie bitte? Das ist seit über 15 Jahren meine Aufgabe!«

»Vielleicht kannst du in ein paar Wochen wieder einsteigen.«

In ein paar Wochen? Gerade die ersten Vorlesungen in Topologie sind immer so … dankbar. Die wenigsten haben auch nur eine Idee, worum es geht, aber wenn sie den Satz vom gekämmten Igel oder den Fixpunktsatz eingeführt …

»Es tut mir leid, liebe Anwesende, aber ich muss Sie alle auf morgen vertrösten«, wendet sich Charles jetzt an ihre

Gruppe. »Wir werden Ihnen rechtzeitig Zeit und Ort der neuen Einführungsvorlesung mitteilen.«

Im Aufzug sagt niemand ein Wort. Charles hat sein Büro im elften Stock. Als man ihn zum Chair gemacht hat, hat er sich geweigert, es zu verlassen, obwohl ihm ein größerer Raum zugestanden hätte. Niemand steigt während der Fahrt zu. Ihre Kolleginnen und Kollegen dürfen gerade ihr Wissen an junge Menschen weitergeben, und ausgerechnet sie muss mit diesem Besucher reden.

In Charles' Büro, Raum 1108, ist es eiskalt. Elisabeth fröstelt. Das Gebäude ist nun schon über 80 Jahre alt. Sie geht zum Fenster, von dem man auf das Stadion der Universitäts-Footballmannschaft sehen kann, und versucht, es zu öffnen. Aber der Riegel blockiert.

»Tut mir leid, das Fenster muss aus Sicherheitsgründen geschlossen bleiben«, sagt Charles.

»Ich will Sie auch gar nicht lange stören«, sagt der Unbekannte.

Elisabeth dreht sich um. Der Mann sitzt inzwischen auf einem Stuhl vor Charles' Schreibtisch. Charles zeigt auf den anderen Stuhl, doch sie schüttelt den Kopf. Wenn es schnell geht, kann sie auch stehen.

»Also, warum mussten Sie mich aus meiner Vorlesung holen?«, fragt sie.

»Die Regierung braucht Sie«, sagt der Mann. »Ich bin Damian Flynt und komme von der DARPA.«

DARPA? Das Verteidigungsministerium interessiert sich für Mathematik?

»Da Sie mich brauchen, muss ich mich ja nicht vorstellen«, sagt Elisabeth.

»Das ist richtig. Sie wurden uns genannt, weil Sie unter den zehn Milliarden Erdbewohnern wohl der Mensch sind, der sich am besten mit seltsamen … Formen auskennt.«

»Zu viel der Ehre. Ich befasse mich nicht ganz unerfolgreich mit Topologie.«

»Sie haben vor zehn Jahren die Fields-Medaille erhalten.«

»Das ist lange her, Damian. Seitdem habe ich nichts vollbracht, was auch nur entfernt einer Medaille würdig wäre.«

Tatsächlich war es ihr schwergefallen, nach der Fields-Medaille noch Freude an der Forschung zu empfinden. Die geistige Leistungsfähigkeit lässt im Alter nach, und gleichzeitig werden Forschungs-KIs immer besser. Da ist es doch sinnvoller, wenn sie junge Menschen für das Feld begeistert.

»Sie gelten auch als hervorragende Vermittlerin von Wissen«, sagt Damian.

»Deshalb sollte ich mich auch so schnell wie möglich wieder meinen Studierenden widmen.«

»Dann lassen Sie mich doch bitte kurz mein Problem vortragen.«

»Bitte, Damian.«

Der Mann von der DARPA steht auf, schüttelt den Kopf und setzt sich wieder. Er sucht wohl nach der besten Einleitung.

»Nun, ich würde Sie gern nach Island einladen«, sagt er. »Wobei das nicht ganz der richtige Begriff ist.«

»Island?«

»Ja, ich habe Anweisung, Sie unter allen Umständen dorthin zu bringen.«

»Wie charmant.«

»Danke. Es geht um den Krafla-Vulkan im Norden Islands.«

»Ich bin aber keine Vulkanologin.«

»Das ist mir bekannt. Am Fuß des Vulkans gibt es ein geothermisches Kraftwerk. Es soll von bisher 150 auf 300 Megawatt ausgebaut werden. Mit einem großen Teil der dazu nötigen Bohrungen ist ein amerikanisches Unternehmen beauftragt. Arbeiter der Firma haben nun beim Vortrieb der Stollen etwas sehr Seltsames entdeckt. Glücklicherweise haben sie es an uns weitergemeldet. Unsere Organisation arbeitet eng mit Schwesterfirmen des Unternehmens zusammen, sodass wir einen gewissen Vertrauensvorschuss haben.«

Der Mann redet anscheinend gern. Obwohl es in Charles' Büro kalt ist, hat er Schweißtropfen auf der Stirn.

»Verraten Sie mir auch, was die Arbeiter gefunden haben?«

»Es tut mir leid, aber das kann ich nicht.«

»Sie wollen mich nach Island schicken, dürfen aber nicht sagen, was ich dort sowieso sehen werde?«

»Ich kann nicht, meine Liebe. Das Objekt entzieht sich jeder Beschreibung. Kennen Sie diese seltsamen, dreidimensionalen Konstruktionen, bei denen sich der Eindruck ändert, je nachdem, wie man daraufschaut? Um so etwas handelt es sich.«

Das klingt interessant. Elisabeth stellt sich ein real gewordenes Penrose-Dreieck vor.

»Haben Sie Bilder mitgebracht?«, fragt sie.

»Das ist auch so ein Problem. Das Objekt lässt sich nicht fotografieren. Wir haben es mit allem Möglichem versucht. Aber Sie müssen sich nicht auf mein Wort verlassen. Wir haben einige Arbeiter Skizzen anfertigen lassen.«

Flynt greift in sein Jackett, holt ein paar Blätter heraus und reicht sie ihr. Es handelt sich um Kopien von Bleistiftzeichnungen. Das Objekt ist definitiv kein Penrose-Dreieck. Es scheint überhaupt keine geraden Linien zu besitzen. Vielleicht eine Kähler-Mannigfaltigkeit? Aber um das zu entscheiden, müsste sie es selbst sehen. Sie müsste herausfinden, ob es orientierbar und komplex ist und wie viele Dimensionen es besitzt.

Nein, Flynt sagt, dass dieses Objekt real existiert. Die Wirklichkeit besteht aus vier Dimensionen, nicht aus sechs oder mehr. Wenn diese Form wirklich ist, muss sie sich an die Grenzen der Realität halten. Oder nicht?

»Was wollen Sie eigentlich genau von mir? Soll ich das Objekt identifizieren?«

»Nein, Sie sollen es mitbringen. Und zwar bitte so, dass unsere isländischen Freunde nichts davon mitbekommen.«

»Meine Schmuggelfähigkeiten sind begrenzt.«

»Ich habe Leute, die diesen Teil übernehmen werden. Sie bräuchten uns nur dabei zu helfen, es unbeschädigt aus dem Gestein zu lösen. Wir wollen nicht, dass es zerbricht oder gar explodiert.«

Elisabeth betrachtet die Zeichnungen noch einmal. Das Objekt wirkt nicht gefährlich. Aber je nachdem, woraus es besteht, könnte es doch einen gewissen Energiegehalt besitzen.

»Warum arbeiten Sie nicht mit den lokalen Behörden zusammen? So eine Entdeckung gehört doch der ganzen Welt!«

»Elisabeth, bitte Ihre ehrliche Meinung: Besitzen wir die Technologie, um so ein Objekt herzustellen? Also nicht im Computer, rein virtuell, sondern in real gewordener Form?«

»Ich … hm. Auf dem Tisch im Vorlesungsraum steht noch die Kleinsche Flasche, die ich mitgebracht habe. Sie wurde in Oakland, Kalifornien, hergestellt. Es handelt sich um ein volumenloses Gefäß.«

»Um ein was?«

»Einen Körper ohne Volumen, genauer gesagt um eine geschlossene, nicht orientierbare Fläche.«

»Klingt wie Klingonisch.«

»Eine Kleinsche Flasche besitzt nur eine einzige Seite, die Außenseite.«

»Das klingt … unmöglich.«

»Ist es aber nicht. Trennen Sie ein Stirnband an irgendeiner Stelle auf, verdrehen es einmal und nähen Sie es so wieder zusammen. Schon haben Sie ein Objekt mit einer einzigen Seite. Eine Ameise, die auf der Oberfläche herumläuft, kann dort jeden Ort erreichen.«

»Ich bin beeindruckt. Und so etwas haben wir gefunden?«

Elisabeth betrachtet die Skizzen noch einmal. Dann schüttelt sie den Kopf.

»Das sieht deutlich komplexer aus«, sagt sie. »Und ich fürchte, ich muss Ihnen recht geben: Ich glaube nicht, dass sich so etwas mit unserer Technik herstellen lässt.«

»Sehen Sie, Elisabeth. Wenn wir es nicht gemacht haben, wer sonst soll dann dafür verantwortlich sein? Wesen, die nicht von dieser Welt sind. Es handelt sich offenbar um das Produkt außerirdischer Technik. Wir können nicht wissen, welche Macht darin steckt und was wir alles davon lernen können. Es darf nicht in die falschen Hände fallen. Deshalb muss ich das Objekt sichern, und dafür brauche ich Sie.«

»Aber Sie haben es doch gewissermaßen schon, und beim Schmuggeln kann ich sowieso nicht helfen.«

»Haben ist zu viel gesagt. Es steckt noch in dem Bohrloch fest, und der isländische Kraftwerksbetreiber macht Stress, weil die Arbeiten gestoppt sind.«

»Es steckt fest?«

»Ja. Wir haben das Objekt zwar zum großen Teil freigelegt, aber wir sind nicht in der Lage, es zu bewegen.«

»Von welcher Tiefe sprechen wir hier?«, fragt Elisabeth.

»Etwa 200 Meter.«

»Ich soll mich also 60 Stockwerke tief in ein Bohrloch abseilen, um dort ein Objekt zu sichern, das gar nicht real sein kann?«

»Das beschreibt die Aufgabe ganz gut.«

»Dann bin ich dabei.«

# B

»Guten Morgen, Max«, sagt Winston.

»Guten Morgen. Ich bin etwas in Eile, Winnie.«

»Wie jeden Morgen. Denkst du an dein Poster? Es muss heute abgesegnet werden, damit du es pünktlich hochladen kannst.«

Winnie ist ein Schatz. Er merkt sich alle Termine. Aber Max hat keine Ahnung, wie er das Poster heute noch fertigbekommen soll. Er seufzt. Winnie legt ihm tröstend den Arm um die Schultern.

»Du schaffst das schon«, sagt Winston. »Hast doch bisher jeden Termin eingehalten.«

Das ist nur halb wahr. Eigentlich hat er die meisten seiner Termine versäumt. Aber Winnie hat jedes Mal eine Verschiebung oder eine Zusatzfrist für ihn ausgehandelt. Er hat eine unwahrscheinliche Zähigkeit, die man ihm mit seinem schlanken, fast dünnen Körper und dem blassen Gesicht nicht zutraut. Wahrscheinlich seufzen die Verantwortlichen bei Zeitschriften und Konferenzen auch schon, wenn Winston Churchill bei ihnen anruft.

»Ich habe gerade einmal die Texte geschrieben und die Grafik entworfen«, sagt er. »Und ich muss mir nebenbei auch noch das Abstract für meinen Vortrag ausdenken. Dabei ist meine neue Veröffentlichung noch nicht einmal fertig!«

»Ich weiß, dass du es schaffst«, sagt Winston. »Und wenn nicht, ist morgen auch noch ein Tag.«

»Eben nicht. Das Poster muss heute an Professor Shou gehen.«

»Vertrau mir, ich organisiere dir das schon.«

»Winston, ich weiß gar nicht, wie ich dir danken soll.«

»Lad mich einfach mal zum Essen ein. Ich liebe mexikanische Küche.«

»Das mache ich, versprochen.«

Max leert sein Postfach. Zwei neue Fachmagazine liegen darin, dazu ein Rundschreiben der Universität, das er bestimmt auch schon als E-Mail gelesen hat. Warum schicken sie es dann separat noch ausgedruckt herum? Aber er ist auch nicht besonders konsequent. Er weiß doch, dass er sowieso nichts Spannendes im Postfach findet. Wieso kommt er trotzdem jeden Morgen als Erstes in die Assistenz und sieht nach? Weil er ein Gewohnheitstier ist. Deshalb.

Er blättert in den Magazinen, während er sich von dem antiquierten Fahrstuhl in den vierten Stock fahren lässt. Für die Treppe ist er zu faul. Immerhin ist er heute schon mit dem Rad zum Campus gefahren. Hoffentlich wird es ihm nicht schon wieder geklaut. Ein neues kann er sich von seinem Postdoceinkommen nicht leisten.

»Hi, Artem«, begrüßt er seinen Bürokollegen.

Artem ist Frühaufsteher. Bestimmt sitzt er schon seit halb acht am Schreibtisch.

»Guten Morgen«, sagt Artem, ohne aufzublicken.

Der kurze Gruß ist Max sehr recht, und Artem weiß das. Sie verstehen sich gut, weil sie sich so ähnlich sind. Deshalb könnten sie auch nie Freunde werden, denn dazu müssten sie sich ja unterhalten. Sie nutzen beide aber lieber die Zeit, um an ihren jeweiligen Projekten zu arbeiten. Gerade heute, da Brad nicht da ist.

Max schaltet den Computer ein. Der Bildschirm startet mit einer deprimierenden Ansicht – einem leeren Blatt. Von wegen, er habe die Texte geschrieben und die Grafik entworfen. Er hat Winnie belogen. Er musste ihn belügen, weil er sonst enttäuscht gewesen wäre, denn gestern hat er Max noch das Versprechen abgenommen, wenigstens Text und Grafik zu entwerfen.

Es sind ja noch fast 14 Stunden bis Mitternacht. Shou wird es zwar nicht gefallen, wenn er das Poster erst nach Arbeitsschluss abgibt, aber rein formal hat er den Termin damit eingehalten. Er muss der Professorin nicht gefallen. Am liebsten würde er niemandem gefallen müssen. In einer idealen Welt würde er einfach nur denken, denken, denken – und irgendwann seine Gedanken zusammenfassen. In der Realität aber muss er an die Außenwirkung denken. Er muss Poster gestalten und Vorträge halten. Vor fremden Menschen! Und dann muss er auch noch die Studierenden bei Laune halten, damit die Professorenschaft kein allzu stressiges Leben hat.

Das Poster. Max versucht, es sich auf dem harten Stuhl so bequem wie möglich zu machen, und schiebt sich den Bildschirm so hin, dass das Fenster sich nicht darin spiegelt. Die Behauptung, dass die Texte schon fertig wären, war nicht ganz gelogen. Sie stecken bereits in seinem Kopf. Er hat sie sich auf der Fahrt zum Campus überlegt. Es sind insgesamt sieben Kernthesen. Max schreibt sie auf, ohne darüber nachzudenken. Was er so lange in seinem Kopf hin- und hergewälzt hat, hat Bestand.

Das ging schnell. Fehlt nur noch die Grafik. Er stellt sich etwas Dunkles, Bedrohliches vor, so ähnlich wie in seinem Traum. Die Visualisierungssoftware hat eine große Bibliothek mit Vorlagen. Da, diese fraktale Struktur könnte passen. Sie besteht aus Dreiecken, die aus kleineren Dreiecken aufgebaut sind, die selbst wieder aus Dreiecken bestehen. Und so weiter. Er verändert die Farbpalette, sodass nur noch Schwarz und dunkle Grautöne übrigbleiben, und rendert die Grafik. Ah, die Vorlage lässt sich sogar in Bewegung versetzen! Das wird man zwar auf dem Poster nicht sehen, aber in der Vorschau sieht es schick aus.

»Artem? Schau mal.«

Max dreht den Bildschirm so, dass Artem ihn betrachten kann.

»Cool, aber …«

»Aber?«

»Ich bin nicht sicher, ob Shou das nicht vielleicht zu überdreht findet.«

»Meinst du?«

»Meine ich.«

»Danke, Artem.«

Überdreht. Hm. Sein Poster erregt Aufmerksamkeit. Was soll daran schlecht sein? Als Postdoc kann er das gut gebrauchen, wenn er ins Gespräch kommen will. Shou wird das verstehen.

Nein, wird sie nicht. Die Grafik ist Mist, denn er hat sie auf irgendwelchen fiktiven Parametern aufgebaut. Sie hat nur eine einzige Funktion: dekorativ auszusehen. Das wird Professor Shou nicht gefallen. Die Funktion ist ihr wichtiger als die Form. Wenn, dann muss das Fraktal auf genau den Zahlen basieren, die sich aus seiner Theorie ergeben.

Aber das bedeutet, dass er die partiellen Differentialgleichungen lösen muss, die die Grundlage seiner Idee sind. Das ist eine Mammutaufgabe. Nachdem Einstein die Relativitätstheorie veröffentlicht hat, dauerte es Jahre, bis andere Forscher Teillösungen der Gleichungen fanden. Nicht alle davon gaben die Realität wieder. Wurmlöcher zum Beispiel, die sich auch davon ableiten lassen, hat man bis heute nicht gefunden.

»Artem? Du magst doch Gleichungen, oder?«

Artem hat sich darauf spezialisiert, komplizierte Gleichungen mit Hilfe des Computers zu lösen.

»Ja, schon. Wieso?«

»Ich hätte da ein paar, die ich dringend lösen müsste.«

»Nächste Woche könnte ich …«

»Nein, ich bräuchte das bis heute Abend.«

»Witzbold.«

»Es ist mir ernst. Mein Poster hängt daran. Ich helfe dir dafür morgen auch mit dem Abstract.«

Artem seufzt. Er ist ein guter Kerl, der nicht Nein sagen kann. Max bekommt ein schlechtes Gewissen, weil er das ausnutzt.

»Na gut, weil du es bist. Zeig mal her.«

MAX SIEHT DAS NÄCHSTE MAL AUF, ALS JEMAND DAS LICHT im Zimmer anschaltet.

»Puh«, sagt Artem, der beim Lichtschalter an der Tür steht.

Max hat nicht einmal mitbekommen, wie er aufgestanden ist.

»Auch puh.«

»Kommst du voran?«, fragt Artem.

Sie haben die Arbeit so aufgeteilt, dass Max die leichteren Gleichungen manuell löst und Artem die schweren Gleichungen am Computer bearbeitet.

»Sieht ganz gut aus«, sagt Max.

»Bei mir stockt es noch.«

»Was ist das Problem?«

»Der Rechner. Ich bräuchte einen Supercomputer, um das heute noch hinzubekommen.«

»Wie lange noch?«

»Mit diesem Computer etwa vier Wochen.«

»Oh. Dann brauchen wir eine Vereinfachung, Artem.«

»Ich habe gehofft, dass du das sagst.«

»Hast du einen Vorschlag?«

»Eine Frage. Wenn es um die Größe der Aufsplitterung geht, deine temporalkosmologische Konstante, ist dir da der Betrag oder das Vorzeichen wichtiger?«

»Der Betrag natürlich. Den brauche ich, um das Fraktal richtig darstellen zu können.«

»Es geht dir die ganze Zeit nur um die Grafik auf deinem Poster?«

»Äh, ja. Habe ich das nicht gesagt?«

»Du bist … einzigartig, Mann. Ich hätte es wissen müssen.«

»Ist das ein Problem?«

»Nein, überhaupt nicht. Ich habe bloß meiner Freundin abgesagt, die mich ihren Eltern vorstellen wollte, weil ich annahm, du wärst in ernsthaften Schwierigkeiten. Du klangst so verzweifelt.«

»Aber ich bin in ernsthaften Schwierigkeiten!«

»Natürlich, Max. Komm, lass uns das fertigrechnen.«

»Wie lange brauchst du denn mit der Vereinfachung noch?«

»Drei, vier Stunden.«

»Drei Stunden wären okay. Dann liegt das Poster vor Mitternacht bei Shou.«

»Dann bekomme ich es in drei Stunden hin.«

»Danke, Artem. Du bist ein guter Mensch.«

Max würde Artem gern umarmen, traut sich aber nicht.

»Das sieht meine Freundin heute anders, aber ich bekomme das schon wieder hin.«

»Ich wusste gar nicht, dass du eine Freundin hast.«

»Dann ist es ja gut, dass wir darüber gesprochen haben. Sollten wir wiederholen. Wie lange arbeiten wir nun schon zusammen?«

»Du hast recht, Artem. Aber jetzt nicht.«

Artem seufzt.

»So, ich habe jetzt etwas, das nach einer Lösung aussieht«, sagt Artem.

Max sieht auf die Uhr an seinem Computer. Es ist halb zwölf. Er muss fertigwerden.

»Ich bin noch nicht ganz zufrieden mit meinen Ableitungen«, sagt er.

»Hast du etwas oder nicht?«

»Ich habe etwas, aber es berücksichtigt nicht alle Eventualitäten.«

»Damit musst du leben.«

»Ich weiß.«

»Gut, dann schick mir, was du hast.«

Max leitet seine Ergebnisse weiter, damit Artem damit seine Simulationen füttern kann.

»Du hast alles.«

»Danke, bin schon dran. Gib mir fünf Minuten.«

Max klopft auf den Tisch und bewegt rhythmisch sein Knie. Bei Brad hasst er das, aber er kann gerade nicht anders. *Es geht nur um eine Grafik für das Poster, sonst nichts.* Doch er glaubt sich nicht. Max hat seine Bestimmung schon immer darin gesehen, Einsteins Nachfolger zu werden. Er erzählt niemanden davon, denn dann gälte er als größenwahnsinnig. Aber wenn es doch so ist? Seine Theorie wird die Physik umwälzen.

»So, das sieht doch gut aus«, sagt Artem.

Max springt auf wie von der Tarantel gestochen. Artems Bildschirm ist voller Zahlen. Wo steckt der Parameter, den er für das Fraktal braucht? Artem zeigt auf eine Zeile im unteren Drittel des Schirms.

»86400« steht dort.

Was bedeutet das? Zumindest steht da nicht »42«. Max lacht hysterisch.

»Welche Einheit?«, fragt er.

»Sekunden«, antwortet Artem.

»Das sind dann … Das ist exakt ein Tag.«

»Blitzmerker.«

»Aber das ist … unmöglich.«

»Das kannst nur du beurteilen. Es ist die wahrscheinlichste Lösung. Hier, da siehst du die Verteilung. Alle anderen Lösungen liegen unter der Signifikanzgrenze.«

»Meine Theorie behauptet, dass die Zeitdimension quantisiert ist. Und die Zahl, die wir da ausgerechnet haben, wäre demnach die Länge einer solchen Zeitportion.«

»Und wo ist das Problem?«

»Ich habe eher an die Größenordnung der Planck-Sekunde gedacht, die sich aus allen bisherigen Theorien ergibt. Und die ist winzig.«

»Du sagst doch immer, dass du die Physik revolutionieren willst.«

»Ja, aber so funktionieren Revolutionen in der Physik selten. Das Alte steckt immer auch im Neuen, nur eben als Spezialfall.«

»Vielleicht ist es ja so. Das kannst du doch noch gar nicht überblicken. He, wir haben zum allerersten Mal einen Wert deiner temporalkosmologischen Konstante ausgerechnet. Bei der kosmologischen Konstante der Relativitätstheorie hat es Jahrzehnte gedauert, ihrem wahren Wert näherzukommen. Also wer weiß, was bei näherer Betrachtung deiner Theorie noch herauskommt. Jetzt hast du jedenfalls einen begründbaren Wert, den du für das Rendern deiner Grafik verwenden kannst.«

»Du hast recht, Artem. Wie immer.«

Max darf der Zahl keine so große Bedeutung beimessen. Es ist ein erster Versuch, ihr näherzukommen, mehr nicht. Er setzt sich wieder auf seinen Platz und gibt den Wert ein. Das Fraktal zeichnet sich auf dem Bildschirm neu. Es sieht nun deutlich feiner und stärker ziseliert aus. Die Bedrohung, die es ausgestrahlt hat, ist verschwunden. Max weiß, dass Zahlen solche Wirkungen haben können, aber wenn es passiert, ist er immer wieder beeindruckt.

»Was machen wir denn jetzt mit dem Vorzeichen? Soll ich versuchen, Zeit am Superrechner zu bekommen?«

»Moment.«

Er gibt den berechneten Wert mit einem Minus ein und baut das Fraktal neu auf. Es sieht exakt so aus wie zuvor. Wenn er es in Bewegung setzt, dreht es sich andersherum – gegen den Uhrzeigersinn. Aber das hat physikalisch nun wirklich nichts zu bedeuten. Er hat das Fraktal nur als Symbolbild gewählt, weil es der Erscheinung aus seinem Traum so sehr ähnelt.

»Ich glaube nicht, dass das Vorzeichen eine große Rolle spielt«, sagt Max. »Selbst wenn es negative Lösungen geben sollte, sind die ja nicht unbedingt real. Das kennen wir doch aus der Relativitätstheorie.«

»Es ist deine Theorie, Max. Du entscheidest.«

»Danke, Artem. Du hast mir wirklich sehr geholfen und hast etwas gut bei mir.«

Max speichert das Poster noch einmal und schickt es dann elektronisch ab. Es ist fünf Minuten vor Mitternacht. Shou wird nicht begeistert sein. Sie ist sehr streng mit ihren Studierenden. Wahrscheinlich wird er morgen noch einiges nachzuarbeiten haben.

»War mir eine Freude. Du musst mir mal genauer erklären, was deine Theorie nun für uns alle bedeutet. Diese Quantisierung der Zeit auf exakt einen irdischen Tag, das kann doch kein Zufall sein, oder?«

# 2

AM ENDE DER SCHOTTERPISTE PARKT LAURA DEN JEEP geschickt zwischen zwei Kompaktwagen. Elisabeth wäre die Lücke viel zu klein erschienen, aber ihre Tochter hat es geschafft. Ein Grund mehr, sich zu freuen, dass es ihr gelungen ist, sie zum Mitkommen zu überreden. So viel wie in den letzten 24 Stunden haben sie schon lange nicht mehr miteinander gesprochen. Damian hatte sich von dem Mutter-Tochter-Ausflug wegen der perfekten Tarnung geradezu begeistert gezeigt.

Elisabeth sieht auf die Uhr.

»Komm, wir machen einen kleinen Spaziergang«, sagt sie. »Wir haben noch über eine Stunde Zeit.«

Sie steigen aus. Draußen weht ein eisiger Wind, und das mitten im Sommer. Gut, dass Damian sie vorgewarnt hat. Allerdings hat er nicht gesagt, dass man hier sein Auto noch altmodisch selbst lenken muss. Elisabeth fährt normalerweise nicht einmal mehr eigenhändig aus der Garage. Hätte sich Laura nicht freiwillig ans Steuer gesetzt, hätten sie wohl einen Wagen mit Fahrer mieten müssen, wie es ihnen der Alamo-Angestellte am Flughafen in Reykjavik vorgeschlagen hatte. Damian wäre gar nicht begeistert gewesen.

»Riechst du das?«, fragt Laura.

Elisabeth zieht die Luft ein. Ihr steigt der faulige Gestank von Schwefelwasserstoff in die Nase, der hier überall aus natürlichen Schloten dringt. Sie zeigt nach oben. Ein stetiger Strom von Touristen quält sich den Steilhang hinauf. Elisabeth zieht den Schal fester um den Hals und winkt ihrer Tochter. Nebeneinander stapfen sie den staubigen Weg hinauf.

Die Anstrengung lohnt sich. Vom Rand der Caldera haben sie einen großartigen Blick auf den Kratersee, der in einem leicht grünlichen Blau schimmert. Die Wasserfarbe würde man an einem tropischen Strand vermuten. Hier macht sie den Eindruck, als wäre das Wasser von Chemikalien gefärbt – was vermutlich auch zutrifft. Elisabeths Blick schweift über eine grau-grüne Ebene bis zu schneebedeckten Bergen am Horizont.

»Komm, wir gehen noch ein Stück«, sagt Laura.

Der Weg führt weiter bergan. Links und rechts ist er mit Seilen markiert, die an kurzen Stangen angebracht sind. Die Mischung aus Vulkanasche und Kies knirscht unter den Stiefelsohlen. Sie erreichen einen Kamm, von dem aus ein kleinerer See sichtbar wird. Er sieht schmutzig aus. Am Ufer gibt es weißliche Ablagerungen, vielleicht Salz, aber es ist auch Grün zu sehen. Das müssen Algen oder Moose sein, die sogar unter diesen Bedingungen noch gedeihen.

»Da ist das Kraftwerk«, sagt Laura.

Elisabeth dreht sich in die Richtung, in die ihre Tochter zeigt. Sie sind vorhin schon an den Gebäuden vorbeigefahren, die an Industriehallen erinnern. Von ihnen gehen Rohrleitungen aus, die wie lange Spinnenbeine in die Landschaft ragen. Ab und zu werden sie von einstöckigen, domartigen Gebäuden unterbrochen, bei denen es sich um die Gelenke der Beine handeln könnte. Die Füße wiederum bestehen aus braunen, tonnenartigen Bauwerken. Unter ihnen verstecken sich vermutlich die Heißwasserquellen. Das warme Wasser fließt über die Rohrleitungen zum Kraftwerk und treibt dort die Turbinen an.

»Sieht aus wie ein Organismus, der sich von der Erde ernährt«, sagt Laura.

Sie hat recht, und im Grunde ist es ja nichts anderes. Die Anlagen sammeln die Hitze der Erde und wandeln sie in eine für den Menschen nutzbare Kraft um. Die so ausgebeutete Erde tut ihr ein bisschen leid, auch wenn das unvernünftig ist. Die Wärme ist ja nun einmal da. Warum sollte man sie nicht nutzen?

»Ist schon eine seltsame Insel«, sagt Elisabeth.

»Danke, dass du mich mitgenommen hast.«

»Ich freue mich, dass du dabei bist.«

Ein wenig plagt Elisabeth aber auch das schlechte Gewissen, denn sie hat Laura den wahren Grund für die Reise vorenthalten und ihr nur gesagt, dass es eine Dienstreise ist und sie ab und an zu tun haben würde. Sie will sie nicht in unnötige Schwierigkeiten bringen. Auch Damian hat auf Geheimhaltung bestanden.

Als sie zu ihrem Jeep zurückkommen, warten dort schon zwei Männer auf sie. Laura bleibt mit misstrauischem Blick stehen, aber Elisabeth winkt ab. Sie ahnt schon, wer die Männer geschickt hat. Sie sehen sich ziemlich ähnlich. Vermutlich sind es Brüder. Beide sehen aus, als würden sie körperlich arbeiten. Ihre Kleidung und ihre Stiefel sind staubig.

»Wir wollten Sie zu Ihrem Termin im Kraftwerk abholen«, sagt der linke.

Er spricht perfektes Englisch, aber mit ganz leichtem Akzent.

»Wir wären schon pünktlich gewesen«, sagt Elisabeth.

»Natürlich, Frau Professorin.«

»Nennen Sie mich Elisabeth.«

»Schön. Ich bin Einar, und das ist mein Bruder Floki.«

»Und das ist meine Tochter Laura«, sagt sie.

Die beiden Männer dürften Mitte 30 sein – ein bisschen älter als ihre Tochter.

»Sehr angenehm«, sagt Einar. »Begleiten Sie uns, Laura?«

»Ich glaube, nicht«, antwortet Laura.

»Richtig. Meine Tochter fährt schon einmal vor in unser Hotel«, sagt Elisabeth.

»Wo wohnen Sie denn?«

»Im Icelandair-Hotel Myvatn.«

»Sehr schön. Vielleicht können wir heute Abend gemeinsam etwas essen? Ich kenne da ein sehr nettes Restaurant«, sagt Floki.

»Das würde mich freuen«, antwortet Laura und lächelt ihn an.

IN EINEM ATEMBERAUBENDEN TEMPO RAST DER FIRMENJEEP die Straße hinab. Elisabeth hält sich an einem Handgriff über ihrem Fenster fest. Einar steuert, Floki sitzt neben ihm und starrt in sein Smartphone. Elisabeth fasst einen weit entfernten Berg ins Auge, damit ihr nicht übel wird.

Kurz vor dem Krafla-Kraftwerk biegen sie von der öffentlichen Straße ab. Einar hält vor einem Checkpoint. Es ist keine Wache zu sehen. Einar lässt trotzdem die Scheibe herunter und hält den Kopf aus dem Fenster. Vermutlich hängt irgendwo eine Kamera, die seine Identität prüft. Die Schranke öffnet sich, und der Jeep beschleunigt.

Sie durchqueren nun eine flache Ebene, die nur ab und zu von ein paar ausgetrockneten Flussbetten durchzogen und mit dunkelbraunen, vulkanischen Felsbrocken gesprenkelt ist. Elisabeth stellt sich vor, wie die riesigen Bruchstücke einst aus einem Vulkanschlot geschleudert wurden, um dann einer nach dem anderen krachend in die Ebene einzuschlagen.

»Dort vorn müssen wir hin«, sagt Floki.

Sein Arm zeigt auf ein Loch im Berg, das sich etwas oberhalb des Normalniveaus befindet. Hatte Damian Flynt nicht von einer Tiefbohrung gesprochen?

»Ich denke, es geht um Heißwassergewinnung?«, fragt sie.

»Das ist richtig. Unter diesem Bergzug kommen wir schneller an die heißen Schichten heran.«

»Und warum sind dann all die früheren Bohrungen hier in der Ebene entstanden?«

»Die Technik, Frau Professorin. Wir haben einen autonomen Bohrer, der in alle Richtungen flexibel arbeiten kann, selbst um die Kurve. Wir bohren also in den Berg hinein und dann weniger weit nach unten und kommen so schneller ans Ziel, als wenn wir in der Ebene tiefbohren würden. Außerdem ist die Ebene schon ziemlich abgeerntet. Wenn wir jetzt die Ausbeute verdoppeln wollen, brauchen wir neue Quellen.«

»Und das lohnt sich?«, fragt sie.

»Aber klar. All die Wärme kommt völlig umsonst aus der Erdkruste. Die zusätzliche Leistung amortisiert sich in drei bis fünf Jahren, und es ist absolut saubere Energie.«

»Dieser autonome Bohrer hat also das Objekt entdeckt?«

»Ja, einem Standard-Bohrgestänge wäre es gar nicht aufgefallen. Aber unser Bohrer analysiert ständig das Gestein, damit er die Bohrleistung anpassen kann. Wenn ihm jedoch etwas auffällt, das er noch nie gesehen hat, stoppt er und gibt uns Bescheid.«

Das Loch in der Bergflanke nähert sich. Es ist etwa zwei Stockwerke hoch und von einem schwarzen Tor verschlossen. Elisabeth kommt sich vor, als würden sie den Herrscher eines Fantasyreichs besuchen. Das Mordor aus Tolkiens Mittelerde würde gut nach Island passen. Der Jeep fährt eine Rampe hinauf und bleibt in respektvoller Entfernung vor dem Tor stehen.

Floki hat sein Smartphone am Ohr und spricht mit jemandem. Sie versteht kein Wort. Isländisch hört sich magisch an. Und klingt sein Name, Floki, nicht wie der des nordischen Gottes Loki? Elisabeth ist eigentlich eher pragmatisch, aber die Landschaft hier lädt anscheinend zu solchen Gedanken ein.

Der rechte Flügel des Tores öffnet sich langsam und quietschend. Die Zwergenkrieger, die Elisabeth erwartet hätte, treten aber nicht heraus. Sie bekommen keinerlei Empfangskomitee. Der Jeep fährt einfach durch den schwarzen Halbbogen, schaltet die Scheinwerfer ein und erreicht eine imposante Höhle. Hier dominiert die Technik. Rohrleitungen verlaufen am Boden, Kabel an der Decke. Wo Platz ist, sind Kisten gelagert. Schilder warnen auf Englisch, auf Isländisch und mit anschaulichen Symbolen vor einer Reihe von Gefahren. Obwohl die Höhle breit wie eine deutsche Autobahn ist, hat der Jeep gerade genug Platz, um zwischen all den Rohren hindurchzumanövrieren.

»Was passiert denn bei Gegenverkehr?«, fragt sie.

»Das siehst du gleich«, antwortet Einar.

Kurz darauf zeigt er nach links. Die Rohrleitung knickt nach oben ab und bildet einen Bogen, unter den ein ganzes Fahrzeug passt.

»Solche Ausweichstellen gibt es alle 200 Meter«, erklärt Einar.

Sie erreichen eine Kreuzung. Links und rechts münden zwei kleinere Gänge. Auch die Kabel und Rohre teilen sich hier. Es ist, als würden sie durch die Eingeweide eines schlafenden Riesen fahren. Hoffentlich erwacht er nicht, während sie sich unter Tage befinden.

»Wie tief sind wir hier eigentlich?«, fragt sie.

»Der Bergrücken ist maximal 400 Meter hoch«, sagt Einar. »Richtig in die Tiefe kommen wir im Jeep gar nicht.«

400 Meter Gestein über ihr genügen ihr eigentlich. Elisabeth ist nicht klaustrophobisch veranlagt, aber sie hat auf dieser kurzen Reise schon an vielen Stellen gesehen, dass die Erdkruste auf Island nicht so starr ist wie in ihrer Heimat.

An der nächsten Kreuzung biegen sie rechts ab. Anscheinend nähern sie sich dem Ziel. Diese Höhle scheint noch recht neu zu sein. Es sind keine Rohrleitungen verlegt. Es gibt auch keine Beleuchtung. Nur an der Decke verläuft ein dünnes Stromkabel.

Vor einem weiteren Tor halten sie. Diesmal wird es von einem Zwergenkrieger bewacht – einem Mann in Kampfmontur, der eine automatische Waffe über der Schulter trägt. Floki wechselt ein paar Worte auf Englisch mit ihm, in denen es um das Woher und das Wohin geht. Erst danach steigen sie aus. Der Mann öffnet ihnen eine in das Tor integrierte Tür.

Gerade als Elisabeth durch den Rahmen steigt, bewegt sich der Boden unter ihr. Staub rieselt von der Decke. Floki greift nach ihrem Arm. Er will sie wohl stützen, weil er sie für eine alte Frau hält.

»Es geht schon«, sagt sie. »Was war das?«

»Ein kleines Erdbeben«, sagt Floki. »Kein Grund zur Sorge.«

Das ist so typisch. Wenn der Experte ›kein Grund zur Sorge‹ sagt, ist es Zeit, sich ernsthafte Sorgen zu machen. So hat sie es im Kino gelernt. Sie sieht Floki prüfend an.

»Wirklich«, sagt er. »So etwas haben wir hier einmal die Woche. Na gut, einmal im Monat. Aber all unsere Konstruktionen sind in höchstem Maße erdbebensicher.«

»Glauben Sie ihm kein Wort«, widerspricht Einar. »Aber Erdbeben sind hier wirklich nicht das Problem. Eher die Vulkanausbrüche. Wir befinden uns quasi im Herzen eines Vulkans, der allerdings schon sehr lange nicht aktiv war.«

»Sehr beruhigend.«

Plötzlich hört Elisabeth eine Passage aus Wagners »Ring der Nibelungen«. Wie passend! Floki nimmt sein Smartphone aus der Tasche. Offenbar hat er das Stück als Klingelton gewählt. Wieso hat er hier unten überhaupt Empfang?

»Okay, verstanden«, sagt er und legt wieder auf.

»Es tut mir leid, Frau Professorin … ähm, Elisabeth. Wir müssen unseren Ausflug in die Tiefe leider verschieben. Die seismologische Warnstelle erwartet noch weitere kleine Schwarmbeben wie das eben, und der Betreiber will kein Risiko eingehen, auch wenn die Erschütterungen nur sehr schwach sind. Wir müssen Sie deshalb leider zurück ins Hotel bringen.«

»Was bedeutet eigentlich der Name des Restaurants?«, fragt Laura.

»Gamli Bærinn, das heißt Altstadt«, erklärt Einar.

Die beiden Isländer haben sie vor dem Hotel abgeholt. Elisabeth hat sich eigentlich auf einen kleinen Spaziergang gefreut, aber nun sitzen sie kaum 30 Meter weiter auf der Terrasse des Gamli Bærinn. Das Restaurant ist natürlich voller Touristen. Es ist gerade Hochsaison. Als Landsmann hat es Einar trotzdem geschafft, ihnen einen Tisch draußen zu organisieren.

»Altstadt?«, fragt Laura. »Eine richtige Stadt sehe ich hier gar nicht.«

»Ich weiß auch nicht, wieso sie diesen Namen gewählt haben«, sagt Einar. »Aber das Essen ist gut.«

Er zeigt auf die Karte. Ihre Tochter hat noch keinen Blick hineingeworfen, vertieft sich aber jetzt in das Angebot. Elisabeth hat schon gewählt.

»Ich glaube, ich nehme den Lammburger«, sagt Laura nach einer Weile.

Die anderen haben längst ihre Karten zugeklappt. Wie bestellt, erscheint der Kellner neben dem Tisch.

»Das Lamm schmeckt … intensiv«, sagt Floki. »Das muss man mögen.«

»Ich mag das«, sagt Laura.

»Ein Lammburger«, wiederholt der Kellner und sieht Elisabeth an.

»Fish and chips für mich«, sagt sie.

Die Auswahl hier erinnert sie an ihre Studienzeit in England. Es sind aber kaum Briten zu hören. Am Nebentisch sitzen Franzosen, hinter ihnen Spanier und da drüben, das müssten Deutsche sein. So klingt jedenfalls ihr Akzent.

Einar und Floki diktieren dem Kellner ihre Auswahl in der Landessprache. Elisabeth ist gespannt, was dabei herauskommt.

»Gibt es eigentlich schon eine Prognose für morgen, also seismologisch gesehen?«, fragt sie.

»Ich denke, wir werden diesmal einfahren können«, sagt Einar. »Das Objekt …«

Floki stößt ihn an. Einar sieht zu Laura.

»Ich bin gar nicht da«, sagt ihre Tochter. »Besprechen Sie ruhig, was Sie zu besprechen haben.«

»Laura ist sehr zuverlässig«, sagt Elisabeth.

Dass sie als Journalistin arbeitet, erzählt sie besser nicht. Aber Laura würde nie etwas veröffentlichen, was ihrer Mutter schadet.

»Also das Objekt«, sagt Einar, »befindet sich in 250 Metern Tiefe. Wir werden in einem offenen Korb einfahren, der passt gerade so in den Schacht.«

»Ich bin noch nicht sicher, was Sie dort überhaupt von mir erwarten«, sagt Elisabeth.

»Das Objekt hat sich gewissermaßen verhakt. Sie werden das Problem verstehen, wenn Sie es sehen. Um es zu bergen, müssen wir es irgendwie lösen. Es darf dabei aber unter keinen Umständen beschädigt werden.«

»Wer bekommt das Bier?«, fragt der Kellner.

»Ich«, meldet sich Laura.

Elisabeth verabschiedet sich nach dem Essen. Die Zeitverschiebung macht ihr zu schaffen, und sie will ihr Paper für die Konferenz in zehn Tagen noch einmal durchlesen. Laura versteht sich gut mit den beiden Männern. Aber sie merkt doch, dass die gut zwanzig Jahre Altersunterschied Unterhaltungen erschweren. Oder ist es ihr Titel?

Egal. Sie gehört sowieso ins Bett. Und ein bisschen hat sie auch das Gefühl, ihrer Tochter im Weg zu sein. So viel sie weiß, hat Laura seit zwei Jahren keinen festen Freund mehr. Von dem Glas Rotwein beschwipst, läuft sie an der Rezeption des Hotels vorbei.

»Frau Gabai?«, ruft ihr ein junges Mädchen hinterher.

Sie bleibt stehen und dreht sich um. »Die bin ich.«

»Sind Sie die Mutter?«

Was ist das denn für eine Frage?

»Äh, ja, ich bin die Mutter meiner Tochter, aber was geht Sie das an?«

»Entschuldigen Sie. Dann habe ich eine Nachricht für Sie. Ich soll sie nur der Mutter geben, nicht der Tochter. Ihre Tochter soll nicht einmal anwesend sein bei der Übergabe.«

»Aha. Das ist aber ungewöhnlich.«

»Das stimmt. Möchten Sie, dass ich die Nachricht lieber vernichte? Sie sind nicht verpflichtet, sie anzunehmen.«

»Nein, jetzt haben Sie mich neugierig gemacht.«

Die junge Frau kommt hinter der Theke hervor und reicht ihr einen Umschlag. »Elisabeth Gabai, persönlich«, steht darauf. Die Handschrift kommt ihr bekannt vor. Könnte es sein, dass Ihre Tochter das geschrieben hat? Aber wieso sagt sie ihr nicht, was sie zu sagen hat? Sie traut sich nicht! Ist sie schwanger? Oder hat sie gar Krebs, Gott behüte?

Elisabeth wird schwindlig. Sie muss sich an der Wand festhalten.

»Geht es Ihnen gut?«, fragt die Angestellte.

»Ja, es geht schon. Ein bisschen zu viel Anstrengung heute.«

Die junge Frau schiebt einen Sessel heran. Elisabeth nimmt das Angebot an und lässt sich fallen. Das Möbelstück quietscht. Sie hat sich kraftloser fallenlassen als beabsichtigt. Vielleicht braucht sie doch einen Arzt. Elisabeth greift sich ans Herz, aber das schlägt regelmäßig, wenn auch etwas stärker als sonst.

Sie hält den Brief vor die Deckenlampe. Ein Fotoabzug befindet sich schon einmal nicht darin. Also kein Baby, vermutlich auch keine Krankheit. Jedenfalls keine, die auf einem Röntgenbild erkennbar wäre. Sie dreht den Umschlag um, aber auch auf der Rückseite ist kein Absender zu sehen. Elisabeth seufzt. Sie spürt die Blicke der Angestellten auf sich. Wenn sie noch einmal seufzt, ruft sie vermutlich den Arzt. Also reißt sie sich besser zusammen. Wenn der Brief wirklich von Laura ist, wird sie ein ernstes Wort mit ihr reden. Warum sagt sie ihr nicht einfach, was los ist?

Elisabeth betrachtet den Umschlag noch einmal. Das Papier ist schon etwas vergilbt. An der rechten Seite sind zwei etwa einen Zentimeter lange Linien ins Papier gequetscht, die von einer Büroklammer stammen könnten. Der Klebeverschluss auf der Rückseite löst sich an zwei Stellen. Es gibt keine Briefmarke und keinen Poststempel, also muss der Umschlag persönlich hier abgegeben worden sein. Sie reißt ihn auf. Ein schmales, hellgelbes Blatt kommt zum Vorschein. Darauf sind mit einem blauen Stift, vermutlich einem Kugelschreiber, zwei karge Sätze festgehalten. Die Schrift könnte wirklich von Laura stammen.

»Du darfst morgen nicht in den Berg einfahren. Aber sprich mit niemandem darüber.«

Na toll. Das kann doch wohl nur ein Scherz sein! Was bildet sich Laura eigentlich ein? Elisabeth riecht an dem Papier. Laura benutzt stets ein ganz bestimmtes Parfüm, aber an dem Brief haftet kein Molekül davon. Elisabeth steht auf. Die Wirkung des Rotweins scheint verflogen. Sie stellt sich vor die Theke und wedelt mit dem Brief.

»Können Sie mir eine Frage beantworten?«

Die Angestellte lächelt verkrampft. »Ich weiß nicht. Ich bin hier noch ganz neu.«

*Bitte mach mir keinen Ärger, ich bin noch in der Probezeit*, soll das wohl heißen. Aber darauf kann sie keine Rücksicht nehmen.

»Versuchen wir es doch einfach«, sagt sie. »Wer hat diesen Brief abgegeben?«

»Ich weiß es nicht«, sagt das junge Mädchen.

»War es eine junge Frau mit glatten, halblangen, dunklen Haaren?«

»Ich kann Ihnen das wirklich nicht sagen.«

»Aber Sie wissen noch, wann der Brief abgegeben wurde? War es gestern?«

Die junge Frau schüttelt den Kopf.

»Also heute?«

»Nein.«

Sie sind aber erst gestern in Island angekommen. Also kommt ihre Tochter schon einmal nicht in Frage.

»Wann denn sonst?«, fragt sie.

»Ich weiß es nicht«, sagt die Angestellte.

»Sie wissen es nicht?«

»Ja, das war vor meiner Zeit.«

»Wie lange arbeiten Sie denn schon hier?«

»Etwa sechs Wochen.«

»Also liegt der Brief hier schon über sechs Wochen?«

Das ist unmöglich. Vor sechs Wochen wusste noch niemand, dass sie heute in Island sein und in diesem Hotel übernachten würde.

»Er liegt hier schon seit Jahren«, sagt die junge Frau. »Warten Sie.«

Sie bückt sich, hebt einen grünen Papierkorb aus Plastik hoch und wühlt darin.

»Hier!«

Die Frau holt einen zerknüllten Zettel aus dem Papierkorb und legt ihn Elisabeth vor. Das Papier ist genauso vergilbt wie der Umschlag. Am Rand trägt es den Abdruck einer Büroklammer.

»Dieser Zettel war auf dem Brief befestigt«, sagt die Frau. »Er lag jahrelang im Safe. Ich habe den Zettel weggeworfen, nachdem ich den Auftrag ausgeführt habe.«

Den Auftrag? Elisabeth streicht das Papier glatt. Es kommen blaue Buchstaben zum Vorschein: »Bitte am 8. Juli 2058 an Frau Professor Elisabeth Gabai übergeben. Bitte dabei die Anwesenheit der Tochter vermeiden.«

Elisabeth nimmt den Zettel und setzt sich damit auf den Sessel. Das ist unmöglich. Niemand konnte vor Jahren wissen, wo sie sich heute aufhalten würde. Irgendjemand spielt ihr hier einen gewaltigen Streich. Wahrscheinlich gibt es dieses merkwürdige Objekt überhaupt nicht. Aber wer steckt dahinter? Vielleicht Charles Pardon, ihr Chair? Aber warum? Sie arbeite zu viel, sagt er immer. Er mag sie. Elisabeth weiß gar nicht mehr, wann sie ihren letzten echten Urlaub hatte.

Wenn er sich nun mit Laura zusammengetan hat, um sie

endlich mal aus dem Büro zu locken? Aber die Kosten – allein für den Business-Class-Flug hierher müssen Laura und Charles ein paar tausend Dollar gezahlt haben. Charles macht das vermutlich nicht viel aus, er kommt aus einer reichen Familie. Aber Laura hatte bisher nur Vertretungsjobs. Wenn sie nun doch endlich die ersehnte Festanstellung bekommen hat?

Es gibt wohl nur einen Weg, das herauszufinden. Sie muss den morgigen Tag abwarten. Aber sie wird ihre eigenen Vorkehrungen treffen. Elisabeth steht auf und geht wieder zum Tresen. Die junge Frau sieht sie ein bisschen ängstlich an. Sie ist mit der Situation definitiv überfordert.

»Wer kann mir denn mehr zu dem Brief sagen?«, fragt sie.

»Mein Manager«, antwortet die Angestellte.

»Können Sie ihn holen?«

»Er hat heute schon Feierabend. Aber morgen ist er ab sechs Uhr im Hotel.«

Das passt. Für sieben Uhr ist sie mit Laura zum Frühstück verabredet. Vorher wird ihre Tochter garantiert nicht wach sein.

»Sehr gut. Bitte richten Sie ihm aus, dass ich ihn um sechs Uhr dreißig sprechen möchte. Am besten hier an der Rezeption.«

# C

»Guten Morgen, Max«, sagt Winston.

»Einen wunderbaren Morgen auch dir«, entgegnet Max.

Er hatte auf der Fahrt zur Universität gerade eine großartige Eingebung, die er sofort umsetzen will. Das versetzt ihn in eine Hochstimmung. Endlich könnte etwas herauskommen aus der Theorie, an der er schon so lange tüftelt.

»Oh, vielen Dank, das ist aber nett!«, sagt Winston.

»Gern. Ich wüsste gar nicht, was ich ohne dich tun sollte.«

Wenn er schon dabei ist, kann er Winnie auch das Kompliment machen, das ihm schon lange zusteht. Der Assistent strahlt. Warum weiß er eigentlich so wenig über ihn? Abgesehen davon, dass er mit dem Nachnamen Churchill heißt und in Brasilien aufgewachsen ist, wüsste er nichts über Winston zu sagen.

»Ach ja, ich soll alle daran erinnern, dass heute Abteilungsbesprechung ist«, sagt Winston.

»Was?«

»Heute ist Besprechung, wie jeden Dienstag. Gleich nachher um elf bei Shou.«

Oh, Mist. Seine Idee … Er muss sie so schnell wie möglich aufschreiben. Max verlässt das Büro.

»Es ist gleich elf!«, ruft Winston ihm hinterher. »Du kannst auch hier warten!«

Nein, das kann er nicht. Er rennt über die Treppe in den vierten Stock, stürmt grußlos in sein Büro, startet den Computer und schreibt auf, was ihm eingefallen ist.

»Kommst du?«, fragt Artem.

Max sieht sich um. Artem wartet in der offenen Tür.

»Noch zwei Sätze«, sagt Max.

Artem verlässt das Büro. Max tippt und tippt. Das leere Büro inspiriert ihn. Aus zwei Sätzen werden fünf, dann zehn. Als er das nächste Mal auf die Uhr sieht, sind acht Minuten vergangen.

Verdammt. Er muss los. Max springt auf und rast in den dritten Stock hinunter. Shous Vorzimmer ist leer. Im Büro der Professorin sitzen alle Postdocs und Doktoranden der Abteilung rund um den großen Schreibtisch verteilt. Shou steht vor einer digitalen Tafel und erklärt etwas.

»Ah, Max. Schön, dass Sie es auch möglich machen konnten«, sagt sie mit verkniffenem Mund.

Natürlich ist sie sauer. Shou hasst Unpünktlichkeit und mag es gar nicht, wenn etwas erst in letzter Minute passiert.

»Es tut mir sehr leid, ich war so in meine Arbeit vertieft.«

Max sucht nach einem freien Platz, aber alle Stühle sind besetzt. Also setzt er sich auf den Fußboden zwischen Artem und Winnie. Shou antwortet nicht auf seine Ausrede.

»Harvard gibt uns Platz für vier Poster«, sagt sie und zeichnet ebenso viele Rechtecke auf die Tafel.

Max zählt durch. Sie sind zu acht. Nur jeder zweite wird also auf der Konferenz seine Arbeit vorstellen können.

»Ich verzichte auf das Poster«, sagt Shou.

Wie großmütig. Ihr ist sowieso genügend Aufmerksamkeit sicher, denn sie hält eine der Keynotes.

»Ich bin noch nicht so weit«, sagt Artem.

»Danke. Dann sind wir bei sieben Bewerbungen für vier Poster«, sagt Shou.

Niemand widerspricht.

»Sollen wir das mal durchgehen?«, fragt die Professorin. »Jieru, wollen Sie anfangen?«

Die junge Frau errötet und steht auf. »Meine Arbeit

beschäftigt sich mit Dirac-Zuständen freier Fermionen. Sie beruht darauf, was ich schon in Beijing begonnen habe, aber jetzt will ich das verallgemeinern.«

»Danke, Jieru. Das ist ein sehr anspruchsvolles Thema. Sind Sie denn so weit, es auf einem Poster zusammenzufassen?«

»Ich denke, schon.«

»Bis übermorgen?«

»Ähm, ja.« Die junge Frau massiert ihre Handgelenke.

»Das wollte ich hören. Dass ich die Deadline so kurzfristig setze, ist auch ein kleiner Test. Wer seine Arbeit nicht innerhalb von 48 Stunden zusammenfassen kann, ist einfach noch nicht so weit, in Harvard auftreten zu können.«

Brad meldet sich.

»Ja, Brad?«

»Können wir auch ohne Poster an der Konferenz teilnehmen?«

»Selbstverständlich. Unsere Abteilung übernimmt alle Reisekosten.«

»Danke, Laura. Dann ziehe ich meine Bewerbung zurück.«

»Hervorragend. Auch zu so einer Entscheidung gehört Mut. Damit sind wir bei sechs. Noch jemand so mutig wie Brad?«

Niemand meldet sich. Nacheinander stellen alle ihre aktuelle Forschungsarbeit vor. Nachdem er seinen Kurzvortrag gehalten hat, zieht auch Dumitru seine Bewerbung zurück. Fünf.

»Max? Sie sind der Letzte. Ich bin sehr gespannt«, sagt Shou mit ausdruckslosem Gesicht.

Bei ihr weiß Max eigentlich nie, woran er ist. Beim Pokern muss sie ein schwieriger Gegner sein. Er steht auf. Seine Knie schmerzen vom Schneidersitz.

»Ich befasse mich mit der Quantisierung der Zeit«, sagt er und erklärt in wenigen Sätzen seine Theorie.

Shou wirkt gelangweilt, aber sie kennt ja sein Thema auch bereits.

»Sind Sie fertig?«

»Ja.«

»Schade. Ich hatte gehofft, dass Sie neue Daten haben. Sie müssen uns schon etwas zum Knabbern geben.«

»Welche Art von Daten? Es ist primär eine Theorie, die ich entwickle.«

»Sie müssen doch eine Idee von der Größe der Parameter haben? Einstein hatte durchaus eine Ahnung, in welcher Größenordnung die von ihm vorhergesagten Effekte auftreten würden. Er hat dann damit die Periheldrehung des Merkur erklärt.«

Max schluckt. Daten! Dafür ist es doch viel zu früh. Er versteht ja, was Shou meint. Wenn er Aufmerksamkeit für seine Theorie will, muss er etwas Greifbares vorzuweisen haben. Eine bessere Erklärung für das Funktionieren des Universums ist ja schön und gut, aber so wie die Relativitätstheorie von Schwarzen Löchern und Gravitationslinsen lebt, muss seine Theorie auch etwas zeigen können.

»Ich verstehe«, sagt er. »Ich werde Ihnen bis heute Abend etwas liefern.«

»Danke, Max. Wenn Sie das hinbekommen, ist Ihr Poster gesetzt. Anderenfalls würde ich lieber einem anderen Mitglied unserer Arbeitsgruppe den Vortritt lassen.«

»Na, das war ja eine ganz schöne Abfuhr eben«, sagt Brad.

»Die mag mich nicht, glaube ich«, sagt Max.

»Jetzt benimm dich nicht wie ein greinendes Baby«, sagt Artem. »Du hast ihr etwas versprochen, also setz es um.«

»Das schafft er doch sowieso nicht«, sagt Brad. »Max kann nur Theorie. Sobald es praktisch wird, sieht er alt aus.«

»He, du solltest ihm Mut machen, Brad.«

»Ich bin doch nicht seine Mum. Sei einfach ein Mann, Max, mach es wie ich und lass die Konferenz sausen.«

Max schaltet den Computer ein. Brad hat nicht unrecht.

Er ist gut darin, Theorien zu entwickeln, aber schlecht darin, sie bis zum Ende zu denken. Seine Theorien blähen sich immer weiter auf, bis niemand mehr ihren wahren Nutzen erkennen kann, auch er selbst nicht. Vielleicht ist es ja gar nicht schlecht, dass Shou ihn unter Druck setzt. Er muss bis heute Abend liefern, sonst …

Aber hier wird das nichts. Brad hat gerade eine Packung Chips ausgepackt und knabbert. Artem tippt, aber nicht gleichmäßig, sondern in Schwüngen. Die Geräusche treiben ihn in den Wahnsinn. Max steht auf und verlässt das Büro.

In der Bibliothek in B1 lässt er sich einen Platz zuweisen. Heute ist es hier überraschend leer. Er sucht die Reihe F. Platz 18 ist in der Nähe des Mittelgangs. Platz 16, direkt am Gang, ist besetzt. Er bittet die Frau, ihn durchzulassen. Ihr Gesicht sieht er nicht. Die langen blonden Haare wirken wie eine Gardine. Die Frau rutscht mit ihrem Stuhl näher an den Tisch, sodass dahinter Platz zum Durchklettern ist. »Elisabeth Gabai«, liest er auf dem Namensschild, das die Frau auf den Tisch gelegt hat. Der Name kommt ihm bekannt vor, aber er weiß nicht, woher.

Egal. Er hat zu tun. In der Tischfläche verbirgt sich ein Bildschirm, den er aufklappt. Davor schiebt sich eine Tastatur aus der Platte. Er rutscht mit dem Stuhl etwas nach hinten, weil das Keyboard sonst seinen Bauch rammt. Er muss mehr Sport machen. Die Kamera im Bildschirm hat ihn bereits erkannt, und schnell baut sich seine gewohnte Arbeitsoberfläche auf.

Wo bekommt er nur Daten von der Art her, wie sie sich Shou gewünscht hat? Vielleicht kann er sich an seinem großen Vorbild orientieren, Albert Einstein. Als der damals seine Feldgleichungen vorstellte, hat er eine kosmologische Konstante hinzugefügt, die – wenn sie positiv ist – einer nach außen drückenden Kraft entspricht. Er brauchte sie als Gegenkraft zur Gravitation, weil seine Theorie nur damit ein statisches Universum beschrieb, das weder schrumpft noch wächst. Was die Wissenschaft damals für richtig hielt.

Später fanden die Forscher heraus, dass das All nicht

statisch ist. Damit hätte die kosmologische Konstante Geschichte sein können. Aber sie blieb, denn heute kann man sie sehr schön nutzen, um die Dunkle Energie und die beschleunigte Expansion des Universums ins Spiel zu bringen. Eine ähnliche Konstante gibt es auch in Max' Theorie. Während die kosmologische Konstante die Einheit $1/m^2$ hat, misst sich Max' Konstante in Sekunden. Der absolute Wert der Konstante ist allerdings weniger wichtig als das Vorzeichen – bei Einstein. Und bei ihm? Was würde es in der Praxis bedeuten, wäre seine temporalkosmologische Konstante positiv, negativ oder gar Null?

Max startet ein paar Simulationen. Seine Feldgleichungen kann er auf die Schnelle nicht lösen. Aber er müsste doch in der Lage sein, etwas über die Auswirkungen seiner Konstanten herauszufinden. Am einfachsten ist es, sie auf Null zu setzen. Das spielt er deshalb als Erstes durch. Er lässt den Computer per Zufall Lösungen seiner Gleichungen generieren und wertet aus, was sich statistisch daraus ergibt. Dabei handelt es sich nicht um echte Lösungen. Es geht ihm nur um die Masse. Über viele potenzielle Lösungen hinweg könnte sich ein Trend ergeben.

Ein paar Minuten lässt er den Computer rechnen. Dann sieht er sich das erste Ergebnis an. Seine Theorie beschreibt demnach ein statisches Universum – und zwar eines von ganz extremer Art, denn in ihm ist auch die Zeit stehengeblieben. Dass sie nicht in einem solchen Kosmos leben, ist offensichtlich. Trotzdem ist sein Modell interessant, müssten sich doch darin komplizierte Gesetze in einfachere verwandeln, weil die Zeit als Faktor wegfällt. Schon darüber ließe sich eine Dissertation schreiben.

Aber sein Ehrgeiz geht natürlich darüber hinaus. Max will den ganz großen Auftritt.

Also muss er jetzt auch positive und negative Werte testen. Welche? Am besten, er beginnt ganz nahe bei Null. Ein winziges bisschen mehr als gar nichts. Das führt dazu, dass er viele Terme in seinen Gleichungen guten Gewissens ebenfalls auf Null setzen kann. So sind sie einfacher beherrschbar und lassen sich leichter simulieren. Bei den Termen, die nicht vernachlässigbar sind, macht das Vorzeichen dann aber eine Menge aus. Sie sind es, die ihm die entscheidenden Hinweise liefern können. Er verpackt Plus und Minus in zwei parallel ablaufende Prozesse und verteilt ihre Berechnung auf die beiden Seiten des Bildschirms.

Das macht Spaß. Jetzt kann er zusehen, wie die beiden Versionen der Realität darum kämpfen, sich durchzusetzen. Sowohl links als auch rechts baut sich zunächst die typische Glockenkurve auf. Die Rechnungen mit der höchsten Wahrscheinlichkeit sind sich alle sehr ähnlich. Max fürchtet schon ein völlig unspektakuläres Ergebnis, doch dann passiert etwas Entscheidendes: Auf der rechten Seite, die dem Minus gewidmet ist, häufen sich Lösungen mit einem negativen Wert in einer Wurzel.

Max hat die Wahl: Er kann sie hinauskicken. Dann hat die linke Seite gewonnen, das Plus, der positive Wert seiner Konstanten. Oder er lässt sich darauf ein, im Bereich der komplexen Zahlen weiterzumachen. Dazu braucht er nur das Vorzeichen als Wurzel aus minus 1 auszuklammern. Ab diesem Zeitpunkt steckt nun allerdings der imaginäre Anteil i in all seinen Zahlen. Das muss kein Nachteil sein. Die Natur kann mit komplexen Zahlen leichter umgehen als die Menschen. Im Elektromagnetismus stehen komplexe Zahlen für Schein- und Wirkwiderstände. Aber in der Relativitätstheorie spielen sie eigentlich keine Rolle. Warum dann bei ihm?

»Das sieht ja sehr faszinierend aus. Ist das eine Reihenentwicklung?«

Max zuckt zusammen. Wer spricht ihn da an? Es ist die junge Frau vom Platz neben ihm. Sie hat ihren Stuhl etwas nach hinten geschoben und sieht ihm über die Schulter.

»Uff, äh.«

Mehr bekommt er nicht heraus. Die Frage hat ihn aus dem Universum auf den Erdboden geholt.

»Entschuldige, ich wollte dich nicht erschrecken. Es sah so aus, als würdest du nicht weiterkommen. Es tut mir leid. Ich habe wohl einen Helferkomplex, gerade wenn es um Mathematik geht. Ich bin übrigens Liz.«

»Max. Ich …«

»Du musst nichts sagen. Ich lasse dich schon wieder in Ruhe.«

»Nein, warte, ich könnte durchaus Hilfe gebrauchen.«

Was ist denn da gerade in ihn gefahren? Er konnte schon immer allein am besten nachdenken.

»Ah, das freut mich. Also nein, es freut mich natürlich nicht. Du verstehst schon.«

»Ich verstehe.«

Max erklärt ihr das Problem. Liz hört zu und fragt zwischendurch immer wieder nach. Obwohl sie Mathematikerin ist, kann sie auch im Bereich der Physik folgen.

»Tja, da stehe ich nun mit meinen imaginären Werten«, sagt er.

Liz rutscht näher heran. Ihre Haare riechen nach Shampoo. Sie geht seine Gleichungen am Bildschirm durch. Dabei berühren sich ihre nackten Unterarme. Es kribbelt. Das muss statische Elektrizität sein. Max muss sich beherrschen, um nicht loszulachen. Er wusste noch gar nicht, dass Spannung bei ihm auf diese Weise wirkt.

»Das sieht sehr spannend aus«, sagt Liz. »Also wenn du mich fragst, solltest du auf der komplexen Seite weitermachen. Ich habe das Gefühl, dass ein paar sehr interessante Lösungen daraus entstehen könnten.«

Das ist nachvollziehbar. Bei der Relativitätstheorie ist es ähnlich. Die wirklich spannenden Phänomene, etwa Wurmlöcher, lassen sich dort nur ableiten, wenn man negative Energie zulässt. Obwohl doch eigentlich alle wissen, dass Energie gar nicht negativ sein kann.

»Deine Konstante hat die Einheit Sekunde, es handelt sich also um einen zeitartigen Wert.«

»Ja, sie steht für eine zeitartige Dimension. Deshalb mache ich mir Sorgen, was mit ihr passieren könnte, wenn der Wert negativ wird. Die Zeit kann doch nicht negativ werden.«

»Das wird sie auch nicht, glaube ich. Es geht doch um Zeitdifferenzen, oder? Eine negative Differenz würde einfach nur bedeuten, dass die Zeit rückwärts verläuft.«

»Einfach nur? Das widerspricht allem, was wir über die Zeit wissen.«

»Na ja, negative Energie gibt es auch nicht. Trotzdem diskutieren die Physiker Phänomene, die genau damit arbeiten, etwa den Warp-Antrieb.«

»Ja, als Spielerei vielleicht.«

»Max, deine Theorie ist ganz neu. Du brauchst etwas Spektakuläres. So funktioniert die Wissenschaft.«

Da hat Liz natürlich recht, und genau das will er ja auch. Aber wenn er mit zu viel Spektakel anfängt, von dem sich nichts bestätigt, glaubt ihm am Ende niemand mehr. Eine rückwärts laufende Zeit. Was würde das bedeuten? Ließe sich das nachweisen? Ja. Gravitation und Elektromagnetismus sind zwar unempfindlich gegen eine Umkehr der Zeit, die schwache und die starke Wechselwirkung aber nicht. Das wäre ein Ansatzpunkt, und es wäre auch gar nicht so kompliziert zu messen. Die Experimente dazu gibt es schon.

Allerdings kann es mit seiner schönen Theorie dann auch sehr schnell vorbei sein. Er will darüber ja eine Dissertation schreiben. Doch wenn er konkrete, nachprüfbare Aussagen macht, die sich als falsch erweisen, kann er sich ganz schnell ein neues Thema suchen. Und das nur, weil er mit Spektakel einsteigen musste. Andererseits … wäre es nicht das Beste, die Theorie so früh wie möglich zu beerdigen? Er müsste sich dann bloß von dem Gedanken verabschieden, Einstein beerben zu können. Wenn es weiter nichts ist …

»Max?«

»Ja?«

»Ich muss jetzt weg. Bin verabredet.«

Oh. Er lächelt die Enttäuschung weg.

»Danke. Schönen Abend dir!«

»Versuch es mit der komplexen Seite. Es ist eine Herausforderung, also lohnt es sich, auch wenn du am Ende keinen Erfolg hast.«

»Alles klar, hab verstanden.«

Liz winkt noch einmal, dann läuft sie den Gang in Richtung Fine Hall. Richtig, sie ist ja Mathematikerin. Max betrachtet wieder den Bildschirm. Links oder rechts? Rechts. Eine Zeit, die rückwärts verläuft, ist absolut faszinierend. Er fasst seine Simulationen in ein paar Absätzen zusammen, prüft seinen Text, ist unzufrieden, simuliert neu, schreibt alles um. Jetzt gefällt er ihm besser.

Das Ergebnis erinnert ihn an manche Vorhersagen der Quantenphysik. Die Wahrscheinlichkeit, dass die Zeit rückwärts verläuft, hängt bei einer negativen temporalkosmologischen Konstante von deren konkretem Wert ab. Liegt er unter drei Millisekunden, ist eine vorwärts verlaufende Zeit wahrscheinlich. Liegt er jedoch darüber, was Max sehr fraglich vorkommt, drehen sich alle Uhren nur noch falsch herum.

Er schickt das Ergebnis an Professor Shou. Bestimmt ist sie schon zu Hause und verbringt Zeit mit der Familie. Doch wider Erwarten bekommt er sofort eine Antwort.

»Glückwunsch, Max, Sie sind mit Ihrem Poster dabei. Denken Sie doch bitte daran, den Entwurf bis übermorgen fertigzustellen. Die Idee mit der Zeit, die rückwärts läuft, ist phänomenal und wird Sie in die Medien bringen.«

# 3

IM ZIMMER IST ES SCHON ZIEMLICH HELL, ABER LAURA schläft noch tief und fest. Elisabeth dagegen ist schon seit etwa vier Uhr wach. Eigentlich müsste sie müde sein, denn zu Hause ist es gerade einmal Mitternacht, aber sie fühlt sich gut erholt. Vielleicht liegt das am Adrenalin. Sie kommt sich wie eine Spionin vor, die heimlich aus dem Zimmer schleicht, um einen Kontaktmann zu treffen.

Sie schließt vorsichtig die Tür hinter sich. In fünf Minuten wird Lauras Wecker klingeln. Sie hat ihr auf einen Zettel geschrieben, dass sie einen kleinen Spaziergang macht. Elisabeth dreht sich um. Da steht plötzlich ein Mann direkt vor ihr. Er trägt einen Blaumann und hat eine kleine Leiter und einen Werkzeugkoffer in der Hand.

»Entschuldigung«, sagt er.

Nein, der Mann ist nicht hier, um sie zu überwachen. Er stellt seine Leiter auf und klettert nach oben, wahrscheinlich, um eine Lampe auszutauschen.

An der Rezeption herrscht bereits Hochbetrieb. Die junge Frau von gestern ist schon wieder im Einsatz. Aber auch ein Mann, etwa Mitte fünfzig und damit so alt wie sie, kümmert sich um die abreisenden Gäste. Das muss der Manager sein, von dem die Angestellte gesprochen hat. Er hat die Figur eines Basketballers und trägt einen akkurat gezogenen Scheitel.

»Ah, Frau Gabai!«, ruft er ihr zu.

»Guten Morgen«, antwortet sie.

»Kommen Sie bitte kurz mit nach nebenan?«

Der Manager führt sie in ein Büro, das ziemlich unaufgeräumt wirkt.

»Entschuldigen Sie das Chaos«, sagt er. »Wir haben hier normalerweise keinen Publikumsverkehr, aber an der Rezeption ist gerade die Hölle los.«

»Ich hoffe, ich muss Sie nicht zu lange von der Arbeit abhalten. Danke erst einmal, dass Sie sich Zeit für mich nehmen.«

»Es geht um den Brief, sagte Svenja?«

»Ja, genau. Es ist doch etwas … seltsam, dass der Absender anscheinend wusste, wann ich ihn abholen würde.«

»Das stimmt. Der Brief liegt schon seit Jahren im Safe. Dort drüben!« Er zeigt auf ein Wandregal, in dem ein schwarzer Schemen zu erkennen ist. »Wir haben intern gewettet, ob er seinen Empfänger finden würde. Wären Sie nicht gekommen, hätten wir ihn heute selbst geöffnet.«

»Und, wer hat gewonnen?«

»Niemand. Alle haben darauf gewettet, dass es sich um irgendeinen Scherz eines früheren Angestellten handelt. Der Brief wurde nämlich an einem ersten April abgegeben. Gibt es diese Scherze bei Ihnen zu Hause auch?«

Elisabeth nickt. »Der Brief ist also ganz sicher schon viele Jahre alt?«

»Ja. Es müssten jetzt 19 Jahre sein.«

»Das ist … schade. Der Inhalt lässt mich vermuten, dass er erst vor kurzem formuliert wurde.«

»Wie kommen Sie darauf?«

»Ich kann da leider nicht ins Detail gehen, aber es schien mir überaus wahrscheinlich, dass Sie mich damit … hereinlegen wollten. Vielleicht im Auftrag von … Dritten.«

»Ich versichere Ihnen, dass Sie sich irren. Käme so etwas heraus, wäre ich meinen Job los! Ich hätte mich völlig umsonst 30 Jahre lang in diesem Unternehmen nach oben gearbeitet. Bitte, Sie dürfen meinen Vorgesetzten nicht einmal von dem Verdacht erzählen!«

»Ich glaube Ihnen ja. Waren Sie denn dabei, als der Brief abgegeben wurde?«

»Leider nicht, damals war ich noch in der Filiale in Reykjavik.«

»Gibt es irgendjemanden, der den Absender damals gesehen hat?«

»Es tut mir leid, Frau Gabai, aber niemand von den damaligen Kolleginnen und Kollegen ist noch im Haus.«

»Das ist wirklich sehr schade.«

»Es hieß, eine Frau hätte ihn abgegeben.«

»Wie alt?«

»So knapp vierzig. Nicht mehr ganz jung.«

Dann kommt Laura zumindest nicht in Frage. Sie war damals erst 16.

»Vielen Dank, Sie haben mir sehr geholfen.«

Es ist schon sieben Uhr, aber Laura ist noch nicht im Frühstücksraum. Das ist gut. Sie hat noch einiges zu klären. Elisabeth greift nach dem Telefon. Einar hat ihr seine Nummer gegeben. Sie wählt sie.

»Ah, hallo Laura, freut mich, dass du anrufst. Es war ein sehr schöner Abend gestern.«

So redselig war der Mann gestern noch nicht.

»Guten Morgen, Einar, aber hier ist Elisabeth.«

»Oh, wie peinlich. Da habe ich wohl die Nummern von Mutter und Tochter falsch herum abgespeichert. Bitte vergessen Sie, was ich gesagt habe.«

»Natürlich.«

Natürlich nicht. Sie wird Laura genüsslich erzählen, wie schön Einar den Abend fand. Und was ist überhaupt mit Floki?

»Was kann ich denn für Sie tun? Wir sind wie abgesprochen um neun Uhr am Hotel und holen Sie ab.«

»Es tut mir sehr leid, Einar, aber ich fühle mich heute überhaupt nicht gut. Ich fürchte fast, der Fisch gestern war nicht okay. Ich komme kaum aus dem Bett.«

»Oh, soll ich mich beim Restaurantleiter beschweren? Ich kenne seine Frau ganz gut. Die müssen Ihnen wenigstens das Geld zurückerstatten!«

»Ach, das zahlt doch sowieso das Unternehmen, das meine Reise sponsert. Machen Sie sich bitte keine Sorgen. Lassen Sie mir einfach den Tag. Morgen wird es mir schon wieder besser gehen.«

»Natürlich. Unsere Auftraggeber werden wohl nicht glücklich sein, aber das ist dann eben so. Vielleicht können wir in der Zwischenzeit noch etwas anderes versuchen. Ich wünsche Ihnen gute Besserung!«

»Danke, Einar.«

»Guten Morgen, Mum! Wen hast du da am Telefon?«

»Ich muss jetzt auflegen, meine Tochter bringt mir gerade Tee. Bis morgen!«

»Bis morgen? Habe ich das richtig gehört?«

»Ja, ich denke schon. Ich möchte den Tag lieber mit dir verbringen«, sagt sie und gibt Laura einen flüchtigen Kuss auf die Wange.

Nach wenigen Minuten Autofahrt erreichen sie Hverir, ihr erstes Ziel für heute. Laura stellt den Wagen auf dem Parkplatz ab. Außer ihrem Jeep warten dort nur ein alter, blauer Kombi und ein noch älterer Campingbus, der – wie der Auspuff verrät – einen Verbrennungsmotor besitzen muss. Es sei denn, der Besitzer hat den Auspuff aus nostalgischen Gründen angeschraubt.

Das ist allerdings eher unwahrscheinlich, wenn man den Besitzer betrachtet, der gemeinsam mit seiner Frau gerade vor dem Bus sitzt und eine Tasse dampfenden Kaffee trinkt. Das

Paar, das sich aus Brettern eine kleine Terrasse gebaut hat, muss weit über 70 sein. Die beiden unterhalten sich mit zwei jungen Männern, vermutlich den Eigentümern des Kombis, der für einen Leihwagen zu alt ist.

»Hallo, meine Damen!«, ruft der Mann mit der Kaffeetasse auf Englisch, als Elisabeth an ihm vorübergeht.

»Verbrenner?«, fragt Laura.

Für sie muss ein nichtelektrisches Fahrzeug geradezu exotisch sein. Der alte Mann ist sichtlich erfreut. Er steht ächzend auf und geht zur Rückseite des Busses. Dort öffnet er eine Klappe.

»Nachgerüstetes Methan-Aggregat«, erklärt er. »Wir fahren gern die F-Straßen, und da gibt es manchmal auf vielen hundert Kilometern keinen einzigen Ladeanschluss.«

Elisabeth nickt anerkennend. Der Bus sieht gar nicht so aus, als könnte man mit ihm auf den schlechtesten Straßen der Insel fahren. Aber er hat eine hohe Bodenfreiheit. Das Aggregat liegt weit oben, und der Bus scheint ziemlich leicht zu sein.

Ein Windstoß lässt Elisabeths Augen tränen. Er hinterlässt einen stechenden Geruch. Hinter dem Parkplatz beginnt eine Mondlandschaft. Sie schimmert in allen Farben, die das Chemielabor unter der Erdoberfläche zusammenkochen kann. Elisabeth klettert auf einen Stein. Es sieht so aus, wie sie sich eine Landschaft auf der Venus vorstellt. Aus manchen Löchern blubbert Schlamm, aus anderen dringen Dampf oder irgendwelche anderen Gase.

Sie ist den Isländern dankbar, dass sie hier Wege abgesteckt haben. Anderenfalls würde sie sich nicht trauen, dieses Feld aus Schlammkesseln und blubbernden Pfützen zu erforschen. Manchmal fühlt es sich an, als würde sie auf einer dünnen Eisdecke laufen. Es handelt sich aber eher um eine Salzkruste. Einige der Dampf- und Gasfahnen sind kochend heiß. Da sie mit der Windrichtung in unterschiedliche Richtungen wehen, muss man aufpassen, dass man sich nicht verbrüht.

Laura bleibt bei einem der Schlammlöcher stehen. Es ist

herzförmig, und in seiner Mitte hat sich eine Erhöhung gebildet, die wie das Mittelteil eines Schokoladenspringbrunnens aussieht. Nur läuft keine flüssige Kakaomasse daran herunter, sondern blaugrauer Schlamm.

»Das erhitzte Wasser aus dem Untergrund reichert sich auf dem Weg nach oben mit Schwefeldioxid an«, erklärt Laura. »Das löst sich dann zu Schwefelsäure, und die greift das Gestein an und erzeugt den Schlamm. Hab ich aus dem Reiseführer.«

Elisabeth greift nach der Hand ihrer Tochter. Sie ist schön warm. Soll sie Laura von dem Brief erzählen?

»Ich finde es übrigens schön, dass du dich krankgemeldet hast, um mit mir diesen Tag zu verbringen«, sagt Laura.

Elisabeths Augen werden feucht. Sie hätte sich mehr um ihre Tochter kümmern sollen, auch wenn sie schon lange erwachsen ist. Irgendwie hat es sich nie ergeben. Selbst heute ist sie nicht von selbst auf die Idee gekommen, die Arbeit Arbeit sein zu lassen. Dabei funktioniert es doch wunderbar. Sie hat befürchtet, dass man ihr dauernd hinterhertelefonieren würde. Aber offenbar kommt die Firma wunderbar ohne sie aus.

»Komm, wir folgen dem Rundgang«, sagt Elisabeth.

Sie zieht ihre Tochter hinter sich her – wie früher, als sie sie in den Kindergarten gebracht hat.

Die Vielfalt der Formen ist wirklich einzigartig. Manchmal dringt eine Dampffahne einfach aus einem Loch im Boden. Daneben ist ein wie ein altes Grab aus Steinen aufgeschichteter Haufen zu sehen, aus dem an allen Seiten Dampf quillt, als stünde der Haufen wie ein Kochtopf unter Überdruck. Auf dem Boden zeigen vielfarbige Streifen aus Ablagerungen, in welche Richtung die Dampfwolken besonders häufig ziehen.

Der Kontrast dieser oft orange-roten, schwefelgelben und giftgrünen Bereiche zu den dunklen, blau-schwarzen bis grauen Schlammlöchern könnte kaum größer sein. Dazu kommt noch der unbewachsene Bergrücken vor ihnen, den die Morgensonne gerade in ein schönes Gelb taucht. Es sieht aus, als hätte einer der nordischen Götter in eine Farbpalette gegriffen, ringsum nach Gutdünken Kleckse verteilt und schließlich alles mit einem gelbbraunen Hintergrund versehen.

»Auf den Vulkan dort möchte ich nachher mit dir«, sagt Laura.

Ihre Tochter zeigt auf den hübsch beleuchteten Bergrücken.

»Vulkan? Ich habe ihn für einen normalen Berg gehalten«, sagt sie.

»Das ist der Námafjall-Vulkan«, erklärt Laura. »Mit diesem Geothermalgebiet gehört er zum Krafla-System.«

»Du hast dich ja wirklich gut vorbereitet«, sagt Elisabeth. »Geht es dort entlang?« Sie zeigt auf einen Weg, der erst gerade und dann in Serpentinen den Bergrücken hinaufführt. »Sieht aus, als wären wir da mindestens drei Stunden unterwegs.«

Sie sieht an sich herunter. Zum Glück liegen die Wanderschuhe im Auto.

»Nein, keine Sorge.« Laura lacht. »Es gibt einen deutlich kürzeren Weg, der bei einem Parkplatz auf der anderen Seite …«

Ein lautes Zischen unterbricht sie. Der Steinhaufen neben ihnen, der bisher ganz unschuldig in der Sonne lag, verwandelt sich in eine heiße Dampfquelle. Das Schlammloch, das sie gerade passiert haben, kocht über. Eine blubbernde graue Masse fließt über den Weg. Langsam kommt sie ihnen entgegen. Sie verschluckt ein altes Papiertaschentuch, das auf dem Boden lag. Ein Stück Plastikfolie, vielleicht von einem Bonbon, löst sich zitternd in der heißen Masse auf.

Laura greift nach Elisabeths Hand. Langsam weichen sie zurück. Doch in ihrem Rücken wartet der Dampf. Elisabeth spürt jetzt schon seine Hitze. Links und rechts versperren Leinen den Weg. Der Boden dort ist bunt gesprenkelt und sieht ansonsten harmlos aus. Sollen sie es wagen? Andererseits hat man die Wegbegrenzungen sicher nicht grundlos platziert. Was, wenn unter der dünnen Salzkruste ein Schlammloch auf sie lauert?

Vielleicht kommen sie ja durch den Schlamm. Laura trägt Wanderschuhe. Sie müsste gute Chancen haben. Aber die flachen Sandalen an ihren eigenen Füßen schützen gar nicht. Warum hat sie nicht gleich die Wanderschuhe angezogen? Elisabeth sieht nach hinten. Das ganze Thermalfeld scheint mit einem Mal erwacht zu sein. Gut, dass außer ihnen noch kein Tourist unterwegs ist. Die Dampfquelle bläst unermüdlich. Wenn sie durch den heißen Dampf fliehen, verbrennen sie sich am ganzen Körper. Der Schlamm verbrennt bloß ihre Füße.

»Los, ab durch den Schlamm mit dir!«, sagt sie.

»Ich lasse dich doch nicht allein, Mum.«

»Du musst Hilfe holen!«

»Aber wer soll uns denn helfen? Bis Profis hier sind, dauert es viel zu lange. Wir hauen gemeinsam ab oder gar nicht.«

»Aber das ist doch albern, Laura. Ich will, dass du dich in Sicherheit bringst. Kümmere dich nicht um mich.«

»Mum, während wir hier sinnlos diskutieren, kommt der Schlamm immer näher. Los, wir versuchen es an der Seite.«

Elisabeth versucht, Laura festzuhalten, doch sie reißt sich los. Sie klettert über die Leine an der rechten Seite und betritt vorsichtig das vielfarbige Salz.

»Es hält«, sagt sie und winkt ihr.

»Dann geh, ich komme nach«, sagt Elisabeth.

»Wir gehen zusammen. Ich bleibe hier stehen, bis du kommst.«

»Aber vielleicht trägt der Boden nur dich allein.«

Laura verschränkt die Arme. Ihre Tochter ist so unvernünftig! Es ist doch egal, was mit ihr passiert, Hauptsache, Laura übersteht das! Aber sie kennt ihren Dickkopf. Den hatte sie schon als kleines Mädchen. Elisabeth seufzt und steigt nun ebenfalls über die Absperrung. Der Boden ist hier seltsam rau und gleichzeitig glatt, als stünde sie auf einer organischen Seife.

»Geht doch«, sagt Laura und macht einen Schritt nach vorn.

Das war keine gute Idee. Unter Lauras rechtem Wanderschuh kriechen zwei Risse heraus, schmale Spalten im Boden, die sich schnell vergrößern. Laura zögert noch, als hoffe sie, der Boden gebe gleich wieder Ruhe, doch Elisabeth greift nach ihrem linken Arm und zieht sie mit ganzer Kraft zurück. Sie erwischt sie im allerletzten Moment, denn vor Laura öffnet sich nun die Erde, und ein Gestank nach Höllenfeuern dringt heraus. So schnell wie möglich klettern sie zurück über die Absperrung.

Elisabeth japst nach Luft. Der Gestank, der aus der neuen Öffnung dringt, ist unerträglich.

»Ich kann versuchen, dich zu tragen«, sagt Laura.

»70 Kilogramm«, sagt Elisabeth.

»Etwa 150 Pfund, oder?«, fragt Laura.

Elisabeth nickt. »Du wiegst doch höchstens 120. Und mit mir steckst du viel zu lange im Schlamm fest. Der wird immer tiefer. Du hast es mir selbst erklärt, die Schwefelsäure … Jetzt geh endlich und denk nicht an mich!«

»Aber Mum, wir wollten uns einen schönen Tag machen … Ich habe dich dazu überredet, da kann ich dich doch nicht alleinlassen.«

»Hau ab, ich komme schon zurecht! Du brauchst kein schlechtes Gewissen zu haben. Ich bin sowieso nicht deinetwegen …«

»He, meine Damen!«, ruft da jemand.

Der alte Mann will ihnen helfen. Das ist ja nett, aber wie will er sie hier herausbekommen? Da sieht Elisabeth, was er vorhat: Ein Brett landet im Schlamm, daneben ein zweites. Die Terrasse, auf der er gesessen hat!

»Los, schnell! Ich weiß nicht, wie lange das hält!«, ruft er.

Die Bretter reichen nicht ganz bis zu ihnen. Aber sie sind erreichbar. Elisabeth braucht nur zu springen. Laura macht es ihr vor. Etwa ein Meter, das schafft sie. Elisabeth nimmt zwei

Schritte Anlauf, mehr Platz ist nicht mehr, und springt auf die Bretter. Sie trifft! Dabei gerät sie etwas ins Schwanken, aber Laura hält sie fest. Schnell rennen sie über die primitive Brücke und erreichen festes Gebiet.

»Folgt mir!«, ruft der Mann. »Ich weiß, wo es sicher ist.«

Sie laufen ihm hinterher. Für seine über 70 Jahre legt er ein ganz schönes Tempo vor. Zweimal steigen sie über Absperrungen, aber diesmal öffnet sich die Erde nicht. Außer Atem erreichen sie den Parkplatz, wo die alte Frau und die beiden jungen Männer warten.

»Danke«, sagt Laura.

»Ihre Balken«, sagt Elisabeth.

Der Mann lacht. »Die waren eh morsch.«

»Wir sind Ihnen so dankbar«, sagt Elisabeth. »Ohne Sie hätten wir es nicht geschafft.«

Die beiden jungen Männer nicken anerkennend. Elisabeth betrachtet sie. Sie sehen fit und stark aus. Warum hat der Alte nicht sie mit den Brettern losgeschickt?

»Ich bin Geologe«, erklärt ihr Retter, als hätte er ihre unausgesprochene Frage in ihrem Gesicht gelesen. »Darum kann ich ganz gut einschätzen, wo es sicher ist.«

»Was ist denn da los? Passiert so etwas öfter?«, fragt Laura.

»Nein, das ist ein sehr ungewöhnliches Aktivitätsmaximum. Irgendetwas muss sich da unten gelöst haben, dass plötzlich so viel Dampf nach oben dringt.«

»Ist das gefährlich?«, fragt Elisabeth.

»Nein, zumindest wenn man nicht wie ihr gerade mittendrin steht. Aber diese Aktivität … Wenn das nicht bald aufhört, könnte es auf einen Ausbruch hinauslaufen.«

»Ausbruch?«

»Wir befinden uns über einem riesigen Vulkansystem, das noch 80 Kilometer weit in den Süden reicht.«

»Ein aktiver Vulkan?«, fragt Laura weiter.

»Die Ausbrüche verlaufen meist in Schüben. Den letzten hatten sie hier bis 1984. Es wäre also mal wieder an der Zeit.«

»Und was passiert dann genau?«

»Das weiß man nie vorher. Es könnten sich neue Krater auftun, oder bestehende aktivieren sich erneut. Ich würde auch mit leichten Erdbeben rechnen. Aber insgesamt für Island alles nicht ungewöhnlich. Gefährlich wäre es nur, wenn neue Krater in der Nähe von Siedlungen entstünden. Das ist im 19. Jahrhundert zum letzten Mal passiert.«

»Sind Sie hier, weil Sie so etwas erwartet haben?«, fragt Elisabeth.

»Nein, das kann niemand vorhersagen. Wir verbringen hier jedes Jahr den Sommer. Die Landschaft ist einzigartig.«

»Den Ausbruch von heute hätten Sie also gestern noch nicht geahnt?«

»Auf keinen Fall.«

»Danke.«

»Und Sie verbringen hier eine schöne Zeit mit Ihrer Schwester?«

Der alte Mann zwinkert dazu.

»Haha. Das ist meine Tochter. Ja, wir machen ein paar Tage Urlaub.«

»Meinen Sie, es wäre gefährlich, heute noch auf den Námafjall zu klettern?«, fragt Laura.

»Von der Westseite aus?«, fragt der alte Mann.

»Genau.«

»Nein, da brauchen Sie ja höchstens eine halbe Stunde. Falls der Krater wirklich aktiv werden sollte, haben Sie genug Zeit, sich in Sicherheit zu bringen.«

DER WAGEN HOLPERT ÜBER EINE BUCKELPISTE. ELISABETH hält sich am Türgriff fest, um nicht mit dem Kopf gegen die Decke zu stoßen. Laura nimmt darauf keine Rücksicht. Den Blick stur geradeaus gerichtet, fährt sie mit 50 km/h in Richtung Vulkan. Es muss an ihrer Bemerkung von vorhin liegen. Elisabeth hat gehofft, ihre Tochter hätte sie vergessen, aber sie benimmt sich nicht so. Etwas ist anders.

»Sag mal, Laura, wegen dieser Sache, die ich vorhin gesagt habe …«

»Ja?« Laura sieht sie noch immer nicht an.

»Es war nicht so gemeint. Ich wollte bloß, dass du dich in Sicherheit bringst.«

»Das habe ich schon verstanden. Trotzdem. Auch wenn es stimmt: Ich bin erwachsen, Mum. Ich kann selbst für und über mich entscheiden.«

»Aber ich bin deine Mutter. Ich könnte es nicht ertragen, würdest du …«

»Hallo? Ich bin deine Tochter. Meinst du, für mich wäre es einfach, dich zum Sterben zurückzulassen?«

»Darum wollte ich es dir ja erleichtern.«

»Das habe ich schon verstanden. Es war aber falsch. Du hast mich verletzt.«

»Ja, das tut mir sehr leid. Ich wollte dich retten, nicht verletzen.«

Ihr Telefon vibriert in der Hosentasche. Sie nimmt es heraus. Es ist eine Nummer mit isländischer Vorwahl, bestimmt Einar. Soll sie den Ruf annehmen? Dann merkt er, dass sie gelogen hat und unterwegs ist.

»Kannst du mal kurz anhalten?«, fragt sie.

Laura steuert den Jeep an den Rand. Weil der Weg so schmal ist, steht das Fahrzeug schräg. Aber es ist zu spät. Die Mailbox hat schon übernommen. Elisabeth tippt auf die Systemmeldung, und das Smartphone verbindet sie mit der Mailbox.

»Hier ist Einar«, hört sie. »Bitte ruf mich zurück. Es ist etwas passiert.«

Sie stellt das Gerät laut und spielt die Nachricht noch einmal ab. Laura greift sofort in ihre eigene Tasche, holt ihr Smartphone heraus und entsperrt es.

»Mich wollte er auch erreichen.«

Sie tippt auf dem Bildschirm. Elisabeth hört, wie sich Lauras Mailbox meldet. Einar hat dieselbe Nachricht hinterlassen wie bei ihr.

Elisabeth drückt auf den Rückrufknopf. Das Freizeichen ertönt einmal, dann nimmt jemand ab.

»Danke, dass du zurückgerufen hast«, meldet sich Einar. »Es ist etwas Schlimmes passiert. Aber ich wollte es nicht der Mailbox mitteilen.«

»Was denn?«, fragt Elisabeth.

»Geht es dir etwas besser?«, fragt er.

»Ja, die Übelkeit ist weg. Meine Tochter ist gerade bei mir. Sie hört mit.«

»Das ist … gut«, sagt Einar. »Hallo, Laura! Ich wollte dich sowieso erreichen.«

»Hallo, Einar!«, ruft Laura.

»Was ist denn passiert?«, fragt Elisabeth.

Sie hat das dumpfe Gefühl, dass es ihretwegen geschehen ist. Wegen ihres verdammten Aberglaubens. Sie hätte sich nicht krankmelden dürfen.

»Nachdem du heute ausgefallen bist, haben wir es noch einmal allein versucht«, sagt Einar.

Also stimmt es. Sie ist schuld!

»Floki hatte eine Idee. Er wollte das Objekt mit einer Seilkonstruktion nach oben ziehen.«

Hatte. Wollte. Einar erzählt langsamer als sonst. Es fällt ihm offenbar schwer.

»Und dann?«, fragt Laura.

»Tja, dann kam das Wasser. Irgendetwas hat es ganz plötzlich aus dem Bohrloch gedrückt. Floki war etwa zehn Meter unter mir. Er war an der Förderkabine gesichert. Ich habe uns sofort nach oben gefahren, als ich das heiße Wasser bemerkt habe, aber ihn hat es ganz schön erwischt.«

»Ist er …?«, fragt Laura.

»Er liegt mit schweren Hautschäden im Krankenhaus. Sie haben ihn mit dem Hubschrauber abtransportiert. Jetzt wird er wohl gerade operiert. Ich warte jede Minute auf Nachrichten.«

»Scheiße«, sagt Elisabeth. »Das tut mir so leid. Hätte ich mich doch heute Morgen etwas zusammengerissen.«

»Quatsch«, sagt Einar. »Deine Übelkeit kam gerade richtig. Sonst hätte es dich erwischt.«

Jetzt wird Elisabeth richtig übel. Sie schließt die Augen und drückt den Kopf an die Kopfstütze. Ohne hinzusehen, sucht sie den Knopf, der die Scheibe herunterfährt, und betätigt ihn. Die frische Luft tut gut. Draußen zirpen Grillen. Dieser verdammte Brief! Sie hätte allen davon erzählen müssen. Dann wären Einar und Floki heute vielleicht auch nicht in das Bohrloch eingefahren. Oder? Hätten sie dem Brief geglaubt? Von der konkreten Gefahr stand ja nichts darin. Der Geologe hat ihr gerade bestätigt, dass man solche Ereignisse unmöglich vorhersagen kann. Der Brief muss ein Betrug sein, ein Trick. Vielleicht sollte sie Laura davon erzählen.

»Kann man ihn besuchen?«, fragt ihre Tochter.

»Er befindet sich in einem Krankenhaus in Akureyri, etwa eine Stunde mit dem Auto von hier«, sagt Einar. »Ich glaube aber nicht, dass er heute noch ansprechbar sein wird.«

»Das macht nichts«, sagt Laura. »Ich wäre trotzdem gern bei ihm.«

Auch das noch. Ihre Tochter hat sich in den Isländer verliebt. Hätte sie doch bloß diesen Brief ignoriert! Bestimmt hätte Floki oben in der Kabine gesessen, und sie hätte sich mit dem Objekt befasst. Dann hätte das Wasser sie erwischt.

»Ich schicke dir die Adresse«, sagt Einar. »Elisabeth?«

»Ja?«

»Bist du morgen wieder fit?«

»Ich denke, schon. Aber ihr wollt doch jetzt nicht weitermachen?«

»Wir müssen. Die Firma besteht darauf.«

»Ein Geologe hat uns auf dem Hverir-Parkplatz erklärt, dass sich vielleicht gerade ein Ausbruch des Krafla-Systems ankündigt.«

»Der Geologe hat recht. Gerade deshalb müssen wir weitermachen.«

»Kannst du dich nicht weigern? Floki ist doch dein Freund?«

»Ich kann es mir nicht leisten, diesen Job zu verlieren. Das Leben in Island ist teuer geworden. Ich habe in Reykjavik eine Frau und zwei Kinder. Und wir bekommen eine ordentliche Prämie, wenn wir das Ding bergen.«

Die Regierung, oder wer immer das bezahlt, lässt sich das Projekt offenbar einiges kosten.

»Ich verstehe«, sagt Elisabeth. »Wann holst du mich morgen ab?«

»Um 8 Uhr«, sagt Einar.

Laura schafft es, auf der schmalen Straße zu wenden. Den Weg ins Hotel legen sie schweigend zurück. Ihre Tochter denkt bestimmt an Floki. Dabei war sie gestern nur ein paar Stunden mit ihm zusammen. Aber sie hat sich schon immer so schnell verliebt. In der Schulzeit hat das zu vielen verzweifelten Wochenenden geführt. Ihr Mann hatte Laura immer gut trösten können. Wenn er doch jetzt hier sein könnte statt in dem von Efeu umrankten Grab.

Vielleicht sollte sie Laura doch von dem Brief berichten. Das Rätsel könnte sie zumindest etwas ablenken. Oder würde Laura sie dann für Flokis Unfall verantwortlich machen? Das Risiko muss sie eingehen.

Elisabeth greift in die Innentasche ihrer Jacke und holt den Brief heraus. Er ist geknickt, deshalb streicht sie ihn glatt.

»Sieh mal«, sagt sie und hält den Brief über die Mittelkonsole.

Laura drückt einen Knopf am Lenkrad. »Autopilot aktiv«, sagt das Fahrzeug. Dann nimmt sie ihrer Mutter den Brief ab und betrachtet den Umschlag.

»Das sieht ja fast aus wie meine Handschrift«, sagt sie. »Woher hast du das?«

»Den Brief hat mir der Hotelmanager heute morgen gegeben.«

Das stimmt zwar nicht ganz, aber es ist ausreichend nah an der Wahrheit.

»Und was steht drin?«

»Lies am besten selbst. Du glaubst es mir sonst nicht.«

Der Wagen piepst. Laura drückt einen Knopf am Lenkrad, damit derAutopilot aktiv bleibt. Sie greift in den Umschlag und holt einen großen und einen kleineren Zettel heraus. Vom kleineren Stück Papier liest sie zuerst vor.

»Bitte am 8. Juli 2058 an Frau Professor Elisabeth Gabai übergeben. Bitte dabei die Anwesenheit der Tochter vermeiden.«

»Das war der Auftrag, der vor 19 Jahren zu dem Brief erteilt wurde«, erklärt Elisabeth.

»Auch das sieht aus wie meine Handschrift. Damals war sie allerdings viel krakeliger, ich war ja noch ein Kind«, sagt Laura. »Aber heute ist doch schon der neunte?«

Laura merkt auch alles. Elisabeth gerät ins Schwitzen.

»Sie haben mich gestern nicht ohne dich erwischt, also mussten sie bis heute Morgen warten«, sagt sie.

»Gut, dass du so eine Frühaufsteherin bist.«

Laura betätigt den Knopf am Lenkrad, schiebt den Zettel ordentlich in den Umschlag und faltet den Brief auseinander.

»Du darfst morgen nicht in den Berg einfahren. Aber sprich mit niemandem darüber«, liest sie vor. »Darum bist du also heute krank gewesen. Und ich dachte … Egal. Anscheinend war ich es ja, die dich dazu gebracht hat.«

»Die Handschrift …«

»Ja, ich werde doch wohl meine eigene Handschrift erkennen.«

»Aber ist das nicht … mysteriös?«

»Das ist es. Aber halten wir uns an die Fakten. 2039 war ich gerade einmal neun Jahre alt. Damals war ich ganz bestimmt nicht in Island. An dieser Geschichte stimmt hinten und vorne nichts.«

»Bis auf die Tatsache, dass heute im Schacht etwas passiert ist.«

»Ja, aber etwas, das unmöglich vorauszusagen war. Denk daran, was der Geologe gesagt hat. Der Brief ist nicht exakter als ein Horoskop.«

»Also was denkst du, Laura?«

»Ich glaube, da will dich jemand so richtig hereinlegen. Sie haben meine Handschrift nachgemacht, einen Brief gefälscht und den Hotelmanager für das Mitspielen bezahlt.«

»Ich glaube, auch andere Angestellte wussten von dem Brief.«

»Dann sind die eben auch bezahlt worden. Mum, du denkst doch sonst so klar und logisch. Wie kannst du diese Geschichte auch nur eine Sekunde lang glauben?«

Laura hat recht. Aber sie weiß ja auch nicht, warum sie wirklich hier ist. Immerhin geht es darum, ein Objekt zu bergen, das gar nicht existieren kann, wenn sie Charles glaubt.

Wenn. Vielleicht ist das das Problem. Sie hat das angebliche Objekt noch nicht gesehen. Vielleicht gehört es ja zum gleichen Märchen? Aber was steckt sonst dahinter? Immerhin gibt jemand eine Menge Geld dafür aus, sie hierher nach Island zu bringen. Was sonst gibt es noch, wofür man ihre Expertise der Topologie benötigen könnte?

»Ich werde daraus einfach nicht schlau«, sagt Elisabeth.

Laura reicht ihr den Brief und den Umschlag.

»Meine Meinung kennst du jetzt. Wir sind gleich beim Hotel. Dort setze ich dich ab.«

»Und du?«

»Das weißt du doch. Ich fahre natürlich nach Akureyri ins Krankenhaus. Sag mir nicht, dass ich Floki erst wenige Stunden kenne.«

»Das würde ich nie tun.«

»Das hast du immer gemacht, als ich noch zu Hause gewohnt habe. Nur Dad hat meine Sorgen ernstgenommen.«

»Entschuldige, Laura.«

»Das musst du nicht. Ich werfe dir nichts vor. Du bist eben mit ganzer Seele Mathematikerin. Was sich nicht berechnen lässt, existiert für dich nicht. Dad hat das verstanden. Er hat dir alles so erklärt, dass du es berechnen konntest. Ich musste erst selbst ein Semester Mathematik studieren, um es zu begreifen. Aber das ist alles nicht deine Schuld. Menschen sind verschieden.«

Elisabeth wischt sich eine Träne aus dem Augenwinkel. Was ihre Tochter da sagt, stimmt doch überhaupt nicht. Sie braucht sie nur anzusehen, um ihre Sorgen und Ängste zu verstehen. Oder ist das Einbildung? Sie hat sich immer geärgert, wenn Laura sich trotzdem von Max trösten ließ. Ihre sinnvollen Vorschläge und Pläne haben sie nicht interessiert.

»Na gut«, sagt sie. »Fahr vorsichtig. Sehen wir uns heute noch?«

»Ich glaube nicht, Mum.«

»Brauchst du dann nicht deine Zahnbürste und Unterwäsche und …?«

»Nein, Mum. Das kann ich notfalls alles in Akureyri kaufen. Der Wagen hat auch noch genug Ladung.«

»Dann grüß Floki bitte von mir, wenn er wieder aufwacht, und wünsch ihm gute Besserung.«

»Das mache ich. Und du, fährst du morgen in den Schacht ein?«

»Es sieht so aus, ja.«

»Was gibt es da überhaupt Wichtiges, dass sie selbst nach so einem Unfall weitermachen?«

»Ich hoffe, das kann ich dir dann morgen Abend berichten.«

Sie winkt dem Jeep auch dann noch hinterher, als er schon hinter einer Kurve verschwunden ist. Laura tut ihr so leid. Nicht nur wegen Floki – vor allem wegen der schlechten Mutter, die sie offenbar hatte. *Ich nehme es dir nicht übel*, so ähnlich hat sie es ausgedrückt. Aber sie selbst nimmt es sich übel.

Elisabeth betritt das Hotel. Es ist überraschend ruhig. Wo sind denn all die Touristen hin? An der Rezeption wacht auch niemand. Sie stellt sich davor und drückt auf die Klingel. Daraufhin öffnet sich die Tür zum Büro, in dem sie heute mit dem Manager gesprochen hat. Eine etwa vierzigjährige Frau kommt heraus.

»Kann ich etwas für Sie tun?«, fragt sie.

»Ich habe mich nur gewundert, dass es so leer ist.«

»Das liegt an einer Anweisung der Behörden. Sie befürchten wohl einen größeren Ausbruch an der Krafla. Aber wenn Sie mich fragen, ist es bloß blinder Alarm.«

»Ein ziemlich teurer Alarm für Sie.«

»Ein paar Tage halten wir schon durch. Ich denke, spätestens übermorgen dürfen die Touristen zurückkommen.«

»Wieso wurde ich denn nicht ausquartiert?«

»Eine gute Frage. Welche Zimmernummer haben Sie?«

»Die 12.«

Die Frau tippt etwas in ihren Computer. »Ah, Sie stehen hier als Regierungsangestellte. Sind Sie das etwa nicht?«

»Doch, auf eine Art schon, ja.«

»Gut, brauchen Sie mich noch? Sonst mache ich mit der Abrechnung weiter.«

»Eine Frage noch.«

Die Frau zieht ihre dunklen Augenbrauen hoch. Elisabeth fällt auf, dass sie stark geschminkt ist.

Sie legt den Brief auf die Theke. »Sagt Ihnen dieser Brief etwas?«

Die Frau betrachtet den Umschlag. »Nein, nie gesehen.«

»Er müsste viele Jahre im Safe gelegen haben, dort im Büro, im ersten Regal links, in der Mitte.«

»Sie wissen, wo sich unser Safe befindet?« Die Frau zieht die Augenbrauen noch höher. »Aber nein, von dem Brief weiß ich nichts. Ich bin für die Finanzen zuständig. An der Rezeption helfe ich bloß ab und zu aus. Deshalb weiß ich eigentlich, was sich im Safe befindet. Woher wissen Sie denn, wo der Brief lag?«

»Das hat mir der Manager erzählt, den ich heute Morgen im Büro getroffen habe.«

»Im Büro? Wir dürfen keine Gäste mit ins Büro nehmen.«

»Das hat mir Ihr Manager auch gesagt.«

»Aber Ole war heute Morgen gar nicht im Haus. Er befindet sich gerade auf einer Weiterbildung in Dänemark.«

»Ich habe ihn aber getroffen.«

»Sicher?« Die Frau tippt etwas, dann dreht sie den Computerschirm in ihre Richtung. Drei Bilder sind nebeneinander zu sehen, die das Management des Hotels zeigen. Nur ein Mann ist darunter. Er heißt Ole Sundkvist, hat ein rundes Gesicht und eine Glatze.

»Hm, der Mann heute Morgen sah ganz anders aus«, sagt Elisabeth.

»Tja, ich weiß nicht, wen Sie da getroffen haben, unser Manager war es jedenfalls nicht.«

»Haben Sie eine junge Angestellte, noch in der Probezeit? Ich glaube, sie heißt Svenja.«

»Svenja, na klar. Ich habe ihr heute freigegeben. Hat sie etwas angestellt? Sie müssen entschuldigen, Svenja ist wirklich noch ganz neu und stellt sich manchmal etwas … ungeschickt an. Aber das treiben wir ihr schon noch aus.«

»Nein, sie hat mich hervorragend betreut. Sie müsste allerdings diesen angeblichen Manager gesehen haben, mit dem ich gesprochen habe.«

»Da werden wir wohl bis morgen warten müssen, um das zu klären.«

ELISABETH LIEGT IM BETT UND KNABBERT AN IHREN Nägeln. Das hat sie sich eigentlich vor zwanzig Jahren abgewöhnt, als sie Professorin geworden ist. Sie hatte sich so nicht von Studenten erwischen lassen wollen. Aber jetzt verschafft es ihr zumindest etwas Entspannung. Die ganze Situation hier ist … seltsam. Ein unmögliches Objekt, das angeblich in einem tiefen Schacht steckt. Ein plötzlich ausbrechender Vulkan. Ein in der Handschrift ihrer Tochter an sie gerichteter Brief, der angeblich seit 19 Jahren auf sie wartet, ein falscher Manager, dazu der Unfall. Hängt das alles zusammen, und wenn ja, wie?

Sie nimmt das Smartphone von dem kleinen Tisch, auf dem es automatisch geladen wird. Vielleicht weiß Charles mehr. Zu Hause ist gerade Nachmittag. Er hat bestimmt Zeit.

»Princeton University, Mathematik-Department. Sie sprechen mit Angela Stine«, meldet sich Charles' Assistentin.

»Hallo, Angie, hier ist Liz. Ich müsste dringend mit Charles sprechen.«

»Du hast Glück, er ist gerade von einem Termin zurück. Wie geht es dir denn? Ist es sehr kalt bei euch?«

Angela ist eine Meisterin darin, andere Menschen auszufragen, aber im Moment fehlt Elisabeth die Muße.

»Oh, eine lange Geschichte. Lass uns beim Kaffee darüber sprechen, wenn ich zurück bin.«

»Wie du willst«, sagt Angela leicht pikiert. »Ich verbinde.«

»Was kann ich für dich tun?«, fragt Charles.

Er macht Kaugeräusche, die ihr durch Mark und Bein dringen, deshalb muss Elisabeth das Telefon ein Stück von sich weghalten.

»Könntest du erst einmal herunterschlucken, was du im Mund hast?«

»Klar. Moment.«

Sie hört ein kurzes Gurgeln, dann ein kräftiges Schlucken.

»So, jetzt geht es mir besser. Dieser Mann von der Regierung hat mir zwei Stunden lang das Ohr abgekaut. Und natürlich hatte er kein Budget für eine Mahlzeit.«

»Damian Flynt?«, fragt sie.

»Nein, irgendein Subalterner. Er hat den Auftrag, unsere Abteilung auf Schwachstellen zu untersuchen.«

»Schwachstellen?«

»Irgendwas, durch das diese Entdeckung bekanntwerden könnte. Aber ich konnte ihn beruhigen. Du und ich, wir sind die Einzigen, die davon wissen.«

»Was ist mit Angie?«, fragt sie.

Ihr Chair hat eine Affäre mit seiner Assistentin, seit Jahren schon. Außer seiner Frau, und auch da ist sie sich nicht sicher, weiß das wohl jeder. Im Bett löst sich bei Männern ja angeblich die Zunge.

»Ich trenne Dienstliches und Privates. Aber weißt du, was? Dieser Damian Flynt heißt vermutlich in Wirklichkeit ganz anders.«

»Wie kommst du darauf?«

»Der Sicherheitsmensch, der mich heute gegrillt hat, wusste mit dem Namen nichts anzufangen. Dabei hat ihn dieser ›Flynt‹ ja angeblich engagiert.«

»Du hast dir doch seinen Ausweis zeigen lassen?«

»Na ja, als er mein Büro zum ersten Mal betreten hat, hat er irgendwas Offizielles vorgezeigt. Aber ich wusste ja nicht, wie wichtig es ist, also habe ich nicht genau hingesehen.«

»Es könnte also auch ein russischer Spion sein, der mich da in der Welt herumschickt?«

»Bitte, Elisabeth. Ich habe selbst schon ein ausreichend schlechtes Gewissen deshalb. Flynt kam mir wirklich sehr amerikanisch vor. Außerdem haben die doch ihre eigenen Mathematiker.«

»Glaubst du etwa, russische Spione könnten nur radebrechend Englisch? Dann hast du zu viele schlechte Filme gesehen.«

»Rufst du nur an, um mich fertigzumachen? Das brauche ich heute wirklich nicht.«

»Nein, ich wollte dir etwas erzählen, an dem ich zu knabbern habe.«

»Schieß los.«

Sie berichtet, was sie erfahren und erlebt hat. Danach sagt Charles erst einmal eine Weile gar nichts. Elisabeth fürchtet schon, dass die Verbindung abgebrochen ist, doch dann beginnen wieder die Kaugeräusche.

»Bitte nicht«, sagt sie.

»Oh, sorry, das war reine Gewohnheit«, sagt Charles. »Mit vollem Mund kann ich besser nachdenken.«

»Was denkst du denn?«

»Normalerweise würde ich sagen – alles Zufall. Aber dafür nehmen sie es von Seiten der Regierung, oder meinetwegen der russischen Spionage, viel zu ernst. Es scheint wirklich etwas auf dem Spiel zu stehen.«

»Das denke ich auch. Was sagst du zu dem Brief?«

»Keine Ahnung, was ich davon halten soll.«

»Echt oder ein Bluff?«

»Du stellst Fragen. Aber warte. Ich könnte den Chair der Physik-Abteilung bitten, das Alter des Briefes zu bestimmen. Kannst du ihn mir zukommen lassen?«

Hier gibt es bestimmt einen Kurierdienst. Aber soll sie dieses wichtige Indiz wirklich aus der Hand geben?

»Ich schicke dir den Umschlag. Sie sollen sich das Papier und die Tinte getrennt ansehen.«

»Gut, ich veranlasse das.«

»Danke, Charles. Und lass dir bei Gelegenheit deren Ausweise zeigen.«

ISLAND IST DOCH NICHT SO ABGESCHIEDEN, WIE SIE DACHTE. Sie findet schnell einen Kurierdienst. Nur für heute Abend gibt es keine Optionen mehr. FedEx verspricht, den Umschlag morgen um 8 Uhr abzuholen und bis übermorgen, 8:30 Uhr, in Princeton, New Jersey, zuzustellen. Wenn Charles seinen Kontakt überreden kann, sich gleich daranzusetzen, hat sie bis übermorgen Abend isländischer Zeit die Ergebnisse.

Das bedeutet, dass sie 48 Stunden im Ungewissen bleibt. Sie fühlt sich trotzdem besser. Es scheint, als hätte sie etwas Kontrolle zurückgewonnen. Elisabeth hasst es, wenn andere über ihr Leben bestimmen.

# D

»Guten Morgen, Max«, sagt Winston.

»Brrr, ist das kalt«, sagt Max. »Guten Morgen auch.«

Er schüttelt sich. Auf der Fahrt in die Universität ist er in einen Regenschauer gekommen, der ihn durchnässt hat, und Winston stellt die Klimaanlage immer auf winterliche Temperaturen ein.

»Soll ich dir etwas Trockenes zum Anziehen besorgen?«

»Danke, das ist nett, aber ich habe Ersatzklamotten im Büro. Ich wollte nur schnell nachsehen, ob Post für mich gekommen ist.«

Es ist eine seltsame Angewohnheit, weil er eigentlich noch nie wichtige Korrespondenz auf Papier erhalten hat. Trotzdem gehört es zu seiner Routine. Wahrscheinlich kommt er in Wirklichkeit nur deshalb, um sich von Winnies Freundlichkeit auf den Tag einstimmen zu lassen.

»Hattest du ein gutes Wochenende?«, fragt Winston.

»Wochenende?« Stimmt, gestern war Sonntag.

»Das sind die beiden Tage in der Woche, an denen man nicht arbeiten muss.«

»Ich erinnere mich, Winnie. Ja, ich hatte ein gutes Wochenende. Und du?«

Er hat in der Bibliothek gesessen und an seiner Theorie gefeilt. Darüber muss er gleich mit Artem sprechen.

»Sehr gut. Wir haben einen Ausflug gemacht.«

»Ah, schön. Morgen muss ich unbedingt ein Regencape mitnehmen.«

»Für den Rest der Woche ist Hitze vorausgesagt.«

»Gut zu wissen. Ich muss jetzt dringend an die Arbeit.«

»Moment, Max. Ich soll alle daran erinnern, dass morgen Abteilungsbesprechung ist. Ihr sollt die Poster vorstellen!«

»Danke, ich werde es nicht vergessen!«

Das ist wichtig. Er muss unbedingt zu denen gehören, die ihr Thema vorstellen dürfen.

»Kann ich dich etwas fragen, Artem?«

»Guten Morgen erst einmal.«

»Guten Morgen, entschuldige, die Frage liegt mir schon seit gestern Abend auf dem Magen. Sie muss endlich raus.«

Artem lacht. Er nimmt nie etwas übel. »Dann los, spuck aus, was dich quält.«

»Wie kann ich auf einfache Art und Weise eine CP-Verletzung nachweisen?«

Artem ist zwar theoretischer Physiker wie Max, hat aber schon in einigen großen Labors gearbeitet und dort Experimente ausgewertet. Er weiß mehr über Experimentalphysik als jeder andere hier, Professor Shou eingeschlossen.

»Deine Frage enthält einen Widerspruch und eine Unmöglichkeit. Erstens ist es kompliziert, eine CP-Verletzung nachzuweisen, zweitens wirst du nicht dazu in der Lage sein.«

»Das ist nicht, was ich hören wollte.«

»Vielleicht hast du die Frage ja falsch gestellt. Aber bei einem Teilchenexperiment Teilchen durch Antiteilchen zu ersetzen und Raumkoordinaten zu spiegeln, ist nun einmal nicht trivial und auch nicht am Schreibtisch durchzuführen. Solche Experimente laufen an großen Beschleunigern. Dass die Natur manchmal Teilchen, die sich linksherum drehen, anders behandelt als rechtsdrehende, ist nur mit großem Aufwand nachzuweisen.«

»Du hast recht, ich habe die Frage falsch gestellt. Es geht mir um den Zeitfluss. Alle Vorgänge mit CP-Verletzung reagieren auch auf eine Umkehr des Zeitflusses empfindlich. Also wenn ein Experiment zeigt, das rechts- und linksdrehende Teilchen unterschiedlich reagieren, müsste eine rückwärts laufende Zeit die Ergebnisse vertauschen.«

»Völlig richtig. Das wurde 1964 zum ersten Mal an K-Mesonen nachgewiesen, also vor 64 Jahren. Dafür gab's dann später auch den Nobelpreis.«

»Und aktuell?«

»Im Moment sind die Experimentalphysiker dabei, das an immer mehr Elementarteilchen nachzuweisen. Ist ein spannendes Thema, weil jede neu bewiesene CP-Verletzung auch auf neue Physik hinweist.«

»Mal angenommen, nur rein theoretisch, die Zeit würde rückwärts verlaufen. Könnte man das an den Daten sehen?«

»Du stellst ja Fragen. Ich denke, man müsste es sehen, wenn man alte und aktuelle Daten vergleicht. Aber existieren dann überhaupt alte Daten? Wenn die Zeit rückwärts läuft, wird das, was wir für ›gestern‹ halten, doch in Wirklichkeit die Zukunft. Also was gestern passiert ist, ist noch gar nicht geschehen.«

»Hihi, ich finde solche Fragen faszinierend. Ich bin am Wochenende in der Bibliothek darauf gekommen.«

»Aber das Wochenende war gestern, also morgen. Du wirst erst noch darauf kommen.«

»Na gut, Artem, dann werde ich eben darauf gekommen sein. Fakt ist, dass ich jetzt, in der Gegenwart, diese Frage im Kopf habe und hoffe, dass du sie beantworten kannst.«

»Lass mich kurz nachdenken. Oder sollte ich besser ›nachgedacht haben‹ sagen?«

»Nun denk schon.«

»Hetz mich nicht, Max. Morgen ist auch noch ein Tag. Ach nein, gestern.«

»He, verarschen kann ich mich selbst.«

»Bin ja schon dabei. Die CP-Verletzung beobachtet man

gern bei der schwachen Wechselwirkung, bekannt vom Betazerfall radioaktiver Kerne.«

»Du brauchst mir keinen Vortrag zu halten. Das weiß ich alles schon.«

»Mann, ich denke nur laut. Also, der direkte Weg, sich die schwache Wechselwirkung anzusehen, wären Experimente mit D-Mesonen, die ein Charme-Quark enthalten. Davon habe ich kürzlich gelesen. Es war eine Veröffentlichung des LHC, des großen Beschleunigers am CERN in Genf.«

»Klingt aufwändig.«

»Du hast Glück. Du brauchst den LHC-Ring nicht nachzubauen, denn die Messergebnisse fließen automatisch in die europäische Open-Science-Cloud.«

»Ich kann damit arbeiten, ohne mal schnell nach Europa zu düsen?«

»Genau. Du kannst sofort damit anfangen. Einfach bei der EOSC registrieren, Daten runterladen und analysieren.«

»Danke, Artem. Wenn ich dir irgendwie helfen kann …«

»Du liest dann meine Arbeit Korrektur. Nein, du wirst dann meine Arbeit Korrektur gelesen haben.«

»Versprochen.«

SOFORT KANN ER NATÜRLICH NICHT MIT DER ARBEIT beginnen, denn die Datensätze sind riesig. Allein zu ihnen vorzudringen, ist schon eine Kunst für sich. Was da alles an potenziellem Wissen in der Cloud steckt! Auf den Ozeanen schwimmen ein paar tausend Flöße, die den Salzgehalt des Wassers und seine Temperatur messen. Mit einem Mausklick könnte er ihre Ergebnisse herunterladen.

Die Daten, die er braucht, sind unter vielen ähnlichen versteckt. K-Mesonen, Pi-Mesonen, D-Mesonen – ihm schwirrt der Kopf. Was er braucht, ist der Zerfall des $D^0$-Mesons. Es wiegt etwa doppelt so viel wie ein Proton, der Kern des Wasserstoffs, hat eine einfache, positive Ladung, eine Seltsamkeit von 0, einen Isospin von 1/2 und besteht aus einem Charme- und einem Anti-Up-Quark. Nach einigen Zehntausendstel Milliardstel Sekunden zerfällt es in Pi- oder K-Mesonen. Es ist also schlichtweg faszinierend, und noch spannender ist ja, dass der Mensch heute in der Lage ist, all diese Eigenschaften zu messen und zu vergleichen.

»Klong«, macht der Computer.

Das ist das Zeichen, dass der Download der Datensätze abgeschlossen ist. Max hat sich bereits die jüngsten Veröffentlichungen der CERN-Forscher angesehen. Nun braucht er bloß das nachzumachen, was sie im »Methoden«-Teil ihrer Artikel beschrieben haben. Wissenschaft ist cool. Es reicht nicht, etwas zu behaupten, man muss auch immer angeben, wie man zu dem Ergebnis gekommen ist, damit es für alle überprüfbar ist. Max geht die beschriebenen Schritte mit. Die nötige Software ist in Princetons Physikabteilung vorhanden – es ist ein Privileg, an einer so renommierten Einrichtung angestellt zu sein.

Den größten Teil der Arbeit nimmt ihm zum Glück der Computer ab. Die Software filtert alle Ereignisse aus, für die D-Mesonen nicht in Frage kommen. Wenn man Elementarteilchen auf andere schießt und im Detektor nachsieht, findet man alles Mögliche. Die Forscher können natürlich über ihre Auswahl der Energie quasi Wünsche äußern, aber das Ergebnis ist immer noch ein bunter Strauß, als hätte man das Blumenbeet mit der Sense abgeerntet.

Max beobachtet den Computer bei der Arbeit, bis ihm einfällt, was Winnie heute Morgen gesagt hat. Die Abteilungsbesprechung! Er sollte sich dringend etwas überlegen. Auf der Konferenz in Harvard werden garantiert nicht alle ihre Themen vorstellen können. Er hat das Poster noch nicht einmal angefangen.

Was will er den Wissenschaftlern erzählen? *Ich habe Einstein korrigiert.* Ganz unbescheiden. Kommt vielleicht bei einigen an, die ein gesundes Selbstbewusstsein mögen. Andere werden ihn für größenwahnsinnig halten. *Versuch der Quantifizierung der Zeit.* Das klingt weitaus bescheidener. Aber setzt er sich damit nicht selbst herab? Es ist doch mehr als ein

Versuch. Seine Theorie ist so weit ausgearbeitet, dass sie bereits konkrete Aussagen ermöglicht.

Fast. Er muss sich nur noch über diesen dämlichen Wert Gedanken machen, den er hochtrabend temporalkosmologische Konstante genannt hat. Irgendwann wird er sich darüber bestimmt genauso ärgern, wie Einstein damals über seine kosmologische Konstante geschimpft hat. Seine größte Dummheit, hat der berühmte Physiker sie genannt. Und heute ist sie populär wie nie. Auch er kommt nicht ohne die Konstante aus.

*Träum nicht, Max.* Er lässt den Computer rechnen und startet das Visualisierungsprogramm. Für das Poster braucht er eine Grafik. Sie muss herausstechen und die Betrachter zum Näherkommen animieren, aber sie darf nicht unseriös sein. Schwierig. Er hat so gar keine Idee. Ein Uhrglas? Welches Symbol steht für die Zeit? Max zeichnet ein paar Linien, doch die Software reagiert nur widerwillig. Der Prozess im Hintergrund, der D-Mesonen sortiert, schluckt zu viel Rechenleistung.

Max schiebt die Tastatur weg. Plötzlich hat er Kopfschmerzen. Das wird ein verschenkter Tag, das ahnt er jetzt schon. Was war das für eine Schnapsidee mit der CP-Verletzung? Das bringt ihn doch heute überhaupt nicht weiter. Er steht auf.

»Ich hol mir etwas aus der Caféteria«, sagt er. »Brauchst du auch was, Artem?«

Wo ist eigentlich Brad? Der ist heute noch gar nicht aufgetaucht.

»Nein, danke, meine Freundin hat mir etwas eingepackt. Wir können gern teilen!«

»Das ist nett, danke. Aber ich muss mal hier raus.«

In der Caféteria ist es voll. Beim warmen Essen ist die Schlange besonders lang. Also holt er sich lieber einen Muffin und einen Kaffee. Weil es draußen regnet, sind auch die meisten Tische besetzt.

Max findet einen freien Platz an einem Tisch, an dem nur zwei junge Frauen sitzen, die sich angeregt unterhalten. Er will sie nicht stören, also setzt er sich schweigend ans andere Ende. Eine der beiden sieht kurz zu ihm und nickt, wie um zu sagen, dass der Platz noch frei ist. Danach setzen die beiden ihre Unterhaltung fort. Sie sprechen dabei so laut, dass er nicht umhinkommt, ihnen zuzuhören. Sie heißen Liz und Yuwen und diskutieren über topologische Probleme, die Yuwen anscheinend nicht verstehen kann – sagt Yuwen – oder will – sagt Liz.

Topologie. Max erinnert sich an die Vorlesungen, die er dazu gehört hat. Er hat in seiner Arbeit mit Gleichungen zu tun, die bis zu sechsdimensionale Lösungen liefern. Damit kann er nur schwer hantieren, weil sie so gar keine Entsprechung in der Realität haben. Aber die Lösungen beschreiben doch Flächen und Räume im sechsdimensionalen Raum. Müsste es nicht Werkzeuge aus der Topologie geben, die er benutzen kann? Max ist drauf und dran, die jungen Frauen zu unterbrechen, um sie danach zu fragen. Aber in dem Moment, in dem er so weit ist, nehmen sie ihre Tabletts und gehen.

Max befasst sich im Kopf immer noch mit Topologie, als er schon wieder vor seinem Computer sitzt. Das Analyseprogramm hat seine Arbeit beendet. Jetzt braucht er Artem wieder.

»Das Programm ist durch. Kannst du mir bitte bei der Begutachtung helfen?«

Artem fährt auf seinem Stuhl sitzend zu Max. »Zeig mal.«

»Hier.«

Sein Freund geht die Daten Zeile für Zeile durch. Dann

holt er ein älteres Dokument vom Arxiv.org-Server. Er wechselt immer wieder zwischen den neuen und den alten Daten.

»Was ist denn?«, fragt Max. »Habe ich etwas falsch gemacht?«

»Nicht, dass ich wüsste. Das ist ja das Problem.«

»Wieso Problem?«

»Nun, du hast schlüssig nachgewiesen, dass beim Zerfall von D-Mesonen keine CP-Verletzung auftritt.«

»Aber das ist doch nicht möglich.«

»Das ist das Problem. Die CP-Verletzung ist mehrfach nachgewiesen. Hier, dieses Paper ist von 2019! Und was vor neun Jahren galt, kann ja nicht plötzlich falsch sein.«

»Ich muss also etwas falsch gemacht haben.«

»Das würde ich so nicht sagen, Max. Du hast nur anerkannte Methoden benutzt. Aber schau, deine Standardabweichung ist ziemlich hoch. Eine ganze Größenordnung Unterschied.«

»Dann liegt der Fehler definitiv bei mir. Es sind doch die gleichen Messdaten.«

»Nein, es ist dasselbe Experiment. Aber du wertest mehr Daten aus. Ein Teil ist vor der Veröffentlichung von 2019 entstanden, der andere danach. Lass uns das mal trennen.«

»Wir teilen den Datensatz einfach in der chronologischen Mitte?«

»Nein, das dauert zu lange. Wir nehmen uns einen kleinen Teil der Daten vom Ende und separat einen Teil vom Anfang. Das Ergebnis wird dann weniger signifikant sein, aber es geht uns ja nur um den Trend.«

Artem tippt wie wild auf der Tastatur. Er hat offenbar für das Thema Feuer gefangen. Max ist ihm sehr dankbar.

»So, jetzt müssen wir ein bisschen warten«, sagt Artem.

»Wie lange?«

»Ein paar Minuten.«

»Das halte ich aus.«

Max' Hände zittern. Er setzt sich darauf. *Nun bleib doch mal ganz ruhig. Das hat alles nichts zu sagen.* Hat es aber. Er ist da etwas Wichtigem auf der Spur. Es ist nur ein

Gefühl, aber … Er traut sich nicht, Artem davon zu berichten.

»Sag mal, was hältst du denn von Topologie?«, fragt er stattdessen.

Artem verzieht das Gesicht. »Schrecklich.«

»Wirklich? Ich finde sie faszinierend. Zwei Mathematikerinnen haben sich in der Cafeteria darüber unterhalten. Liz und Yuwen.«

»Waren sie hübsch?«

»Hä? Es geht um Topologie, mein Freund!«

»Du hast mich noch nie deinen Freund genannt. Allein das beweist schon, dass es nicht darum geht, oder nicht nur.«

»Echt? Ich habe dich noch nie so genannt?«

»Echt.«

»Das tut mir leid. Ich …«

Artem legt ihm die Hand auf die Schulter. »Kein Problem. Manche Dinge muss man nicht aussprechen. Es fiel mir nur gerade auf.«

»Danke, dass du mich darauf aufmerksam gemacht hast. Also, mir geht es wirklich um Topologie.«

»Jaja, das glaubst du. Ich wette, du hättest beinahe eine der beiden gefragt.«

»Das stimmt. Um etwas über Topologie zu erfahren.«

»Du hattest eine Vorlesungsreihe darüber.«

»Ja, aber manches habe ich vergessen.«

»Welche wolltest du ansprechen?«

»Liz.«

»Ha!«

»Was soll ›ha‹ heißen?«

»Egal. Sieh mal, das Programm ist fertig.«

Das hätte er doch glatt übersehen. So sehr beschäftigt ihn also die Topologie. Artem hat unrecht, was diese Liz betrifft.

Sein Freund ruft schon die Ergebnisse auf. Er schiebt sie so zurecht, dass sie sich auf dem Bildschirm gegenüberstehen. Die Zahlen sehen auf den ersten Blick ähnlich aus.

»Die Standardabweichung ist aber wieder ziemlich hoch.«

»Ist logisch, wir haben ja nur wenige Daten benutzt.«

Das stimmt. Und sie ist geringer als beim ersten Versuch, wo er alle Daten ausgewertet hat.

»Fällt dir irgendwas auf?«, fragt Artem und zeigt erst auf das linke Ergebnis, dann auf das rechte.

»Es gibt eine CP-Verletzung«, sagt Max. »In beiden Fällen.«

»Ja, aber schau dir die Beträge an. Links hast du die ältesten Daten, rechts die neuesten.«

Das ist wirklich interessant. Links bevorzugt das $D^0$-Meson andere Zerfallsreihen als sein Antiteilchen. Das ist der Beweis der CP-Verletzung. Auf der anderen Bildschirmseite ist es ebenso. Aber die bevorzugten Zerfallsreihen sind vertauscht!

»Unglaublich«, sagt Max. »2019 hat das D-Meson im Zug noch lieber links gesessen, sein Antiteilchen lieber rechts. Heute wählt das Antiteilchen links, das originale D-Meson bevorzugt rechts.«

»Ein schönes Bild«, sagt Artem. »Vielleicht beobachten wir den Zug ja heute auf der Rückfahrt! Stell dir vor, er hat irgendwann gewendet und kommt nun auf uns zu. Das D-Meson hat seinen Platz überhaupt nicht verändert. Aber aus unserer Sicht sitzt es nun rechts!«

»Das ist … Der Zug … Der Zug, das ist die Zeit, oder?«

»Es müsste irgendeine Dimension der Raumzeit sein«, sagt Artem. »Bei den drei Raumdimensionen wäre uns ja aufgefallen, würden sie plötzlich Kopf stehen. Die Zeit hingegen ist weitgehend unsichtbar.«

»Oh Mann, das glaubt uns doch niemand«, sagt Max.

»Und zu Recht. Oder hast du das Gefühl, dass die Zeit rückwärts läuft?«

»Es wäre praktisch. Dann hätte ich die blöde Besprechung morgen schon hinter mir.«

»Ich hätte meine Dissertation schon abgeben.«

»He, du wärst schon Vater geworden, Artem.«

»Und Großvater auch.«

»Die Sonne wäre schon zum Roten Riesen geworden.«

»Wir hätten das Ende des Universums bereits hinter uns und den Urknall vor uns.«

»So ein Humbug. Genau darum wird es uns niemand glauben«, sagt Max.

»Ich fürchte, du hast recht«, sagt Artem. »Die Daten sind sowieso noch viel zu schwach. Die Standardabweichung ist größer als der Wert an sich. Das müssten wir schon noch für alle Werte durchrechnen.«

»Irgendwann mal. Jetzt muss ich mich um mein Poster kümmern. Leider habe ich nicht das Gefühl, dass Shou es mir schon genehmigt hat. Die D-Mesonen müssen warten. Aber danke für deine Hilfe.«

Nicht nur das Poster, auch die Topologie wartet auf ihn. Wenn er ehrlich zu sich ist, hat Artem doch recht. Er hätte diese Liz gern angesprochen. Aber bevor er sich das traut, muss er sich mit Topologie beschäftigen. Sie hält ihn sonst noch für einen Trottel.

»Immer gern«, sagt Artem. »Besuch uns doch mal am Abend zu Hause! Meine Freundin will dich auch kennenlernen.«

Eine Einladung, das ist aber nett.

»Woher kennst du sie eigentlich?«

»Aus dem Krankenhaus. Als ich die Blinddarm-OP hatte, hat sie mich versorgt.«

»Oh, sie ist Krankenschwester? Das ist gut.«

»Ich koche auch gut.«

»Du kochst?«

»Na klar. Komm zu uns und überzeug dich.«

»Ich war doch schon bei euch, in der Zukunft. Erinnerst du dich nicht?«

# 4

Elisabeth steht fröstelnd vor dem Hoteleingang. Von ihrer Tochter hat sie per Textnachricht erfahren, dass Floki die Operation und die Nacht überstanden hat. Ein Windstoß fährt seitlich in Elisabeths Mantel. Sie zieht den Gürtel fester zu und wickelt sich den Schal um den Hals. Die Touristen sind noch nicht zurück. Im Frühstücksraum war sie ganz allein.

Pünktlich um 8 Uhr rollt der Firmenjeep lautlos auf den fast leeren Hotelparkplatz. Ihm folgt ein orangefarbener Van. Elisabeth läuft auf die Neuankömmlinge zu. Einar öffnet die Beifahrertür, aber sie geht daran vorbei. Der Vanfahrer hat sein Fenster ein winziges Stück heruntergerollt und macht ihr mit Gesten begreiflich, dass sie den Umschlag hindurchschieben soll. Im Tausch schiebt er eine Quittung durch den Schlitz. Dann stößt er zurück und verschwindet. Elisabeth prüft die Quittung. Es ist ein gewöhnliches FedEx-Formular. Auch die Adresse stimmt. Sehr gut.

Einar räuspert sich.

»Ich komme schon«, sagt Elisabeth.

Er hält ihr die Tür auf, während sie einsteigt, schließt sie sanft, läuft um das Fahrzeug herum, setzt sich auf den Fahrersitz und seufzt.

»Guten Morgen«, sagt Elisabeth. »Wie geht es dir?«

»Ich habe gar nicht gut geschlafen. Floki …«

»Meine Tochter schreibt mir, dass er die Operation überstanden hat.«

»Ah, sie ist bei ihm? Das wusste ich gar nicht. Das ist ja gut. Leider ist Floki noch nicht stabil, sagte mir die Ärztin am Telefon. Es wird wohl noch 24 Stunden dauern, bis wir mehr wissen.«

»Das tut mir alles so leid«, sagt Elisabeth.

»Vulkane sind tückisch. Das weiß man, wenn man in dieser Branche arbeitet.«

»Trotzdem. Hat er Familie?«

»Seine Eltern leben auf dem Land, an der Südküste. Sie waren Fischer. Sehr nette, einfache Leute. Er ist wohl der Erste aus seiner Familie, der studiert hat. Seine Schwester arbeitet als Verkäuferin in einem Supermarkt.« Einar seufzt. »Aber ich rede mal wieder zu viel. Wir müssen los. Der Schacht wartet. Du hast Kurierpost verschickt?«

»Ein Peer-Review eines Beitrags für die PNAS. Das konnte nicht bis zu meiner Rückkehr warten.«

»Verstehe. Das hätte ich für dich erledigen können. Wir schicken täglich Post in die Firmenzentrale in den Staaten.«

»Ich wollte dich damit nicht auch noch belästigen.«

Einar fährt auf der Ringstraße in östlicher Richtung. Als Elisabeth das Hverir-Geothermalfeld auf der rechten Seite sieht, muss sie an ihre Tochter denken.

»Kannst du bitte kurz anhalten?«, fragt sie.

»Für Sightseeing haben wir leider keine Zeit«, antwortet Einar.

»Nur ganz kurz. Ich will etwas in Erfahrung bringen.«

Der Jeep biegt rechts ab.

»Bitte zu dem Wohnwagen dort vorn«, sagt sie.

Einar hält den Jeep direkt vor dem uralten Campingbus an. Der Kombi ist nicht mehr da. Das Paar sitzt auch nicht mehr vor dem Bus. Vielleicht ist es ihnen zu kalt geworden.

Elisabeth steigt aus und klopft an der Tür. Kurz darauf öffnet sie sich, und der Geologe sieht heraus. Er wirkt ganz schön zerzaust, als sei er gerade aufgestanden.

»Ah, die Schlammfrau«, sagt der Mann.

Er streckt seinen nackten Arm heraus und berührt sie am Ärmel.

»Sie haben da noch ein paar Spritzer.«

Elisabeth kontrolliert die Stelle. Der Mann hat recht. Sie hätte sich noch einmal im Spiegel ansehen sollen. Das gehört eigentlich zu ihrer Routine, aber momentan ist nichts normal.

»Wo haben Sie denn Ihre Tochter gelassen, meine Dame?«

»Ich wollte Sie nur um eine Auskunft bitten«, sagt Elisabeth.

»Ich höre.«

»Hverir scheint sich wieder beruhigt zu haben?«

»Ja, gestern so gegen 18 Uhr hat es aufgehört.«

»Denken Sie, dass der Vulkan sich nun wieder schlafen legt?«

»Unwahrscheinlich«, sagt der Mann. »Wir bleiben deshalb lieber noch ein paar Tage hier in der Nähe der Ringstraße.«

Ein vibrierendes Gefühl dringt über ihre Füße in ihren Körper. Die Schlammlöcher schmatzen besonders laut. Aus dem Inneren des Busses ruft eine Frau etwas in einer ihr unbekannten Sprache.

»Sie sehen es ja«, sagt der Geologe. »Es ist noch nicht vorbei.«

»Danke. Wieso hat man Sie eigentlich nicht wie alle anderen Touristen weggeschickt?«

»Die Polizei hier kennt mich. Sie denken vermutlich, dass ein Geologe im Fall des Falles nützlich sein kann.«

»Das stimmt. Danke noch einmal, dass Sie mir das Leben gerettet haben.«

Der Jeep hält diesmal direkt vor dem Industriebau, in dem das Kraftwerk untergebracht ist. Eine Schranke öffnet sich.

»Ich dachte, wir fahren zur Bohrung?«, fragt Elisabeth.

»Nein, ich habe hier noch eine Überraschung für dich«, sagt Einar.

Er stellt den Wagen vor einer Baracke ab, die noch ziemlich neu aussieht. Vor ihr steht ein großes Schild mit dem Logo des Bohrunternehmens, dessen Name ein Wortspiel aus »langweilig« und »bohren« ist.

»Komm«, sagt Einar.

Er läuft um den Jeep herum und öffnet die Klappe an der Rückseite. Anschließend laufen sie zu der Baracke. Der Weg ist staubig. Es ist aber ein bisschen wärmer geworden.

Hinter der Barackentür betreten sie einen mit stechend hellen Deckenlampen beleuchteten Gang.

»Falls du eine Toilette brauchst, sie ist am Ende des Gangs«, sagt Einar und zeigt nach vorn.

»Nein, danke.«

»Gut.«

Er öffnet die zweite Tür auf der rechten Seite. Dahinter befindet sich ein Büro, das etwa so groß wie ihr Schlafzimmer zu Hause ist. An der linken Seite stehen zwei Schreibtische mit Computern, rechts sind Regale angebracht. Davor liegt etwas, das wie ein beschädigter Roboter aussieht, dem jemand die Luft herausgelassen hat.

Eine junge Frau kommt auf sie zu. Sie muss etwa Mitte 20 sein, hat lauter Sommersprossen im Gesicht und trägt einen Zopf.

»Frau Professorin, es ist mir eine Ehre«, sagt die Frau.

»Nennen Sie mich Elisabeth.«

»Ich bin Shania. Ihr Topologie-Lehrbuch hat mich gerettet.«

»Das freut mich. Sie haben Mathematik studiert?«

»Allerdings. Aber dann hat es mich in die Industrie gezogen. Das Gehalt war unwiderstehlich.«

»Herzlichen Glückwunsch! Sind Sie schon lange in Island?«

»Nein, erst seit ein paar Monaten. Ich hatte ein Projekt vor der mexikanischen Pazifikküste. Aber als jemand gesucht wurde, der sich mit Topologie auskennt, war ich wohl die Einzige, die sich gemeldet hat.«

»Dann habe ich Ihnen diese Einladung zu verdanken.«

»Ich habe Sie empfohlen, Elisabeth, das stimmt. Wenn jemand das Problem lösen kann, dann Sie.«

»Das ist zu viel der Ehre, fürchte ich.«

»Wir werden es sehen. Darf ich Sie in die aktuelle Situation einführen?«

»Gern.«

Shania zeigt auf den ersten Computer, schiebt Elisabeth einen Stuhl heran und beide setzen sich. Auf dem Schirm erscheint der Querschnitt eines tiefen Schachts. Etwa am Ende des oberen Drittels blinkt ein Punkt. Shania zeigt darauf.

»Das ist unser Objekt«, erklärt sie.

»Das ich immer noch nicht gesehen habe«, sagt Elisabeth.

»Ich hoffe, das können wir ändern. Es gibt aber noch ein Problem.«

Shania drückt eine Taste, und der Schacht füllt sich mit hellroter Farbe.

»Seit dem Unfall gestern haben wir Wasser in der Bohrung«, sagt Shania.

»Wie viel?«, fragt Elisabeth, obwohl sie die Antwort ahnt.

»Sie sehen es ja schon auf der Übersicht. Das Wasser steht etwa zehn Meter oberhalb des Objekts. Aber das ist noch nicht alles. Es handelt sich um sehr heißes Wasser.«

»Es hat Floki verbrannt«, sagt Elisabeth.

»Ja, es kam mit enormem Tempo hochgeschossen. Er hat es nicht schnell genug geschafft. Wir konnten die Bohrung versiegeln. Technisch ist das kein großes Problem. Der autonome Bohrkopf übersteht weitaus höhere Temperaturen und ist unbeschädigt geblieben. Normalerweise befindet sich eben kein Mensch in der Bohrung. Deshalb gibt es keine spezielle

Absicherung gegen das Eindringen von Wasser. Das war einfach nicht nötig. Dafür bohren wir ja autonom.«

»Verstehe. Floki war zur falschen Zeit am falschen Ort. Ich nehme an, ich soll ihm nun folgen?«

»Das wäre großartig. Wenn jemand das Problem lösen kann, dann Sie. Wir haben dazu aus dem vulkanologischen Institut einen Spezialanzug herbeigeschafft. Damit könnten Sie in die Bohrung tauchen.«

Das sind ja tolle Neuigkeiten. Erst lässt man sie hundert Meter in ein Loch hinab, dann taucht sie noch ein paar Meter tiefer in kochendes Wasser. Klingt nach einem Abenteuer. Laura wäre begeistert.

»Ich weiß nicht«, sagt Elisabeth. »Das Wasser muss doch ziemlich heiß sein?«

»Es ist nicht mehr ganz so heiß wie gestern, nur noch 94 Grad Celsius im Moment. Sehen Sie? Wir haben Sensoren in verschiedenen Tiefen.«

»93,8«, steht auf dem Bildschirm in Höhe des blinkenden Punkts.

»Aber wenn es innerhalb eines Tages um 7 Grad abgekühlt ist, bräuchten wir doch bloß noch acht Tage zu warten und hätten Körpertemperatur. Das wäre mir deutlich angenehmer. Dann brauchen wir auch den Anzug nicht.«

»Auch dann müssten wir Sie zumindest mit Sauerstoff versorgen, Elisabeth. Aber vor allem haben wir wahrscheinlich keine acht Tage. Der Ausbruch der Krafla ist nur eine Frage der Zeit. Natürlich könnten die Krater weit im Süden entstehen, aber das ganze System gerät dann unter Stress. Wenn wir Pech haben, wird das Objekt dadurch verschüttet.«

»Immer noch besser, als wenn ein Mensch bei der Bergung verschüttet wird.«

»Das sehen unsere Auftraggeber leider nicht so. Das Objekt hat allerhöchste Priorität.«

»Und wenn ich mich weigere?«

»Das ist natürlich Ihr gutes Recht. Ich kann Ihnen versprechen, dass Ihnen nichts geschehen wird. Die Geologen sind sich einig, dass es zumindest heute nicht zum Ausbruch kommt. Die Krafla ist immer noch in der Aufwärmphase. Wir werden Sie bestens instruieren und betreuen. Aber niemand zwingt Sie, in das Loch zu tauchen.«

»Vermutlich muss dann jemand anderes den Auftrag übernehmen.«

»Ja, dann bin ich an der Reihe. Ich bin zwar keine Topologie-Expertin, habe aber mein Wissen von der Uni noch nicht vergessen.«

Tja, jede Entscheidung hat Auswirkungen. Gestern war sie krank, und prompt wurde Floki schwer verletzt. Wenn sie heute absagt, was wird dann Shania geschehen? Die junge Frau hat ihr Leben doch noch vor sich. Im schlimmsten Fall braucht Shania dort unten mehr Zeit, als sie benötigt hätte, und wird deshalb verletzt. Schon wieder würde ein anderer Mensch ihretwegen Schaden nehmen. Das darf nicht geschehen.

»Also gut, ich steige da runter«, sagt sie.

»Das freut mich«, sagt Shania. »Sehen wir uns doch gleich mal Ihren Spezialanzug an.«

Sie bugsiert Elisabeth auf die andere Seite des Büros. Der beschädigte Roboter wird für den Abstieg und den Tauchausflug ihre Überlebenshülle darstellen.

»Der Anzug ist dafür konstruiert worden, vulkanische Erscheinungen am Meeresboden untersuchen zu können. Dort haben wir auch manchmal relativ hohe Wassertemperaturen. Deshalb besitzt er eine doppelte Hülle, deren Zwischenraum Wärmeübertragung nur durch Strahlung erlaubt. In einer zweiten Schicht zirkuliert eine kühlende Flüssigkeit. Der Schwachpunkt sind die Hände. Durch die dicken Handschuhe besitzen Sie bei weitem nicht die normale Geschicklichkeit einer menschlichen Hand.«

»Ich fürchte, das ist mir zu abstrakt«, sagt Elisabeth.

»Sie haben völlig recht. Ich werde den Anzug mit Einar auf den Jeep laden. Dann fahren wir zur Bohrung und probieren das aus.«

Diesmal denkt Elisabeth nicht an Mordor, während sie sich dem Loch im Berg nähern. Sie denkt an Floki, der vorgestern noch auf dem Beifahrersitz saß, der magisches Isländisch spricht und dessen Telefon mit Wagner klingelt. Je tiefer sie in den Berg fahren, desto bedrückter wird sie. Könnte Shania nicht einen Anruf bekommen, so wie Floki vorgestern, nach dem man sie zurück ins Hotel bringt?

Die leichten Erdbeben, die vorgestern noch Grund genug waren, um umzukehren, spielen heute offenbar keine Rolle mehr. Hat irgendjemand die Bohrfirma unter Druck gesetzt? Es scheint ein wirklich großes Interesse daran zu geben, dieses Objekt zu bergen.

Vielleicht macht sie sich ja auch völlig umsonst Sorgen. Hätte sie nicht heute erneut so ein Brief gewarnt, wenn sie in Gefahr wäre? Sie muss aufpassen, nicht ihr wissenschaftliches Gespür einzubüßen. Niemand kann wissen, was heute passieren wird. Der Brief war ein einmaliger Trick, der sich nicht wiederholen wird.

Der Wagen hält. Alle steigen aus. Der schwer bewaffnete Wachmann nickt ihnen zu. Elisabeth wartet, während sich Einar und Shania um den Anzug kümmern. Sie schleppen ihn zu einer Tür. Um den Anzug hindurchzubekommen, müssen sie ihn allerdings auf die Seite drehen. Sie wird wirklich lustig darin aussehen, mit den breiten Schultern eines Footballspielers in Sportkleidung.

Der Raum, in dem sie sich nun befinden, erinnert sie an den Keller unter dem Haus ihrer Großmutter in den Rockies, nur in etwas größerer Dimension, vielleicht vier Meter hoch. Er ist in den dunklen, fast schwarzen Stein gehauen, was den grob bearbeiteten Wänden immer noch anzusehen ist. Grubenlampen an den Seiten beleuchten alles. Sie bekommen Strom von einem mit Methanol betriebenen Generator in der Ecke.

Das Loch, in das sie hinabfahren soll, befindet sich in der Mitte. Sie hätte ein riesiges Bohrgestänge darüber erwartet. Aber das ist natürlich Unsinn. Hier wird ja autonom gebohrt. Ein armdickes Kabel, das am Rand in das Loch hängt, versorgt den Bohrer mit Energie. Über dem Loch hängt eine Konstruktion, die an einen Schöpfbrunnen erinnert – nur weitaus größer. Den Wassereimer ersetzt eine Art Korb, in den maximal zwei Menschen passen dürften. Oder ein Mensch in einem sperrigen Taucheranzug. Neben der Konstruktion sieht sie eine dicke Rolle samt Kurbel, mit der man die Plattform in die Tiefe lassen kann.

Der Korb macht ihr Angst. Er ist aus Metallstangen zusammengesetzt, die sehr stabil wirken, etwa so wie die Stahlkörbe, aus denen heraus mutige Taucher Haie füttern. Daraus wird sie sich nie im Leben selbst befreien können.

»So, wir legen den Anzug jetzt einmal an«, sagt Shania.

»Wir?«, fragt Elisabeth.

»Okay, Sie. Aber ich helfe Ihnen.«

Elisabeth muss sich bis auf die Unterwäsche ausziehen. Das hat ihr niemand gesagt. Einar dreht sich zur Tür, obwohl sie gar nichts gesagt hat. Shania reicht ihr eine Leggings und ein langärmliges Unterhemd. Zum Glück gibt es hier keinen Spiegel. Das Unterhemd sitzt verdammt eng und quetscht ihre Brüste. Die Leggings umschließen ihre Knöchel fest.

Dann schiebt ihr Einar einen eisernen Hocker hin. Gemeinsam mit Shania hält er das Unterteil des Anzugs vor sie hin. Die Beine sind eng, doch durch die Leggings ist der Einstieg einfacher als gedacht. Elisabeth schwitzt trotzdem, nachdem sie beide Beine eingefädelt hat. Einar und Shania helfen ihr gemeinsam beim Anlegen der Stiefel. Schließlich bekommt sie einen schweren Gürtel umgehängt.

Es folgt das Oberteil, das am Rücken mit dem Unterteil verbunden ist. Es überzustreifen, ist der leichtere Teil der Übung. Doch dann beginnen ihre Helfer, die Reißverschlüsse zuzuziehen. Elisabeth hat mal gesehen, wie ein Fleischer Wurstmasse in einen Darm quetscht. Jetzt kommt sie sich vor wie die Wurstmasse, und dabei ist der Reißverschluss erst in Brusthöhe angekommen. Ihr Dekolleté erinnert sie an die Bilder von Bedienungen auf einem dieser Bierfeste im Herbst.

»Darf ich?«, fragt Shania.

»Bedienen Sie sich.«

Shania drückt mit beiden Händen ihre Brust so zur Seite, dass der Reißverschluss auch den Rest der Strecke schafft. Es schmerzt so, dass ihr eine Träne ins linke Auge tritt, aber sie verkneift sich jeden Laut. Schweigend zieht Elisabeth den Verschluss selbst bis ganz nach oben. Auf ihren schlanken Hals war sie immer stolz. Sie hat dort auch kaum Falten.

»Sieht doch gut aus«, sagt Shania. »Soll ich ein Foto machen?«

»Unterstehen Sie sich!«, antwortet sie.

»Jetzt der Helm«, sagt Einar.

Er hebt den Helm über ihren Kopf. Kurz hat sie das Gefühl, keine Luft zu bekommen. Shania legt ihr beruhigend die Hand auf die Schulter.

»Alles gut«, sagt die junge Frau.

Vielleicht hätte sie sich doch weigern sollen. Aber es ist auf jeden Fall eine Erfahrung.

»Ich schließe den Helm jetzt an das Kreislaufgerät an«, sagt Einar. »Keine Sorge, der Helm ist unten noch offen.«

Warum sollte sie sich denn sorgen? Doch dann merkt sie es. Die Luft, die in ihren Helm dringt, schmeckt plötzlich ganz anders.

»Atme tief durch«, sagt Einar. »Ich schließe nun den Helm, damit uns nicht so viel Helium verlorengeht.«

»Helium?«

Ihre Stimme klingt anders als sonst. Ob es an der Funkübertragung liegt?

»Ja, du atmest eine Mischung aus Helium und Sauerstoff, Heliox genannt. So verhindern wir, dass der Stickstoff aus der normalen Atemluft in deinem Blut Blasen bildet oder dich vergiftet, wenn du da unten bist.«

»Sehr beruhigend. Wann schließt du den Helm denn?«

»Ist schon passiert. Du atmest jetzt aus einem Behälter auf deinem Rücken. Eine Maschine filtert das Kohlendioxid, das du ausatmest, aus der Luft. So kannst du fast ewig unten bleiben.«

»Das hatte ich eigentlich nicht vor.«

»Einar übertreibt«, sagt Shania. »Wir wissen noch nicht, wie lange der Anzug die Hitze abschirmen kann.«

»Aber Sie haben das doch schon getestet?«

»Noch nicht bei 93 Grad heißem Wasser.«

Obwohl sie weiß, dass der Siedepunkt von Wasser bei 100 Grad Celsius liegt, rechnet Elisabeth im Kopf jetzt doch auf Fahrenheit um. Die alte Angabe liegt ihr immer noch näher. Es sind knapp 200 Grad!

»Was war das bisherige Maximum?«, fragt sie.

»50 Grad, glaube ich«, sagt Shania.

»63 Grad«, sagt Einar. »Das war an einer unterirdischen Quelle im … Mir ist der Name entfallen. Aber mach dir keine Sorgen. Wir überwachen dich von oben und ziehen dich raus, sobald es gefährlich wird.«

»Bevor es gefährlich wird«, widerspricht Shania.

»Natürlich«, sagt Einar.

Die beiden sind wirklich sehr gut darin, sie zu beruhigen.

»Es kommt also niemand mit mir nach unten?«

»Das ist leider nicht möglich. Der Platz auf der Plattform reicht nicht.«

»Shania?«

»Ja?«

»Machen Sie bitte doch ein Foto. Durch den Helm erkennt mich ja niemand, und wenn etwas passiert, können Sie meiner Tochter das letzte Bild ihrer Mutter schicken.«

Die junge Frau zückt ihr Telefon, und ein Blitz leuchtet auf.

»Sie sehen gut aus!«, sagt Shania. »Wollen Sie es sehen?«

»Na gut.«

Shania drückt einen Knopf, und die Bildschirmfläche vergrößert sich auf das A4-Format. Auf dem Schirm ist eine alterslose Gestalt, die ihr überraschend gut gefällt. Der Anzug hält in Form, was der Schwerkraft nicht mehr trotzt. Sie würde jetzt trotzdem hundert Mal lieber den Schlabber-Trainingsanzug tragen, den sie für den Hausputz am Samstag reserviert hat.

LANGSAM SINKT DER KORB IN DIE TIEFE. AN SEINEM oberen und unteren Ende sind Scheinwerfer angebracht. Nach zwei Minuten sieht sie über und unter sich nur noch zwei schwarze Flecken.

»Alles okay bei dir?«, fragt Einar. »Wie ist die Verbindung?«

Es klingt, als stünde er neben ihr.

»Die Verbindung ist perfekt. Ich bereite mich auf meinen Tod vor.«

»Ja, ein bisschen Drama ist normal bei so einem Abstieg«, sagt Einar.

Der hat gut reden! Er muss ja auch nicht wie ein Kanarienvogel in seinem Käfig sitzen.

Plötzlich wird es vor ihr hell. Sie erschrickt. Ist das schon das Artefakt?

»Ich habe deinen Helmscheinwerfer eingeschaltet«, sagt Einar.

»Eine Vorwarnung wäre nett gewesen.«

»Entschuldigung.«

Die Fahrt setzt sich fort. Ihr wird kalt, was unangenehm ist, vor allem der kalte Schweiß, den sie im Rücken spürt. Die Kühlung des Anzugs scheint gut zu funktionieren. In den Bauch eines aktiven Vulkans vorzudringen, hat sie sich spektakulärer vorgestellt. Der autonome Bohrer hat einen perfekt kreisförmigen Schacht erzeugt. Das Gestein wirkt gleichförmig. Nur ab und an sind ein paar weiße Flecken zu sehen, die wie weißlicher Schimmel aussehen.

»Schimmelt der neue Schacht schon?«, fragt sie.

»Die hellen Flecken?«, fragt Einar. »Dort haben wir Einbrüche repariert. Wenn der Bohrer auf kleine oder große Höhlen stößt, versiegeln wir sie, rein als Vorsichtsmaßnahme. Das heiße Wasser soll nur nach oben fließen können.«

»Verstehe. Langsam wird es ziemlich kalt. Können wir die Kühlung …«

»Das wird nicht nötig sein«, sagt Einar. »Wir treffen gleich auf die Wassersäule.«

*Von wegen »wir«. Du stehst bequem im Trockenen.* Der Korb wird langsamer. Wasser läuft über ihre Stiefel, erreicht ihre Knie, umfängt ihre Hüften, wärmt den Schweiß an ihrem Rücken und bedroht ihren Kopf. Instinktiv hält sie die Luft an. Das Wasser schwappt über sie.

»Elisabeth, du musst atmen«, sagt Einar.

Natürlich muss sie atmen, aber das ist leichter gesagt als getan. Sie schließt die Augen und stellt sich vor, auf einem Berg mit großartiger Aussicht zu stehen, irgendwo in den Rockies. Entspannt atmet sie aus. Und wieder ein. Und aus.

»Sehr gut, Elisabeth«, sagt Einar.

Sie öffnet die Augen. Auf den ersten Blick hat sich nichts verändert. Das Wasser ist total klar. Aber der Scheinwerferstrahl leuchtet anders, fast, als würde das Licht sich langsamer ausbreiten, und wenn sie die Arme bewegt, spürt sie einen Widerstand. Sie kontrolliert die Anzeige an ihrem linken Handgelenk. Dort ist eine Temperatur eingeblendet, natürlich in der Celsius-Skala. 49 Grad. Die menschliche Körpertemperatur liegt bei 37 Grad. So heiß hat sie noch nie gebadet.

»Wie fühlst du dich?«, fragt Einar.

»Ganz okay. Im Anzug ist es angenehm.«

»Verstanden. Wir haben noch ein paar Meter vor uns.«

Wir, schon wieder. Elisabeth hält sich an den Stangen fest, die den Korb umgeben, und beugt sich nach vorn. Das Wasser hat einen riesigen Vorteil: Hier ist sie fast gewichtslos, und der schwere Anzug behindert sie weniger.

Könnte es sein, dass unten ein Lichtschein zu sehen ist? Sie sieht abwechselnd in die Tiefe und in die Höhe, aber der Strahl des Scheinwerfers kommt ihr in die Quere.

»Könntest du das Licht bitte ausschalten, Einar?«, fragt sie.

»Du hast eine Taste direkt rechts neben dem Scheinwerfer. Aber ich kann es auch für dich übernehmen.«

Elisabeth tastet auf ihrem Helm herum. Shania hat recht. Die Handschuhe sind nicht sehr flexibel. Aber sie findet die

Taste und drückt sie. Es wird dunkel, und zwar so sehr, dass Furcht ihren Hals umschnürt.

»Elisabeth?«, fragt Einar. »Dein Puls …«

»Alles bestens«, schwindelt sie.

Die Dunkelheit ist so umfassend, dass sie sich vollkommen allein fühlt. Aber das Gefühl schwindet schnell, während sich ihre Augen anpassen. Es gibt immer noch Lichtquellen: die Anzeige an ihrem Arm und eine gelbe und eine rote LED an dem Gürtel mit den Ausgleichsgewichten. Und ein grüner Schein, der aus der Tiefe zu ihr nach oben dringt.

Wow. Das Licht wirkt magisch. Wahrscheinlich liegt das einfach an der grenzenlosen Dunkelheit, aber dort, wo es herkommt, scheint sich der Eingang in ein Zauberreich zu befinden. Elisabeth ist eigentlich ein Zahlenmensch, aber diesem Reiz kann sie sich nicht entziehen. Schauer wandern ihren Rücken hinab.

»Ich sehe etwas«, sagt sie.

»Ja, es sind nur noch zwanzig Meter«, sagt Einar.

Während der Korb weiter nach unten sinkt, beginnt Elisabeth zu schwitzen. Sie hält das erst für eine Folge ihrer Begeisterung, doch dann kontrolliert sie die Temperaturanzeige. 83 Grad. Sie wird langsam gekocht. Der Anzug hält zwar bisher dagegen, aber noch haben sie das Ziel nicht erreicht.

Meter um Meter sinkt der stählerne Behälter mit seiner lebenden Last nach unten. Elisabeth beißt die Zähne zusammen. Es wird laut, weil der Lüfter im Helm auf höchster Stufe läuft. Trotzdem bilden sich an der Innenseite des Helms feine Schleier. Hätte man sie doch bloß früher hergeholt, als der Schacht noch nicht mit Wasser gefüllt war!

»Der Helm beschlägt«, sagt sie. »Ich sehe das Objekt nicht richtig.«

»Ich könnte die zusätzliche Lüftung abschalten«, sagt Einar.

»Ja, bitte.«

Es wird wieder still. Dafür schwitzt sie jetzt umso mehr. Der Schweiß läuft über die Stirn, rinnt in ihre Augen, tropft von der Nase und verschwindet irgendwo unter ihrem Kinn.

Sie hat noch nie so geschwitzt. Doch auch der Schleier verschwindet von der Innenseite der Scheibe. Das Artefakt verwandelt sich von einem umförmigen, grünen Fleck zu einer eleganten, geradezu majestätischen Figur, die tiefgreifende Geheimnisse der Mathematik zu enthalten scheint und von innen heraus leuchtet. Drei verschiedene Ringstrukturen greifen auf unmöglich erscheinende Art ineinander. Elisabeth ist überwältigt von so viel Schönheit, die in der einfachen Struktur steckt. Manchmal träumt sie von solchen Formen, aber in ihren Träumen waren sie noch nie so überwältigend wie hier. Und so real.

Sie schließt mehrmals die Augen, um sich zu vergewissern, wo sie ist. Dies ist die Wirklichkeit. Aber einfach ist die Form unter ihr nur in einer überdimensionalen Realität. Elisabeth geht ihr Gedächtnis durch, wo sie eine solche Struktur schon einmal gesehen haben könnte. Bei der Darstellung auf Flynts Skizze hat sie an eine Kähler-Mannigfaltigkeit gedacht, aber das hier sieht doch anders aus. Lorentz vielleicht? Aber damit wäre sie im vierdimensionalen Raum, und ihr mathematischer Instinkt sagt ihr, dass sie vielmehr die vierdimensionale Projektion eines höherdimensionalen Objekts vor sich hat, den flachen Scherenschnitt einer räumlichen Person gewissermaßen.

»Das ist mathematisch bahnbrechend«, sagt sie.

»Sehr schön«, antwortet Einar.

»Ich versuche, eine differentialgeometrische Beschreibung …«

»Elisabeth, wir brauchen das Ding hier oben. Für alles andere ist später noch Zeit.«

»Natürlich«, antwortet sie.

Elisabeth seufzt. Das Artefakt ist so schön, und sie hat das Gefühl, dass es genau hierher gehört. Aber ihre Auftraggeber werden keine Ruhe geben.

»Bitte noch einen Meter nach unten«, sagt sie.

Der Korb setzt sich in Bewegung. Oh nein! Sie hat sich verschätzt. Das Artefakt sieht größer aus, als es ist, sodass der Meter zu viel ist. Der Korb wird es beschädigen!

»Halt!«, ruft sie.

Aber es ist zu spät. Der Korb berührt das grüne Leuchten des obersten Rings, der überaus zerbrechlich wirkt. Sie wartet auf ein Knacken, auf Risse, doch das Material zerspringt nicht in Scherben. Das Metall des Korbs und das leuchtende Grün durchdringen sich gegenseitig. Das Artefakt ragt in den Korb hinein. Ganz unten nur, aber völlig eindeutig. Elisabeth bückt sich. Sie muss das Objekt berühren. Es zieht sie an. Sie verdrängt, dass es gefährlich sein könnte. Es wirkt nicht einmal, als wäre es von dieser Welt. Was, wenn das Artefakt sie an einen anderen Ort im Universum katapultiert oder in eine andere Zeit? Egal, sie geht einfach in die Knie und berührt es.

Nichts passiert. Das Objekt ist hart und kalt. 92 Grad, zeigt die Anzeige an ihrem Armgelenk, aber die Wärme scheint nicht vom Wasser auf das Material überzugehen. Sie streicht darüber. Am liebsten würde sie den Handschuh ausziehen, um die Struktur besser fühlen zu können.

»Elisabeth? Ich mache mir Sorgen«, sagt Einar.

Sie greift mit beiden Händen nach dem Artefakt, doch es bewegt sich nicht. Schade. Warum kann nicht wenigstens ein Teil der Aufgabe einfach sein?

»Es lässt sich nicht bewegen«, sagt sie.

»Ich weiß. Ich würde dich jetzt gern hochholen.«

»Aber der Anzug funktioniert doch noch?«

»Die Innentemperatur ist außerhalb aller Toleranzen«, sagt Einar. »Dein Körper gart langsam darin durch. Aber das ist das kleinere Problem.«

Der Korb ruckt an. Er bewegt sich eine Handbreit nach oben und bleibt vibrierend stehen.

»Was ist das größere Problem?«, fragt Elisabeth.

»Der Bohrkopf meldet uns, dass etwas von unten kommt.«

»Etwas?«

»Genauer wissen wir es nicht. Der Drucksensor hat ausgeschlagen.«

»Wie viel Zeit habe ich?«

»Zwei, drei Minuten.«

»Dann schlage ich vor, dass du mich schleunigst hier rausziehst.«

»Das würden wir ja gern, aber der Korb hängt. Siehst du irgendein Hindernis?«

Elisabeth schaltet den Helmscheinwerfer an und sieht sich um. Der Korb ist auf allen Seiten weit von der Wand entfernt. Es gibt nichts, das ihn bremsen sollte, bis auf … Sie geht in die Hocke, greift nach dem Artefakt und rüttelt daran. Es rührt sich überhaupt nicht, als wäre es mit Stahlhaken verankert. Ihr Blick folgt den Ringen, was gar nicht so einfach ist. Die räumliche Projektion einer sechsdimensionalen Form geht unmögliche Abkürzungen. Aber es wird doch klar, dass das Objekt nicht in der Wand verankert ist.

»Der Korb ist ein Stück in das Objekt eingedrungen«, sagt sie. »Es scheint nicht verankert zu sein, sitzt aber trotzdem fest.«

»Wir könnten stärker ziehen«, sagt Einar.

»Worauf wartet ihr dann?«

»Ich befürchte, dich zu verlieren, sollte das Kabel reißen.«

»Das Risiko müssen wir wohl eingehen.«

Na großartig. Wenn das Kabel reißt, wird sie endgültig gekocht. Aber immerhin wird sie bis zum letzten Atemzug dieses umwerfende Artefakt betrachten können. Was kann sich eine Mathematikerin Schöneres wünschen? Nur Laura tut ihr leid.

»Okay, ich starte den Motor.«

Der Stahlkorb zittert, dann kippt er leicht zur Seite. Elisabeth hält sich an den Stäben fest. Das Artefakt gibt sie nicht frei. Sie sieht nach oben. Das Seil ist straff gespannt. Welche Kräfte darauf wirken, ist nicht zu sehen.

»Scheiße«, sagt Einar.

Elisabeth wird ganz ruhig. Sie weiß, was das bedeutet. Es ist schon seltsam. Hätte ihr vor einem Monat jemand gesagt, dass sie in einem Schacht in einem isländischen Vulkan sterben würde, hätte sie bloß gelacht. Aber jetzt erscheint ihr alles ganz logisch. Warum sonst hätte sie sich mit Topologie befassen sollen, wenn nicht, um neben diesem großartigen Artefakt ihre letzten Minuten zu erleben? Irgendjemand hat ihr dieses Schicksal zuerkannt, und es fällt ihr überraschend leicht, das zu akzeptieren.

»Es tut mir leid«, sagt Einar.

Ein Schlag trifft ihre linke Hand, mit der sie sich am Korb festgehalten hat. Sie zuckt zurück. Es sind Reste des Kabels.

»Wir haben schon Hilfe angefordert«, sagt Einar. »Mit einem stärkeren Ersatzseil können wir dich bestimmt hochholen. Wir konnten doch nicht ahnen, dass die Belastung so hoch sein würde.«

»Es ist nicht deine Schuld, Einar. Wie lange habe ich noch?«

»Fünf Minuten bis zur thermischen Überlastung. Aber in einer Minute ist die Druckwelle aus der Tiefe da.«

Sechzig Sekunden. Das genügt nicht, um den Einstieg zu öffnen und nach oben zu schwimmen. Aber es würde für ein Gebet reichen. Oder sie befasst sich ein letztes Mal mit dem Artefakt. Wenn es jemand verstehen kann, dann sie. Sie geht im Kopf alle bekannten Formen durch. Manche finden in der Allgemeinen Relativitätstheorie Anwendung, andere in der Quantenphysik. Als Topologin ist sie die Werkzeugmacherin für viele Forschungsbereiche. Aber jetzt muss sie in die umgekehrte Richtung denken. Die Form ist real, so irreal sie auch aussieht. Es kann sich nur um eine Projektion handeln. Aber was steckt dahinter?

»Es tut mir leid, Elisabeth«, sagt Einar.

Sie ignoriert die Stimme. Welchen Sinn hat dieses Artefakt? Um das zu erfahren, muss sie herausfinden, wie es sich mathematisch beschreiben lässt. Aber dafür reicht die Zeit nicht mehr. Es ist schade. Aber immerhin hat sie etwas gesehen, was nur sehr Wenige sehen konnten.

Ein Stoß erschüttert den Korb. Er schwankt und schüttelt sie hin und her. Ist das eine vulkanische Eruption? Ein zweiter Stoß. Elisabeth stürzt. Die Metallstangen fangen sie auf. Der Korb aber bewegt sich. In rasendem Tempo geht es nach oben. Ihr ist schwindlig. Da durchbricht der Korb auch schon die Wasseroberfläche. Elisabeth ist kurz davor, ohnmächtig zu werden.

Aber sie darf jetzt nicht schlafen. Rund um sie herum brodelt das Wasser. Der Korb liegt schräg und scheint sich leicht verkantet zu haben, doch nicht genug, um ihn daran zu hindern, wieder im Wasser zu versinken. Langsam gleitet er nach unten. Das ist ihr Einsatz. Sie reißt sich den Gürtel mit den Zusatzgewichten vom Leib, schiebt ihn zwischen den Stäben hindurch und lässt ihn nach unten gleiten.

Dann kümmert sie sich um den Ausstieg. Sie ist in den Korb hineingekommen, also gelangt sie auch wieder heraus. Es wird funktionieren. Sie drückt den Hebel, der den Ausstieg verschließt, doch er klemmt. Sie rüttelt daran, und plötzlich öffnet sich die Tür. Der Korb ist schon wieder komplett unter Wasser. Sie drängt sich durch die Öffnung, bleibt mit einer Gürtelschnalle hängen, befreit sich, stößt sich vom Korb ab und schwimmt nach oben.

So weit, so gut. Sie kontrolliert die Temperatur. Knapp 60 Grad Celsius. Aber über ihr sind noch viele Meter Luft. Sie traut sich gar nicht, sich die Entfernung vorzustellen.

»Einar, hörst du mich?«

»Mein Gott, du lebst!«, antwortet er.

»Sieht so aus. Ich bin an der Wasseroberfläche.«

»Wir holen dich da raus«, sagt Einar.

»Ich fürchte, bei 60 Grad habe ich nicht ewig Zeit.«

»Shania kümmert sich bereits um ein Seil. Kannst du mir sagen, was da aus der Tiefe gekommen ist?«

»Ich habe keine Ahnung. Es war leichter als Wasser. Irgendwelche Gase vielleicht?«

»Hm, womöglich hat sich etwas aus einem Seitengang gelöst. Und wie ist dein Eindruck von dem Objekt?«

»Du willst mich ablenken, Einar, habe ich recht?«

»Ertappt. Ich möchte mit dir im Gespräch bleiben. Um ehrlich zu sein, sehen deine Kreislaufwerte nicht besonders gut aus.«

»Wie schlecht steht es?«

»Der Blutdruck ist zu hoch, die Sauerstoffsättigung zu

gering. Ich befürchte, dass das schnelle Auftauchen dir geschadet haben könnte. Wir brauchen dich aber wach, wenn das mit dem Seil klappen soll.«

»Keine Sorge, noch fühle ich mich fit.«

Das ist nicht gelogen. Elisabeth fühlt sich so wach wie seit zehn Jahren nicht. Das muss das Adrenalin sein. Vor ziemlich genau zehn Jahren hätte sie beinahe einen Verkehrsunfall verursacht. Danach war sie genauso wach wie jetzt.

»Und was ist nun mit dem Objekt?«, fragt Einar.

»Es ist faszinierend. Aber ich bin weit davon entfernt, herauszufinden, worum es sich handelt.«

»Das ist sehr schade. Dann war das wohl nicht der letzte Ausflug in die Tiefe«, sagt Einar.

»Das ist mir egal. Ich steige jedenfalls nicht noch einmal in den Korb.«

»Dafür habe ich volles Verständnis. Dann werden Shania oder ich wohl tauchen müssen.«

Das hat Elisabeth befürchtet. Wenn sie sich weigert, ist jemand anderes an ihrer Stelle dran. Aber hat sie nicht das Recht, um ihr Leben besorgt zu sein?

»Elisabeth, hörst du mich?«

»Klar und deutlich.«

»Ich habe gute Nachrichten. Shania hat Seile besorgt. Wir verbinden sie gerade miteinander.«

»Das klingt gut. Und wie habt ihr euch das vorgestellt?«

»Wir lassen das Ende zu dir herab und ziehen dich hoch. Du bist doch in der Lage, dich an einem Seil festzuhalten?«

Seilklettern, ihr Alptraum. Mal sehen, ob das Adrenalin auch dabei hilft.

»Es muss gehen. Oder gibt es eine Alternative?«

»Leider nicht.«

Elisabeth seufzt und legt sich auf den Rücken. Ohne den Gürtel mit den Gewichten treibt sie ganz von selbst auf dem Wasser. Dabei wechselt sie immer wieder vom Rücken auf den Bauch. So hat jede Seite etwas Zeit, um an der Luft abzukühlen. Wenn sie auf dem Bauch liegt, kann sie weit unter sich im Schacht das grüne Leuchten erkennen. Das Artefakt wartet auf sie. Es wartet nicht auf Einar oder Shania. Sie muss das Problem lösen, komme, was wolle. Hat sie nicht vorhin schon diese Konsequenz gespürt, die sie ihr ganzes Leben lang bis hierher geführt hat?

»Elisabeth? Wir wären dann so weit«, sagt Einar.

»Ich bin gleich bereit.«

Sie dreht sich um. In der Mitte des Schachts hängt das Seil. Es kommt ihr verdammt dünn vor. Sie schwimmt hin und greift danach. Der dicke Handschuh schließt sich nur zögerlich darum.

»Bist du das?«, fragt Einar.

»Ja. Lasst das Seil bitte noch etwas weiter herunter.«

Das Ende bewegt sich weiter nach unten, trifft auf die Wasseroberfläche und versinkt.

»Noch ein Stück«, sagt sie.

Das Seil sinkt tiefer. Sie zieht sich mit beiden Händen etwas daran hoch. Dann schlingt sie die Beine um das Seil. So müsste es funktionieren. Ihr Unterkörper spürt allerdings noch den Auftrieb des Wassers.

»Ich bin bereit.«

»Verstanden. Wir ziehen dich jetzt hoch. Bei drei. Eins, zwei, drei.«

Ein Ruck geht durch das Seil, das erst in ihre Hände einschneidet, dann in ihren ganzen Körper. Der Taucheranzug ist dick, aber trotzdem fühlt sich die dünne Schnur an wie die Schneide eines Messers. Zum Glück ist das Material stabiler als ihre Haut. Im Badeanzug würde sie die Schmerzen nicht ertragen. Sie verstärken sich noch, weil das Seil sich ruckartig nach oben bewegt. Elisabeth stellt sich vor, wie Einar und Shania immer abwechselnd daran ziehen.

Weil die Wand so gleichförmig ist, fällt es ihr schwer, das Tempo einzuschätzen. Es wäre schön, wenn sie bald oben wäre, denn ihre 175 Pfund zerren an ihren Arm- und Beinmuskeln. Falls sie es jemals nach Hause schafft, wird sie endlich die Ratschläge ihrer Kardiologin umsetzen.

»Kurze Pause«, sagt Einar nach einer Weile.

Auch das noch. Aber sie muss einsehen, dass die beiden

da oben den noch schwereren Job haben. Am Ende des Seils teilt sich ihr Körpergewicht auf Arm- und Beinmuskeln auf. Einar und Shania müssen rein mit Armkraft arbeiten. Dafür sind sie zu zweit. Wer hat nun den anstrengenderen Job? Die Überlegung lenkt sie von den zunehmenden Muskelschmerzen ab.

»Es geht weiter«, sagt Einar.

»Ein bisschen könnte ich hier schon noch abhängen«, sagt sie.

»Nein, es ist besser, wenn wir dich jetzt in einem Rutsch nach oben holen. Wir haben erst ein Viertel des Weges geschafft.«

»Warum ist es besser?«, fragt sie.

»Willst du es unbedingt wissen?«

»Ja.«

»Der Bohrkopf hat wieder Druckunterschiede gemeldet. Da kommt also noch einmal etwas hoch.«

»Der Berg hat Schluckauf«, sagt Elisabeth.

»Wir wissen nicht, was es ist«, erklärt Einar. »Es könnte sich wieder um eine Gasblase handeln. Oder eben doch um glühende Lava.«

»Das dürfte der Bohrkopf doch wohl nicht überstehen.«

»Da täuschst du dich. Der Bohrkopf hält bis zu 3250 Grad aus. Er wühlt sich sogar durch Lava.«

»Schön für den Bohrkopf. Dann wäre ich euch dankbar, wenn ihr mich schnell nach oben ziehen würdet.«

»Das ist das Ziel.«

»Nimm meine Hand«, sagt Einar.

Elisabeth traut sich nicht, die Finger vom Seil zu lösen. Dann müssten kurzzeitig ihre andere Hand und die Beine ihr ganzes Gewicht tragen. Ob sie das noch schafft? Sie hat das Gefühl, als wäre ein Großteil ihrer Muskelstränge gerissen. Ist das anatomisch überhaupt möglich?

Eine Hand greift um ihr Handgelenk. Sie löst die Finger.

Eine zweite Hand hält ihr anderes Handgelenk, doch diesmal traut sie sich nicht, das Seil loszulassen.

»Ich habe Sie«, sagt Shania. »Sie sind in Sicherheit. Jetzt können Sie ruhig mit der anderen Hand loslassen.«

Na gut. Sie entspannt die Muskeln. Ihre Körper sackt ein Stück ab. Noch einmal schießt Adrenalin ein, aber es scheint nicht mehr viel übrig zu sein. Sie ist völlig fertig. Jetzt wird sie nach oben gezogen. Ihr Oberkörper kommt auf dem Rand des Schachtes zu liegen. Jemand hebt nun auch ihre Beine heraus. Man lässt sie zu Boden gleiten. Wie ein toter Fisch bleibt sie dort liegen. Shania und Einar sollen sie einfach hier schlafen lassen.

»Ich denke, den Trockenanzug brauchen wir nicht mehr«, sagt Einar.

Jemand löst den Helm. Sie atmet wieder die Luft des Höhlensystems. Es stinkt nach Schwefel. Ein Kissen schiebt sich in ihren Nacken. Das ist nett. Shania kniet neben ihr und öffnet den Reißverschluss. Jemand anderes, es muss Einar sein, kümmert sich um die Stiefel. Beide zusammen helfen ihr, das Oberteil auszuziehen. Dazu muss sie sich kurz auf die rechte Seite drehen, dann auf die linke. Man pellt sie aus dem Anzug wie eine Wurst aus dem Darm.

Bald trägt sie nur noch die Spezialunterwäsche. Shania und Einar ziehen ihr auch die Leggings und das Hemdchen aus. Nun liegt sie in BH und Unterhose vor den beiden Fremden, aber es ist ihr völlig egal. Sie will einfach nur noch in ihr Bett. Mit Shanias Hilfe kleidet sie sich im Liegen an. Doch irgendwann kommt der Moment, wo sie aufstehen muss.

»Es ist nicht weit bis zum Auto«, sagt Einar.

Elisabeth stützt sich auf ihre beiden Helfer. Sie hat keine Schmerzen. Quatsch. Ihr ganzer Körper ist ein einziger Schmerz. Es wird Jahre dauern, bis sie sich erholt hat.

Dann sitzt sie schon auf dem Rücksitz. Shania schnallt sie an und setzt sich neben sie. So kann sie nicht umkippen. Einar ist am Steuer.

»Wir fahren dich ins Krankenhaus«, sagt er.

»Nach Akureyri?«, fragt sie.

»Genau.«

»Auf keinen Fall. Bringt mich ins Hotel. Ich bin doch nicht krank.«

Es fehlte noch, dass Laura, die bestimmt in Akureyri auf Floki wartet, sie dort so sieht. Nein, sie wird ordentlich ausschlafen, und danach geht es ihr bestimmt schon wieder besser.

»Wie du willst«, sagt Einar.

Es klingt, als wäre ihm das sogar lieber. Na klar, die Firma will das Rätsel um das Artefakt gelöst haben. Krankenhäuser lassen ihre Patienten ungern schon am nächsten Tag wieder nach Hause.

»Ja, ich will es so«, sagt sie.

# E

»Guten Morgen, Max«, sagt Winston.

»Guten Morgen, Winston.«

»Du kannst mich ruhig Winnie nennen. Das machen alle hier so.«

Bei ›Winnie‹ muss Max an Winnie the Pooh denken, und das passt so gar nicht zu Winston, einem hochgewachsenen, dunkelhäutigen Mann mit Vollglatze, der gern Hawaii-Hemden trägt. Genausowenig wie sein Nachname Churchill.

»Okay, Winnie.«

Außerdem kennt er ihn erst seit einem Monat und hat bisher abgesehen von dem morgendlichen Gruß kaum ein Wort mit ihm gewechselt.

»Ist natürlich kein Muss. Wenn du dich mit Winston besser fühlst, ist das für mich völlig okay.«

»Okay.«

»Du redest nicht so viel, oder?«

»Das stimmt.«

»Verstehe. Wenn du irgendwelche Wünsche hast, kannst du sie mir auch mailen. Ich fürchte allerdings, dass du reden musst, wenn es um deine Arbeit geht.«

»Dann ist es kein Problem.«

»Ah, klar. Geht mir ja im Grunde ähnlich. Ich habe nur das Glück, dass es mein Job ist, mit euch zu reden.«

Max lächelt. Winston ist nett. So etwas fällt ihm immer erst auf, wenn er sich mal länger mit den Menschen unterhält. Er geht zur Tür.

»Warte mal, Max.«

»Ja?«

»Denkst du an die Abteilungsbesprechung? Ich glaube, Shou möchte mehr über die Doktorarbeiten der Neulinge hören. Jetzt seid ihr seit vier Wochen hier, also wird es langsam Zeit, über die Zukunft nachzudenken.«

Oh, die Zukunft. Max graut manchmal vor ihr. Die Zukunft ist so verwischt. Niemand kann sagen, was morgen passiert, geschweige denn in fünf Jahren. Alle Pläne sind sinnlos. Ihm ist Klarheit viel lieber.

»Ich habe verstanden«, sagt er.

»Danke, Max, und hab einen schönen Tag.«

Als er ins Büro kommt, sind seine Kollegen schon bei der Arbeit. Artem tippt. Er programmiert meist irgendein Auswertungsprogramm für Daten, die andere gemessen haben. Ob er überhaupt ein eigenes Dissertationsthema hat? Max hat es noch nicht herausbekommen. Eigentlich sollte er, denn er ist schon ein Jahr länger hier als Max.

Brad, der hinter ihm sitzt, ist ebenfalls neu. Er hat die unangenehme Angewohnheit, beim Arbeiten Musik zu hören. Dazu trägt er zwar geschlossene Kopfhörer, doch die Lautstärke hat er so hoch gedreht, dass Max das dumpfe Wummern der Bässe hört. Dazu klopft Brad gern den Takt. Max hat sich zwar schon zweimal beschwert, aber es hat nicht geholfen. Brad ist so.

Max schaltet den Computer ein. Eigentlich kennt er sein Thema schon. Er möchte Albert Einsteins Relativitätstheorie verbessern. Er hat dafür auch schon ein Konzept, mit dem er sich bei Professor Shou beworben hat. Sie hat ihn als Postdoc angenommen und seine Ideen ausdrücklich gelobt. Aber natürlich liegt noch eine Menge Arbeit vor ihm. Die Grundgleichungen stehen zwar, aber er muss den Weg zeigen, wie er zu ihnen gelangt ist, und zwar hieb- und stichfest. Danach muss er beschreiben, was seine Theorie für die Physik bedeutet.

Das ist sicher genug Arbeit für die nächsten drei Jahre. Soll er sich heute freinehmen? Mit dem Lärm im Rücken, den Brad verbreitet, kann er sowieso nicht arbeiten. Sein Kopf schmerzt jetzt schon, und eine Schläfenmassage hat er bereits vergeblich versucht.

Max rückt mit dem Stuhl von seinem Computer weg. Artem klebt dicht vor dem Bildschirm. Er ist hoch konzentriert bei der Arbeit, sein Blick schweift nie in die Ferne.

»Sag mal, Artem, wie machst du das eigentlich?«

Artem erschlafft wie nach einem Sprint und lässt sich in seinen Stuhl sinken.

»Ich? Was?«

»Dass du dich trotz dieses Lärms konzentrieren kannst.«

»Lärm? Oh, du hast recht. Brad wieder. Wenn du dich nicht traust, sage ich es ihm, kein Problem.«

»Nein, das kann ich schon selbst. Aber wie blendest du ihn aus?«

»Ich weiß nicht. Das mache ich nicht bewusst. Es gibt nur ein paar Geräusche, die mich total nerven. Zähneknirschen zum Beispiel. Dein Vorgänger hat das gemacht, wenn er unter Stress war. Dann musste ich woanders arbeiten.«

»Und wohin bist du dann gegangen?«

»Ins Archiv. Da ist nie jemand, und es ist bei jedem Wetter trocken und kühl. Es ist nur etwas … unordentlich.«

»Wir haben ein Archiv?«

»Wir nicht, aber die Mathematiker. Im Keller der Fine Hall.«

»Oh, das ist bestimmt weit weg. Und draußen regnet es.«

»Überhaupt nicht. In die Fine Hall kommst du trockenen Fußes, wenn du durch die Bibliothek gehst. Dann noch zwei Etagen weiter nach unten.«

»Und dort ist niemand?«

»Sie benutzen es nicht mehr. Ist doch längst alles digital.

Aber das Campusnetz reicht bis dahin. Du musst nur deinen Rechner mitnehmen. Du hast doch keine Angst vor Mäusen?«

»Natürlich nicht.«

»Weißt du, was? Ich bringe dich hin.«

»Aber du steckst doch mitten in deiner Arbeit.«

»Ich stecke immer in irgendeiner Arbeit. Eigentlich sollte ich mich um meine Dissertation kümmern. Aber ich habe Hunger und wollte sowieso gerade in die Caféteria.«

»Na gut, wenn ich dich nicht von deiner Arbeit abhalte?«

»Tust du nicht, Max.«

WIE ES ARTEM VERSPROCHEN HAT, WIRD ER AUF DEM WEG ins Archiv nicht nass. Auch die Staubbelastung hält sich in Grenzen, als sie die Treppe ins Basement 3 hinunterlaufen. In der Mitte der Treppe sind zahlreiche Spuren zu sehen. Hat Artem nicht gesagt, sie wären hier unten allein? Den Fußabdrücken nach zu urteilen, scheint das Archiv immer noch beliebt zu sein. Lustig, die meisten Besucher hier tragen wohl das gleiche Sportschuhmodell wie er. Max erkennt es an dem auffälligen Muster aus zwei kleinen Kreisen und einem großen. Das Modell verkauft sich auch gerade überaus gut. Max legt darauf eigentlich keinen Wert, aber die Tante, die ihm das Paar geschenkt hat, hat ein Gespür für Trendiges. Die Ruhe hier unten ist einmalig. Ihre Schritte hallen. Er sollte regelmäßig herkommen. Warum hat er Artem nicht schon viel früher gefragt?

Sein Kollege führt ihn einen Gang entlang. Die Beleuchtung funktioniert. Man muss sie aber alle fünf Minuten neu aktivieren, indem man auf einen Knopf drückt. Von beiden Seiten des Gangs gehen Türen ab. Max erkundet den ersten Raum, doch der ist voller Aktenschränke, die mit leeren Ordnern gefüllt sind.

»Ich weiß, wo du einen Platz findest«, sagt Artem. »Komm!«

Max folgt ihm. Vielleicht sollte er öfter mit Artem sprechen, wie es Winston heute morgen empfohlen hat. Winnie. Dann zeigt Artem in einen offenen Türrahmen.

»Das könnte dein Reich sein.«

Max geht hinein. Der Raum ist ebenso schmutzig wie die anderen. Allerdings stehen nur an den Wänden Regale. Sie sind mit Ordnern gefüllt. Max nimmt einen heraus, aber außer Staub befindet sich nicht mehr darin.

»Ach, da ist sie ja!«, sagt Artem und geht zu einer schulterhohen Stehlampe an der Seite.

Sie hat einen silbernen, glockenförmigen Schirm und lässt sich über einen Fußschalter bedienen.

»Das ist die gute alte Lampe aus meinem Kinderzimmer«, sagt Artem. »Ich habe sie damals hier aufgestellt, weil …«

Das Deckenlicht geht aus. Max hört ein Knacken, dann wirft die Stehlampe einen warmweißen Lichtkegel über den Schreibtisch, der vor ihr steht. Schreibtisch, nun ja. Es handelt sich um zwei Holzböcke, über die jemand eine Tischplatte gelegt hat. Davor steht ein einfacher Stuhl, ebenfalls aus Holz. Artem bückt sich und pustet den Staub weg.

»Also, das wäre dein Exil«, sagt er. »Wenn du willst.«

»Ich will. Es ist großartig. Danke, Artem.«

Artem nickt und wird rot. »Ich kann dir ja telefonisch Bescheid geben, wenn Brad weg ist.«

»Das wäre sehr nett. Und wenn du es mit ihm nicht aushältst, kommst du ebenfalls nach unten. Wir ziehen den Tisch von der Wand weg, dann ist Platz für zwei.«

»Ich überlege es mir. Das Netz ist hier unten nicht ganz so gut wie oben, und ich habe gerade mit großen Datenmengen zu tun.«

»Verstehe.«

»So, jetzt habe ich aber wirklich Hunger.«

Artem winkt noch einmal, dann verlässt er den Raum. Max sieht sich um. Er braucht irgendetwas, um den Tisch und den Stuhl sauber zu bekommen. Da fällt ihm der Durchgang in den hinteren Teil des Zimmers auf. Vielleicht findet er da einen alten Lappen oder ein Handtuch. Jemand hat ein

Regal so quergestellt, dass es als riesiger Raumteiler funktioniert. Max schiebt sich durch die schmale Lücke zwischen Wand und Regal. Hier hinten ist es dunkel, aber nicht völlig, weil etwas von dem Licht der Stehlampe durch die Ritzen zwischen den Aktenordnern dringt.

Aber da ist noch etwas anderes. In einer Ecke bemerkt Max einen größeren Gegenstand, der von einer Plane abgedeckt ist. Durch die Plane dringt ein intensiver, grünlicher Lichtschein. Max zieht die Abdeckung herunter. Wow! Ein wunderschönes, grün leuchtendes Objekt liegt vor ihm. Es sieht aus, als wäre es nicht von dieser Welt. Sein Blick folgt den geschwungenen Konturen, verliert aber jedes Mal den Fokus. Was hat er da bloß gefunden?

»Artem?«

Keine Antwort. Artem ist wohl schon zu weit weg. Ob das Objekt gefährlich ist? Es wirkt friedlich, aber was, wenn es ionisierende Strahlung abgibt? Doch woher sollte die kommen? Er hatte schon mit radioaktiven Abfällen zu tun. Die sehen nicht aus wie schimmernde, fast transparente Schleifen, die sich zu einer unmöglichen Form verknoten. Zuerst hat er an ein Möbiusbands gedacht, weil die drei Arme des Objekts genauso verdreht sind. Aber zugleich sind sie auf unmögliche Weise ineinander verschlungen, wie auf einem Bild des Künstlers MC Escher. In der Realität kann ein solches Objekt nicht existieren, und doch ist es hier.

Max tritt einen Schritt näher. Vorsichtig streckt er die Hand aus. Von dem Objekt geht keine spürbare Wärme aus. Es gibt anscheinend wirklich nur grünes Licht ab. Die Kuppe seines Zeigefingers berührt die Oberfläche. Er zuckt zurück, weil sie so eiskalt ist, dass es schmerzt. Max betrachtet seinen Finger. Es ist nichts zu sehen, also versucht er es noch einmal. Diesmal zwingt er sich, den Schmerz etwas länger auszuhalten. Wieder sieht die Fingerkuppe danach unverändert aus. Er hat im Studium mal einen Behälter mit flüssigem Stickstoff zu lange berührt und sich dabei Erfrierungen zugezogen. Wie kommt es, dass die Kälte, die er hier spürt, der Haut so gar nichts ausmacht?

Die Wärmekapazität des Objekts muss minimal sein. Es ist zwar kaum vorstellbar, weil es so kalt zu sein scheint, aber es nimmt einfach keine Wärme auf. Und wenn keine Wärme aus seinem Finger in das Objekt fließt, gibt es auch keine Erfrierungen. Es ist ja auch logisch. Der Bereich um das Objekt müsste sonst wie das Eisfach eines Kühlschranks aussehen, und gleichzeitig bräuchte das Objekt eine andauernde Energiezufuhr, um die Wärme irgendwie loszuwerden.

Aber gibt es überhaupt Materie ohne Wärmekapazität? Das Objekt existiert. Es ist kein Traum, da ist sich Max ziemlich sicher, auch wenn er bisher der Einzige ist, der es gesehen hat. Er greift nach seinem Telefon, doch es hat hier unten keinen Empfang.

»Du wartest hier auf mich, okay?«

Das Objekt antwortet nicht. Es sieht aber auch nicht aus, als würde es sich dauernd von Ort zu Ort bewegen. Im Gegenteil. Zum Test versucht er, es zur Seite zu schieben, doch es bewegt sich keinen Millimeter. Dabei wirkt es federleicht! Er braucht unbedingt eine zweite Meinung. Und Hilfe bei der Untersuchung des Objekts. Artem weiß bestimmt, wo es die passenden Instrumente gibt.

Max geht zur Treppe. Endlich, zwei Balken.

»Wasch isch?« Artem kaut und schluckt.

»Ich bin es.«

»Ja, das sehe ich an deiner Nummer. Ich bin gerade beim Essen.«

»Ich habe hier etwas gefunden, das solltest du dir unbedingt ansehen.«

»Eine tote Ratte? Ein Originalmanuskript von Einstein?«

»Einstein?«

»Er hat über 20 Jahre lang hier gelehrt.«

»Nein, kein Einstein. Viel besser.«

»Besser als Einstein? Das möchte ich sehen.«

»Dann komm runter.«

Das Objekt ist noch da. Max betrachtet es. Wie lange befindet es sich schon hier? Warum weiß niemand etwas davon? Die Plane deutet darauf hin, dass der Besitzer des Objekts es verstecken wollte. Max bückt sich und hebt sie auf. Das Material, irgendein Plastik, ist noch immer stabil. Er untersucht die Ränder, aber leider findet sich kein Hinweis auf den Hersteller und das Produktionsdatum.

Die Plane bringt ihn nicht weiter. Dummerweise hat er die Staubschicht darauf nicht untersucht, bevor er die Plane heruntergezogen hat. Auf den Regalen liegt der Staub vieler Jahre. Er bläst etwas davon auf das Objekt. An der Seite bleiben die feinen Fusseln nicht hängen. Aber auch die Oberseite erreichen sie nicht ganz. Max überzeugt sich davon, indem er sich vor das Objekt kniet. Die Staubteilchen schweben dicht über den leuchtenden Armen, als gäbe es dazwischen eine unsichtbare, staubabweisende Schicht.

»Oh, was betest du denn da an?«, fragt Artem.

Max steht auf und klopft den Staub von den Knien. »Ich weiß nicht, sag du es mir.«

»Es ist … zauberhaft«, sagt Artem.

»Du kannst ruhig näher herangehen. Es ist kalt, aber nicht gefährlich, soweit ich das bisher beurteilen kann.«

Artem legt eine Handfläche auf das grüne Leuchten.

»Kalt.«

»Sag ich ja.«

»Es lässt mich nicht richtig heran.«

»Wie meinst du das?«

»Ich schaffe es nicht, die Oberfläche zu berühren. Sie müsste doch total glatt sein, so sieht es jedenfalls aus, aber ich spüre nur etwas Schwammiges. Was meinst du, wo es herkommt?«

»Keine Ahnung. Es muss sich schon eine Weile hier befinden. Hast du Lust, es mit mir zusammen zu untersuchen?«

»Lust schon, aber Zeit?«

»Sagte ich dir schon, dass die Form des Objekts in unserer Realität unmöglich ist?«

»Okay, ich habe Zeit.«

»Wir brauchen ein Spektrometer.«
»Besorge ich dir.«
»Ich habe gehofft, dass du das sagst.«

Wie passt das Objekt bloß in die Wirklichkeit? Max hat seinen Computer geholt und versucht, es zu modellieren. Aber er scheitert immer wieder. Die Form erinnert ihn an einige der Lösungen von Einsteins Feldgleichungen, sogenannte Mannigfaltigkeiten. Sie existieren allerdings in höherdimensionalen Räumen. Das Objekt hingegen ist Teil seiner Realität. Es muss mit drei Raumdimensionen und einer zeitartigen Dimension auskommen.

Aber wieso eigentlich? Er stellt sich vor, er wäre Bewohner einer flächigen Welt, in der es nur Länge und Breite, aber keine Höhe gibt. Wenn er in dieser Welt auf einen Würfel stößt, wird er nicht in der Lage sein, dessen wahre Gestalt zu erkennen. Er wird nur den Querschnitt des Würfels sehen, ein Viereck, und sich über dessen seltsame Eigenschaften wundern. Selbst, wenn er weiß, dass das Viereck Teil eines dreidimensionalen Objekts ist, wird er nicht in der Lage sein, seine wahre Gestalt herauszufinden.

Aber er kann Vorhersagen treffen. Ein viereckiger Querschnitt, das bedeutet, dass das Objekt ganz sicher nicht die Form einer Kugel oder einer dreiseitigen Pyramide hat. Er kann bestimmte Objektklassen ausschließen. Das versucht er nun am Computer. Allerdings ist die Aufgabe viel schwieriger als bei seinem ausgedachten Szenario, denn schon das, was er sieht, ist völlig unmöglich.

Er braucht eine mathematische Beschreibung. Was hilft weiter, wenn nur bestimmte Eigenschaften eines Objekts bekannt sind? Die Topologie. Manche Objektklassen teilen sich Eigenschaften, über die das Gebiet der Topologie Auskunft gibt. Jetzt bräuchte er sich bloß noch an die richtigen Vorlesungen zu erinnern.

Ächzend kommt Artem zurück.

»Nimmst du mir das mal ab?«

Artem steht hinter dem Durchgang, den das querstehende Regal lässt. Er hält Max einen großen Koffer entgegen, der kaum durch die Lücke passt.

»Achtung, ist schwer!«, sagt Artem gerade noch rechtzeitig.

Max lässt den Koffer beinahe fallen.

»Uff, was hast du denn da drin?«

»Was du wolltest. Gute Technik ist eben schwer.«

»Danke, Artem. Das ist großartig.«

GEMEINSAM BAUEN SIE DAS MESSGERÄT AUF. DAMIT ES nicht auf dem staubigen Boden stehen muss, brechen sie einem alten Stuhl die Lehne ab und stellen es darauf.

»Hast du auch ein …?«

»Ein Verlängerungskabel? Natürlich!«, sagt Artem.

Er holt das Kabel aus seiner Umhängetasche und verbindet es mit dem Spektrometer. Dann verschwindet er mit dem anderen Ende vor dem Regal.

»Reicht gerade so«, sagt er.

Das Kabel hängt gespannt zwischen Messgerät und Steckdose. Sie müssen aufpassen, dass sie nicht darüber stolpern. Max schaltet das Spektrometer ein. Es ist ein an Universitäten weit verbreitetes Modell von General Electric, mit dem er schon öfter gearbeitet hat. Per Funk verbindet es sich mit seinem Computer, der für die Auswertung der Daten zuständig ist.

»Es kann losgehen«, sagt Max.

»Dann fang an!«

Er richtet das Messgerät direkt auf einen der leuchtenden Arme des Objekts aus. Das grüne Licht fällt in die Messeinheit des Spektrometers, das erfolglos versucht, das Licht in seine Bestandteile zu zerlegen. Auf dem Bildschirm des Computers erscheint nur eine einzelne Linie.

»550 Nanometer«, sagt Max.

»Grün. Nicht überraschend«, sagt Artem.

»Aber die geringe Bandbreite ist phänomenal. Das Objekt muss aus reinem Laserlicht bestehen. Vielleicht lässt es sich ja deshalb nicht verschieben?«

»Es lässt sich nicht verschieben?« Artem drückt seitlich dagegen, hat aber keinen Erfolg.

»Wie du siehst«, sagt Max.

»Aber wie ist es dann hierhergekommen?«

»Nun, wenn es sich nicht bewegt, muss es hier erzeugt worden sein.«

»Aber wie?« Artem schiebt die Hände unter einen der Bögen, als wollte er ihn anheben. »Heben geht auch nicht.«

»Vielleicht ist es einfach zu schwer«, sagt Max.

»Wenn es aus Laserlicht besteht, also aus Photonen, dann hat es doch gar keine Ruhemasse?«

»Ruhemasse nicht, aber trotzdem Masse. Die träge Masse könnte …«

»Müsste man das nicht ausrechnen können?«, fragt Artem.

»Dazu müssten wir die Energiedichte kennen«, antwortet Max.

Es macht Spaß, mit Artem zu diskutieren. Es ist fast, als würde er mit sich selbst streiten, nur hat Artem manchmal Ideen, auf die er selbst nicht kommt.

»Sie muss enorm sein«, sagt Artem. »Ein paar Photonen können deiner Hand doch nicht einen solchen Widerstand entgegensetzen.«

»Jedes einzelne hat einen Impuls, der proportional zur Wellenlänge ist. Die ist bei allen gleich, also kommt es nur noch auf die Anzahl an.«

»Damit können wir eine Abschätzung treffen!«

Das ist eine sehr gute Idee. Wenn seine Hand nicht eindringt, ist die von den Photonen ausgeübte Kraft mindestens so hoch wie seine eigene. Aber jedes dieser Lichtteilchen trägt nur einen winzigen Teil bei. Max behilft sich mit dem Computer. Wie viele Photonen braucht er, um eine solche Kraftwirkung herzustellen?

Viel zu viele.

»Das Ding ist eine gewaltige Bombe«, sagt Max. »Es enthält dermaßen viel Energie, dass wir die Uni damit ausradieren könnten.«

»Oho.« Artem macht einen Schritt nach hinten. »Vielleicht sollten wir dann lieber die Polizei holen.«

»Die dann was genau tun sollte? Von hier weg bekommen sie das Objekt ja nicht. Am Ende sperren sie noch das ganze Stadtviertel deswegen.«

»Das wäre ungünstig. Ich habe noch ein bisschen was zu tun.«

»Und ich erst. Übermorgen will Shou unsere Themen wissen.«

»Aber du hast dir doch schon Einstein 2.0 ausgesucht?«

»Ja, aber ich überlege noch, wie ich es formuliere, damit es nicht zu größenwahnsinnig klingt.«

»Ich glaube, Shou mag diese Art von Wahnsinn. Du musst dein Versprechen dann aber auch erfüllen.«

»Das … Tja, ich dachte immer, ich würde das schaffen, aber momentan bin ich mir da nicht so sicher.«

Hier unten herrscht eine herrliche Ruhe. Kein Brad, der dauernd stört, und auch der ferne Lärm der Autos ist nicht mehr zu hören. Warum haben die Mathematiker hier nicht längst Büros eingerichtet? Dass es keine Fenster und nur künstliches Licht gibt, damit kann Max gut leben.

Auf dem Bildschirm seines Computers erscheint eine Nachbildung des Objekts. Sie weist allerdings ein paar Fehler auf, und das ist das Problem. Er versucht, das Original zu finden, den Würfel statt der Fläche. Natürlich ist auch der Bildschirm auf die bekannten Dimensionen beschränkt. Nicht aber die mathematischen Formeln, die er verwendet. Sie bauen multidimensionale Figuren auf, dann rechnet das Programm aus, wie diese in 3D aussehen würden. Entstünde dabei eine Kopie des Artefakts, hätte er eine Lösung gefunden.

Aber noch ist es nicht so weit. In der räumlichen Projektion weisen die Versuche bisher stets Fehler auf. Zumindest kommt er der Realität langsam näher. Die ersten Exemplare zeigten noch grobe Abweichungen, inzwischen muss er schon genauer hinsehen. Max verändert die Parameter und fügt einen weiteren Term hinzu.

»Das ist es!«, ruft er.

Auf dem Bildschirm ist tatsächlich ein Abbild des Objekts zu sehen. Er dreht es hin und her, was mit dem Original nicht möglich ist. Nein, das ist es noch nicht. Die Form stimmt zwar, aber die Proportionen sind falsch. Er spielt so lange an den Werten herum, bis er keinen Unterschied mehr erkennt.

So, das ist sehr nah dran. Max liest die Parameter ab. Um auf das Ergebnis zu kommen, musste er die Anzahl der Dimensionen immer weiter erhöhen, bis auf elf. Nun hat er also ebenso viele Zahlen, die die Ausdehnung des Objekts in der betreffenden Dimension beschreiben. Und zwar des wahren Objekts, des Originals, nicht der dreidimensionalen Projektion. Neun der Parameter bewegen sich in einem erwartbaren Bereich. Er hat schließlich ein makroskopisches Objekt vor sich.

Zwei der Parameter jedoch spielen nicht mit – sie sind null. Interessant dabei ist, dass er sie nicht einfach weglassen kann. Ohne sie bläht sich das Original ins Unendliche auf. Es ist eine potenzierte Form der Unendlichkeit, wie man sie nur in der Mathematik kennt. Ihrer wird man nur mit einer schnöden Null Herr, die sie auf normale Maße zurechtstutzt. Das Objekt ist in dieser Dimension flach wie das Viereck auf der Scheibenwelt. Aber was das bedeutet, ist Max nicht ganz klar. Beide Parameter tragen die Einheit Sekunde. Es sind also zeitartige Dimensionen. Das Objekt existiert demnach nur in einem neundimensionalen Raum, ohne jede Berührung zur Zeit. Und was für das Original zutrifft, gilt natürlich auch für die Projektion.

Die grün leuchtende, multidimensionale Möbius-Schleife

ist ewig.

»Artem?«

Max steht auf der Treppe. Er braucht jetzt jemanden zum Reden.

»Ja, bist du weitergekommen?«

»Ich glaube, schon. Hast du kurz Zeit?«

»Ein paar Minuten. Ich muss noch die Simulation für Vijay fertigmachen.«

»Danke. Das Objekt, das wir gefunden haben, ist offenbar zeitlos.«

»Es altert nicht? Wenn du das auf Menschen übertragen kannst, bist du Milliardär.«

»Das wäre auch ein Milliardengeschäft, wenn man es auf Dinge übertragen könnte. Aber da mache ich mir keine Hoffnungen. Ein elfdimensionales Objekt wie das, das ich gefunden habe, herzustellen, liegt weit jenseits unserer Möglichkeiten.«

»Aber irgendwer muss es doch konstruiert haben.«

»Stimmt, ich hätte mich präziser ausdrücken müssen. Wir können so etwas noch nicht. In einer fernen Zukunft werden wir es lernen. Da bin ich ziemlich sicher.«

»Was macht dich so sicher?«

»Die Existenz dieses Objekts natürlich.«

»Stimmt. Und was fangen wir nun damit an? Sollen wir zu Shou gehen?«

»Ich würde gern noch ein bisschen darüber nachdenken. Was wird passieren, wenn wir, zwei Postdocs, so eine Entdeckung weitergeben?«

»Das ist ein enorm wichtiger Fund. Die ganze Welt wird sich damit befassen wollen.«

»Richtig, Artem. Und die zwei Postdocs, die es gefunden haben?«

»Werden vergessen.«

»Eben. Wir brauchen einen Wissensvorsprung. Sonst haben wir keine Chance.«

Max setzt sich vor das Objekt. Es leuchtet konstant. Da es Licht abgibt, muss es aber Energie verlieren. Er sieht keinen Weg, wie es neue Energie gewinnen könnte. Aber das könnte natürlich über eine der für ihn unerreichbaren Dimensionen funktionieren. Das flache Bild eines Projektors ist ja auch hell, hat aber selbst keinen Stromanschluss. Es ist der Projektor, der am Netz hängt.

Ewig. Was heißt das überhaupt? Hat dieses Ding schon die Dinosaurier gesehen und die Entstehung des Sonnensystems? Aber es wird ja erst in der Zukunft konstruiert worden sein. Und doch steht es jetzt vor ihm. Alles nur, weil es keine Verbindung zur Zeitachse hat. Es ist ewig. In dem Moment, in dem es gebaut wurde, hat es auch vom Anbeginn der Zeit an existiert.

Ihm dröhnt der Kopf, wenn er darüber nachdenkt. Wie mag es sich anfühlen, so etwas herzustellen? Es ist, als würde man einen Kuchen backen, nur um dann festzustellen, dass er die ganze Zeit schon existiert hat. Warum musste man ihn dann überhaupt backen? Hat es ihn auch kurz nach dem Urknall schon gegeben, und existiert er noch, wenn die Sonne als Roter Riese die Erde schluckt? Und was passiert, wenn man ihn verspeist? Hat er dann nie existiert und wird aus der Vergangenheit entfernt? Es hat schon seinen Sinn, dass die Ewigkeit nicht existiert, dass alles dem Fluss der Zeit untergeordnet ist.

Oder vielleicht auch nicht. Vielen Physikern wäre eine stetig und in eine Richtung fließende Zeit am liebsten. Auch wenn sich schon aus der Relativitätstheorie zum Beispiel geschlossene Zeitkurven ableiten lassen. Damit unsere Zeit nicht durcheinander kommt, hoffen wir einfach, dass diese Teile der Theorie rein theoretisch bleiben. So wie Einstein nicht glauben wollte, dass die Quantenphysik Kausalität optional macht.

So einen Fehler darf er nicht begehen. Er hat es aber auch leichter als sein großes Vorbild, denn ein Beleg für seine eigenen Thesen liegt hier direkt vor ihm.

# 5

»Vielleicht noch ein gebratenes Ei?«, fragt die Köchin.

Elisabeth schüttelt den Kopf, obwohl ihr die Frau leidtut. Aber sie hat doch schon drei Rühreier mit Speck vertilgt. Sonst frühstückt sie nie so ausgiebig.

Ihr Telefon vibriert. Der Rhythmus verrät, dass eine Nachricht von Laura eingetroffen ist. Sie schaltet den Bildschirm frei und liest.

»Guten Morgen, Mum. Floki geht es besser, sagen die Ärzte. Heute wollen sie ihn irgendwann wecken. So lange bleibe ich auf jeden Fall noch hier. Viel Spaß noch mit dem Objekt. Kuss, Laura.«

Elisabeth hat ihr von dem Zwischenfall gestern noch nichts erzählt. Das muss warten, bis Laura wieder bei ihr ist. Aber wo bleibt eigentlich Einar? Er wollte sie doch abholen? Es ist schon kurz nach zehn Uhr.

»Möchten Sie vielleicht lieber etwas Süßes?«, fragt die Köchin jetzt. »Ich könnte Ihnen einen Pfannkuchen backen. Mit Ahornsirup. Das mögen Sie doch bestimmt?«

Hoffnungsvoll sieht die Köchin ihren einzigen Gast an. Elisabeth erwidert den Blick. Die Frau ist etwas älter als sie, aber deutlich schlanker. Ihre Haare werden von einer hübschen Mütze verdeckt. Elisabeth bringt es nicht übers Herz, abzulehnen.

»Gern«, sagt sie, und die Köchin bedankt sich mit einem Nicken.

In diesem Moment öffnet sich die Tür. Es ist Shania.

»Ah, hier sind Sie!«, sagt die junge Frau, die ihre Haare heute zu einem Pferdeschwanz gebunden hat.

»Für Sie auch einen Pfannkuchen?«, fragt die Köchin.

»Ja, sie nimmt auch einen«, antwortet Elisabeth. »Setzen Sie sich doch, Shania. Ich hatte Sie schon früher erwartet.«

Shania rückt sich einen Stuhl zurecht und setzt sich, während die Köchin lächelnd in der Küche verschwindet.

»Einar wollte Sie so lange wie möglich schonen«, sagt Shania. »Wie geht es Ihnen denn?«

»Extremer Muskelkater überall, aber sonst ganz gut. Ich war schon um sechs wach und habe mich auf einen Spaziergang gefreut, aber bei dem Wetter kann man sich ja nur drinnen aufhalten.«

»Isländischer Sommer eben«, sagt Shania. »Sonst keine Nebenwirkungen? Starke Kopfschmerzen vielleicht oder Atemprobleme?«

»Nichts«, sagt Elisabeth. »Wie sieht der Plan für heute aus?«

»Einar ist gerade dabei, einen Panzertauchanzug zu organisieren. Damit werden wir versuchen, das Artefakt zu bergen, damit Sie es begutachten können.«

»Sie wollen in den Panzer steigen?«, fragt Elisabeth.

»Einar oder ich, ja.«

»Aber wäre es nicht sinnvoller, wenn ich das übernähme? Ich kenne mich mit der Struktur des Artefakts doch besser aus.«

»Wir wollten Sie nicht noch einmal der Gefahr aussetzen. Zumal die Geologen für heute oder morgen den Ausbruch der Krafla vorhersagen. Es könnte also ungemütlich werden.«

»Dann sollten wir das Artefakt doch besser möglichst schnell bergen, und dafür brauchen Sie mich.«

Elisabeth ist sich völlig sicher, dass nur sie die seltsame

Struktur verstehen kann und dass das für die Bergung unbedingt notwendig ist. Aber woher will sie das wissen?

»Wenn Sie meinen … Einar hat übrigens schon vermutet, dass Sie so reagieren würden. Brauchen Sie denn noch irgendetwas?«

Darüber denkt Elisabeth schon seit dem Aufwachen nach. Sie geht davon aus, dass das Artefakt eine sechsdimensionale Struktur besitzt. Aber es muss auch in dieser, eindeutig vierdimensionalen Welt verankert sein. Nur wie? Woraus besteht es? Sie erinnert sich an das grüne Leuchten und an die glatte Oberfläche. Ist das Glas, Metall, etwas ganz anderes?

»Ich brauche ein Spektrometer«, sagt sie. »Es sollte natürlich tragbar sein und so stabil, dass ich es mit in den Schacht nehmen kann.«

Das Messgerät wird ihr verraten, aus welchen Frequenzen das Licht des Artefakts besteht. Die Frequenzen wiederum geben Hinweise auf das Material.

»Okay. Sonst noch etwas?«

»Eine Härteskala wäre gut, und vielleicht ein Mikroskop.«

»Sind notiert. Ich gebe Ihre Liste gleich an Einar weiter.«

Shania tippt auf ihrem Telefon. Die Tür zur Küche öffnet sich. Die Köchin bringt zwei Teller, die einen appetitlichen Duft verströmen. Einen Teller stellt sie vor Shania ab, den anderen vor Elisabeth. Dann holt sie eine Flasche aus ihrer Rocktasche und stellt sie dazu.

»Lassen Sie es sich schmecken«, sagt die Köchin.

»Du bist absolut sicher, dass du noch einmal in den Schacht steigen willst?«, fragt Einar.

»Natürlich«, antwortet sie.

Elisabeth ist überhaupt nicht sicher, aber das verrät sie nicht. Es ist nun einmal ihre Aufgabe. Einar oder Shania zu schicken, wäre nicht nur feige, sondern auch falsch.

»Gut. Dann sehen wir uns doch mal unser neues Spielzeug an«, sagt Einar.

Shania hat sie in einen Nebenraum geführt, ganz am Ende des befahrbaren Bereichs der Höhle. Bis zum Einstieg in den Schacht kann es nicht mehr weit sein. Einar beugt sich über die Maschine, die auf dem Boden liegt. Sie ist nur entfernt menschenähnlich und wirkt eher wie das Zerrbild einer Legofigur. Ihre gelb gefärbten Glieder sind kurz und stämmig und wirken wie aufgeblasen. Der ebenfalls gelbe Körper ist tonnenförmig, der Kopf eine Kugel. An ihm sind verschiedene Instrumente so angebracht, dass ihre Anordnung an ein freundliches Gesicht erinnert.

»Das ist ein Newtsuit 3, entwickelt von der deutschen Firma Dräger«, erklärt Einar. »Das Modell ist für Tauchtiefen bis 900 Meter zugelassen.«

»Woher habt ihr das so schnell bekommen?«, fragt Elisabeth.

»Aus dem Museum«, sagt Einar.

»Ernsthaft?«, fragt Elisabeth.

Bestimmt erlaubt sich Einar einen Scherz.

»Keine Sorge, das Modell wurde hervorragend gewartet und funktioniert prima«, sagt Einar. »Ein norwegischer Ölkonzern hat es erst vor einem Jahr gespendet. Bis dahin war es noch im Einsatz.«

»Es sieht sehr schwer aus.«

Ihre armen, sowieso schon schmerzenden Muskeln. Die Fahrt über die Staubpiste mit den vielen Schlaglöchern war eine Qual.

»Das stimmt, aber darüber brauchst du dir keine Sorgen zu machen. Es ist das erste Modell von Dräger, bei dem alle Gelenke von Hilfsmotoren bewegt werden. Du brauchst die Bewegung nur anzudeuten, und die Motoren schenken dir Bärenkräfte.«

»Wie stark sind sie?«

»Sie können die Muskelkraft eines normal trainierten Menschen ungefähr verzehnfachen. Allerdings sind sie nicht sehr schnell. Entwickelt wurden sie für schwere Unterwasserarbeiten in der Ölindustrie.«

»Dann könnte ich etwa eine halbe metrische Tonne heben?«

»Vorsicht, bedenke die Newtonschen Prinzipien. Mit dem Anzug zusammen wiegst du etwa 300 Kilogramm.«

»Natürlich, da ist die Begeisterung mit mir durchgegangen.«

»Du brauchst dich in dem Anzug um nichts zu kümmern. Es ist im Grunde ein Mini-U-Boot. Du arbeitest bei normalem Luftdruck und musst dich nicht anpassen. Allerdings gibt es einen Nachteil.«

Einar zeigt auf die Hände der Maschine. Sie enden in jeweils einem Stumpf. Dann dreht er sich um, bückt sich, zieht eine schwere Kiste in die Mitte des Raums und klappt den Deckel auf. In der Kiste lagern Werkzeuge, darunter auch etwas, das wie eine Hand aussieht. Sie hat aber nur drei Finger und einen Daumen.

»Du musst dich für zwei Werkzeuge entscheiden, die wir vor dem Abstieg an den Panzertauchanzug montieren werden«, erklärt Einar.

Elisabeth begutachtet den Inhalt der Kiste. Die Hand ist schon einmal gut. Sie ist etwa doppelt so groß wie ihre eigene Hand. Die drei Finger bestehen aus glänzendem Metall und sind in vier gegeneinander bewegliche Glieder aufgeteilt. Der Daumen hat nur drei Glieder, ist aber wesentlich wuchtiger als die Finger und wie bei der menschlichen Hand in einer zum Greifen optimalen Gegenposition montiert.

Sie ist Rechtshänderin, also wird sie die Hand rechts anschrauben lassen. Praktischerweise befindet sich der Daumen links. Es passt also. Aber wie nutzt sie die andere Seite? Unter den Werkzeugen erkennt sie eine Bohrmaschine, eine lange Klinge, ein drehbares Magazin mit mehreren Schraubenzieherspitzen, eine riesige Rohrzange, einen Vorschlaghammer, eine Harpune, eine Art Rechen und sogar etwas, das wie eine Pistole aussieht.

»Was ist das?«, fragt sie und zeigt auf die Waffe.

»Eine Klebepistole«, sagt Einar. »Unter all den Werkzeugen liegt auch noch ein Schweißapparat.«

Der wird ihr kaum helfen. Aber wofür soll sie sich entscheiden?

»Wie sehen denn das Spektrometer und die Härteskala aus?«, fragt sie.

Sie muss die Instrumente mit den Händen bedienen, also muss sie bei der Werkzeugauswahl darauf achten, dass das auch möglich ist. Einar zeigt ihr ein Etui mit ein paar Stiften und eine Art Fernrohr mit etwa drei Zoll Durchmesser. Das soll das Spektrometer sein? Das letzte Mal hatte sie im Studium mit dieser Art von Messinstrumenten zu tun. Die Technik scheint sich wirklich weiterentwickelt zu haben.

»Danke, und das Mikroskop?«

Shania hält ihr Telefon hoch. »Darin ist ein Mikroskop mit bis zu 800-facher Vergrößerung eingebaut.«

»Dann wähle ich die Hand und die Rohrzange«, sagt Elisabeth.

»Sie klingen, als würden Sie sich auf ein Duell vorbereiten«, sagt Shania.

»Das erscheint mir gar nicht so abwegig.«

In den Panzertauchanzug zu steigen, ist einfach – jedenfalls im Vergleich zu dem Trockenanzug gestern. Sie hat heute Morgen extra einen blickdichten und besonders großen Slip gewählt. Aber heute muss sie sich gar nicht komplett entkleiden. Einar hat einen Trainingsanzug für sie, der gut passt.

Die Maschine liegt aufgeklappt auf dem Boden. Elisabeth legt sich hinein wie in einen Sarg.

»Die Arme bitte nicht am Körper behalten, die müssen in die Armöffnungen«, sagt Einar.

Sie streckt die Arme zur Seite. Der Nachteil des Anzugs gegenüber einem echten U-Boot besteht darin, dass sie sich nicht kratzen kann. Natürlich juckt ihr Kinn, sobald Einar das Oberteil des Panzers über sie gelegt hat. Wenigstens lenkt sie der Reiz von dem Gefühl ab, lebendig in einen Sarg gesteckt worden zu sein.

Der Ausblick aus dem Helm ist gut. Ihr Kopf steckt in einer gläsernen Kuppel. Die Unterhaltung läuft von nun an über Funk. Links und rechts sind Shania und Einar damit beschäftigt, den Anzug zu schließen. Das scheint anstrengend zu sein, denn beide stöhnen und schimpfen immer wieder. Als einer von ihnen ihren Körper zur Seite kippt, stemmt sie sich instinktiv mit dem rechten Arm dagegen.

»Autsch«, sagt Einar. »Jetzt hast du mir einen ordentlichen Schlag auf den Oberschenkel versetzt.«

»Entschuldigung.«

Sie muss besser aufpassen. Mit Bärenkräften darf man nicht scherzen.

»Achtung, wir drehen dich jetzt auf den Bauch. Nicht bewegen, aber die Muskeln anspannen«, sagt Einar. »Hilf mir mal bitte, Shania.«

Sie macht sich steif, und die Welt dreht sich um 180 Grad, bis sie mit dem Gesicht auf dem Boden liegt. Der Raum ist mit braunen Fliesen ausgelegt, die voller Staub und dunkler Spritzer sind. Jemand macht sich an ihrem Rücken zu schaffen. Plötzlich drückt sie eine schwere Last nach unten.

»Was war das?«, fragt Elisabeth.

»Dein Rucksack«, erklärt Einar. »Er enthält Luftvorräte, Lebenserhaltung, Kühlung und so weiter. Das Innere des U-Boots ist ja für deinen Körper reserviert.«

»Scheint ein schwerer Rucksack zu sein. Kippe ich da nicht um?«

»Nein, keine Sorge. Das probieren wir gleich mal aus. Steh bitte auf.«

»Was? Allein?«

»Ja, du bist startbereit. Ich schlage vor, dass du es zuerst mit einem Liegestütz versuchst.«

»Liegestütze konnte ich noch nie!«

»Jetzt schon«, sagt Einar. »Versuch es.«

Sie holt die Arme, die bisher zur Seite ausgestreckt waren, nach vorn. Bei jeder Bewegung muss sie erst einen leichten

Widerstand der Gelenke überwinden, doch danach läuft alles wie von selbst, bis sie die aktuelle Bewegung wieder durch eine kurze Kraftanstrengung stoppt. Bei den ersten Versuchen wendet sie noch zu viel Kraft auf. Doch schnell hat sie das perfekte Maß heraus. In einer sanften, gleitenden Bewegung zieht sie die Arme nach vorn, stützt die Handstümpfe auf, schiebt sich nach oben und drückt den Rücken durch.

»Sehr gut«, sagt Einar. »Jetzt mal so bleiben.«

An ihrem Rücken klappert etwas.

»Komm doch auch hoch«, sagt Einar.

Wieder ein Klappern. Im Augenwinkel bemerkt sie, dass Shania sich entfernt hat.

»Wir stehen jetzt beide auf deinem Rücken«, sagt Einar.

»Was?«

Für einen Moment entspannt sie die Rückenmuskeln, und ihr Panzerkörper biegt sich in Hüfthöhe durch.

»Uiuiui«, sagt Shania.

Elisabeth steuert sofort dagegen und stabilisiert sich wieder. Sie spürt nicht einmal, dass da zwei Menschen auf ihrem Rücken stehen. Sehr beeindruckend!

»Was hält denn der Panzeranzug sonst noch so aus?«, fragt sie.

»Du musst bedenken, dass er für den enormen Druck in 900 Metern Tiefe konstruiert wurde«, erklärt Einar. »Da muss er einiges aushalten.«

»Und konkret?«, fragt Elisabeth nach.

»Ehrlich gesagt, habe ich noch nie in so einem Anzug gesteckt. Ich vermute mal, der Vorschlaghammer wird den Panzer kaum durchbrechen können. Vielleicht bist du damit auch gegen Schüsse immun. Aber ich will nichts versprechen.«

»Ich hoffe doch, dass ich nicht beschossen werde, solange ich in diesem Panzer stecke.«

»Also falls ich je mit einer Waffe bedroht werden sollte, hätte ich sicher nichts dagegen, in Ihrem Panzeranzug zu stecken«, sagt Shania.

Auch das Laufen funktioniert nach den ersten drei Schritten sehr gut. Das Gewicht des Rucksacks spürt sie gar nicht. Shania und Einar lassen ihr stets den Vortritt. So kann sie sich auf dem Weg zum Schacht mit dem Anzug vertraut machen. Sie kommt allerdings nur langsam voran, weil sie jede Bewegung bewusst ausführen muss. Das rechte Bein heben, nach vorn führen, absetzen. Jetzt das linke Bein. Es dürfte Wochen dauern, bis sich ihr Gang automatisiert hat. Die Motorunterstützung ist ja sehr angenehm. Aber sie muss lernen, jeden einzelnen Impuls nur anzudeuten, statt ihn komplett auszuführen. Sobald sie läuft, wie sie es gewöhnt ist, stürzt sie sofort.

Wenn sie die Arme benutzen will, etwa um eine Tür zu öffnen, bleibt sie deshalb lieber stehen. Sie bewegt den Arm, bis er auf einer Höhe mit der Türklinke ist, und drückt dann mit den Fingern in die Mulden im Inneren des Armstumpfes. Jetzt weiß sie auch, warum die künstliche Hand nur drei Finger und einen Daumen hat. Es gibt vier Fingermulden. Den Daumen der Maschine steuert sie mit ihrem kleinen Finger, was sehr gewöhnungsbedürftig ist. Sie kann die einzelnen Fingerglieder auch nur öffnen oder schließen, nicht aber seitlich bewegen. Für die erste Tür braucht sie deshalb auch fast fünf Minuten. Bei der zweiten ist sie schon deutlich schneller. Mit diesen Greifwerkzeugen ihre wissenschaftlichen Instrumente zu benutzen, dürfte eine spezielle Herausforderung sein.

»Wie lange reicht eigentlich der Akku?«, fragt Elisabeth.

»Der Museumsdirektor schätzt drei Stunden«, sagt Einar. »Als die Akkus noch neu waren, haben sie angeblich eine ganze Acht-Stunden-Schicht durchgehalten, aber das ist nun zehn Jahre her.«

»Aber Sie sollten Ihren Aufenthalt da unten sowieso so kurz wie möglich halten«, sagt Shania. »Die Geologen haben uns vorhin noch einmal gewarnt.«

»Ich werde mich bemühen«, sagt Elisabeth. »Um ehrlich

zu sein, habe ich bisher nicht einmal den Hauch einer Idee, wie ich das Artefakt nach oben bekomme.«

LANGSAM VERSINKT SIE IN DER DUNKELHEIT. DER Panzertauchanzug hängt direkt an der neuen Leine, ohne den Korb. So fühlt Elisabeth sich wohler, nicht mehr wie in einem Käfig, obwohl sie ja nun eigentlich in einem beweglichen Sarg steckt. Aber den hat sie wohl schon als äußere Hülle in ihr Körpergefühl integriert, so, wie sie am Steuer das Auto als Fortsetzung ihres Körpers betrachtet.

Ihre Messinstrumente sind in einer Klappe am Bauch verstaut. Elisabeth hat noch dreimal geübt, sie daraus zu entnehmen. Aber ob es dann unter Wasser genauso funktioniert? Vermutlich wird sie etwas mehr Kraft aufwenden müssen, um den Widerstand des Wassers zu überwinden.

»Kontakt.«

Als ihre Füße das Wasser berühren, erscheint eine rote Zeile in ihrem Helm am oberen Rand ihres Blickfelds. Davon hat Einar gar nichts gesagt. Sie sinkt tiefer, und statt der Ankündigung sind nun Druck und Temperatur ablesbar.

»Ich bin jetzt im Wasser«, sagt sie.

»Wir merken es schon am Seil«, sagt Einar.

Der Helmscheinwerfer des Panzeranzugs ist deutlich heller als der des Trockenanzugs. Er zeigt ihr feine, dunkle Linien, die senkrecht über die Schachtwände verlaufen. Sind das etwa Risse? Und waren sie gestern auch schon da?

»An den Wänden scheint es Risse zu geben«, sagt sie.

»Das müssten Stresslinien sein«, sagt Einar. »Die dauernden leichten Erschütterungen setzen das Gestein unter Stress. An glatten Kanten wird das dann sichtbar.«

Es sind Risse, egal, was Einar erzählt. Aber es gibt ein einfaches Mittel dagegen. Elisabeth schaltet den Helmscheinwerfer aus. So sieht sie wenigstens das Artefakt rechtzeitig. Und tatsächlich, der grüne Schein leuchtet bereits aus dem Schacht empor. Wäre es möglich, dass er heller geworden ist?

Dummerweise hat sie sich die Wassertiefe nicht notiert, in der sie ihn gestern zum ersten Mal bemerkt hat.

Das grüne Feuer kommt näher und näher. Aber es fühlt sich anders an als gestern. Da war es ihr ungeheuer fremd vorgekommen. Heute erscheint es ihr wie ein alter Freund, den sie schon ewig kennt. Na ja. Sie konzentriert sich besser auf ihre Messungen als auf so seltsame Gefühle.

»Achtung, es ist nicht mehr weit«, sagt sie.

Sie will vermeiden, dass der Anzug das Artefakt so durchdringt, wie es dem Korb geschehen ist. Noch einmal möchte sie auf keinen Fall im Schacht gefangen sein. Da das Artefakt bis in die Mitte des Kanals reicht, kommt sie im Stehen nicht heran.

»Bitte kurz anhalten«, sagt sie.

Das Seil stoppt. Elisabeth gibt einen kurzen Impuls auf ihre Beine, die sich daraufhin so von der Wand abstoßen, dass sie in Bauchlage kippt. Das Seil ist am Rucksack befestigt.

»Drei Fuß nach unten, bitte.«

»Äh, das ist etwa ein Meter?«, fragt Einar.

»Ja, aber bitte erst einmal einen halben Meter.«

»Okay.«

Sie nähert sich dem Artefakt, kann es aber noch nicht berühren.

»Noch einen halben Meter«, sagt sie.

Einar setzt ihre Anweisung um. Jetzt kommt das seltsame Objekt in Reichweite. Sie schwebt direkt über ihm, und diesmal ist da kein schützender Korb. Elisabeth betastet eine der Schleifen, aus denen es besteht. Das Material ist steinhart. Sie zückt die Härteskala und legt das Etui in die Rohrzange ein. Dann entnimmt sie mit der künstlichen Hand den ersten Teststift. Sie beginnt bei Mohs-Härte 7. Das ist Quarz. Quarz ritzt Fensterglas. Sie kratzt damit über das Artefakt, aber dem macht das gar nichts aus. Also Härtegrad 8, Topas. Sie wechselt den Stift. Auch der Topas-Kristall hinterlässt keine Spuren. Korund, Mohs 9, ist an der Reihe. Wieder nichts. Also bleibt nur noch Mohs 10, Diamant. Sie hält den Teststift mit seiner Diamantspitze schräg und tut, als würde sie etwas auf die Oberfläche des Objekts schreiben. Doch auch so kann sie nicht das kleinste Muster in das Artefakt kratzen.

»Geht es dir gut?«, fragt Einar.

»Ja. Ich habe die Härte bestimmt. Das Artefakt ist härter als Diamant.«

Elisabeth will den Diamantstift wieder in die Packung stecken, die sie in der Rohrzange hält. Aber Einars Einwurf hat sie abgelenkt. Sie führt die Bewegung mit zu viel Schwung aus. Der Stift trifft die Zange, hinterlässt einen Kratzer, rutscht ab, sticht diesmal senkrecht in das Material – und bleibt stecken.

Was war das? Schräg gehalten, hat die Klinge das Artefakt nicht einmal ankratzen können – und senkrecht sticht es hinein wie in Butter? Sie versucht es mit der Quarzprobe. Das Ergebnis ist dasselbe. Der Quarzstift steckt ebenso fest wie der mit der Diamantspitze. Keinen von beiden bekommt sie wieder heraus, so kräftig sie auch zieht.

Sie berichtet Einar und Shania von ihren Erkenntnissen.

»Ich würde das nicht überbewerten«, sagt Einar. »Es ist bei Feststoffen nicht ungewöhnlich, dass die Härte von der Raumrichtung abhängt. Grafit ist da ein klassisches Beispiel.«

»Verstehe. Ich sehe mir das mal im Mikroskop an«, sagt Elisabeth. »Müsste man da nicht irgendwelche kristallinen Strukturen sehen?«

»Ich denke, schon«, sagt Einar.

Sie holt das Telefon aus der Bauchklappe. Shania hat es mit einer speziellen Hülle versehen und fest auf den Mikroskopmodus eingestellt. Elisabeth braucht es nur auf das Material zu legen und die Kamera auszulösen. Sie ist gespannt. Das erste Foto zeigt allerdings nur ein homogenes Grün, ganz ohne jede Struktur. Sie versucht es an anderen Stellen, aber auch dort bleiben die Fotos langweilig.

»Es ist nichts zu sehen, rein gar nichts«, sagt sie.

»Dann müssen die Strukturen kleiner als die Auflösung der Kamera sein«, sagt Einar.

»Ja, vielleicht«, sagt sie.

»Holen wir es hoch, dann können wir es unter ein Rasterelektronenmikroskop packen«, sagt Einar. »Die Firma hat eines, hier in Island.«

»Moment noch. Ich habe ja noch das Spektrometer.«

Elisabeth ist nicht sicher, warum sie sich gerade davon so viel erhofft. Vielleicht liegt es an dem grünen Leuchten, ihrem ersten Kontakt mit dem Artefakt. Aber es hat auch damit zu tun, dass sie glaubt, ein sechsdimensionales Objekt vor sich zu haben. Woraus könnte so ein Artefakt in der vierdimensionalen Realität bestehen? Aus dem gleichen Material, aus dem die Projektionen im Kino gemacht sind. Aus Licht.

Vorsichtig packt sie die Härteskala ein und das Spektrometer aus. Da sie effektiv nur eine Hand besitzt, dauert alles ein bisschen länger, und sie muss ihre Halte-Hand, die Rohrzange, effizient einsetzen. Das Spektrometer ist nicht separat verpackt. Einar hat ihr versichert, dass es sich um ein äußerst robustes Industriemodell handelt. Es ist dazu gedacht, aus der Entfernung berührungsfrei Materialien zu analysieren, und genau dazu braucht sie es. Elisabeth hebt es an ihren Helm, sodass sie hindurchsehen kann. Sie muss das Gerät auf die Lichtquelle fokussieren, die es untersuchen soll. Dabei besitzt es einen aktiven Modus, bei dem es selbst Licht aussendet, und einen passiven Modus, der schon voreingestellt ist.

Elisabeth stellt das Objektiv des Geräts so ein, dass eine der Schleifen des Artefakts im Bild ist – und nichts anderes. Dann drückt sie auf den Auslöser. Es dauert nur Sekunden, bis das Ergebnis erscheint. Elisabeth hat einen Hügel erwartet, eine Verteilung von Frequenzen, die ihren Gipfel im grünen Bereich des Spektrums hat. Aber das Ergebnis ist eine flache Linie mit einem einzigen Zacken bei ungefähr 550 Nanometern Wellenlänge. Das Licht des Artefakts ähnelt also Laserlicht. Aber dann kann es kaum als natürliche Abstrahlung irgendeines Materials erzeugt werden.

»Probleme, Probleme«, sagt Elisabeth.

»Hier auch«, sagt Shania. »Etwa 50 Kilometer südlich gab es einen ersten Ausbruch.«

»Das könnte auch eine gute Nachricht sein«, sagt Einar.

»Wenn die Krafla ihren Druck dort entlädt, geht es vielleicht an uns vorüber.«

»Aber wahrscheinlicher ist doch«, widerspricht Shania, »dass es uns dann auch bald trifft.«

»Ich bin mit meinem Latein hier unten sowieso fast am Ende«, sagt Elisabeth und erklärt den beiden das seltsame Spektrum.

»Das Artefakt besteht also aus einer Laser-Abstrahlung?«, fragt Shania. »Dann ist es zumindest nicht sehr schwer. Photonen haben doch keine Ruhemasse?«

Elisabeth lacht kurz auf. So gesehen ist das natürlich ein Vorteil. Es gibt dabei aber ein Problem.

»Photonen haben zwar keine Ruhemasse, aber doch eine Masse, die proportional zu ihrer Energie ist.«

»Aber das Objekt ist doch nur ein paar Meter groß. Wie viele Photonen können da schon drinstecken?«

»Eine Menge! Und Sie vergessen, dass wir hier nur die vierdimensionale Projektion sehen. Wenn man den Schatten eines Baggers wiegt, würde man auch nie darauf kommen, dass die Maschine ein paar Tonnen auf die Waage bringt.«

»Wir müssen also auch den Projektor selbst bergen? Und wenn der sich nun ganz woanders befindet?«, fragt Einar.

»Das ist das Problem. Ich glaube aber nicht, dass das der Fall ist. Meiner Meinung nach ist das Artefakt eine Projektion seiner selbst. Das kann ich aber nicht begründen.«

Tatsächlich ist ihr diese Möglichkeit gerade erst eingefallen, und sie kann nicht einmal rekonstruieren, wie sie darauf gekommen ist.

»Dann hilft uns deine Meinung nicht weiter.«

»Noch nicht, Einar, noch nicht. Gebt mir bitte ein paar Minuten zum Nachdenken.«

Wieso sollte das Artefakt eine Selbstprojektion darstellen? Die Tatsache kommt ihr völlig logisch vor. Nein, eher wie ein Déjà-vu, wie altes Wissen aus dem Studium, das ihr nur kurz entfallen war. Das Gehirn schlägt manchmal seltsame Kapriolen. Aber es ist ja bekannt, wie solche scheinbaren Erinnerungen funktionieren. Irgendetwas an dem

Artefakt hat mit Speicherinhalten aus ihrem Gedächtnis resoniert.

Nur was? Man kann einen eigentlich dreidimensionalen Pappkarton so falten, dass er wie ein flaches, zweidimensionales Stück Pappe aussieht. Die dritte Dimension ist dann »aufgerollt«, wie es die Stringtheorie nennt. Wenn sie recht hat, besteht das Universum aus bis zu 21 Dimensionen, von denen unter Normalbedingungen jedoch die meisten zu so winzigen Strukturen aufgerollt sind, dass man sie nicht bemerkt.

Aber in der Stringtheorie fühlt sich Elisabeth nicht besonders wohl. Sie weiß, worum es geht und wo sie nachschlagen müsste, aber nicht mehr. Ihr Zuhause ist die Topologie, und da gibt es sechsdimensionale Figuren, Mannigfaltigkeiten genannt, die wie das Artefakt aussehen, wenn man sie mit den begrenzten Mitteln von vier Dimensionen zeichnet. Die fünfte und die sechste Dimension sind dabei aber nicht aufgerollt. Sie liegen nur jenseits der Erkenntnisfähigkeit des Menschen. Um von den Dimensionen der Stringtheorie, die den Aufbau des Universums erklärt, zur Topologie zu gelangen, die die Struktur des Artefakts beschreibt, muss man …

»Elisabeth? Ich mache mir wirklich Sorgen wegen des Ausbruchs«, sagt Shania.

Die Sorgen der jungen Frau sind rührend, aber nun hat Elisabeth den Faden verloren.

»Lass sie in Ruhe«, sagt Einar mit gestresster Stimme. »Du hast doch gehört, was sie gesagt hat.«

Elisabeth betrachtet das Artefakt. Es strahlt sie geheimnisvoll an. Ha! Jetzt weiß sie, warum es sich um eine Selbstprojektion handeln muss. Sie könnte es sonst überhaupt nicht sehen! Das grüne Licht, das ihre Augen erreicht, besteht aus Photonen, die eine bestimmte Menge Energie enthalten. Diese Energie geht dem Artefakt dauernd verloren. Es muss also eine Quelle geben, die es damit versorgt. Sie muss zumindest teilweise innerhalb der vierdimensionalen Projektion liegen, sonst könnte das Artefakt nichts damit anfangen. Ihre Natur ist unklar, spielt aber jetzt auch keine Rolle. Diese

Quelle ist vielleicht auch dafür verantwortlich, dass das Artefakt seine starre Form behält.

Diese Erkenntnis hilft ihr jedoch immer noch nicht dabei, das Artefakt zu bergen. Elisabeth war bei den Dimensionen, als Shania sie unterbrochen hat. Stringtheorie und Topologie, wie hängen sie zusammen? Sie kommt immer wieder auf die Projektion zurück. Das Spektrometer hat ihr gezeigt, dass das Artefakt nur aus diesen Lichtteilchen besteht, zumindest in den ihr zugänglichen Dimensionen. Dann müsste es eigentlich auch auf Photonen reagieren, auf Licht. Sicher nicht auf das Licht ihrer Helmlampe. Das hätte sie schon bemerkt, oder nicht?

Nicht unbedingt. Vielleicht wirkt sie ganz schwach auf das Artefakt ein. Das kann sie testen! Elisabeth packt das Mikroskop wieder aus. Sie schaltet die Helmlampe aus, stellt die niedrigste Vergrößerung ein und macht eine Aufnahme von der grün schimmernden Oberfläche. Dann aktiviert sie das Helmlicht wieder und dreht sich so, dass es auf das Artefakt scheint. Sie macht ein zweites Bild. Gibt es einen Unterschied? Sie vergleicht die Aufnahmen. Aufgeregt wischt sie zwischen beiden Mikroskopfotos hin und her. Das könnte der Durchbruch sein, wenn …

Doch sie kann keinen Unterschied feststellen. Das Display des Geräts ist zu gering aufgelöst und zu kontrastarm.

»Shania? Ich würde Ihnen gern zwei Aufnahmen zum Vergleich schicken. Können Sie sie auf vernünftiger Hardware analysieren?«

»Ja, wir haben alles Nötige hier.«

Shania beschreibt ihr, wie sie die Aufnahmen per Funk nach oben schicken kann. Eine Minute später sind sie unterwegs. Elisabeth spielt mit den Fingern ihrer künstlichen Hand. Zärtlich streicht sie damit über die sanft geschwungenen Kurven des Artefakts. Sie würde gern mit ihm sprechen, verkneift es sich aber. Irgendwie hat sie das Gefühl, dass Intelligenz in der mysteriösen Struktur steckt. Aber das darf sie nun wirklich niemandem sagen. Sie ist doch eine seriöse Wissenschaftlerin, die sich nicht von Gefühlen leiten lässt.

»Ich weiß ja nicht, wonach Sie suchen«, meldet sich Shania. »Aber die beiden Aufnahmen unterscheiden sich in einem Detail.«

»Genau danach suche ich. Nun sagen Sie es schon.«

»Bei der später angefertigten Aufnahme stelle ich eine leichte Aufwölbung fest, die ihren höchsten Punkt im Fokus des Mikroskops hat.«

»Danke, Shania, das hilft mir sehr.«

Aber wie? Die Oberfläche des Artefakts scheint sich auf dem Bild mit eingeschaltetem Helmlicht dem Mikroskop entgegenzustrecken. Wieso? Warum sollte das Artefakt an den dunklen, vom Mikroskop abgedeckten Stellen … Ha! Es ist genau andersherum! Wo das Licht ihres Helmscheinwerfers hingelangt ist, hat sich das Artefakt zurückgezogen. So ist unter dem vom Mikroskop abgeschatteten Bereich die vermeintliche Ausbeulung entstanden.

»Können Sie mir ungefähr sagen, wie hoch die Aufwölbung ist?«, fragt Elisabeth.

»Es ist weniger als ein Millimeter, nah an der Auflösungsgrenze. Kein Wunder, dass Sie es auf dem Bildschirm da unten nicht erkennen konnten.«

Wenn das Artefakt also vor Licht zurückweicht, müsste es dann nicht möglich sein, es auf diese Weise zu transportieren? Sie bräuchten es doch nur von einer Seite anzustrahlen, und dann müsste es ebenso ausweichen, wie das in ihrem kleinen Experiment eben geschehen ist. Allerdings benötigen sie dafür eine deutlich stärkere Lichtquelle, und sie muss von unten kommen, aus der Tiefe des Schachts, weil sich das Artefakt ja nach oben bewegen soll.

»Habt ihr da oben zufällig einen starken Laser?«, fragt sie.

»Den können wir schnell besorgen«, sagt Einar. »Hier wird ja dauernd irgendetwas vermessen, und ein Laser gehört zu jeder Vermessungsausrüstung.«

»Das dürfte nicht ausreichen«, sagt Elisabeth. »So ein Laser hat doch nur ein paar Watt Leistung. Ich bräuchte eher etwas im Kilowattbereich.«

»Oh, wollen Sie das Artefakt damit zerschneiden?«, fragt Shania.

»Nein, transportieren. Anscheinend wechselwirken die Photonen des Artefakts und andere Lichtteilchen derart miteinander, dass auftreffende Photonen einen Druck ausüben.«

»Strahlungsdruck«, sagt Shania. »Es gibt Raumsonden, die sich damit durch das All bewegen.«

Das stimmt. Ihre Sonnensegel bestehen allerdings aus reflektierenden Stoffen, nicht aus Photonen wie das Artefakt. Wieso ein Impuls entsteht, wenn zwei Photonen sich in einem Winkel treffen, ist ihr nicht ganz klar.

Oder doch. Sie muss an ihr Experiment mit dem Diamantstift denken. Schräg angesetzt, konnte er die Oberfläche nicht ritzen. Senkrecht hingegen fuhr er hinein wie in Butter. Es kommt auf die Raumrichtung an. Wenn die Oberfläche des Artefakts nun aus einer unglaublich dicht gedrängten Zahl von Photonen bestünde? Die Dichte müsste so hoch sein, dass es quasi immer zu einer Wechselwirkung kommt, wenn ein anderes Photon auftrifft. Bei einem senkrechten Treffer würden sich die Impulse der beiden Teilchen nicht beeinflussen. Kollidieren sie allerdings schräg, kommt es zu einer teilweisen Impulsübertragung – wie bei zwei Billardkugeln, die sich exzentrisch treffen – und das Artefakt spürt einen leichten Druck in die Richtung, aus der das Photon gekommen ist.

Das ist eine nachvollziehbare Erklärung. Ihre Kollegen aus der Physik würden sie vermutlich wegen Über-Simplifizierung zerreißen. Aber für ihre Zwecke genügt sie, denn daraus ergibt sich eine Strategie: Sie können das Artefakt mit Hilfe von ausreichend starkem Licht bewegen, solange es nicht senkrecht auftritt. Trotzdem macht ihr das Konzept Sorgen, fast Angst. Es bedeutet nämlich auch, dass das Artefakt eine unglaublich hohe Energiedichte aufweist. Menschen ist etwas Vergleichbares bisher nur in den Versuchsanlagen gelungen, in denen man irgendwann per Kernfusion Energie gewinnen will. Das würde bedeuten, dass das Artefakt nur außerirdischer Herkunft sein kann. Dann hätte es aber ganz gewiss auch einen Besitzer, der es vielleicht vermisst. So genau will sich Elisabeth das gar nicht vorstellen.

Ihr ganzer Körper schaukelt. Elisabeth sieht nach oben. Shania wird doch nicht am Seil gezogen haben, um sie an die bevorstehende Eruption zu erinnern? Wieder ein Schaukeln. Diesmal sieht sie Gasblasen in der Tiefe. Ein weitaus größeres Exemplar hätte sie beinahe umgebracht. Sie bleibt trotzdem erstaunlich ruhig. Das Artefakt strahlt die stärkere Bedrohung aus.

»Hier unten scheint sich langsam wieder etwas zu tun«, sagt Elisabeth.

»Ja, deshalb würden wir Sie gern hochholen«, sagt Shania.

»Und das Artefakt natürlich«, sagt Einar. »Was ist jetzt mit dem Vermessungslaser?«

»Wir können es zwar versuchen, aber der wird nicht helfen. Da hat ja mein Helmscheinwerfer mehr Leistung.«

»Ich habe eine Idee«, sagt Einar. »Der Bohrkopf ist mit einer hybriden Bohrfräse ausgestattet. Hybrid heißt, dass er in bestimmten Fällen auch per Laser bohren kann. Wir haben den Laser bisher nicht eingesetzt, weil die mechanische Fräse bei diesem Gestein hier weitaus effizienter arbeitet. Aber er müsste funktionieren.«

»Das wäre die Lösung«, sagt Elisabeth. »Ich kenne mich mit Bohrtechnik zwar nicht aus, aber wenn ihr damit Gestein pulverisieren könnt, sollte die Leistung ausreichen.«

»Wir verdampfen das Gestein. Pulverisiert wird es von der Fräse«, sagt Einar.

Typisch Ingenieur. Aber das macht ihr Einar nicht unsympathisch, denn sie korrigiert auch gern andere, wenn sie sich unpräzise ausdrücken.

»Wie lange braucht ihr, um den Bohrkopf umzurüsten und hierher zu schicken?«

»Das sind nur ein paar Knöpfe, die ich drücken muss«, sagt Einar. »Für den Weg bis zu dir braucht der Bohrkopf etwa fünf Minuten.«

»Okay, dann warte ich solange hier unten.«

»Wollen Sie nicht, dass wir Sie heraufziehen?«, fragt Shania. »Hier oben wären Sie sicherer.«

»Nein, wir wissen ja noch nicht, ob die Idee funktioniert. Lassen Sie uns abwarten, bis wir den Beweis haben. Ohne das Artefakt komme ich nicht nach oben.«

Fünf Minuten können ganz schön lang sein, wenn man dauernd von kleinen und größeren Gasblasen getroffen wird. Aber Elisabeth beschwert sich nicht. Shania würde sich sonst bloß noch mehr Sorgen machen. Die junge Frau tut ihr leid. Vermutlich war sie dabei, als Floki den Unfall hatte. Vielleicht hat sie ihn auch selbst abgeseilt und macht sich nun Vorwürfe, dass sie ihn nicht eher herausgeholt hat.

Endlich nähern sich von unten ein paar weiße und rote Lichter.

»Ich sehe den Bohrkopf«, sagt Elisabeth.

»Und der Bohrkopf sieht dich«, sagt Einar. »Du siehst lustig aus, wie ein Köder an einem Haken. Ich schicke dir das Radarbild auf Shanias Telefon.«

Da ist es auch schon. Ein schwarzer Schemen etwa mit der Form eines Karpfens zeichnet sich gegen den Hintergrund ab. Aus seiner Mitte führt ein dünner Strich nach oben. Gut, dass es hier keine großen Raubfische gibt.

»Wieso ist das Artefakt eigentlich nicht auf dem Bild zu sehen?«, fragt Elisabeth.

»Erklär du es mir. Anscheinend reflektiert es Radarstrahlen nicht.«

Noch ein Mysterium. Vielleicht hat es mit den Frequenzen zu tun? Sichtbares Licht wird ja reflektiert.

»Ich habe den Bohrkopf etwa einen Meter unter dem Artefakt gestoppt«, sagt Einar. »Die Navigation ist nicht ganz so einfach, weil unser Objekt nur im sichtbaren Bereich auf den Sensoren erscheint. Das ist die interne Software nicht gewöhnt. Also steuere ich den Bohrkopf manuell.«

Die Positionslichter machen deutlich unterhalb des Artefakts halt. Den Bohrkopf selbst sieht sie nicht. Er wird wohl vom Artefakt überstrahlt.

»Dann fang doch bitte an«, sagt sie.

Gleich wird ihre verrückte Theorie getestet. Elisabeth beißt sich auf die Lippen.

»Ich beginne mit niedriger Leistung. Nur für den Fall, dass der Laser einfach durch das Objekt dringt. Dann könnte er dich verletzen.«

»Sehr umsichtig, vielen Dank.«

»Wir brauchen dich doch noch, Elisabeth.«

Elisabeth wartet auf die Auswirkungen des Lasers. Aber das Wasser bleibt ruhig, vom Bohrkopf sind nur die weißen und roten Lichter zu sehen, und das Artefakt rührt sich nicht.

»Ich bemerke gar nichts«, sagt Elisabeth.

»Das ist gut«, sagt Einar. »Dann dringt der Laser nicht durch das Objekt hindurch. Er trifft ja unten auf das Artefakt, da kannst du ihn natürlich nicht sehen.«

»Natürlich.«

»Ich erhöhe die Leistung.«

Elisabeth spannt alle Muskeln an, als müsste sie gleich fliehen. Wenn das Artefakt jetzt nicht reagiert, gehen ihr die Ideen aus. Gut, man könnte einfach den Bohrkopf von unten daranfahren lassen und es mit Gewalt aus dem Schacht bugsieren, aber ob das funktioniert?

Da! Hat es sich etwa bewegt? Sie streckt die Hand aus, sodass die Spitze des Zeigefingers genau auf der Oberfläche des Artefakts aufsitzt.

»Bringe Leistung auf Maximum«, sagt Einar.

Ihr Zeigefinger krümmt sich ohne ihren Befehl. Das ist der Beweis! Das Artefakt kommt ihr entgegen.

»Es funktioniert!«, ruft sie.

»Ah, sehr gut!«, ruft Shania, und irgendjemand klatscht.

Elisabeth ist froh. Floki hat nicht umsonst sein Leben riskiert, und sie wird sich noch weiter mit dem Artefakt beschäftigen können.

»Shania, ziehen Sie mich doch bitte langsam hoch«, sagt sie.

Vielleicht irrt sie sich, was ihr Studium des Artefakts betrifft. Der Auftrag lautet, es für die Regierung zu bergen. Das heißt, irgendein Geheimdienst ist daran interessiert, der bestimmt seine eigenen Experten hat. Aber können sie denn auf die Topologie-Spezialistin des Landes verzichten? Hoffentlich nicht. Sie wäre sogar bereit, ihre Studenten für ein halbes Jahr sitzenzulassen, wenn sie dafür dieses prächtige Exemplar einer sechsdimensionalen Mannigfaltigkeit in all seiner Schönheit untersuchen könnte. Es ist doch etwas anderes, solche Flächen zu berechnen, als sie tatsächlich berühren zu können.

Das Artefakt kommt näher, als hätte es ihre Gedanken gelesen und würde sich ebenfalls zu ihr hingezogen fühlen. Dabei dreht es sich um etwa 20 Grad.

»Einar, du musst aufpassen. Das Objekt hat sich gedreht«, sagt sie.

Wenn Einar den Laserbeschuss nicht neu fokussiert, könnte der Strahl sie doch noch treffen. Einen Beschuss mit einigen Kilowatt würde der Panzeranzug sicher nicht einfach so wegstecken.

»Danke für den Hinweis. Ich verfolge das Objekt im sichtbaren Bereich.«

»Soll ich Sie vielleicht doch etwas schneller hochholen?«, fragt Shania. »Dann sind Sie aus der Schusslinie.«

Eigentlich kann jetzt nichts mehr schiefgehen. Es ergibt keinen Sinn, sich weiter im Gefahrenbereich aufzuhalten. Eine plötzliche Bewegung des Artefakts, und der Laser schießt blind den Schacht hoch. Dazu die Bedrohung durch die Gasblasen …

»Sie haben recht, Shania. Holen Sie mich rauf.«

Shania reagiert sofort. Das Artefakt bleibt unter Elisabeth zurück. Sie wird es in ein paar Minuten wiedersehen. Ohne den Panzer wird sie es mit eigenen Händen berühren können. Es kommt ihr schon vor wie ein alter Freund, den sie nach langer Zeit getroffen hat und nun erneut aus den Augen verliert. Das sind alberne Gedanken.

Ihre Füße und ihr Kopf stoßen gleichzeitig an. Elisabeth hat das Ende des Schachts erreicht.

»Sie müssten sich nun aufrichten«, sagt Shania. »Sonst kommen Sie nicht aus dem Loch heraus.«

Elisabeth gibt einen kurzen Impuls in Beine und Oberkörper. Die Motoren reagieren prompt. Der Einstieg ist direkt über ihr. Oberhalb der Wasseroberfläche meint sie sogar, Shanias Gesicht zu erkennen. Das Seil zieht sie weiter nach oben. Ihr Kopf taucht auf. Wasserschnüre laufen den Helm hinunter. Die Sicht verbessert sich schnell. Elisabeth stützt sich auf die Arme und drückt sich hoch. Die Motorunterstützung ist fantastisch! Sonst kommt sie kaum aus dem kleinsten Pool heraus, und nun schwingt sie elegant ihre Beine über die Einfassung.

»Sie kommen mit dem Panzertauchanzug ja richtig gut zurecht«, sagt Shania.

»Danke, das macht sogar Spaß. Was kostet denn so ein Modell?«

»Bestimmt eine sechsstellige Summe, aber Einar weiß es sicher genauer.«

Der Isländer reagiert nicht. Er muss sich ja auf die Steuerung des Bohrkopfes konzentrieren. Elisabeth horcht auf, weil sie Schritte vernommen hat.

»Das waren wohl nur ein paar Arbeiter, die hier vor einem möglichen Vulkanausbruch noch etwas aufräumen«, sagt Einar.

»Soll ich Ihnen beim Ausziehen helfen?«, fragt Shania.

»Einen Moment noch. Ich will nicht verpassen, wie das Artefakt aus dem Schacht kommt.«

»Stimmt, das ist ein historischer Moment«, sagt Shania. »Hat es je zuvor so ein Objekt gegeben?«

Elisabeth schüttelt den Kopf. Sie stützt sich auf die Einfassung der brunnenartigen Konstruktion. Hoffentlich ist der Durchmesser groß genug, damit das Artefakt hindurchpasst.

Sie kann es jetzt schon deutlich sehen. Anderthalb, höchstens zwei Meter ist es unter ihr.

»Mist.« Einar murmelt dazu ein paar Worte auf Isländisch.

Die letzte Etappe ist wohl besonders herausfordernd. Elisabeth sieht jetzt auch, warum: Einar versucht, das Artefakt so zu drehen, dass es durch das Loch passt. Dazu muss er den Bohrkopf immer wieder neu justieren.

»Macht es mir bloß nicht kaputt«, sagt Elisabeth.

Sie hat das als Scherz gemeint, aber Einar sieht sie mit zusammengekniffenen Augenbrauen an.

»Entschuldigung«, sagt sie.

Wieder murmelt Einar etwas. Es klingt nicht nett, aber das kann natürlich täuschen. Der Mann nimmt seine Arbeit jedenfalls sehr ernst. Draußen sind erneut Schritte zu hören, aber es trifft kein Besuch ein. Elisabeth sieht wieder in den Schacht. Da ist es schon! Einar hat es geschafft, das Artefakt in den engen Ausstieg zu bugsieren. Langsam steigt es höher. Elisabeth tritt einen Schritt zurück, Shania folgt ihr. Das grüne Leuchten durchbricht die Wasseroberfläche. Im Gegensatz zu ihrem Helm haftet kein einziger Tropfen an seiner Außenseite.

Das Objekt steigt höher und höher. Aus der Nähe betrachtet, ist es überraschend klein. Elisabeth könnte es leicht in die Arme nehmen. Tatsächlich spürt sie den dringenden Impuls, es zu umarmen. Jetzt schwebt das Artefakt schon ein paar Zoll über dem Wasser, und es steigt weiter. Der Laserstrahl vom Bohrkopf zeichnet sich darin deutlich ab, ist in der Luft aber nicht mehr zu sehen.

»Und nun?«, fragt Shania.

»Jetzt ist es draußen«, sagt Einar.

Elisabeth ist gespannt, ob das Artefakt der Schwerkraft unterliegt. Was würde wohl passieren, wenn Einar den Laser einfach abschaltet? Würde es zurück ins Wasser purzeln? Vermutlich nicht, aber das Risiko gehen sie besser nicht ein.

»Ich deaktiviere …«, sagt Einar.

Elisabeth unterbricht ihn. »Nein, warte. Ich habe eine bessere Idee.«

Sie schaltet ihren Helmscheinwerfer ein und tritt ganz nah an das Artefakt heran. Wie sie es vermutet hat, bewegt es sich langsam zur Seite. Es weicht vor ihr aus.

»Helft mir doch«, sagt sie.

Shania und Einar schnappen sich ebenfalls einen Scheinwerfer. Das Artefakt schwebt nun schneller seitwärts.

»Moment, ich muss den Laser justieren«, sagt Einar.

»Jetzt kannst du ihn abschalten«, sagt Elisabeth.

Das Objekt schwebt nun schon über der Einfassung. Falls es wirklich herunterfällt, stürzt es zumindest nicht mehr in den Schacht. Einar drückt ein paar Knöpfe auf seinem Tablet. Der Laserstrahl verblasst. Das Artefakt lässt sich davon nicht beeinflussen. Gemeinsam mit Shania schiebt Elisabeth das Objekt mit Hilfe der Scheinwerfer noch so weit zur Seite, dass es den Schacht nicht mehr versperrt.

»So, meine Damen, das war ja wirklich ein spannender Tag«, sagt Einar.

Er hat das Tablet abgelegt, mit dem er den Bohrkopf gesteuert hat. In der rechten Hand, mit der er auf Shania zeigt, hält er irgendein Werkzeug. Elisabeth schüttelt den Tropfen auf ihrem Visier ab und erstarrt. Es ist eine Waffe! Zwei Männer betreten den Raum. Sie hat nur wenige Schritte gehört, also müssen sie auf Einars Signal gewartet haben. Auch sie fuchteln mit Waffen herum. Vor Shania scheinen sie die größte Angst zu haben, denn alle zielen auf die junge Frau, die ihre Augen weit aufreißt.

»Einar, was tust du da?«, fragt sie.

»Du bist doch ein kluges Mädchen. Ich tue genau das, wonach es aussieht.«

»Aber du kannst doch nicht …« Shania hält sich die Hand vor den Mund.

»Du siehst doch, dass ich kann. Jetzt benimm dich und niemandem geschieht etwas. Ich will nur dieses grüne Ding da.«

Er zielt mit der Waffe auf das Artefakt. Elisabeth hofft,

dass doch irgendeine Alien-Technologie darin steckt, die die Bedrohung erkennt und Einar unschädlich macht. Aber das Artefakt rührt sich nicht. Es lässt sich einfach so stehlen.

»Wieso tust du das?«, fragt Shania.

»Warum wohl? Es geht um Geld. Ich habe Familie. Und diese netten Leute hier«, er zeigt auf die beiden Männer, »haben mehr davon als die Regierung der Vereinigten Staaten von Amerika. Sie wollten uns mit 100 Prozent Überstundenzuschlag abspeisen, das weißt du doch selbst! Dabei ist das schwebende Ding da viele Millionen wert.«

So ein Arschloch! Er will sie und das Artefakt trennen!

»Das Artefakt dient der Forschung«, sagt Elisabeth. »Es könnte die Topologie um fünfzig Jahre voranbringen und die Physik vielleicht sogar um hundert Jahre!«

»Wissenschaftlicher Fortschritt, das bedeutet Geld und Einfluss«, sagt Einar. »Ich bin sehr froh, dass ich jemanden gefunden habe, der das zu würdigen weiß.«

»Wir sollten mit dem Gequatsche aufhören und das Ding abtransportieren«, sagt der kleinere und breitere der beiden Männer in hartem, texanischem Akzent. »Was willst du denn mit den beiden Weibern machen?«

»Die lassen wir gefesselt hier«, sagt Einar.

Elisabeth bekommt ein schlechtes Gewissen, weil sie um das Artefakt mehr Angst hatte als um Shanias Leben. Um sich selbst macht sie sich seltsamerweise keine Sorgen. Das muss der Schock sein. Sie wurde noch nie mit einer Waffe bedroht.

»Sollen wir sie nicht lieber …?« Der Mann führt seine Handfläche unter dem Kinn durch. »Das ist doch immer die sauberere Lösung.«

Elisabeth wird heiß. Einar wird sich doch nicht überreden lassen …?

»Nein, ich denke, wir kommen ohne Blutvergießen aus. Wir hatten Glück, dass mein Kollege vorgestern den Unfall hatte. Mit Floki wäre es hässlicher abgelaufen.«

»Na gut, der Chef hat gesagt, dass du die Anweisungen

gibst. Wenn es nach mir ginge …« Der Mann wiederholt seine Geste.

»Nein, das will ich nicht«, sagt Einar.

»Hab ja schon verstanden. Sollen wir dieser aufblasbaren Puppe hier die Luft ablassen, bevor wir sie fesseln?«

Aufblasbare Puppe, was bildet der sich ein? Sieht er nicht, dass sie in einem Panzertauchanzug steckt? Panzer. Tauch. Anzug. Panzer. Was hat Einar vorhin gesagt? *Vielleicht sind Sie darin auch gegen Schüsse immun.* Wenn Sie nun … *Ich kann aber nichts versprechen.* Das hat er ebenfalls gesagt. Nein, sie darf die Männer nicht reizen. Sie wird sich ganz brav aus dem Anzug schälen lassen. Dann wird man sie fesseln, und gemeinsam werden sie bibbernd darauf warten, dass jemand sie hier unten findet, wo doch der ganze Bereich bestimmt schon wegen des Ausbruchs evakuiert wurde. Das Artefakt wird sie nie wiedersehen, und mit ein bisschen Pech werden sie hier unten sterben.

»Hilfst du uns vielleicht mal?«, fragt der größere der beiden Männer.

Er hat eindeutig einen britischen Akzent. Wer hat diese Verbrecher wohl beauftragt? Ihre Herkunft lässt darüber wohl keine Schlüsse zu. Der Mann sucht anscheinend einen Reißverschluss, um ihren Anzug zu öffnen. Da kann er lange suchen.

»Ich drehe den Bohrkopf«, sagt Einar. »Wir bekommen das Ungeheuer nur mit einem starken Laser hier raus.«

»Und der steckt in diesem Bohrknopf?«

»Bohrkopf, Dummkopf.«

»He, bilde dir bloß nichts ein!«, sagt der Mann. »Ich krieg die Scheißpuppe nicht auf.«

»Du musst …«

Elisabeth hat genug. Sie holt einmal mit dem rechten Arm aus, und der Mann, der sich an ihr zuschaffen gemacht hat, klatscht gegen die Wand. Der Arm drückt seine Brust ein. Sie spürt das Knacken durch den Panzer hindurch. Der andere Mann rennt auf sie zu und wirft sich ihr um den Hals. Er glaubt wohl, er könnte sie niederringen. Elisabeth lässt sich einfach nach vorn fallen und zerquetscht den Wurm unter sich. Sie ist im Rausch. Seine Schmerzensschreie fühlen sich gut an.

Sie springt auf. Einar steht mit aufgerissenen Augen hinter der Einfassung des Schachtes. Er zielt auf sie. Elisabeth rennt los. Es knallt. Ein leichter Schlag auf ihrer Brust, kaum spürbarer als ein Schmetterling, der auf dem Highway gegen die Frontscheibe prallt. Sie ist unaufhaltbar. Die Motoren sind gut geölt. Gleich erreicht sie ihn. Sie schiebt die linke Hand vor. Die Rohrzange daran erwischt Einars Kleidung und auch ein Stück seines Oberarms, denn er jault auf. Er schafft es aber, sie abzuschütteln. Sein Arm rutscht durch die Öffnung der Rohrzange hindurch.

Elisabeth stürzt hinter ihm her, schlägt mit der Rechten nach ihm, verfehlt ihn. Ihre Hand knallt gegen die Wand. Funken schlagen. Shania rennt ebenfalls, doch Einar ist schneller als sie. Er reißt sie herum, presst sich gegen die Wand und benutzt ihren Körper als Schutzschild. Elisabeth kann den Schlag, den sie ihm versetzen wollte, gerade noch gegen die Wand leiten. Ihr kleiner Finger bricht ab und fällt klirrend zu Boden.

Es wird still. Einar atmet laut.

»Hab … dich …«, sagt er und hält die Mündung seiner Waffe gegen Shanias Schläfe.

»Lass sie in Ruhe«, sagt Elisabeth.

»Lassen Sie mich meine Arbeit machen, und niemandem passiert etwas«, sagt Einar.

Elisabeth sieht nach links. Der Mann, den sie gegen die Wand geschleudert hat, ist der Gegenbeweis. Er liegt verkrampft auf dem Boden. Er lebt nicht mehr. Sie hat jemanden getötet. Umgebracht. Elisabeth fröstelt. Dazu ist sie doch gar nicht in der Lage!

»Kommen Sie schon, Frau Professor. Das muss hier nicht weiter eskalieren.«

Es ist seltsam. Gerade jetzt, wo sie zur Mörderin geworden ist, wahrt er plötzlich die Höflichkeitsformen. Es war kein Mord, es war Notwehr.

»Ja, du hast recht«, sagt sie.

»Dann runter mit dem Anzug. Ich gebe Shania erst frei, wenn Sie keine Gefahr mehr sind.«

Elisabeth muss kichern. Das hat noch kein Mann zu ihr gesagt. Sie ist eine Gefahr! Sie ist eine übergewichtige, unsportliche Mathematikerin jenseits der Wechseljahre. Und eine Gefahr. Sie muss schon wieder kichern und kann gar nicht mehr aufhören, auch wenn es völlig irrational ist. Das muss der Schock sein. Sie kichert, und nicht einmal an Laura zu denken, bringt sie davon ab. Einar fuchtelt schon ganz nervös mit der Waffe. Sie bringt Shania in Gefahr, wenn sie nicht bald …

»He, du Schlampe!«, ruft der Mann, der sie umarmen wollte.

Die 300 Kilogramm ihres Anzugs haben ihn anscheinend nicht zur Strecke gebracht. Er kniet auf dem Boden und hält seine Waffe in ihre Richtung.

»Du hast meinen Bruder umgebracht!«, ruft er.

»He, Paxton, lass das!«, ruft Einar. »Die Situation ist wieder unter Kontrolle!«

»Aber Jimmy ist tot! Das war nicht ausgemacht! Das wirst du mir büßen, du verdammte Schlampe!«

»Jetzt beruhige dich doch, Paxton«, sagt Einar.

»Du hast mir gar nichts zu sagen! Vielleicht knalle ich dich gleich mit ab! Du hättest ihn warnen müssen vor dieser Schlampe!«

»Aber das konnte ich doch nicht …«

»Halts Maul!«

Der Mann reißt seinen Arm nach vorn und drückt ab. Es knallt. Elisabeth erlebt alles in Zeitlupe. Das gibt es doch nur im Film! Aber nein. Die Kugel fliegt auf sie zu, trifft ihren Helm deutlich. Im Glas entsteht ein Riss, der um den ganzen Helm wandert. Die Kugel aber fliegt weiter, schneller, als Elisabeth ihr folgen kann. Einar schreit auf, lässt die Waffe fallen, greift sich an die Schulter. Diesmal reagiert Shania blitzschnell. Sie lässt sich nach unten rutschen, stürzt sich über die Waffe, dreht sich um und richtet sie auf Einar.

»Verfickte Kacke!«, ruft der Mann, der geschossen hat.

Er hebt seine Waffe noch und zielt nun damit auf Shania. Das ist Elisabeths Einsatz. Sie tritt mit maximaler Kraftentfaltung in ihre Beine. Ihr plumper, aber mächtiger Körper springt auf. In einem einzigen Satz fliegt sie auf den Mann zu, in dessen Gesicht ein großes Staunen liegt. Er schießt noch einmal, doch wieder prallt die Kugel ab. Dann trifft ihr Helm auch schon den Kopf des Mannes. Blut spritzt über die Scheibe. Er kippt nach hinten, und sie rollt über ihn.

Scheiße, das war Nummer zwei. Elisabeth dreht sich um. Der Mann stöhnt. Er lebt noch. Sie sollte froh sein darüber, aber es gelingt ihr nicht.

»Danke, Elisabeth.«

Shania fällt ihr in die Arme. Elisabeth nimmt die Umarmung an. Sie haben Einar gefesselt, dann hat ihr Shania geholfen, sich aus dem Anzug zu pellen. Elisabeth zittert und würde am liebsten die Augen schließen, damit all das Unglück hier möglichst weit weg ist.

»Ich bin Elisabeth«, sagt sie.

»Shania. Du hast mich gerettet. Ich weiß gar nicht, wie …«

»Shhhhh …«, sagt sie.

Der jungen Frau laufen Tränen über das Gesicht. Sie streichelt ihre Wangen wie bei ihrer Tochter, wenn sie Liebeskummer hat.

»Es war so …«, sagt Shania und schluchzt.

»Ich weiß. Schön, dass du noch da bist.«

»Schön, dass du da bist. Wenn du nicht …«

»Shhhhh … es ist vorbei.«

»Ja?«

»Ja, Shania.«

Shania weint leise. Elisabeths Zittern lässt langsam nach. Es ist natürlich nicht vorbei. Sie traut sich zwar nicht, die Augen zu öffnen, aber selbst so spürt sie die zwei Leichen in der einen Ecke des Raums, den gefesselten Isländer in der anderen und das Millionen Dollar teure Artefakt gleich neben dem Schacht. Wie kommen sie hier bloß raus? So einfach werden die an dem einzigartigen Objekt interessierten Parteien wohl nicht aufgeben. Wahrscheinlich müssen sie sich beeilen.

Und der nahende Ausbruch? Er könnte ein Vorteil sein. Das riesige Gebiet, über das sich das Krafla-System erstreckt, ist weitgehend menschenleer. Sollte ihnen doch jemand entgegenkommen, ist das Risiko groß, dass es sich um einen Feind handelt. Einen Feind. Elisabeth hat nie gedacht, dass sie mal so etwas haben könnte. Konkurrenten, na klar. Messier etwa, der Kanadier, der so gern ihren Lehrstuhl gehabt hätte. Aber sie hat ihn nie als Feind gesehen. Ihr Leben hat sich ziemlich verändert, seit sie nach Island geflogen ist.

Langsam schiebt sie Shania von sich. Die junge Frau weint nicht mehr, sieht aber furchtbar müde aus und scheint die Augen nur noch mühsam offenzuhalten. Aber zum Schlafen ist jetzt keine Zeit. Sie müssen weg.

»Wer weiß denn noch alles von dieser Sache?«, fragt Elisabeth.

»Ganz konkret nur Einar, Floki und ich«, antwortet Shania. »Ein paar andere Firmenmitarbeiter haben nur den Befehl bekommen, uns so gut wie möglich zu unterstützen.«

»Und woher hattet ihr den Auftrag?«

»Der kam direkt aus der Firmenzentrale in Detroit.«

»Jemand aus Detroit hat bei Einar angerufen?«

Das klingt sehr unglaubwürdig.

»Nein, das lief über die Filiale in Reykjavik. Die Zentrale hat nach jemandem verlangt, der zuverlässig einen heiklen Auftrag ausführen kann. Daraufhin wurde ihnen Einar empfohlen.«

»Da haben sie sich ja tüchtig geirrt«, sagt Elisabeth.

»Einar hat vor drei Jahren zwei verschüttete Mitarbeiter aus einer Höhle geholt, ganz allein«, sagt Shania.

»Ja, und was habe ich dafür bekommen? Einen feuchten

Händedruck«, sagt Einar und schnieft. »He, kann mir mal jemand die Nase putzen?«

»Kennst du ihn gut?«, fragt Elisabeth. »Hat er viele Freunde?«

»Ich bin erst seit ein paar Monaten hier. Einar ist eher ein Einzelgänger.«

Dann gibt es vermutlich nicht viele Mitwisser. Außer bei der Organisation natürlich, an die er sein Wissen verkauft hat. Sie hat die beiden Toten durchsucht, aber keine Dokumente gefunden, die Auskunft über ihre Identität geben würden. Das ist alles sehr professionell eingefädelt.

Elisabeth streicht Shania noch einmal über den Kopf. Dann steht sie auf und läuft zu ihrem Gefangenen. Sie kontrolliert seine Fesseln. Die hat Shania sehr ordentlich angelegt.

»Willst du uns nicht doch sagen, wer hinter diesem Angriff steckt?«, fragt Elisabeth.

»Pah, wie käme ich dazu?«

Einar kooperiert nicht. Alles andere wäre überraschend. Sie haben kein Druckmittel in der Hand. Seine Verletzung ist ein glatter Durchschuss, und die Blutung haben sie gestoppt. Natürlich könnten sie ihn foltern, aber schon der Gedanke daran verursacht ihr Übelkeit. Sie werden ihn einfach hierlassen und dann später bei der Firma anrufen, damit man ihn abholt.

Elisabeth greift nach ihrem Telefon, packt es aber wieder weg. Sie braucht zunächst einen Plan, bevor sie sich bei irgendwem meldet. Im ersten Schreck hätte sie beinahe zu Hause angerufen, in Princeton, bei Charles. Aber ist das wirklich eine gute Idee? Die beiden Toten sind keine Isländer. Vielleicht gibt es schon ganz oben ein Leck, und mit ihrem Anruf verrät sie, dass der Plan nicht aufgegangen ist? Am besten, sie verlassen sich erst einmal nur auf sich selbst. Abstand gewinnen, zeitlich und räumlich, und dann über die Sache nachdenken. Das klingt wie ein sinnvoller Plan.

»Ich kümmere mich um den Jeep«, sagt Elisabeth.

»Okay.«

Shania steht vor dem Schacht und hält das Tablet in der Hand. Sie versucht, Einars Arbeit fortzusetzen, der den Laser des Bohrkopfes bergen wollte.

Vorsichtig öffnet Elisabeth die Tür. Sie sieht durch den Spalt. Der Gang dahinter ist dunkel. Sie zögert. Aber die bewaffnete Wache muss abgezogen sein, sonst hätte sie sich doch längst eingemischt. Sie fasst sich ein Herz und tritt hinaus. Mit dem Helmscheinwerfer fährt sie Wände und Decke ab. Der Gang ist noch ziemlich neu. Außer einem armdicken Kabel gibt es keine Versorgungsleitungen.

Sie läuft den Gang entlang, bis sie ein Tor erreicht. Ihre Muskeln schmerzen. Elisabeth hätte am liebsten den Panzeranzug zurück. Darin war ihr jede Bewegung leichtgefallen. Aber der Anzug braucht erst einmal frische Energie, und so haben sie ihn an den Methanolgenerator angeschlossen, der gleich neben dem Schacht steht.

Klopf, klopf. Elisabeth lauscht mit entsicherter Waffe. Niemand reagiert auf ihr Signal. Also öffnet sie zunächst die Tür in der Mitte des großen Tors. Dahinter weitet sich der Gang. Jetzt gibt es auch Rohrleitungen, die in der Höhe des Tors provisorisch verschlossen sind. An der Decke hängen Scheinwerfer, die allerdings ausgeschaltet sind. Sie sind wirklich ganz allein.

In einer Nische steht der Jeep. Sie brauchen ihn als Fluchtfahrzeug. Aber sie können den Panzertauchanzug nicht so weit tragen. Elisabeth untersucht den Wagen. Der Schlüssel steckt, und der Tank ist noch halb voll. Schon halb leer, korrigiert sie sich. Sehr weit werden sie damit nicht kommen.

Aber bis zur Kammer mit dem Schacht sollte es reichen. Sie startet den Motor. Er gibt keinen Laut von sich. Anzeigen am Cockpit verraten aber, dass er läuft. Ein Hybridfahrzeug. Das ist ihr bei der Herfahrt gar nicht aufgefallen. Die Akkureichweite liegt unter 50 Kilometern. Sie lenkt den Jeep bis zum Tor, stößt dann aber wieder ein paar Meter zurück, denn das Tor öffnet sich zu ihrer Seite. Wenn es sich öffnet.

Elisabeth steigt aus. Hoffentlich ist das Tor nicht irgendwie versiegelt oder verschweißt. Sie leuchtet erst die Vorderseite mit dem Scheinwerfer ab, dann tritt sie durch die Tür und untersucht die Rückseite. Dort findet sie zwei primitive Stangen, die in Löchern im Boden stecken. Es genügt, sie herauszuziehen, und schon lässt sich das Tor bewegen. Wenn doch nur jedes Problem so einfach zu lösen wäre!

Sie wendet den Jeep und lenkt ihn rückwärts durch das offene Tor. Zwei Meter vor der Tür, die zur Schachtkammer führt, hält sie an. Jetzt folgt der schwierigste Teil: Sie müssen das Artefakt in den Jeep bekommen. Die hintere Tür ist groß genug, daran wird es nicht scheitern. Das Artefakt selbst ist das Problem. Wird es im Jeep liegenbleiben?

Die Tür der Kammer öffnet sich. Ein Lichtstrahl fällt heraus.

»Ich habe dich gehört«, sagt Shania. »Brauchst du Hilfe?«

Elisabeth tritt in die Kammer. Die junge Frau hält ihr die Tür auf. Elisabeth bleibt im Türrahmen stehen, weil der Geruch nach Blut und Tod so ekelerregend ist.

»Was ist?«, fragt Shania.

»Der Geruch …«

»Oh, daran muss ich mich wohl schon gewöhnt haben. Ich rieche vor allem Maschinenöl.«

Shania zeigt ihre ölverschmierten Hände vor.

»Dann warst du erfolgreich?«, fragt Elisabeth.

»Ich habe das Lasermodul entfernt. Wir können es also benutzen. Allerdings brauchen wir eine starke Energiequelle.«

Elisabeth zeigt auf den Generator, an dem gerade der Taucheranzug hängt. »So etwas?«

»Ja, der müsste genügen«

»Schön. Dann brauchen wir aber jede Menge Methanol.«

»Tankstelle?«

»Die dürften wegen der Evakuierung geschlossen haben. Ich würde mich auch eher weit von jeder Zivilisation entfernt halten, bis wir mehr über diese Sache wissen.«

»Dann habe ich keine Idee«, sagt Shania.

»Ich schon.«

Elisabeth denkt an das ältere Paar mit dem Camper. Es hatte Methanolvorräte geladen.

»Aber es gibt noch ein riesiges Problem, das all unsere Pläne zunichte machen könnte.«

»Mach es nicht so spannend.«

»Ich frage mich, wie sich das Artefakt verhält, wenn wir es auf den Jeep laden. Es bewegt sich doch anscheinend nur, wenn wir mit dem Laser nachhelfen.«

»Da irrst du, Elisabeth. Glaube ich. Das Artefakt bewegt sich doch andauernd – mit der Sonne durch die Galaxis, mit der Erde um die Sonne und so weiter.«

»Hm.« Elisabeth massiert ihre Schläfen. Physik liegt ihr immer noch nicht. »Das würde bedeuten, dass es in seinem aktuellen Bezugssystem seinen Ort beibehält, es sei denn, es wird zum Beispiel mit Hilfe eines Lasers zur Ortsveränderung gezwungen.«

»Ja, das meinte ich«, sagt Shania.

»Aber woher weiß das Artefakt denn, dass nun der Jeep sein Bezugssystem ist und nicht mehr der Schacht? Und ist es gleichgültig, ob es sich um eine gleichförmige oder eine beschleunigte Bewegung handelt?«

»Ich habe keine Idee, was die erste Frage betrifft. Wir werden wohl ausprobieren müssen, ob das Artefakt den Jeep als neues Bezugssystem akzeptiert. Aber bei der zweiten Frage ist die Antwort doch ganz klar. Die Bewegung um die Sonne ist schließlich auch beschleunigt, und dagegen wehrt sich das Artefakt ja ebensowenig wie gegen die Erdrotation. Es kommt also nicht auf die Art der Bewegung an.«

»Danke, Shania. Jetzt kommt mir auch alles gleich viel logischer vor.«

Erschöpft setzt sich Elisabeth auf den eisernen Hocker und lehnt sich an die Wand.

Wenn ihr vorher jemand erzählt hätte, dass sie einmal gern in ein Mini-U-Boot namens Panzertauchanzug steigen würde, hätte sie die Person für verrückt erklärt. Aber es stimmt. Elisabeth freut sich auf die Fähigkeiten, die ihr der Anzug verleiht. Sie bekommt Superkräfte wie Tony Stark, der Iron Man aus den Comics. Und das, obwohl ihre Muskeln immer noch bei jeder Bewegung schmerzen.

Shania schließt die letzte Schnalle. Elisabeth testet ihre Arme und Beine. Sie reagieren auf den kleinsten Impuls. Es ist fast, als würde sich der Anzug direkt mit ihrem Gehirn verbinden. Aber das ist Science-Fiction. Es ist ganz einfach das Körpergefühl, das sich verändert, das dazu führt, dass sie den Panzer als Teil ihres Körpers sieht. Elisabeth erinnert sich an die Schüsse, die sie getroffen haben. Sie wurden alle abgelenkt. Aber jeder einzelne Treffer hat auf der Haut darunter einen starken Schmerzreiz erzeugt. Sie hat ihre Haut anschließend überprüft – blaue Flecken sind dabei nicht entstanden.

»Kannst du aufstehen?«, fragt Shania.

»Oh, klar.«

Sie hat ja eine Aufgabe zu erfüllen. Elisabeth erhebt sich. Sie schüttelt die Glieder aus, dann stapft sie zum Schacht. Der Bohrkopf hat sich bis über die Wasseroberfläche gearbeitet. Er sieht ein bisschen so aus wie ein riesiger Wurm, der mit aufgerissenem Maul auf die Fütterung wartet. Seine Zähne sind der Bohrkranz, der mit schätzungsweise 50 einzeln ansteuerbaren Bohrköpfen besetzt ist. Sie funkeln im Scheinwerferlicht und zeigen damit, wie scharf sie sind.

Der Schlund des Wurms ist ein Ergebnis von Shanias Arbeit. Sie hat ihm das Lasermodul entrissen. Es muss ein wirklich hartes Stück Arbeit gewesen sein, denn das Modul, das nun neben dem Schacht auf dem Fußboden liegt, ist bestimmt vier Fuß lang und hat einen Durchmesser von anderthalb Fuß. Elisabeth ärgert sich, dass sie immer in die alten Maße verfällt. Es sind natürlich etwa 1,2 Meter Länge und 50 Zentimeter Durchmesser.

Sie hebt den Laser mit ihrer rechten Hand auf. Spielerisch

schwenkt sie ihn in der Luft, richtet ihn kurz auf Einar, der mit geschlossenen Augen in der Ecke auf dem Boden sitzt.

»Pjuu-pjuu«, sagt sie.

Als Kind musste sie mit Harry, ihrem Bruder, immer Weltraumpirat spielen. Dabei haben sie ihre Finger als Laserpistolen verwendet. *Liz, du bist tot, ich habe dich getroffen. Nein, bin ich nicht.* Harry ist mit sechzehn gestorben, weil er zum falschen Zeitpunkt am falschen Ort war. Deshalb wird sie sich an ihn immer mit Laserpistole erinnern. Ihr kommen die Tränen.

Sie bemerkt Shanias erstaunten Blick.

»Entschuldige, alte Erinnerungen. Wie geht es jetzt weiter?«

Sie wischt die Feuchtigkeit von ihren Wangen.

»Hier, das Kabel verbinden wir mit der provisorischen Buchse an der Rückseite des Lasers.«

Shania hält ein braun ummanteltes Kabel hoch, das zum Generator führt. Elisabeth hält ihr die linke Hand entgegen, an der noch immer die Rohrzange montiert ist.

»Da müsste ich dich bitten«, sagt Elisabeth.

»Oh, stimmt, daran habe ich gar nicht gedacht.«

Shania kommt mit dem Kabel und ein paar Werkzeugen zu ihr. Elisabeth hält das Modul so, dass die junge Frau gut herankommt.

»Ist es nicht zu schwer für dich, Elisabeth?«

»Überhaupt nicht. Weißt du, was? Es würde mich freuen, wenn du mich Liz nennen würdest.«

Elisabeth ist selbst erstaunt über ihren Einfall. Das hat sie schon lange Zeit niemandem mehr angeboten.

»Gern, Liz. Ich bin auch schon fertig.«

»Wie löse ich den Laser aus?«

»Das kannst du nicht. Das Modul ist ja für den Einsatz im Bohrkopf konstruiert. Die komplexe Steuerung konnte ich nicht bergen. Sobald ich den Generator einschalte, feuert der Laser.«

»Verstanden. Dann bin ich wohl lieber vorsichtig.«

»Pass auch mit dem Kabel auf. Es ist ziemlich dick, und du könntest darüber stolpern.«

»Der Anzug hält schon einiges aus.«

»Das bezweifle ich nicht, aber beim Laser bin ich mir nicht so sicher. Die Optik ist relativ ungeschützt.«

Elisabeth dreht das Modul so, dass sie seine Frontseite sieht. Etwas zurückgesetzt wird sie von einer Glasscheibe verdeckt, hinter der sie viele kleine Augen zu erkennen glaubt.

»Wenn der Strom eingeschaltet ist, darfst du aber nicht mehr so in die Optik sehen«, sagt Shania.

»Haha.«

»Lach nicht, Liz. Das ist ein hervorragend fokussierter Hightech-Laser, kein billiger Laserpointer. Du siehst den Strahl möglicherweise nicht. Er ist aber trotzdem da und brennt dir ein Loch ins Gesicht.«

»Das klingt, als hättest du mit solchen Unfällen Erfahrung?«

»Leider. In meiner ersten Praktikumsstelle ist das einem Kollegen passiert. Er hat tatsächlich visuell geprüft, ob der Laser funktioniert. Keine gute Idee.«

»Danke für die Warnung.«

Sich mit vieldimensionalen Topologien zu befassen, ist doch weitaus ungefährlicher. Im schlimmsten Fall sticht man sich mal mit einem Stift ins Auge. Elisabeth läuft um den Schacht herum. Das Artefakt schwebt noch immer vielversprechend – oder drohend – halb über der hüfthohen Einfassung. Sie platziert sich mit einem halben Meter Abstand dahinter und zielt mit dem Laser so auf das Artefakt, dass es sich in Richtung Tür bewegen müsste.

»Ich bin so weit«, sagt sie.

»Okay, schalte den Generator ein«, sagt Shania.

Shania bückt sich über das Gerät. Kurz darauf beginnt der Laser, in ihrer Hand zu vibrieren. Es ist kein Lichtstrahl zu erkennen, aber sie ist ja gewarnt. Die Vibration verstärkt sich, und nun zeichnet sich auch ein dünner, grüner Strich in der Luft ab.

»Der Generator muss erst auf volle Leistung hochfahren«, sagt Shania.

Nicht nur das Lasermodul vibriert jetzt, sondern ihr

ganzer Arm. Die schnellen Bewegungen übertragen sich auf den Anzug und auf ihren Körper, und ein Schauer läuft über ihren Rücken. In den bloßen Händen könnte sie den Laser längst nicht mehr halten. Selbst mit der Zusatzkraft der Motoren muss sie sich anstrengen, damit der Strahl nicht wandert.

Der Generator scheint jetzt auf höchster Stufe zu laufen, denn er wird nicht mehr lauter. Nun reagiert auch das Artefakt. Es schwebt langsam in die Richtung, in die Elisabeth mit dem Laser zeigt. Seine Bewegung mutet unwirklich an, geradezu magisch, weil sich ansonsten rein gar nichts verändert. Wie gelingt es dem Objekt, sich nicht von der Gravitation beeinflussen zu lassen? Schon eine solche Erfindung würde die Wirtschaft umwälzen. Kein Wunder, dass Einars Auftraggeber so freigiebig waren. Sollte ein solches Objekt nicht der ganzen Menschheit zur Verfügung stehen? Der Gedanke ist wahrscheinlich naiv. Wüssten alle davon, käme es wohl eher zu Kämpfen darum.

Das Artefakt schwebt jetzt genau über dem Schacht. Ihr Puls beschleunigt sich, obwohl sie weiß, dass sie keine Angst zu haben braucht. Sorgen sollte ihr vielmehr machen, dass alles so langsam geht. Aber sie haben nun einmal keinen stärkeren Laser. Wenn das Artefakt erst einmal im Jeep liegt, kommen sie hoffentlich schneller voran.

Ein Telefon klingelt. Einar öffnet die Augen.

»Wird ja auch Zeit«, sagt er.

Das Klingeln kommt von einem der beiden Männer auf der anderen Seite des Raums. Es hört nicht auf.

»Du wirst wohl nachsehen müssen«, sagt Elisabeth.

»Ich fürchte auch«, sagt Shania.

»Ich würde das ja übernehmen, aber ich bin gerade beschäftigt.«

Das Artefakt hat den Schacht überquert. Elisabeth ist erleichtert. Sie könnte den Laser auch kurz ablegen und den Toten wegräumen. Im Anzug fällt ihr das vielleicht leichter.

»Ich bekomme das schon hin, Liz.«

Es fühlt sich gut an, mit Liz angesprochen zu werden. Sie

mag die junge Frau, die ihre Tochter sein könnte. Shania zieht die eine Leiche nach links, dann die zweite nach rechts. Das Telefon kommt nicht zum Vorschein. Shania seufzt. Das Klingeln hört kurz auf, dann beginnt es von neuem. Es kommt eindeutig von rechts. Es muss dem Mann gehören, den sie getötet hat. Ihre Gedanken stocken kurz. *Es war Notwehr, Liz. Du bist keine Mörderin.* Shania hält sich mit links die Nase zu, beugt sich über den Toten und durchwühlt mit der rechten Hand seine Taschen.

»Endlich!«, ruft Shania, springt behende von der Leiche weg und hält das immer noch läutende Telefon in die Luft.

»Welche Nummer?«, fragt Elisabeth.

»Amerikanisches Mobilnetz. Soll ich rangehen?«

»Auf keinen Fall.«

Elisabeth wäre es lieber gewesen, Shania hätte eine russische oder chinesische Vorwahl gesehen. Freund hier, Feind da, das kommt ihr einfacher vor.

»Aber wenn sich niemand meldet, wissen sie auch, dass etwas faul ist«, sagt Shania.

»Vielleicht nehmen sie an, dass der Empfang hier unten schlecht ist.«

»Dafür ist es zu spät. Sie hatten ja schon einen Klingelton. Wir hätten ihnen die Geräte abnehmen und sie ausschalten müssen.«

»Wenn ich das nächste Mal jemanden umbringe, werde ich daran denken.«

Jetzt ist es schon so weit, dass sie Witze über das Töten macht. Stumpft man so schnell ab? Hoffentlich ist das der Schock.

»Ihr habt sowieso keine Chance«, sagt Einar.

Ein anderes Telefon klingelt. Es ist das Handy, das sie Einar abgenommen haben. Shania holt es aus ihrer Tasche.

»Dieselbe Nummer«, sagt sie.

»Pass auf, gleich melden sie sich bei dir«, sagt Elisabeth.

Sie erschrickt, als sie recht behält.

Shania betrachtet den Bildschirm ihres Telefons. »Unterdrückte Nummer.«

»Sie wissen, dass du nicht eingeweiht bist, also verstecken sie sich. Bestimmt fragen sie ganz unschuldig nach Einar.«

»Soll ich rangehen? Vielleicht sind es auch Freunde.«

»Bloß nicht. Der Zeitpunkt ist doch kein Zufall! Oder warte … Wenn sie gar nichts von uns hören, kommen sie vielleicht eher nachsehen, als wenn du irgendeine Ausrede gebrauchst.«

Shania drückt den Knopf, der das Gespräch annimmt.

»Hallo?«

»…«

»Einar? Bleiben Sie mir bloß mit Einar vom Leib!«

»…«

»Das Arschloch hat sich mit zwei Freunden unsere Taucheranzüge geschnappt, um ihnen die Silja-Spalte zu zeigen. Und ich darf darauf aufpassen, dass niemand aus dem Schacht flieht. Dabei ist der völlig leer!«

»…«

»Das Artefakt? Nie gehört.«

»…«

»Sind Sie sicher? Und woher weiß ich …?«

»…«

»Okay, okay, ich glaube Ihnen ja. Das blöde Ding steckt da unten und rührt sich nicht. Hier weiß keiner weiter.«

»…«

»Ja, da hat was geklingelt, aber Einars Kumpel hat mir extra gesagt, ich darf nicht an seine Sachen gehen.«

»…«

»Natürlich, ich sage es ihm, wenn er wieder da ist. Und wenn Sie ihn treffen, sagen Sie ihm, er soll seinen verdammten Arsch hierher bewegen, ich habe Hunger!«

»…«

»Ja-haa. Tschüss.«

Shania beendet die Verbindung. »Na, wie habe ich das gemacht? Ich glaube, er hat mir die Geschichte abgenommen. Einer der beiden Männer hat wohl mal gesagt, dass er gern in der Silja-Spalte tauchen würde.«

»Ich habe auch schon davon gehört«, sagt Elisabeth. »Sie

trennt die europäische und die amerikanische Kontinentalplatte. Du hast hervorragend reagiert. Wer war denn der Anrufer?«

»Es war eine weibliche, ziemlich junge Stimme, aber das kann ja täuschen. Vorgestellt hat sie sich als Mary, aber ich glaube nicht, dass der Name stimmt. Im Hintergrund hat etwas laut gerauscht.«

»Vielleicht eine alte Klimaanlage?«

»Das ist möglich. Hilft uns aber nicht weiter.«

»Das nicht, aber deine Geschichte. Ich schätze, dass sie uns zwei, drei Stunden Vorsprung gebracht hat.«

Elisabeth beobachtet das Artefakt. Es hat fast die Tür erreicht. Vielleicht noch zehn Minuten, dann können sie aufbrechen.

»Machst du mal die Tür auf, bitte?«, fragt sie.

Shania geht auf die Knie, krabbelt auf allen vieren zur Tür und drückt die Klinke herunter. Schlaues Mädchen – so kann nichts passieren, falls ihr plötzlich doch der Laser abrutscht. Die Tür schwingt nach außen auf. Das grüne Leuchten des Artefakts trifft bereits den Laderaum des Jeeps. Allerdings stimmt die Richtung nicht zu hundert Prozent.

»Ich muss wohl etwas korrigieren«, sagt Elisabeth.

Shania entfernt sich von der Tür. Sie kriecht an den Toten vorbei, steht wieder auf, geht zu Einar und prüft seine Fesseln. Der Isländer macht einen sehr schwachen Eindruck.

»Soll ich ihm die Fesseln etwas lockern?«, fragt Shania.

»Lieber nicht. Vielleicht verstellt er sich nur.«

Elisabeth geht ein paar Schritte um den Schacht herum und ändert so den Winkel, mit dem der Laser auf das Artefakt auftrifft. Jetzt dreht es sich auf der Stelle.

»Oh, schau mal!«, sagt Elisabeth.

Das Artefakt behält seine Rotation bei, obwohl sie es wieder zentral bestrahlt. So etwas wie Reibung scheint es für die Mannigfaltigkeit nicht zu geben. Aber warum reicht es dann nicht, sie einmal anzustoßen? Warum bleibt sie stehen, wenn Elisabeth den Laser abschaltet? Das ist unlogisch. Es muss etwas damit zu tun haben, wie die sechsdimensionale

Struktur das Artefakt in unserer vierdimensionalen Realität verankert. Vielleicht ist das Schwerezentrum entscheidend. Bei einer Rotation bewegt es sich nicht, bei einer Längsverschiebung hingegen schon. Sie muss sich all diese Merkwürdigkeiten einprägen, denn sie könnten den Schlüssel für das mathematische Verständnis dieser Mannigfaltigkeit liefern.

»Es ist noch ein bisschen zu hoch«, sagt Shania.

Elisabeth geht auf die Zehenspitzen, um die Höhe besser abschätzen zu können. »Ich glaube, nicht«, sagt sie.

»Aber der Boden der Ladefläche liegt bestimmt 30 Zentimeter niedriger.«

»Das macht nichts. Das Artefakt muss ja nicht auf dem Boden liegen. Hauptsache, es stößt oben nicht an, und das scheint mir gegeben.«

»Wie du meinst.«

Ist sie zu rechthaberisch? Ihre Tochter wirft ihr das manchmal vor. Laura! Sie muss sich unbedingt bei ihr melden. Aber nicht jetzt. Damit bringt sie Laura bloß in Gefahr. Wer immer an dem Artefakt interessiert ist, wird mit allen Kontakt aufnehmen, mit denen sie nach dem Zwischenfall kommuniziert hat. Da ist es besser, Laura weiß so wenig wie möglich.

Am liebsten würde Elisabeth ihre Tochter ja an einen sicheren Ort schicken, etwa in die amerikanische Botschaft. Ihre Befürchtung ist, dass man sie sonst gegen sie einsetzen könnte, so wie Einar vorhin Shania als Geisel benutzt hat. Aber ist die Botschaft denn wirklich sicher? Solange sie nicht mehr weiß, darf sie kein Risiko eingehen.

Langsam bewegt sich das Artefakt in den Laderaum des Jeeps. Es passt perfekt, als wäre das Fahrzeug für seinen Transport entworfen worden.

»Kannst du mir bitte beim Einparken helfen?«, fragt Elisabeth.

Shania stellt sich neben den Jeep. Sie zeigt den Abstand zur Lehne der Rücksitze mit den Händen an.

»Das sollte reichen«, sagt Elisabeth.

Shania läuft zum Generator und schaltet ihn ab. Der Jeep

ist sehr geräumig. Das Lasermodul stellt sie neben das Artefakt. Auf dem Rücksitz ist Platz für den Panzertauchanzug, den sie leider noch ablegen muss. Den Generator trägt Elisabeth zur Beifahrertür. Er passt dort in den Fußraum. Shania hilft ihr dabei, aus dem Panzer zu steigen. Dann wuchten sie die schwere, aber hilfreiche Hülle in das Auto.

Elisabeth steigt ein. Shania sitzt am Steuer. Das ist der Moment der Wahrheit. Wird sich das Artefakt am neuen Bezugssystem orientieren? Elisabeth schnallt sich an. Sie versucht, sich umzudrehen, aber ihr Muskelkater lässt das nicht zu. Also klappt sie die Sonnenblende so herunter, dass sie das Artefakt im Schminkspiegel sieht. Shania startet den Motor. Langsam rollt der Wagen voran. Das grüne Leuchten bleibt hinter ihr. Sie haben es geschafft!

Ein paar Minuten später fahren sie aus der Höhle ins Freie. Draußen ist zwar noch Tag, aber es ist fast finster. Ein Gewitter zieht gerade über den Vulkan hinweg. Regen peitscht, Blitze zucken und der Sturm heult. Genau das richtige Wetter, um mit einem außerirdischen Artefakt im Gepäck einen Berg zu verlassen.

»UND NUN?«, FRAGT SHANIA, WÄHREND SIE DEN JEEP ÜBER die Schotterebene rund um das Geothermiekraftwerk treibt.

Sie passieren gerade die sogenannte »ewige Dusche«, eigentlich ein Waschbecken, in das über ein Rohr aus dem Untergrund ständig warmes Wasser läuft. Ausnahmsweise begegnen ihnen hier heute keine fotografierenden Touristen. Shanias Frage hat Elisabeth befürchtet, weil sie sich gerade die gleiche gestellt hat. Was nun?

»So weit weg wie möglich«, sagt sie. »Und dann nachdenken.«

»So weit waren wir ja schon. Ich bin mir aber nicht sicher, wie weit wir kommen«, sagt Shania.

»Ich kenne jemanden, der uns vielleicht helfen kann.«

Elisabeth erzählt von den Campern, die sie am Hverir getroffen hat.

»Na dann – erst zum Hverir und dann in die Wildnis.«

»Ah, schon wieder die Schlammfrau!«

Elisabeth will das gute Gedächtnis des alten Geologen loben, da fällt ihr ein, dass sie ja erst gestern hier war.

»Ja, es tut mir leid, Sie erneut stören zu müssen.«

Der Geologe hat nur den oberen Teil der Tür geöffnet. Er steht mit nacktem Oberkörper vor ihr. Jetzt kommt auch noch seine Frau dazu, ebenfalls ohne Kleidung.

»Besuch, wir haben Besuch«, sagt sie und scheint sich ernsthaft zu freuen.

»Wir müssen uns nur erst einmal etwas anziehen«, sagt ihr Mann.

Elisabeth und Shania warten im Jeep, weil es noch immer heftig regnet. Elisabeth hat kein gutes Gefühl. Das Artefakt ist in der Dunkelheit weithin sichtbar. Sie kontrolliert immer wieder, ob sich etwas nähert. Drei Minuten später öffnet sich die Tür komplett und der Mann winkt sie herein.

»Ich will Sie auch nur ganz kurz stören«, sagt Elisabeth.

»Das ist doch kein Problem. Wir haben gerade Mittagsschlaf gemacht. Ab einem bestimmten Alter ist das sehr angenehm.«

»Ich hätte auch nichts gegen ein bisschen Schlaf«, sagt Shania.

»Sind Sie die Tochter?«, fragt der Mann. »Sie haben sich ganz schön verändert.«

»Shania ist meine jüngere Tochter«, schießt es aus Elisabeth heraus. »Laura, die Sie schon kennen, meine ältere.«

Shania wirft ihr einen kurzen Blick zu, spielt aber mit.

»Jetzt trinken Sie erst einmal einen Kaffee mit uns«, sagt der Mann und bittet sie an den Tisch.

Der Campingbus ist erstaunlich geräumig. Das Bett ist etwa

in Brusthöhe am Heck des Fahrzeugs. Es ist zerwühlt. Davor ist der Essbereich samt Küche. Links und rechts von einem niedrigen Tisch sind zwei Bänke angeordnet. Shania und Elisabeth setzen sich links, die Besitzer des Wohnwagens rechts. Auf dem Tisch stehen eine Kaffeekanne und vier Tassen, die die Aufschrift »Melitta« tragen. Elisabeth kennt dieses Wort nicht, vermutlich ist es Werbung. Die Frau gießt Kaffee ein.

»Leider haben wir keine Milch«, sagt sie. »Braucht jemand Zucker?«

Elisabeth und Shania schütteln synchron die Köpfe. Schweigend trinken alle Anwesenden. Elisabeth spürt, wie etwas von der Dramatik des Tages von ihr abfällt. Aber kann es sein, dass sie eben gerade erst einen Mann getötet und zwei andere schwer verletzt hat und um ein Haar selbst getötet worden wäre? Und jetzt sitzt sie hier seelenruhig beim Kaffee? Sie schiebt die Gedanken beiseite.

»Also, wie können wir Ihnen helfen?«, fragt der Geologe.

»Wir müssen für ein paar Tage aus der Zivilisation verschwinden. Dafür benötigen wir Methanol.«

Hoffentlich fragt er nicht nach den Gründen. Elisabeth friert. Sie legt ihre Hände um die warme Kaffeetasse.

»Da sind Sie an der richtigen Stelle«, sagt der Mann. »Unser Zusatztank ist voll. Wir können gern umfüllen.«

»Wie viele Gallonen haben Sie?«, fragt Elisabeth.

»Gallonen? Entschuldigung?«, fragt der Mann.

»Liter. Mum wollte wissen, wie viele Liter Sie uns zur Verfügung stellen können«, sagt Shania. »Wir bezahlen Sie natürlich.«

»Das ist nicht nötig. Wir haben mehr als genug Geld. Wenn Sie zurück sind aus der Wildnis und alle Probleme gelöst sind, erzählen Sie uns Ihre Geschichte, einverstanden?«

»Sehr gern«, sagt Elisabeth.

»Prima. Helfen Ihnen 150 Liter weiter?«

»Das ist mehr, als wir gehofft haben«, sagt Elisabeth.

»Dann können wir auch den Generator auffüllen«, sagt Shania. »Aber sind Sie dann nicht ohne Treibstoff?«

»Nein, wir bleiben hier noch eine Weile stehen, und wenn die Gefahr vorüber ist, tanken wir in Myvatn nach.«

»Wir danken Ihnen vielmals«, sagt Elisabeth.

Sie trinkt ihren Kaffee aus, steht auf und stellt die Tasse ins Spülbecken.

»Ich verstehe schon«, sagt der Mann. »Sie müssen wirklich dringend los.«

Elisabeth seufzt. »Ja, leider.«

Der alte Geologe ist wirklich ein Schatz. Selbst, als er das grüne Leuchten aus dem Jeep sieht, verliert er kein Wort darüber. Der Deal gilt. Sie wird ihm alles erzählen, wenn das hier überstanden ist. Gemeinsam füllen sie erst den Tank des Jeeps auf, dann den Generator. Dabei sieht der Mann auch den NewtSuit, scheint ihm aber keine Bedeutung beizumessen.

»Können Sie uns vielleicht noch einen Weg in die Wildnis empfehlen?«, fragt Elisabeth zum Schluss.

Der Mann holt eine Papierkarte aus seiner hinteren Hosentasche und faltet sie auseinander.

»Hier sind wir«, sagt er. »Sie fahren die Ringstraße Richtung Osten, bis Sie auf den Abzweig der F88 treffen. Sie führt in Richtung Süden bis zum Vatnajökull-Gletscher. Da sind Sie wirklich weit von jeder Zivilisation entfernt. Ihr Jeep dürfte für diese Straße genau das richtige Fahrzeug sein.«

»Und wie kommen wir von dort wieder weg?«, fragt Shania.

»Nun, es gibt keine durchgehende Nord-Süd-Verbindung, jedenfalls nicht hier. Über die F88 und die folgenden Straßen gelangen Sie in einem großen Bogen wieder auf die Ringstraße. Wenn Sie in Richtung Süden durchfahren wollen, müssen Sie in Richtung Akureyri fahren und dann auf etwa halber Strecke auf die F26 abbiegen.«

»Nein, das wollen wir nicht«, sagt Elisabeth. »Mein

Gefühl sagt mir, dass wir Akureyri besser meiden sollten. Die F88 sieht doch gut aus, oder, Shania?«

»Wie du meinst, Mum.«

»Dann wünsche ich Ihnen eine gute Fahrt«, sagt der Geologe.

»Halt, Moment!«, ruft seine Frau.

Sie steigt gerade mit einer Tüte in der Hand aus dem Campingbus.

»Sie können doch nicht ohne Proviant auf die Hochebene fahren!«

Elisabeth rollt das Seitenfenster herunter. Die Frau reicht ihr eine schwere Plastiktüte.

»Hier, nehmen Sie.«

»Aber das …«

»Keine Widerrede. Wir haben wirklich mehr als genug«, sagt die Frau.

»Bis auf Geschichten«, sagt der Geologe. »Wir warten auf Sie!«

# F

»GUTEN MORGEN, WINSTON«, SAGT MAX.

Er bekommt keine Antwort. Jetzt erst fällt ihm auf, dass der Platz hinter dem Schreibtisch leer ist. Wo ist Shous Assistent, der ihn sonst jeden Morgen freundlich grüßt? Max geht um den Schreibtisch herum, der ungewöhnlich aufgeräumt aussieht. Der Bildschirm ist gesperrt. Max wischt den Staub vom Bildschirmrand.

»Winston, kannst du bitte … Oh, was machen Sie denn hier, Max?«

Max zuckt herum. Es ist Professor Shou. Sie steht in der Tür zu ihrem Zimmer. Er fühlt sich erwischt, obwohl er doch gar nichts getan hat.

»Ich … Ich habe mich nur gewundert, dass Winston nicht da ist.«

»Verstehe. Ich habe auch nicht daran gedacht. Er muss heute zu einer Beerdigung. Aber wenn Sie schon da sind – wie kommen Sie denn mit der Themensuche voran?«

»Ich … Ja, es geht so.«

Das ist eine unbefriedigende Antwort, und prompt verzieht Shou das Gesicht.

»Aha. Nun, wie auch immer. Ich würde das übermorgen gern mit allen besprechen. Sagen Sie bitte Brad Bescheid? Winnie kann das ja heute nicht übernehmen.«

»Natürlich, Laura.«

Sie schließt die Tür hinter sich. Shou ist bestimmt enttäuscht von ihm.

Als er sein Büro betritt, sind Artem und Brad schon bei der Arbeit. Artem nickt ihm zu, aber Brad bemerkt ihn nicht einmal. Er trägt Kopfhörer und wippt mit den Füßen. Max tippt ihn an.

»Was ist denn?«, schreit Artem.

Die Musik in seinem Kopfhörer muss wirklich laut sein. Max signalisiert ihm mit einer Geste, dass er sie leiser stellen soll, doch Brad versteht ihn nicht. Also nimmt Max ihm den Kopfhörer ab.

»He!«

»Ich soll dir etwas von Shou ausrichten.«

»Ach ja? Was?« Brad zieht die Augenbrauen hoch.

»Übermorgen will sie die Themen besprechen.«

»Einzeln oder in der Gruppe?«

Gute Frage. »Mit allen«, hat sie gesagt. Aber mit allen auf einmal oder einzeln?

»Das weiß ich nicht.«

»Und du hast nicht nachgefragt?«

»Nein.«

»Sehr hilfreich. Typisch Max.«

»He, lass ihn«, kommt ihm Artem zu Hilfe. »Du kannst ja selbst nachfragen.«

Artem ist nett. Max setzt sich an seinen Schreibtisch. Aber das Wummern aus Brads Kopfhörern treibt ihn zum Wahnsinn.

»So geht das nicht«, sagt er, dreht sich um und sieht Brad böse an.

Der allerdings hat die Augen geschlossen und bewegt rhythmisch den Kopf.

»Soll ich dir meinen Lieblingsplatz zeigen?«, fragt Artem.

»Wo denn?«

»Im Keller der Field Hall. Ein altes Archiv.«

»Ich will dich nicht stören.«

»Das ist schon okay. Ich muss sowieso mal weg vom Computer. Meine Augen brennen schon.«

»Dann lass uns gehen.«

»Vergiss deinen Computer nicht!«

Die Treppe ins B3 kommt Max bekannt vor. Aber er ist sicher, dass er hier noch nie war. Das alte Archiv der Mathematik-Abteilung sagt ihm überhaupt nichts. Artem geht zügig voran. Er scheint es eilig zu haben. Hoffentlich hält Max ihn nicht doch von einer wichtigen Arbeit ab.

Sie sind aber garantiert nicht die einzigen hier unten. Max zeigt auf die deutlich sichtbaren Abdrücke im Staub.

»Ich denke, der Staub ist hier ziemlich alt und dicht, deshalb halten die Spuren länger«, sagt Artem. »Komm, jetzt nach rechts.«

Am Ende eines langen Ganges erreichen sie einen Raum mit Tisch, Stuhl und regalbesetzten Wänden.

»Hier ist es«, sagt Artem. »Du kannst meine alte Stehlampe benutzen, wenn das Licht sich automatisch abschaltet.«

»Danke.«

Max packt seinen Computer aus. Bevor er ihn auf den Tisch stellt, wischt er mit der Hand über die Platte. Seine Finger bleiben sauber. Arbeitet etwa noch jemand hier unten?

»Zum Telefonieren musst du bis zur Treppe, aber der WiFi-Empfang ist eigentlich ganz gut.«

»Danke noch mal.«

»Wir sehen uns spätestens morgen.«

Max sieht sich um. Das Regal, das direkt hinter ihm steht, lässt am rechten Rand eine schmale Lücke. Er zeigt darauf.

»Was ist eigentlich dahinter?«

»Mehr Aktenordner? Keine Ahnung«, sagt Artem.

»Ist ja auch egal«, sagt Max. »Bis morgen dann!«

Zwei Stunden später kann er seine Neugier dann aber doch nicht mehr im Zaum halten. Max quetscht sich durch die Lücke. Den grünen Schein, der unter der Plane hervordringt, bemerkt er sofort. Er entfernt die Abdeckung. Ein wunderschönes Artefakt erscheint, so großartig, dass es ihm den Atem raubt. Ihm fällt sofort ein Name dafür ein. Möbius, so wird er es nennen, wenn die Bezeichnung auch nicht ganz korrekt ist.

Er rennt zur Treppe und wählt Artems Nummer. »Artem, Artem, bist du da?«

»Ich bin noch auf dem Weg.«

»Warum hast du denn gar nichts von dem Artefakt erzählt?«

»Artefakt?«

»Hinten in dem Raum, den du mir gezeigt hast.«

»Warte, ich komme gleich.«

»Ich muss dich noch um etwas bitten.«

»Dann raus damit.«

»Kannst du ein Spektrometer besorgen? Ich glaube, es könnte uns viel über das Objekt verraten.«

»Ich hole im Labor eins, kein Problem.«

Max kehrt zu dem leuchtenden Objekt zurück. Es liegt in der Ecke, als hätte es jemand für ihn hier abgestellt. Wenn er es betrachtet, glaubt er, die Ewigkeit zu sehen. Dieses unmögliche Artefakt wird sein Leben verändern. Ein Schauer läuft über Max' Rücken.

»Du glaubst wirklich, das Artefakt ist ewig?«, fragt Artem.

»Das ist ganz eindeutig. Die Zeitdimensionen sind eingerollt. Nur so lässt sich die Projektion erklären, die wir sehen.«

»Wahnsinn! Meinst du, das bringt uns den Nobelpreis?«

»Kaum, Artem. Sobald wir den Fund melden, werden sie

uns nicht mehr daran arbeiten lassen. Wir sind nur zwei kleine Postdocs. Deshalb müssen wir jetzt so viel wie möglich darüber herausfinden.«

Das Spektrometer zielt immer noch auf das geheimnisvolle Objekt, aber bei aller Begeisterung ist Max von den Messungen des Geräts ein bisschen enttäuscht. 550 Nanometer, das hätte er beinahe auch so raten können. Es ist ein mittleres Grün, das sieht man ja. Er hatte gehofft, mit Hilfe des Spektrogramms etwas über die Natur des Artefakts zu erfahren. Aber es besteht nur aus Licht.

Nur – okay, das ist die Untertreibung des Jahrhunderts.

»Das ist ja ein überwältigender Anblick. Aber wie kann das funktionieren?«, fragt Artem. »Ich meine die Schleifen. Was hält die Photonen darin?«

»Das muss eine Struktur sein, die in höheren Dimensionen eingebettet ist. Wir sehen das Rohr einfach nicht, durch das sich das Licht bewegt.«

Artem berührt das Artefakt. »Stimmt, man kommt mit dem Finger nicht so richtig an die Oberfläche. Es fühlt sich an wie ein dünner Film, der darüber liegt.«

»Ich frage mich, was es mit der Kälte auf sich hat«, sagt Max.

»Niedrige Wärmekapazität, ganz einfach. Photonen können Energie nur quantisiert aufnehmen. Da hast du mit ein bisschen Infrarot keine Chance.«

Das ist nachvollziehbar. Max betrachtet die steile Linie auf dem Bildschirm. Viel mehr werden sie nicht erfahren.

»Ich schalte das Spektrometer dann mal aus«, sagt Artem, macht einen großen Schritt über das Stromkabel und bleibt mit dem Absatz daran hängen. Mist! Das wird teuer! Max springt nach vorn und schafft es in letzter Sekunde, das Messgerät festzuhalten. Artem aber stürzt gegen die Wand.

Sein Kollege rappelt sich wieder auf. Er hält eine Hand an seinen Kopf.

»Blutet es?«, fragt Max.

»Nein, nur eine fette Beule.«

»Sorry, aber ich musste das Gerät …«

»Da hast du völlig richtig gehandelt. Nicht auszudenken, wenn ich es heruntergerissen hätte. Gute Reaktion!«

»Tut mir trotzdem leid.«

»Ist doch nichts passiert. Aber schau mal, die 550-Nanometer-Linie!«

Die Linie auf dem Bildschirm ist deutlich kürzer als vorher. Ist das Spektrometer etwa doch beschädigt? Max rückt es zurecht, und die Linie wächst wieder.

»Warte mal, die Intensität scheint vom genauen Ort der Messung abzuhängen«, sagt Artem.

Max verschiebt das Messgerät noch einmal, und wieder verändert die Linie ihre Höhe.

»Das ist ja spannend. Das Artefakt sieht doch an allen Stellen gleich hell aus.«

»Ich denke, das Auge hat ein zu niedriges Auflösungsvermögen.«

»Und was bedeutet das?«

»Es ist ein interessantes Phänomen. Aber weißt du, woran mich das erinnert? Früher hat man so ähnlich Informationen aufgezeichnet, mit unterschiedlich hohen Intensitäten von Licht.«

»Du meinst, es ist eine Botschaft?«

»Ja, Max. Es wäre zumindest möglich. Eine Nachricht aus einer anderen Zeit.«

Artem sieht auf die Uhr und gähnt dabei. »Es ist schon nach 4 Uhr nachmittags. Meinst du wirklich, wir sollten das heute noch durchziehen?«

»Ja, das meine ich. Willst du es denn nicht wissen? Es muss wichtig sein! Du siehst doch, was für einen Aufwand sie getrieben haben. Niemand tut das, um bloß ein paar Grüße zu schicken.«

»Aber du weißt doch gar nicht, ob wir überhaupt gemeint sind! Wenn du sagst, dass es ewig ist, können sich Absender und Empfänger doch irgendwo auf der Zeitachse befinden.«

»Nicht ganz. Was tust du denn, wenn du Menschen in der Zukunft etwas hinterlassen willst?«

»Okay, das ist einfach. Ich muss es nur aufschreiben und irgendwo aufbewahren, wo es erhalten bleibt. Du hast recht, es wird sich um eine Nachricht aus der Zukunft in die Vergangenheit handeln. Aber das ist auch ein ziemlich großes Intervall.«

»Du musst dabei auch beachten, wo wir das Artefakt gefunden haben. Jemand hat es hier deponiert, damit es gefunden wird, und zwar von uns. Als das hier unten noch ein richtiges Archiv war, ist das Artefakt ja wohl niemandem aufgefallen.«

»Du weißt aber nicht, wer sich in Zukunft noch hier unten aufhalten wird, Max.«

»Eine gewisse Ahnung habe ich schon. Du und ich zum Beispiel. Oder, wenn wir es melden, irgendwelche Leute vom Militär. Das Artefakt ist doch viel zu bedeutsam, um es Zivilisten zu überlassen. Ich habe, bevor du kamst, mal die Energiedichte überschlagen – es ist Wahnsinn!«

»Aber bisher wissen wir doch noch gar nicht, ob es sich überhaupt um eine Nachricht handelt.«

»Darum brauche ich dich ja, Artem. Wir müssen die These zumindest prüfen.«

»Und das muss unbedingt heute noch sein?«

»Bitte, Artem.«

»Na gut. Ich kann aber nicht garantieren, dass die Leute im Labor heute noch kooperativ sind.«

»Sie sollen doch nur die Spezialkamera herausrücken, mit der sie neulich das berühmte Gigapixelfoto gemacht haben.«

»Sie werden darauf bestehen, dass ich zu ihnen bringe, was ich damit fotografieren will.«

»Denk dir irgendeine Ausrede aus.«

»Ich versuche mein Bestes.«

Max hat ein schlechtes Gewissen. Das wird eine lange Nacht, und Artem hat vorhin schon gähnen müssen. Warum hat er ihn nicht einfach nach Hause geschickt? Weil er ohne Artems Beziehungen nicht weiterkommt. Sein Kollege hat schon so viel für andere gearbeitet, dass er fast überall einen Gefallen einfordern kann. Hoffentlich reicht es für die Kamera. Sie hat eine dermaßen hohe Auflösung, dass damit jede Art von Botschaft aus den Intensitätsmustern des Artefakts zu lesen sein müsste.

Aber hätte er nicht bis morgen warten können? Aus irgendeinem Grund spürt Max eine gewisse Eile, eine Dringlichkeit. Es ist, als könnte jederzeit jemand vorbeikommen und ihm seinen Fund wegnehmen. Dabei lässt der sich noch nicht einmal transportieren – zumindest nicht mit menschlicher Kraft. Max mag es gar nicht, sich auf ein Gefühl zu berufen. Seine Mutter hat ihm immer dazu geraten. Ein Gefühl sei bloß die unbewusste Summe seiner Erfahrungen. Aber das ist Quatsch. Es gibt Fakten. Darauf sollten Entscheidungen aufbauen. Und es gibt keinen objektiven Grund, warum sie die Messung nicht auf den nächsten Tag verschieben sollten.

»Da bin ich wieder!«, ruft Artem.

Max geht ihm entgegen. Artem kommt mit leeren Händen. Max' Körper versteift sich.

»Was ist los?«, fragt er.

»Sie rücken die Kamera nicht heraus. Zu wertvoll. Nur mit einer Empfehlung von Shou hätten wir eine Chance.«

»Auch morgen nicht?«

»Auch morgen nicht. Es ist halt nicht gerade vertrauensbildend, wenn ich nicht sagen will, worum es geht, und wenn auch niemand von ihnen mitkommen darf.«

»Verstehe. Das ist ja schade.«

Max schluckt. Ihm ist zum Heulen zumute. Morgen ist doch auch noch ein Tag. Morgen ist es zu spät. Woher kommt die dämliche Stimme in seinem Kopf?

»Tut mir leid, Max.« Artem legt ihm den Arm um die Schultern. »Ich weiß, das war dir wichtig.«

»Geht schon. Ich werde es überleben. Morgen ist auch noch ein Tag.«

»Aber die Kamera bekommen wir dann auch nicht, das ist dir klar?«

»Ja, Artem. Dann müssen wir uns eben etwas anderes ausdenken.«

»Das ist der Max, den ich kenne. Warum sollte es denn überhaupt die Gigapixelkamera sein?«

»Wegen ihrer Auflösung natürlich. Wir wissen ja nicht, wie breit die Helligkeitsveränderungen sind, die wir messen müssen.«

»Was hältst du denn davon, wenn wir es einfach mit der Kamera deines Telefons versuchen? Was hast du zu bieten?«

»32 Megapixel.«

»Das klingt doch gut. Wenn wir aus zwei Zentimetern Abstand fotografieren, bekommen wir ein gut aufgelöstes Bild.«

»Aber nur einen kleinen Ausschnitt aus dem Artefakt.«

»Das macht doch nichts. Wir brauchen wir es ja nur mehrmals zu wiederholen und bekommen so das ganze Objekt ins Bild. Am Computer setzen wir dann die Einzelfotos zusammen.«

»Das ist eine Menge Arbeit.«

»Aber es ist machbar. Komm, es ist noch nicht mal 6. Das schaffen wir heute noch.«

»Du hilfst mir dabei?«

»Na klar, Max.«

»Und wenn alles umsonst ist?«

»Das Risiko hast du in der Wissenschaft immer. Aber ich denke mir: Wenn uns da wirklich jemand eine Nachricht zukommen lassen will, dann doch so, dass wir sie auch lesen können. Eine Gigapixelkamera hat doch nun wirklich nicht jeder.«

Das Artefakt komplett zu fotografieren, ist Fleißarbeit. Max schießt die Bilder. Artem setzt sie mit einem selbstentworfenen Algorithmus zusammen. Allmählich nimmt das Artefakt auf dem Bildschirm Gestalt an.

»Sieht doch schon gut aus«, sagt Artem.

Besonders schwierig sind die Bilder von der Rückseite. Max entschließt sich, dazu auf das Artefakt zu klettern. Er zieht die Schuhe aus.

»Ernsthaft? Warum das?«, fragt Artem.

»Ich will es doch nicht beschmutzen«, sagt Max.

Unter den nackten Füßen fühlt sich das Artefakt gut an. Die Kälte ist spürbar, aber erträglich. Er muss nur achtgeben, dass er nicht stürzt. Für die letzten Aufnahmen lehnt er sich mit dem Oberkörper so über das Objekt, dass einer seiner Arme seine Brust stützt. Wenn das Artefakt nun in diesem Moment seine Arme öffnet und ihn mit in seine Dimensionen nimmt? Unsinn. Es ist kein lebendes Objekt. Seine dreidimensionalen Bestandteile folgen den Regeln dieses Universums. Bis auf eine: Sie altern nicht.

»Danke, das war das letzte fehlende Bild«, sagt Artem.

Es ist kurz vor 10. Sein Magen knurrt. Aber jetzt abzubrechen, kommt nicht in Frage.

»Startest du die Analyse?«, fragt Max.

»Läuft schon.«

Der Algorithmus, den Artem programmiert hat, teilt einen Ausschnitt des Bildes in immer kleiner werdende Abschnitte und untersucht, ob sich darin Sinneinheiten befinden, also Folgen von unterschiedlichen Grün-Intensitäten, die sich als Information interpretieren lassen. Artem hat bei der Verarbeitung der Aufnahmen bereits herausgefunden, dass es wahrscheinlich 256 verschiedene Werte gibt. Das ergibt ein Alphabet mit maximal 256 Zeichen.

»Und, siehst du etwas?«, fragt Max.

»Die Auflösung ist ziemlich gering. Jeder Buchstabe ist zwei Millimeter breit.«

»Zwei Millimeter breite Streifen? Warum sieht das Artefakt dann nicht scheckig aus?«

»Es sind alles verschiedene Grüntöne, deren Stärke nur um etwa ein Drittel schwankt. Das können unsere Augen nicht auflösen. Vielleicht ist auch nicht das ganze Artefakt damit bedeckt.«

»Und wie hoch ist eine Zeile ungefähr?«, fragt Max.

»Etwa ein halbes Zoll.«

»Das erinnert mich an die Barcodes, die auf alle möglichen Verpackungen gedruckt werden.«

»Stimmt, Max. Die kodieren aber nicht mit der Helligkeit der Striche, sondern mit deren Dicke und Anordnung.«

Die Informationsdichte ist also relativ gering. Sein Vergleich mit der alten Datenspeicherungs-Methode auf DVDs ist damit unpassend. Das sieht wie ein Widerspruch aus. Das Artefakt kann nur mit zukünftiger Technik entstanden sein. Aber die Art und Weise, darauf Daten abzulegen, ist eher von vorgestern.

Klar! Es geht ja für die Absender auch darum, Menschen aus dem Vorgestern anzusprechen! Sie sollen in der Lage sein, die Botschaft ohne großen Aufwand zu finden und zu lesen.

»Sie setzen auf alte Technik, damit wir sie verstehen«, sagt Max.

»Ja, das habe ich mir auch schon gedacht. Aber nicht nur das«, sagt Artem.

»Nicht nur was?«

»Sie wollen auch, dass wir technisch in der Lage sind, selbst Text hinzuzufügen.«

»Stimmt. Sie wollen Antworten! Also los, lass uns schreiben, dass wir ihre Nachricht erhalten haben.«

Artem lacht. »Eins nach dem anderen, Max. Meinst du, sie können lesen, was wir dem Artefakt hinzufügen?«

»Es wäre logisch. Da es auf ewig in der Zeitachse steht, müssen alle Veränderungen daran zu allen Zeiten sichtbar sein.«

»Dann werden wir nie etwas schreiben«, sagt Artem.

»Wieso?«, fragt Max.

»Nun, angenommen, wir würden morgen etwas auf dem Artefakt notieren. Dann müsste unser Text ja, wie du sagst, zu allen Zeiten auf dem Ding lesbar sein. Also auch heute, bevor wir ihn überhaupt geschrieben haben.«

Hm. Max kratzt sich an der Schläfe. Das ist ein Argument, dem er nicht widersprechen kann. Es hat schon seinen Grund, warum Physiker einen gestörten Zeitablauf nicht mögen. Er führt immer irgendwo zu unlösbaren Widersprüchen.

»Mir fällt gerade nicht ein, warum du Unrecht haben solltest«, gibt Max zu.

»Haha, das muss schwer auszuhalten sein, oder?«

»He, ich habe kein Problem damit, wenn ich ausnahmsweise mal nicht recht habe.«

»Ist ja auch müßig«, sagt Artem. »Bisher wissen wir nicht einmal, was sie uns geschrieben haben, geschweige denn, wie wir darauf antworten können.«

»Die Lottozahlen von kommender Woche vielleicht?«

»Das wäre großartig. Wenn ich so ein Artefakt konstruieren würde, würde ich als allererstes mir selbst die Lottozahlen in die Vergangenheit schicken, damit ich mit 18 schon Millionär bin.«

»Tja, und dann wirst du in der Vergangenheit zum Säufer, studierst nicht mehr und kannst auch kein Artefakt entwickeln.«

»Ich? Säufer? Nie im Leben. Mein Vater hat getrunken, das war Abschreckung genug.«

»Na gut, dann gewinnt eben jemand anderes nicht, weil du gewonnen hast. Dieser andere Gewinner stürzt daraufhin ab, wird zum Terroristen und entführt unsere Präsidentin.«

»Ich verstehe schon, was du sagen willst, Max. Vorsicht beim Umgang mit der Vergangenheit. Es gäbe allerdings einen Fall, wo wir nicht ganz so vorsichtig sein müssten.«

»Und der wäre?«

»Wenn der Zeitablauf umgekehrt wäre. Falls die Vergangenheit die Zukunft ist, müssten wir sie gefahrlos verändern können. Sie ist ja noch nicht geschehen.«

»Gefahrlos? Hast du je einen ›Terminator‹-Film gesehen?

Da verändern sie dauernd die Zukunft, und es ist immer gefährlich.«

»Alle acht Teile und die Netflix-Serie! Aber das ist doch Fiktion. Wir haben schon 2028, es gibt immer noch keine Maschinen, die die Macht übernommen haben, und wir befinden uns auch nicht im Krieg.«

»So meine ich …«

Max' Computer piept.

»Oh, er ist fertig«, sagt Artem.

»Zeig, was hat er?«

Max springt auf. Der Bildschirm zeigt verschiedene Textzeilen, die allerdings nicht zusammenzuhängen scheinen.

»Brauchst einen Laser«, liest Artem vor. »…rate das niemandem. Niemand wird … dringend handeln …«

»So ergibt das keinen Sinn«, sagt Max und lässt die Mundwinkel sinken.

Wenn man in einer zufällig zusammengestellten Buchstabenwüste lange genug nach Sinn sucht, wird man etwas finden.

»Kennst du die Geschichte von den Affen, die nur lange genug tippen müssen, damit irgendwann ›Moby Dick‹ herauskommt?«, fragt er.

»So ist es hier nicht«, sagt Artem. »Hab noch ein bisschen Geduld. Wir müssen die Wortgruppen nur sortieren.«

Max sieht auf die Uhr. Es ist halb zwölf. Er hätte Artem längst nach Hause schicken sollen. Morgen muss er sich um seine Diplomarbeit kümmern. Sein Kopf schmerzt, und er hat plötzlich großen Durst.

»Lass uns für heute abbrechen. Morgen können wir uns das doch auch noch ansehen.«

»Das kommt gar nicht in Frage«, sagt Artem. »Ich mache eine kurze Kontextanalyse, und dann bekommst du einen durchgehenden Text.«

»Und auf den Inhalt ist Verlass? Es ist keine zufällige Zusammenstellung?«

»Mit GPT-4 ist das wirklich kein Problem. Das ist die perfekte Aufgabe für so eine KI.«

»Na gut. Wie lange dauert das?«

»Ich werfe es der KI vor, sage ihr, dass sie es sinnvoll sortieren soll, dann haben wir ein, zwei Minuten später das Ergebnis.«

»Okay.«

Max läuft in dem kleinen Raum auf und ab, der von dem Artefakt so magisch beleuchtet wird. Was soll er bloß davon halten? Die mehrdimensionale Struktur ist definitiv nicht von dieser Welt. Nicht von der heutigen. Aber Botschaften? Wer versteckt einen so ausgeklügelten Briefkasten in einem alten Archiv? Ist das Artefakt hier gebaut worden? Aber wenn es ewig ist, musste es dann überhaupt gebaut werden? Und wenn es sich schon immer hier befindet, warum ist es dann früher niemandem aufgefallen, als hier noch Publikumsverkehr war? Das ist alles nicht logisch. Wenn Kausalitäten verletzt werden, kommt uns das unlogisch vor. Aber daran muss er sich wohl gewöhnen.

Warum fällt ihm das bloß so schwer? In seiner eigenen Theorie geht es doch zuweilen auch unlogisch – aber folgerichtig – zu. Er hat das noch nicht alles durchgerechnet, dazu ist er ja hierher, nach Princeton gekommen, aber die Zeit zerbricht in seiner Theorie genauso in kleine Stücke wie der Raum. Diese Stücke anders anzuordnen, sollte unter den richtigen Umständen möglich sein. Er beneidet die Quantenphysiker. Sie haben die Gewöhnungsfrage schon hinter sich. *Spukhafte Fernwirkung*, *Gott würfelt nicht*, das sagt heute niemand mehr. Er hat sich immer vorgestellt, dass seine Theorie ähnliche Auswirkungen auf die andere Hälfte der Physik haben würde, aber im Moment ist er sein größter Skeptiker.

»Ich habe hier etwas für dich«, sagt Artem und rückt mit dem Stuhl zur Seite.

Max kniet sich neben ihn. Gemeinsam lesen sie, was die KI aus den Satzfetzen zusammengestellt hat.

## Princeton, 6. Juli 2030

Hallo Max!

Es fühlt sich seltsam an, einen Brief an sich selbst zu schreiben. Vor allem, weil er so wichtig ist, aber auch, weil ich nicht weiß, wann du diese Botschaft lesen wirst (mein Gott, ich habe ›Botschaft‹ geschrieben, wie das klingt!). Morgen? Nächste Woche? Kommendes Jahr?

Die gute Nachricht zuerst: Deine, also meine, das heißt unsere Theorie funktioniert. Die Zeit zerbricht unter gewissen Umständen tatsächlich in kleine Stücke. Bezüglich der exakten Bedingungen bin ich noch nicht ganz sicher. Aber dass es sich so verhält, ist völlig klar, denn das ist der Grund, warum ich so langsam vorankomme.

Die Länge einer Zeiteinheit liegt offenbar bei exakt einem Tag. Wenn du aufwachst, hast du alles vergessen. Das macht die Erforschung des Artefakts so schwierig. Ich glaube zwar, es heute entdeckt zu haben, nachdem Artem mir das alte Archiv zeigte, aber sicher bin ich nicht. Vielleicht habe ich zum hundertsten Mal davorgestanden, ohne je auf die Idee gekommen zu sein, meine Telefon-Kamera darauf zu halten. Vielleicht habe ich das Artefakt aber auch jeden Tag fotografiert, war nur nie so schlau, mit einem Laserpointer eine Nachricht zu kodieren.

Zumindest das kann ich nun ändern. Also, du hast richtig gelesen. Du brauchst einen simplen Laserpointer, grün. Um die Intensität des Artefakts an einer bestimmten Stelle zu verändern, beleuchtest du es dort mit dem Pointer. Je länger, desto heller wird es. Ich hänge unten eine Tabelle mit meinen Erfahrungswerten an.

Die Prozedur ist einfach, braucht aber Zeit, die du einplanen musst. Denk daran: Was du nicht bis Mitternacht auf dem Artefakt festgehalten hast, wirst du erbarmungslos vergessen. Natürlich gibt es noch jede Menge offene Fragen. Wer hat das Artefakt gebaut? Waren wir das vielleicht sogar selbst, um das Vergessens-Problem zu lösen, haben es aber vergessen? Haha! Was ist mit der Zeit geschehen? Verhält sie sich schon immer so? Dir fallen bestimmt weitere Fragen ein. Ach ja, melde dich doch mal bei Liz. Sie studiert in der

Mathematik-Abteilung Topologie. Ich habe das Gefühl, dass sie uns helfen kann. Außerdem ist sie nett.

Ergänzung. Princeton, 12. April 2030

Max. Es ist alles noch viel schlimmer. Ich habe dir geschrieben, dass du am nächsten Tag alles vergisst, was du am vorigen gelernt hast. Aber das ist Unsinn. Du hast es einfach nie gelernt. Der Tag, an dem du diese Nachricht gelesen hast, wird in der Zukunft liegen, sobald dein neuer Tag anbricht. Und zwar in einer unerreichbaren Zukunft. Das ist der Clou, und unser Untergang. Statt dass die Zeit voranschreitet, bewegen wir uns zurück in die Vergangenheit, in 24-Stunden-Schritten.

Das Schlimme ist: Ich hätte es eigentlich wissen müssen. Es ergibt sich aus meiner eigenen Theorie, wenn man sich alle Parameter genau ansieht. Der Zeitfaktor ist negativ. Wir leben in einem Bereich des Universums, in dem die Zeit rückwärts verläuft. Ich habe keine Ahnung, ob das normal ist. Meine Vermutung ist – aber lass dich bitte nicht davon beeinflussen: Das Universum hat seine maximale Ausdehnung irgendwann in der Vergangenheit erreicht. Danach hat es sich an sich selbst reflektiert und zieht sich nun wieder zusammen. Es schrumpft aber nicht nur in den räumlichen Dimensionen, sondern auch in der Zeit. Alles läuft rückwärts ab, bis wir wieder den Urknall erreichen werden.

Warum sage ich, dass das schlimm ist? Du wirst es selbst noch entdecken. Aber für mich bedeutet es, dass das Leben sinnlos geworden ist. Wir werden nie wieder etwas dazulernen, keine Bekanntschaften machen. Im Gegenteil, unser Wissen wird abnehmen, wir erinnern uns nicht mehr daran, dass wir einmal verliebt waren, und verwandeln uns von Erwachsenen in Kinder zurück. Das einzig Gute daran ist, dass wir nichts davon bemerken, weil wir keine Erinnerung an eine Zukunft haben können, die nie geschehen sein wird.

Ergänzung 2. Princeton, 21. Oktober 2029

Sorry, Max. Bei der letzten Nachricht muss ich besonders deprimiert gewesen sein. Ich habe unser Thema heute auf der Konferenz in Harvard vorgestellt. Die Resonanz war, sagen wir mal so: gemischt. Danach war ich so frustriert, dass ich nach Hause gefahren bin und mich hier im Archiv verkrochen habe. Anscheinend geschieht es wirklich nicht so häufig, dass ich das Artefakt so gut verstehe, dass ich auf die Botschaften stoße. Aber heute habe ich es geschafft, weil ich eine Eingebung hatte, die sich aus meiner Theorie ergab. So unbrauchbar kann sie also nicht sein. Das versöhnt mich etwas mit dem heutigen Tag. Ich täte gut daran, sie regelmäßig selbst einzusetzen. Aber leider werde ich gestern davon noch nichts wissen. Vergiss, was ich oben geschrieben habe. Der täglich neue Wettlauf zur Erkenntnis kann durchaus ein Lebensinhalt sein.

Ergänzung 3. Princeton, 17. Juni 2029

Hallo, jüngere Version von mir! Meine Hochachtung für deine Gleichungen. Ich weiß gar nicht, ob ich heute noch darauf gekommen wäre. Aber ich bin sie mal systematisch durchgegangen. Die temporalkosmologische Konstante, wie du sie nennst, ist negativ, jedenfalls in unserem Universum. Weißt du, was das heißt? Die Zeit läuft rückwärts. Okay, du weißt, was das heißt. Aber du ahnst vermutlich nicht, was das bedeutet. Na gut, ich habe es nicht geahnt. Mein früheres Ich ist ja vielleicht schlauer. Also, es heißt, dass die Zusammensetzung des Universums anders sein muss, als es die Messungen der Hubble-Konstante besagen. Es muss jede Menge negativer Energie geben. Damit meine ich nicht die Dunkle Energie. Na ja, ich langweile dich dann nicht weiter damit, du weißt es ja bestimmt schon.

Ergänzung 4. Princeton, 5. Februar 2029

Brrr, im Winter ist es hier unten leider saukalt, aber das weißt du bestimmt auch schon, Max. Ich habe heute morgen deinen Tipp aus der Zukunft beherzigt und mit Liz gesprochen. So eine hilfsbereite Frau! Und auch noch hübsch! Sie hat mir jede Menge wichtige Hinweise gegeben, durch die ich schon um kurz nach 6 den Inhalt der Nachrichten entschlüsseln konnte. Ich glaube, so früh habe ich es noch nie geschafft. Falls du es mir nachmachen willst, lies dir vorher noch ein paar Grundlagen zur Topologie an. Sie sieht zwar großzügig über dein mangelndes Grundwissen hinweg, aber es ist doch besser, nicht als kompletter Idiot rüberzukommen.

Keine Sorge, ich vergesse nicht, dir den Tipp weiterzugeben, der mir so viel Zeit gespart hat. Lies einfach das dritte Kapitel im Moschella/Olsen-Buch über Mannigfaltigkeiten. Es sind nur zehn Seiten. Und sag Liz schöne Grüße von mir. Ihre Lieblingsblumen sind übrigens Tulpen, und sie mag kalifornischen Rotwein.

Ergänzung 5. Princeton, 30. November 2028

Leute, ihr hättet mich ja wirklich warnen können. Shou will meine kleine Arbeit über meine Theorie in *Nature* veröffentlichen lassen! Es ist zwar nur einer der kleineren Magazin-Ableger, aber wenn ich das gewusst hätte, wäre ich doch noch ein wenig gründlicher vorgegangen. Irgendein Tipp zu den Lottozahlen wäre auch sehr freundlich gewesen. Dann wäre ich jetzt nicht quasi bankrott, nur weil ich Liz vor lauter Freude über Shous Idee in ein hübsches Steak-Restaurant eingeladen habe. Und dabei ist sie Vegetarierin!

Wenigstens habe ich ihr die richtigen Blumen mitgebracht. Leider hat sie heute noch einen Termin, sodass ich nun hier sitze und diese Ergänzung schreibe. Ehrlich gesagt, interessieren mich eure großartigen Ideen heute gar nicht besonders. Das liegt wohl daran, dass ich verliebt bin.

Und wenn ich euch richtig verstehe, werde ich morgen nichts mehr davon wissen, weil morgen eigentlich gestern ist? Das ist doch Scheiße! Darum schickt ihr mir auch keine Lottozahlen, stimmt's? Denn die Ziehung vom kommenden Wochenende werde ich ja auch nicht mehr erleben. Immerhin bewirkt dieser bekloppte Zeitablauf, dass ich nicht in der Lage bin, Paradoxa zu verursachen, denn all meine Dummheiten sind ja nach Mitternacht ungeschehen. Danke auch.

Übrigens ist dieser Eintrag der Beweis, dass man das Rätsel des Artefakts auch unter dem Einfluss einer halben Flasche Rotweins lösen kann. Kalifornischen natürlich. Prost!

Ergänzung 6. Princeton, 15. September 2028

Max: Lass es. Komm nicht mehr hierher.

Ergänzung 7. Princeton, 4. September 2028

Hallo Max, Artem hier. Nachdem ich dir das Archiv fast jeden Tag empfehle, bin ich heute meinem eigenen Ratschlag gefolgt und habe dabei das Artefakt entdeckt. Auch wenn ich seinen Aufbau nicht ganz verstehe, finde ich es doch sehr beeindruckend.

Du bist heute mit Liz unterwegs. Wenn deine Theorie stimmt, wirst du mir morgen nichts davon erzählen, denn du wirst den Ausflug nie unternommen haben. Das finde ich sehr traurig. Wirst du deshalb in elf Tagen diese kurze Warnung geschrieben haben? Wie formuliert man eine zukünftige Vergangenheit eigentlich grammatikalisch korrekt?

Ergänzung 8. Princeton, 2. August 2028

Hallo Artem, hallo Max. Ich stelle fest, dass ich hier immer nur an mich selbst schreibe. Dabei ist es doch genauso wahrscheinlich, dass wir beide, du und ich, das Artefakt gemeinsam entdecken. Schließlich begleitest du mich doch hier nach unten, um mir das alte Archiv zu zeigen. Also, sorry, Artem, du bist wahrscheinlich zu bescheiden, um es mir zu sagen, und ich bin zu egoistisch, um von selbst daran zu denken.

Nein, außer heute natürlich. Heute bin ich tatsächlich allein hier unten, weil du ziemlich wütend auf mich bist. Ich habe es aber auch verdient. Du siehst mich zerknirscht. Leider werde ich das morgen schon wieder vergessen haben, falsch, ich werde nie zerknirscht gewesen sein. Noch schlimmer! Aber das Artefakt hält meine Zerknirschtheit nun für die Ewigkeit fest. Dann hat das unnütze Ding wenigstens einen Zweck.

Falls du, Max, das hier liest, entschuldige dich bitte heute noch in meinem Namen bei Artem. Es ist natürlich völlig okay, dass er mit Liz ausgeht. Ich traue mich ja nicht einmal, sie anzusprechen! Und in Zukunft sicher noch weniger, weiß ich doch nun, dass das alles keinen Sinn hat.

Ergänzung 9. Princeton, 31. Juli 2028

Ihr spinnt doch alle! Wer hat sich diesen Müll ausgedacht?

Ist das ein verdammter Trick? Los, komm raus, Artem, und gib zu, dass du dahintersteckst.

Ergänzung 10. Princeton, 21. Juli 2028

Hallo, Max. Ich weiß gar nicht, was ich sagen soll. Ich hinterlasse diese Nachricht nur, damit du siehst, dass du das Geheimnis gar nicht so selten entschlüsselst. Aber ich weiß leider nicht, was ich damit anfangen soll. Dabei habe ich das Gefühl, dass es jemand extra meinetwegen hier platziert hat.

Ist das möglich? Wenn die Zeit rückwärts verläuft, wie ihr sagt, dann müsste jemand in der Zukunft den Plan gefasst haben, mir das Artefakt zur Verfügung zu stellen. Welche Funktion hat es? Wenn du, der das liest, dieser Mensch aus der Zukunft bist, warum hast du keine Gebrauchsanweisung beigelegt? Oder wusstest du nicht, was du da tust? Kannst du nicht jetzt noch etwas dazuschreiben? Vermutlich nicht, weil es sonst schon hier stehen würde, denn die Zukunft ist meine Vergangenheit.

Oh, Mann. Wenn wenigstens Artem hier wäre. Mit dem kann man über solche Probleme gut reden.

Ergänzung 11. Princeton, 4. Juli 2028

Einen schönen Feiertag allen, die das lesen! Draußen geht es gerade rund. Mir sind das zu viele Menschen, also habe ich mich im Archiv versteckt, und was finde ich da? Na, ihr wisst es ja schon, ihr meine zukünftigen Ichs. Wie es aussieht, hat euch die zusätzliche Erfahrung nicht viel gebracht. Das macht mich skeptisch, dass ich heute besonders weit komme. Im Laboratorium werden sie sich wundern, dass die Tür aufgebrochen, aber nichts geklaut wurde bis auf einen Laserpointer. Ach nein, sie werden nie dazu kommen, sich zu wundern. Oder werden sie sich gewundert haben?

Dieses Zeitchaos bringt mich ganz durcheinander. Könnte nicht jemand von euch mal überprüfen, ob es nur auf der Erde herrscht? Ich meine, das kann doch nicht der Modus operandi des Universums sein. Richtig? Selbst wenn man sich vorstellt, dass der Kosmos in sich selbst reflektiert wurde, ist doch dieses Zeitfenster von 24 Stunden kein Zufall! Es gibt im Sonnensystem einen Planeten mit dieser Rotationsperiode, und ausgerechnet die hat sich die Zeit als kleinste Einheit gewählt? Max, Artem, da steckt doch Absicht dahinter, merkt ihr das nicht?

Nein, euch ist es noch nicht aufgefallen. Sonst würde ich ja hier davon lesen. Gelesen haben. Gelesen haben werden. Fick dich, Grammatik.

»Wow«, sagt Artem.

»Harter Tobak«, sagt Max. »So viel zum Nachdenken.«

»Und so wenig Zeit.«

Max sieht auf die Uhr des Computers. Es ist eine Minute vor Mitternacht. Was wird dann passieren? Er hat den Übergang noch nie bewusst erlebt. Die Logik sagt, dass er nach Mitternacht in seinem Bett im WG-Zimmer liegen müsste, denn dort hat er sich ja gestern aufgehalten. Und wenn nun das Artefakt eine Rolle spielt? Es liegt in der Ecke und leuchtet grün. Es ist immer da und wartet. Max' Herz schlägt bis zum Hals, während die letzte Minute vergeht. Der kommende Tag, gestern also, könnte wichtig werden, denn sie werden das A…

# 6

Elisabeth atmet tief durch. Die Landschaft hier draußen ist großartig. In Richtung Norden breitet sich eine Schotterebene aus, deren Ränder schneebedeckte Berge krönen. Sie läuft ein paar Schritte in die Ebene hinein. Sich zu verirren, ist fast unmöglich, weil der kleinste Strauch auf einige Kilometer Entfernung zu sehen ist.

Zunächst hat ihnen das Angst gemacht. Verfolger würden sie schon aus großer Entfernung ausfindig machen können. Aber die Piste, auf der sie fahren, besitzt eine natürliche Geschwindigkeitsbegrenzung – all die größeren und kleineren Felsbrocken, die es oft gar nicht gut mit den Reifen meinen. Kein Wunder, dass jedes Fahrzeug hier ein Ersatzrad auf dem Rücken trägt.

Es sind ihnen allerdings gestern nur zwei Autos begegnet, und heute morgen noch gar keines. Vermutlich liegt es daran, dass die Touristen sich wegen des befürchteten Vulkanausbruchs vor allem in den wenigen Städten aufhalten. Elisabeth sieht zurück zu ihrem Jeep. Das grüne Leuchten ist von hier aus noch gut zu erkennen.

Sie schlägt einen großen Bogen, um sich dem Fahrzeug von Osten zu nähern. So trifft sie automatisch auf den Fluss, der hier die Straße überquert. Das ist wörtlich gemeint. Ihnen steht nachher noch die erste Durchquerung einer Furt bevor.

Elisabeth macht am Ufer des Flusses halt. Hier wachsen ein paar gelbliche und grünliche Flechten und Algen. Sie zieht die Schuhe aus und balanciert über die abgerundeten Steine bis zum Wasser.

Es ist eisig. Sie sieht sich kurz um. Natürlich ist sie immer noch allein. Also zieht sie den Pullover und das lange Unterhemd aus und spritzt sich das eiskalte Wasser auf Brust, Bauch und Rücken. Am liebsten würde sie sich ganz ausziehen, aber dafür fehlt ihr dann doch der Mut. Ihre Füße, die die ganze Zeit im Wasser stehen, fühlen sich schon wie abgefroren an.

»He, ich will auch!«, ruft Shania.

Die junge Frau nähert sich ihr winkend am Ufer. Einem ersten Instinkt folgend, will Elisabeth nach dem Unterhemd greifen, aber das liegt ein paar Meter entfernt auf den Steinen. Sie sind doch hier auch unter sich. Elisabeth richtet sich auf und winkt zurück.

»Hallo Langschläferin!«, ruft sie.

»Es ist gerade mal halb acht, das ist doch sehr früh, Liz!«

»Ich bin schon seit sechs wach.«

»Dann hättest du ja schon mal Kaffee kochen können.«

»Du vergisst, dass wir weder Kaffee noch einen Kocher eingepackt haben.«

»Mist. Wie soll ich denn dann richtig wach werden?«

»Oh, da kann ich dir helfen«, sagt Elisabeth.

Sie bückt sich, steckt die Hände ins Wasser und bespritzt Shania kräftig damit.

»Ihhh, hör auf! Du machst mich ja ganz nass!«

»Es gibt nichts, was dich besser weckt als eiskaltes Wasser.«

»Aber so ist es doch nichts Halbes und nichts Ganzes«, sagt Shania und zeigt auf ihre Hose, die sie nachlässig bis zu den Knien hochgekrempelt hat.

»Du hast recht«, sagt Elisabeth.

Schnell zieht sie auch Hose, Strumpfhose und Unterhose aus und wirft alles auf die Steine am Rand. Im Umgang mit Kälte kommt es auf Geschwindigkeit an. Sie wäscht sich gründlich. Doch dann fällt ihr ein, dass sie ja nicht einmal ein Handtuch dabei haben. Also schnappt sie sich ihre Sachen, hüpft in großen Sprüngen zum Auto, setzt sich hinein und schaltet die Heizung auf die höchste Stufe. Kurz darauf kommt auch Shania.

»Ich muss zugeben, wach wird man von dieser Behandlung wirklich«, sagt Shania.

Elisabeth bricht ein Stück vom Brot ab, taucht es in die Olivenpaste und beißt hinein. Die Frau des Geologen hat ihnen zwei ganze Brotlaibe, Wurst, ein paar gekochte Eier, zehn Äpfel und ein großes Glas dieser Olivenpaste mitgegeben. Davon müssten sie sich zwei, drei Tage ernähren können. Wasser in trinkbarer Qualität liefern die Flüsse und Bäche, die immer wieder die Straße kreuzen.

»Du hättest meinetwegen ruhig länger schlafen können«, sagt Elisabeth. »Ich kann mich schon beschäftigen. Ich wache meist schon kurz nach fünf auf, wenn es so hell ist wie hier.«

»Nein, halb acht ist völlig okay. Der Tag gestern war nur besonders anstrengend.«

Elisabeth nickt. Ihr Muskelkater hat etwas nachgelassen.

»Ich habe auf der Karte gesehen, dass es etwas flussaufwärts einen kleinen Wasserfall gibt, Grafarlandsfoss«, sagt sie.

»Haben wir denn dafür Zeit?«, fragt Shania.

»Ich weiß nicht. Bisher haben wir wohl keine Verfolger.«

»Dann lass uns doch erst einmal die Furt hinter uns bringen.«

Elisabeth räumt die Reste des Frühstücks weg, während Shania das Fahrzeug inspiziert. Sie scheint keine Beanstandungen zu haben, denn kurz darauf sitzt sie wieder am Steuer.

»Oder willst du fahren?«, fragt sie.

Elisabeth schüttelt den Kopf. Sie hat den Fluss gesehen. Einfach wird das sicher nicht.

Shania lenkt den Jeep bis zur Einfahrt der Furt, die von

zwei Holzbalken begrenzt ist. »Langsam fahren« sagen zwei Schilder links und rechts auf Isländisch und Englisch. »Max 5 km, 4x4 only« hat jemand mit einem schwarzen Stift daruntergeschrieben.

Die Blutgefäße an Shanias Händen treten hervor. Elisabeth hat Mitleid, aber nicht genug, um das Steuer zu übernehmen. Sie würde zusätzlich auch noch mit den Zähnen klappern.

»Dann wollen wir mal«, sagt Shania. »Was kann denn schon passieren?«

Der Motor könnte absaufen, eine Achse könnte brechen, ein Reifen könnte platzen. Sie könnten mitten im Fluss liegenbleiben, potenziellen Verfolgern hilflos ausgeliefert. Elisabeth spricht nichts davon laut aus.

Der Wagen rollt voran. Der Kies knirscht unter den Rädern. Gefühlt fährt Shania eher 3 als 5 Kilometer pro Stunde. Jetzt sind sie schon komplett von Wasser umgeben. Ab und zu heult der Motor auf, wenn der Jeep einen besonders großen Stein überwinden muss. Der Fluss scheint das temporäre Hindernis zu ignorieren. Elisabeth beobachtet das Bodenblech, doch das bleibt trocken. Die Furt ist einfacher zu durchqueren, als es aussieht.

Jetzt bockt der Jeep. Den letzten Gedanken hätte sie nicht denken dürfen. Shania kneift die Lippen zusammen. Sie lässt den Wagen etwas zurückrollen und versucht es mit mehr Schwung. Der Motor jault. So ein Geräusch hat er noch nie von sich gegeben. Bleiben sie nun stecken? Elisabeth schiebt die Hände unter die Oberschenkel. Shania kämpft. Zurückrollen. Gas geben. Rumms. Lenkrad etwas nach rechts. Zurückrollen. Gas geben. Der Wagen macht einen Sprung. Das Wasser platscht. Ein paar Tropfen spritzen durch das offene Seitenfenster. Sie sind durch!

Jetzt wird die Furt auch wieder flacher und sandiger. Mit den kleinen Steinchen hat der Jeep kein Problem. Noch sechs Meter, noch fünf. Ein neues Geräusch, hinter ihnen. Ein großes, wütendes Insekt. Elisabeth sieht es im Rückspiegel. Es ist ein Helikopter. Ihre Verfolger sind da.

»Das sind sie«, sagt Elisabeth.

»Ich weiß«, sagt Shania.

Der Jeep fährt schneller als 5 km/h. Das Wasser spritzt. Hoffentlich liegt nicht noch ein zweiter großer Stein vor ihnen. Der Hubschrauber kommt näher. Der Jeep erreicht die Schotterpiste. Ihre Verfolger überholen sie am Himmel. Jemand ruft etwas von oben, aber der Jeep rast schon so schnell über die Piste, dass das Fahrgeräusch alles übertönt. Hinter ihnen wächst eine Staubfahne.

Etwa 200 Meter vor ihnen setzt der Helikopter zur Landung an.

»Halt dich fest«, sagt Shania.

Der Hubschrauber steht genau auf der Piste. Männer in Uniformen springen heraus. Der Rotor wirbelt Staub auf. Nur ihre Schemen sind zu erkennen. Sie sind zu fünft. Alle halten etwas in den Händen. Das können nur Waffen sein. Und Shania rast direkt auf sie zu.

»Stehenbleiben!«, schreit jemand.

Das erschließt sich Elisabeths Gehirn jedenfalls. Er könnte auch »Zeit vertreiben« oder »Creme verreiben« gerufen haben. Was hat Shania vor? Vertraut sie darauf, dass die Männer schon nicht schießen werden?

Da hat sie sich geirrt. Es knallt mehrmals hintereinander, gefolgt von einem Rattern. Die schießen auf sie! Etwas knallt gegen die Frontscheibe, doch sie hält. Spezialglas! Einars Jeep ist nicht irgendein Jeep. Woher konnte Shania das wissen? Elisabeth rollt schnell die Seitenscheibe hoch. Vielleicht hat Einar damit angegeben. Oder sie weiß mehr, als sie zugibt.

Einer der Männer rennt ihnen entgegen. Das ist ein Fehler. Shania hält auf ihn zu. Sie bremst auch nicht, als der Mann mit einem dumpfen Geräusch gegen die Kühlerhaube prallt. Die Stoßstange schleudert ihn zur Seite. Die anderen Männer stellen das Feuer ein und weichen zum Hubschrauber zurück, der noch immer die Piste blockiert. Shania fährt so nah heran, dass der Rotor den Jeep fast berührt, dann bricht sie nach rechts aus.

Der Wagen rumpelt den kleinen Abhang neben der Piste

hinunter. Auf der Ebene reißt Shania das Lenkrad nach links. Sie überholen den Helikopter. Zwei der Männer steigen wieder ein. Die zwei anderen laufen zu ihrem angefahrenen Freund. Der Jeep springt wie ein junger Schafbock. Die Ebene sieht nur auf den ersten Blick glatt aus. In Wirklichkeit ist es eine riesige Furt, nur ohne Wasser. »Max 5 km«, stand auf dem Schild. Shania fährt bestimmt 80. Und das Artefakt? Haben sie es schon verloren? Trotz ihrer schmerzenden Muskeln dreht sich Elisabeth um. Es ist noch da. Das Artefakt macht jeden Sprung mit. Es scheint stets darauf bedacht zu sein, den Abstand zur Ladefläche einzuhalten.

»Achtung«, sagt Shania.

Es ist ein Wunder, dass Motor, Getriebe, Achsen und Reifen gehalten haben. Plötzlich steht der Jeep schräg. Shania treibt ihn den Abhang hinauf. Mit einem Sprung schießt der Jeep auf die Piste. Elisabeths Herz rutscht in die Hose. Sie spürt, wie ein paar Tropfen Urin abgehen. Die Reifen quietschen. Shania lenkt ein. Es wird ruhiger. Die Piste erscheint Elisabeth jetzt komfortabel wie die berühmte deutsche Autobahn.

Was macht der Hubschrauber? Sie sucht ihn im Rückspiegel. Er scheint gerade zu starten. Shania gibt weiter Gas. Hoffentlich reicht der Tankinhalt noch eine Weile. Der Helikopter ist wieder in der Luft. Er folgt ihnen. Schnell hat er wieder aufgeholt. Noch einmal werden sie nicht so viel Glück haben. Aber sie werden auch nicht aufgeben. Die Seitentür des Helis öffnet sich. Ein Mann hängt sich heraus. Er schreit irgendetwas durch ein Megafon. Man versteht ihn kaum. Es geht wohl ums Aufgeben, keine Chance, Menschenleben, Sicherheit, Nation. Elisabeth hört nicht hin. Sie betrachtet den Helikopter. Er hat amerikanische Hoheitszeichen. Sie hat es befürchtet. Elisabeth schwitzt.

»Hast du gut gemacht, Tochter«, sagt sie mit belegter Stimme.

Shania dreht sich kurz zu ihr um und lächelt. »Ja, Mum. Den Kerlen haben wir es gezeigt.«

Der Mann im Heli gibt auf. Die Tür schließt sich, dann

dreht auch der Hubschrauber ab.

»SIE WERDEN ZURÜCKKOMMEN«, SAGT ELISABETH.

»Ich weiß«, sagt Shania.

»Wir brauchen einen Plan.«

»Ja, so weit weg wie möglich genügt wohl nicht.«

»Lass uns umkehren, Shania.«

»Ernsthaft? Ich wollte doch so gern die Herðubreið sehen.«

»Äh, das ist ja kein …«

»Das war ein Scherz, Liz. Wir kehren um. Ich nehme an, du hast eine Idee.«

»Allerdings.«

»Willst du sie mir verraten?«

»Wir versenken das Artefakt im Hverir, und dann verabschieden wir uns irgendwie von der Bildfläche.«

»Klingt gut. Aber dann kannst du das Objekt nicht mehr untersuchen.«

»Ich habe mittlerweile das Gefühl, dass es besser ist, wenn niemand daran herumspielt. Und insgeheim hoffe ich natürlich, dass ich es später holen kann, wenn niemand mehr danach jagt.«

Shania nickt. Sie stoppt den Jeep und wendet ihn.

»Warte mal«, sagt Elisabeth.

Der Wagen hält.

»Was ist diese Herðubreið überhaupt?«

»Ein Tafelvulkan. Die Königin der isländischen Berge, heißt es.«

»Ein Vulkan? Sehr gut.«

»Du sprichst in Rätseln.«

Elisabeth nimmt ihr Telefon aus der Tasche. Wider Erwarten hat sie Empfang. Sie sucht Charles' Eintrag im Telefonbuch und wählt seine Nummer.

»Elisabeth, das ist ja großartig, dass du dich meldest!«

»Das ist ja ein netter Empfang.« Sie stellt das Telefon laut.

»Wir machen uns hier große Sorgen um dich! Die Regierung …«

»Ich habe nicht viel Zeit, Charles. Ich brauche Hilfe. Irgendwer ist hinter mir her.«

»Oh, das tut mir leid. Sag mir, wo du bist, dann holt dich jemand.«

»Irgendwo in der Hochebene. Du bist doch auf meiner Seite?«

»Natürlich, Elisabeth.«

»Nun, mein Plan ist, das Artefakt morgen in der Herðubreið zu versenken. Das ist ein Vulkan, weißt du.«

»Versenken? Aber das Ding ist furchtbar wertvoll!«

»Es darf nicht in die falschen Hände geraten. Du musst mir vertrauen, Charles. Du vertraust mir doch?«

»Natürlich. Wenn du sagst, du musst es versenken, dann wird es wohl so sein. Morgen an der Herðubreið?«

»Genau. Ich denke, ich werde so gegen Abend dort sein. Danach muss ich irgendwie hier raus.«

»Verstanden. Ich lasse jemanden schicken, der dich abholt. Du bist allein?«

»Ja, ich bin allein.«

»Mensch, Elisabeth, das hätte ich dir gar nicht zugetraut. Ganz allein gegen … umm.«

Das ›umm‹ ist sehr leise. Es klingt, als hätte jemand Charles vor das Schienbein getreten, damit ihr Chef nicht noch mehr ausplaudert.

»Es ist ein mächtiges Abenteuer. Ich bin dir sehr dankbar, dass du mich geschickt hast. Aber jetzt muss ich weiter.«

»Warte, ich …«

Elisabeth legt auf.

»Dieser Charles weiß mehr, als er zugibt«, sagt Shania.

Das hat Elisabeth auch über Shania gedacht, als die Kugeln der Frontscheibe nichts anhaben konnten.

»Das stimmt. Sag mal, woher weißt du denn, dass der Jeep gepanzert ist?«

»Einar hat die ganze Zeit damit angegeben. Er hat ihn erst vor drei Tagen bekommen.«

»Und das hat dich nicht gewundert?«

»Er meinte, es hilft gegen den Asche- und Steinregen bei einem Vulkanausbruch. Angeblich hat das die Firma bezahlt.«

Ein tiefes Grollen ist zu hören. Das Amulett, das vom Rückspiegel hängt, schwingt hin und her. Bisher ist es ihr nicht einmal aufgefallen.

»Ein leichtes Erdbeben«, sagt Shania. »Die sind hier ganz normal, vor allem vor einem nahenden Vulkanausbruch.«

Stimmt Shanias Geschichte? Elisabeth betrachtet die junge Frau. Nein, wäre sie Teil der Verschwörung, hätte Shania schon oft genug Gelegenheit gehabt, sie außer Gefecht zu setzen. Elisabeth muss ihr vertrauen. Am liebsten würde sie mit Laura darüber sprechen. Dem Urteil ihrer Tochter vertraut sie. Aber Laura sitzt gerade an Flokis Krankenbett und weiß von nichts. Daran darf sie nichts ändern.

»Dann wirst du die Königin der Berge Islands wohl doch noch sehen«, sagt Elisabeth.

Shania nickt, legt den ersten Gang ein und fährt los.

Die Häufigkeit der schwachen Beben nimmt zu, während sie die F88 zurückfahren. Aber sie werden nicht stärker, und bei der holprigen Strecke bemerken sie wenig davon. Etwa auf halbem Weg halten sie an. Elisabeth steigt aus, hockt sich neben den Wagen und erleichtert ihre Blase. Von der gegenüberliegenden Seite hört sie ebenfalls Plätschern. Leider gibt es hier keinen Fluss, in dem sie sich waschen könnten. Aber im Handschuhfach finden sich ein paar Feuchttücher.

Anschließend setzt sich Elisabeth ans Steuer. Sie traut sich nicht, so schnell wie Shania zu fahren. Aber auf eine halbe Stunde kommt es nicht an. Wenn sie das Artefakt versenken, wäre ein bisschen Dunkelheit sowieso gut. Dass es hier im Sommer nie richtig finster wird, damit werden sie leben müssen.

Shania ist schon nach ein paar Kilometern eingeschlafen. Ohne die junge Frau hätte sie das alles nicht geschafft. Hoffentlich kommt Shania heil aus der Sache heraus. Ihren Job ist sie danach bestimmt los. Aber mit ihrer zupackenden Art wird sie wohl schnell etwas anderes finden. Um sich selbst macht sie sich keine Sorgen. Wenn sie mit leeren Händen zurückkehrt, wird das zwar einige hohe Tiere ärgern. Aber sie wird wieder vor ihren Studierenden stehen und Mannigfaltigkeiten erklären.

Elisabeth erlaubt sich einen Blick in den Rückspiegel. Das Artefakt leuchtet rätselhaft. Ob sie seine Geheimnisse je entschlüsseln wird? Im Moment sieht es nicht so aus. Vielleicht ist das auch gar nicht ihre Aufgabe. Elisabeths Mutter hat immer behauptet, dass jeder Mensch eine Aufgabe im Leben habe. Das hat sie nie geglaubt. Aber wenn es stimmt, könnte ihre Aufgabe darin bestehen, die Menschheit vor dem Streit um das Artefakt zu bewahren. Sie ist einfach noch nicht reif dafür.

»Da ist ja die Schlammfrau schon wieder!«, ruft der Geologe.

Der alte Mann sitzt in einem Campingstuhl vor dem Bus. Die Beine hat er auf eine Getränkekiste gelegt. Elisabeth fällt auf, dass sie noch nicht einmal seinen Namen kennt. Sie steigt aus dem Jeep, lässt aber die Tür offen. Sie will Shania nicht wecken, die auf dem Beifahrersitz schläft. Deshalb legt sie auch den Zeigefinger auf die Lippen.

Der Geologe versteht die Geste. Er winkt sie heran und läuft humpelnd zum Bus. Elisabeth holt ihn ein, bevor er den Eingang erreicht hat. Er öffnet die Tür, lässt ihr aber den Vortritt.

»Schau, wen ich dir mitgebracht habe, Waltraud.«

Ein merkwürdiger Name. Er klingt wie einer alten Sage entnommen.

»Ich habe schon damit gerechnet, dass wir Sie noch

einmal sehen würden«, sagt Waltraud. »Setzen Sie sich doch. Ein Kaffee?«

»Sehr gern. Es war eine lange Fahrt.«

Elisabeth setzt sich, und der Geologe nimmt den Platz neben ihr. Waltraud legt das Strickzeug auf eine Ablage, geht zur Kaffeemaschine und schaltet sie ein. Eine rote Lampe leuchtet. Es ist ziemlich dunkel im Bus.

»Können Sie bei dem Licht noch sehen?«, fragt Elisabeth und zeigt auf das Strickzeug.

»Kein Problem, ich bin kurzsichtig«, sagt die Frau.

»Ich bin übrigens Gerhart«, sagt der Geologe. »Wir haben uns noch gar nicht vorgestellt.«

»Das fiel mir auch gerade auf. Ich heiße Elisabeth. Die junge Frau im Bus ist Shania.«

»Ihre Tochter«, sagt Waltraud.

»Um ehrlich zu sein, es ist nicht meine Tochter.«

Die Frau macht große Augen. »Ihre Partnerin? Verzeihen Sie, es geht mich ja nichts an.«

Elisabeth lacht. »Nein, eine Kollegin. Sie hat mir das Leben gerettet und ich ihr.«

»Ich bin mir nicht sicher, ob Sie uns das erzählen sollten«, sagt der Geologe.

»Sie haben völlig recht. Ich wollte Sie nur nicht belügen, denn ich brauche noch einmal Ihre Hilfe.«

»Ich dachte mir schon, dass Shania nicht Ihre Tochter ist«, sagt die Frau. »Als sie bei Ihrem letzten Besuch ›Mum‹ gesagt hat, klang das irgendwie nicht echt.«

»Wie können wir Ihnen helfen?«, fragt Gerhart.

»Ich habe etwas, das ich loswerden muss, und zwar so, dass es niemand findet, ich es aber auch wieder bergen kann.«

»Das grüne Objekt in Ihrem Jeep.«

Waltraud stellt eine Tasse mit Kaffee vor ihr ab. Elisabeth nimmt einen großen Schluck. Der Kaffee schmeckt sehr bitter, regt aber sofort ihr Gehirn an.

»Ja, genau. Ich hatte an eine der Schlammquellen hier gedacht.«

»Dass man darin gut verschwinden kann, haben Sie ja

schon selbst getestet.«

Der Geologe klopft mit den Fingern auf die Tischplatte. Es sieht aus, als würde er jedes Schlammloch im Kopf durchgehen und auf seine Tauglichkeit prüfen.

»Mein kleiner Unfall hat mich darauf gebracht.«

»Da sehen Sie mal, dass alles sein Gutes hat«, sagt der Geologe.

Das stimmt. Wenn Floki sich nicht verbrüht hätte, hätte ihn Einar aus dem Weg geschafft. Dann säße Laura jetzt auch nicht in Akureyri in Sicherheit, sondern wäre mit ihr zusammen im Jeep.

»Aber Sie wollen bestimmt nicht mit mir philosophieren. Sie haben großes Glück, wissen Sie das? Ich habe die Schlammtöpfe nämlich aus eigenem Interesse fast komplett untersucht. Vielleicht sind Ihnen die Stangen an der Rückseite des Busses aufgefallen.«

Elisabeth schüttelt den Kopf.

»Ist ja auch egal«, sagt Gerhart. »Fakt ist, dass ich Ihnen das tiefste Schlammloch zeigen kann. Ich frage mich allerdings, wie Sie Ihr Objekt jemals wieder dort herausbekommen wollen.«

»Mit welchen Temperaturen muss ich denn rechnen?«

»Es wird kochend heiß, das kann ich Ihnen versichern.«

»Also nur hundert Grad? Damit kann ich umgehen.«

»Dann habe ich Sie ja nicht umsonst Schlammfrau genannt. Ich bin sehr gespannt.«

Elisabeth trinkt den Kaffee in einem Zug aus.

»Vielen Dank, Waltraud. Ihr Kaffee kann ja Tote wecken! Herrlich!«

»Danke. Das Pulver haben wir selbst hergestellt. Es besteht aus Zichorienwurzeln.«

»Interessant. Ich hätte es für echten Kaffee gehalten. Haben Sie eventuell eine Toilette?«

»Tut mir leid, nur etwas Provisorisches ohne Privatsphäre«, sagt die Frau. »Aber momentan gibt es hier ja keine Touristen. Sie können sich also beruhigt in der schönen Landschaft draußen erleichtern.«

Jetzt muss sie Shania doch wecken. Mit Gerhart und Waltraud im Schlepptau geht sie zum Jeep und klopft an die Beifahrertür. Shania lässt die Scheibe herunter.

»Hallo, Mum«, sagt sie.

»Liz reicht. Ich habe Gerhart und Waltraud gesagt, dass du meine Kollegin bist.«

»Hast du auch …«

»Nein«, unterbricht sie Shania. »Wir waren uns darüber einig, dass sie nur so viel wie nötig wissen müssen.«

»Okay. Hallo, Waltraud und Gerhart«, sagt Shania und schnallt sich ab.

»Hallo, Shania«, sagen die beiden im Chor.

Elisabeth geht um den Jeep herum und öffnet die seitlichen Türen, sodass der Panzertauchanzug sichtbar wird.

»Oh, sehr beeindruckend«, sagt Gerhart. »Aber zum Versenken des Objekts brauchen Sie den doch nicht?«

»Ich fürchte, schon«, sagt Elisabeth. »Unser Schatz bewegt sich nicht von selbst. Er lässt sich insbesondere nicht werfen. Ich muss ihn manuell dorthin dirigieren, wo ich ihn haben will.«

»Faszinierend«, sagt Gerhart.

»Erinnert mich an eine Riemannsche Mannigfaltigkeit«, sagt Waltraud.

Sie ist um den Jeep herumgegangen und hat die Tür des Kofferraums geöffnet. Elisabeth folgt ihr.

»Sagen Sie bloß, Sie sind Mathematikerin?«

»Nein, ich habe Physik studiert. Aber als die Kinder kamen, war es mit der Karriere vorüber. Und Sie?«

Diese Geschichte hat Elisabeth schon oft gehört. Laura musste oft allein sein, wenn sie auf einer Konferenz war.

»Verstehe. Aber ich muss Sie enttäuschen, es ist keine Riemannsche Mannigfaltigkeit. Ich bin Topologin. Riemann habe ich schon durchgerechnet. Alles, was ich über unser Objekt weiß, ist, dass es sich in sechs Dimensionen bewegt.«

»Vielleicht eine höherdimensionale Version einer Möbius-Schleife?«

»Möglich, oder etwas anderes aus dieser Familie«, sagt Elisabeth. »Sehen Sie, wie die drei Arme ineinandergreifen? Es ist so schwer, aus der räumlichen Projektion auf die mathematische Struktur zu schließen.«

»Und wie bekommen wir es heraus?«, fragt Gerhart.

Der Geologe greift in den Kofferraum und berührt das Artefakt, doch es bewegt sich nicht von der Stelle.

»Es lässt sich mit einem starken Laser transportieren.«

»Ach, den haben Sie auch dabei? Sie sind ja gut ausgerüstet.«

»Das ist alles nur geklaut. Aber warten Sie erst einmal, bis ich mich in Iron Woman verwandelt habe.«

»SAGTEN SIE NICHT ›IRON WOMAN‹, ELISABETH? SIE erinnern mich eher an das Michelin-Männchen.«

»Das sagt mir nichts, Gerhart, tut mir leid.«

»Das war das Maskottchen eines französischen Reifenherstellers. Es besteht aus lauter Reifen, so wie Ihr Panzer.«

»Durch die Rundungen verträgt der Panzer den hohen Wasserdruck besser«, erklärt Waltraud.

Elisabeth bewegt zum Test den linken Arm. Die Motoren laufen rund. Sie hat ihr Mini-U-Boot schon vermisst. Wenn die Verfolger jetzt einträfen, würde sie sie in die Flucht schlagen. Dann fällt ihr der Riss im Helm auf. Das Glas scheint noch dicht zu sein, aber in große Tiefe sollte sie sich besser nicht mehr begeben. Gegen gut gezielte Schüsse auf den Kopf ist sie wohl auch nie immun gewesen. Pure Körperkraft ist eben nicht alles.

»Würden Sie zur Sicherheit ein paar Schritte zur Seite treten? Ich muss mich erst an den Anzug gewöhnen.«

Gerhart und Waltraud machen ihr Platz. Sie geht mit kleinen Schritten zur Beifahrertür, beugt sich vor und nimmt das Lasermodul heraus.

»Beeindruckend«, sagt Gerhart.

»Dafür brauchen wir dann auch noch ein Versteck«, sagt Elisabeth. »Genau wie für den Panzertauchanzug.«

»Für wie lange?«, fragt Waltraud.

»Ein, zwei Jahre? Bis Gras über die Sache gewachsen ist.«

»Da habe ich eine Idee. Wir haben bei unseren Fahrten über das Hochland eine verlassene Hütte entdeckt, die tatsächlich unterkellert ist.«

»Das Sigurdsson-Haus?«, fragt Gerhart.

»Ja. Es ist so weit von jeder Straße entfernt, dass man schon wissen muss, wo es sich befindet.«

»Das stimmt. Wir haben uns damals verirrt. Das war eine ziemliche Dummheit. Nur so haben wir das Haus gefunden. Lassen Sie die Ausrüstung am besten bei uns im Bus, wir kümmern uns darum.«

»Ich weiß gar nicht, wie ich Ihnen danken soll«, sagt Elisabeth.

»Die Geschichte«, sagt der Geologe. »Sie haben es versprochen. Ich bin jeden Tag mehr darauf gespannt.«

»Sie werden sie erfahren. Darauf gebe ich Ihnen mein Wort. Es kann allerdings noch etwas dauern.«

»Kein Problem, ein paar Jahre haben wir noch.«

»Ich will ja keine Hektik verbreiten, aber mir wäre wohler, wenn wir das Objekt los wären«, sagt Shania.

»Ihre ›Tochter‹ hat recht«, sagt Waltraud zwinkernd.

Elisabeth muss auf den Beifahrersitz klettern, um das Artefakt mit dem Laser aus dem Jeep zu bugsieren. Langsam schwebt es in Freiheit, und sie hat das Gefühl, dass es sich dabei ein klein wenig reckt und streckt. Beim Aussteigen ist Elisabeth unachtsam. Sie vergisst, Shania den Generator ausschalten zu lassen, und plötzlich qualmt die Rückenlehne des Beifahrersitzes. Gerhart löscht den Brand von der Fahrerseite aus mit einer alten Decke.

»Mit dem Laser ist nicht zu spaßen«, sagt er.

Während sie um den Jeep herumgeht, zielt Elisabeth damit auf den Boden. Sie hinterlässt eine glasige Spur im Staub. Waltraud folgt ihr mit dem Kabel. Der Geruch nach verbranntem Gummi ist ganz kurz stärker als der Schwefelgestank der Quellen, doch dann übernimmt Hverir wieder die Herrschaft.

Es entsteht eine seltsame Prozession, wie sie diesem mystischen Ort angemessen ist, das muss sogar die Mathematikerin in ihr zugeben. An der Spitze schwebt die grün leuchtende Reliquie. Elisabeth ist noch nicht sicher, ob sie einem Gott oder einem Dämon geweiht ist. Dahinter folgt die Priesterin, die ein ganz besonderes Messgewand trägt. Sie hat zwei Dienerinnen, die ihr die Schleppe tragen – Waltraud mit dem Kabel und ein paar Meter dahinter Shania mit dem Generator. Gerhart, der Geologe, schreitet wie einer der Könige aus dem Morgenland hinter ihnen her. Die lange Stange, auf die er sich stützt, ist sein Hirtenstab. Nur das Fernglas, das er ab und zu benutzt, um das Gelände vor ihnen zu prüfen, passt nicht ganz ins Bild.

Gerhart führt sie geschickt an den meisten Hindernissen vorbei. Es ist nicht einfach, weil das Artefakt keine engen Kurven schlagen kann. Sie muss ja stets mit dem Laser dahinter stehen. Schließlich erreichen sie den Schlammtopf, den Gerhart für das Artefakt vorgesehen hat. Er geht mit einer Art Schneeschuhen voraus und prüft mit seiner Stange die Tiefe.

»Es hat sich nicht verändert«, sagt er.

»Wird es sich verändern?«, fragt Elisabeth.

»Das weiß man nie. Aber vermutlich nicht so bald.«

»Na gut. Es ist ja nicht so, dass wir eine Wahl hätten.«

Elisabeth macht einen Schritt nach vorn, doch der Geologe hält sie an der Schulter fest.

»Was haben Sie denn vor?«

»Ich muss bis zum Rand des Schlammlochs vordringen. Dann werde ich den Laser anheben und das Artefakt von oben in das Loch bugsieren. Wahrscheinlich werde ich dann ebenfalls in das Loch hinabsteigen müssen. Ich bin noch nicht sicher, wie gut der Laser im Schlamm funktioniert. Vermutlich muss ich ihn direkt aufsetzen.«

»Das könnte dann doch unangenehm werden«, sagt der Geologe.

»Ich verlasse mich da auf den Anzug.«

»Warte mal«, sagt Shania. »Ich habe eine Idee.«

Shania läuft zum Jeep, holt etwas aus dem Kofferraum und macht sich in Höhe der Stoßstange zu schaffen. Dann kehrt sie mit einem Abschleppseil zurück, das sie langsam abspult.

»Hier, das hängen wir an deinem Anzug ein. So kann ich dich notfalls aus dem Loch ziehen.«

»Gute Idee, Shania.«

Elisabeth dreht sich zum Artefakt und schiebt es mit dem Laser vor sich her. Plötzlich sinkt ihr rechter Fuß ein. Der harte Boden hat sich um ein, zwei Zoll gesenkt, und zwei Risse sind entstanden. Weiter. Auch ihr linker Fuß sinkt etwas ein. Grauer Schlamm kommt ihr aus dem Loch entgegen. Es ist die gleiche zähe Masse, die fünf Fuß vor ihr blubbert wie eine dicke Suppe auf dem Herd.

Beim nächsten Schritt sinkt ihr Bein bereits bis zum Knie in die Tiefe. Elisabeth bleibt stehen, bis sich ihr Anzug stabilisiert. Sie hebt den Laser in Kopfhöhe und strahlt das Artefakt von schräg oben an. Langsam senkt es sich dem Schlamm entgegen. Dabei schwebt es langsamer als zuvor, als würde es sich vor dem Schlammtopf fürchten. Aber es hat keine Wahl. Der Laser schiebt es unerbittlich vor sich her.

Das grüne Leuchten berührt den Schlamm. Es dringt in ihn ein, ohne das Material zu verdrängen. Das sieht geisterhaft aus, als habe das Artefakt überhaupt keine physische Struktur. Dort, wo sich seine untere Schlinge befindet, ist der Schlamm einfach verschwunden. Doch als Elisabeth das Artefakt tiefer hineinbugsiert, erscheint die graue Suppe wieder und schwappt über den Arm des Artefakts, sodass sein Licht nicht mehr zu sehen ist.

Gut. Es ist Zeit für den nächsten Schritt. Elisabeth schiebt das linke Bein nach vorn. Wie befürchtet, sinkt sie bis zum

Bauch in die zähflüssige Masse. Den Laser hält sie hoch über ihren Kopf, damit ihn der Schlamm nicht erreicht. Trotzdem wird er immer wieder von kleinen Spritzern aus zerplatzenden Blasen getroffen, die zischend in seinem Strahl verdampfen. Andere Spritzer klatschen auf ihren Helm.

Die Statusanzeige meldet sich mit einer Warnung. Die Kühlung kommt allmählich an ihre Grenzen. Elisabeth hält den Laser näher an das Artefakt. Ihre Armmuskeln schmerzen, weil sie beide Arme schon so lange in Kopfhöhe hält. Da helfen nicht einmal die Motoren in den Gelenken.

Noch ein Schritt. Jetzt steht sie bis zum Hals im Schlamm. Elisabeth dreht sich um. Waltraud steht schräg hinter ihr, sicher auf trockenem Boden, und beobachtet sie. Elisabeth nickt ihr zu.

»Shania? Ich denke, es wird gleich ernst!«, ruft Waltraud.

Gut erkannt, liebe Waltraud. Das Artefakt steckt jetzt schon fast komplett im Schlamm. Nur ein grüner Bogen ragt noch heraus. An ihm bleibt keiner der Spritzer hängen, die ihn noch öfter treffen als ihren Helm. Das Visier hat leider keine schlammabweisenden Eigenschaften. Zwei breite Schlammstreifen verdecken etwa zwei Drittel ihres Gesichtsfelds. Sie legt den Kopf schräg. So sieht sie noch etwas mehr. Für die letzten Meter muss sie den Laser direkt auf das Artefakt aufsetzen. Wie wird das Gerät darauf reagieren? Was, wenn es zu einer Reflektion kommt, die den Laser zerstört?

Diese Sorge ist unnötig. Sie spürt einen deutlichen Widerstand, als der Laser auf das Artefakt trifft. Das Leuchten verschwindet komplett im Schlamm. Sie braucht bloß den Laser nachzufahren. Jetzt sieht sie zwar nicht mehr, was passiert, aber solange sie den Kontakt hält, hat sie alles unter Kontrolle. Dazu muss sie allerdings noch mindestens einen Schritt in die Tiefe machen. Drei, vier Meter soll das Loch tief sein. Sie fürchtet sich. Es ist etwas anderes, als in einen wassergefüllten Schacht zu steigen, denn sie wird blind sein.

Aber sie hat keine Wahl. Das Artefakt ist erst in Sicherheit, wenn es ausreichend tief im Schlamm vergraben ist. Elisabeth macht den Schritt. Die Welt verschwindet. Aber in ihrem Rücken ist eine Kraft, die sich ihrer Bewegung entgegenstellt. Das Seil, das von Shania und vom Jeep gehalten wird, verbindet sie mit der Wirklichkeit da draußen. Das ist beruhigend. Sie drückt den Laser gegen das Artefakt, das tiefer und tiefer sinkt.

Die Statusanzeige im Helm wechselt von orange auf rot. Es wird zu heiß. Die Mischung aus Dampf, Wasser und Feststoffen um sie herum erreicht Temperaturen über hundert Grad. *Strukturelle Integrität gefährdet.* Das Material des Anzugs wird schmelzen. Noch eine Minute, besser zwei. Falls das Schlammloch austrocknet, darf das Artefakt nicht sofort sichtbar sein. *Durchhalten.* Nur noch ein wenig. Ihr wird heiß. Jetzt reicht es.

»Shania, zieh mich bitte raus.«

Keine Reaktion. Scheiße. *Shania, gib Gas!* Sie wartet auf das erlösende Ziehen des Abschleppseils im Rücken, aber es bleibt aus. Elisabeth schwitzt und friert gleichzeitig.

»Shania, bitte, jetzt!«

Nichts passiert. Sie will nicht sterben! Alles wäre umsonst gewesen!

»Hilfe, Shania, du musst mich jetzt …!«, schreit sie.

Da packt sie eine unsichtbare Hand am Rücken gepackt und zieht sie nach oben. Die Statusanzeige warnt immer noch, aber schon durchbricht ihr Helm die Oberfläche. Sie bemerkt es daran, dass es heller wird. Sehen kann sie nichts. Das Visier ist voller Schlamm. Ein Schatten nähert sich, wischt über das Visier, erzeugt Streifen, aber auch ein paar freie Stellen. Es ist Waltraud, die sie säubert.

»Ich bin so froh, dich zu sehen«, sagt Elisabeth.

Waltraud öffnet den Mund, doch sie hört nichts. Waltrauds Gesicht kommt näher, ganz nah, und an ihrer Mimik erkennt Elisabeth, dass sie schreit.

»Antenne kaputt«, versteht sie.

Elisabeth tastet mit der freien Hand nach oben, zum Helm. Tatsächlich, die Antenne des Helmfunks ist abgerissen. Wo sie war, spürt sie nur noch eine Erhebung. Dann fällt ihr der Laser ein, den sie immer noch in die Höhe hält. Vorsichtig senkt sie ihn.

»Ist aus!«, schreit Waltraud.

Ah, sehr gut, Shania muss die Verbindung zum Generator getrennt haben. Unter ihren Füßen vibriert etwas. Elisabeth sieht nach unten. Ihr ganzer Anzug ist schlammverschmiert. Sie muss das perfekte Schlammmonster abgeben. Plötzlich hebt sich ihr Helm. Jemand nimmt ihn ihr von hinten ab. Nach Schwefel stinkende Luft dringt ein. Elisabeth muss husten.

»Komm doch von der Schlammquelle weg«, sagt Shania.

Folgsam läuft sie rückwärts. Der Schlammtopf bleibt blubbernd zurück. Vom Artefakt ist nichts zu sehen. Aber ihre Spuren sind deutlich erkennbar. Wer weiß, wonach er sucht, erhält sehr klare Hinweise. Doch nun schießt ein Wasserstrahl von links durch den Schlamm. Es ist der Geologe, der mit einem Hochdruckreiniger ihre Spuren beseitigt. Als sie weit genug vom Schlammloch entfernt ist, ist ihr Anzug an der Reihe.

»Jetzt sehen Sie wirklich wie eine Schlammfrau aus«, sagt Gerhart.

Endlich kann Elisabeth richtig durchatmen. Es sieht so aus, als hätten sie es geschafft. Nun brauchen sie nur noch ihre Ausrüstung zu verstecken – und sich selbst aus dem Weg zu schaffen. Wieder bewegt sich der Boden unter ihren Füßen.

»Erdbeben?«, fragt Elisabeth.

»Nein, das ist der Ausbruch«, sagt der Geologe. »Die Herðubreið ist nach langer Zeit wieder einmal aktiv, haben sie gerade im Radio durchgesagt.«

»Das ist gut. Wir haben dort morgen einen Termin.«

»Ich glaube nicht, dass es eine gute Idee wäre, sich in die Nähe des Vulkans zu begeben. Das könnte Sie Ihr Leben kosten.«

»Genau das ist ja die Idee.«

# G

»GUTEN MORGEN, MAX«, SAGT ARTEM.

»Guten Morgen«, sagt Max.

Ein Déjà-vu. Max wird schwindlig, so intensiv ist es. Dabei ist es ganz einfach erklärbar. Er wünscht schließlich jeden Morgen Winston einen guten Morgen. Heute hat Artem seinen Platz eingenommen. Die leichte Abweichung muss es sein, die seine Erinnerung in ein unangenehmes Déjàvu verwandelt.

»Wie kommst du überhaupt hierher?«, fragt Artem.

Max sitzt im Archiv an seinem Computer. Daran ist nichts bemerkenswert. Wieso spielt Artem sich so auf?

»Ich? Ich denke mal, du hast mir empfohlen, hierher zu kommen.«

»Nicht, dass ich wüsste. Ich glaube, ich bin gestern Abend runtergekommen, um in Ruhe an meiner Doktorarbeit zu schreiben.«

»Du, an deiner Doktorarbeit? Seit wann interessiert dich die denn?«

»Hehe, ich komme voran, ob du es glaubst oder nicht!«

»Dann zeig doch mal her.«

Artem tippt auf dem Computer, dann klappt er ihn zu und kneift die Augenbrauen zusammen.

»Ist wohl dein Rechner. Ich bin verwirrt.«

»Ich kann mich auch nicht erinnern, dass du mich hier unten besucht hättest.«

Max steht auf. Seine Knie schmerzen. Er klopft den Staub von seiner Hose.

»Ich muss ein bisschen gekniet haben. Sehr seltsam.«

Dann fällt ihm der grüne Lichtschein auf.

»Sag mal, Artem, träume ich? Kneif mich mal.«

Artem kneift ihn. Der Schmerz ist echt. Dann zieht Artem die Plane weg, die das grüne Leuchten verbirgt. Das Objekt, das sich darunter verbirgt, ist wunderschön – und seltsam. Max bekommt Gänsehaut.

»Jetzt du«, sagt Artem.

Max kneift zurück.

»Aua«, sagt Artem.

Max lacht. »Heul doch.«

»Das Ding ist echt«, sagt Artem.

»Sieht so aus«, sagt Max.

»Wir sollten es untersuchen.«

»Vorsichtig. Was, wenn ich es entdeckt und dich geholt habe, dann haben wir es berührt und unser Gedächtnis verloren?«

Das Objekt wirkt, als wäre es nicht von dieser Welt. Können sie es überhaupt untersuchen?

»Klingt … unwahrscheinlich. Alle beide? Wir werden es doch wohl nicht gleichzeitig berührt haben?«

»Na gut. Dann los.«

Max scheut sich. Von dem Objekt geht eine unbeschreibliche Wirkung aus. All seine Haare stellen sich auf.

»Ich?«

»Bitte, Artem. Du bist der … Erfahrenere.«

»Ich bin der Mutigere von uns beiden.«

»Das auch.«

»Sag es.«

Max lacht. »Du bist der Mutigere von uns beiden.«

Artem geht einen Schritt nach vorn. Max will ihn zurückhalten, da streckt er schon die Hand aus. Kein Blitz, kein Donner, kein plötzlicher Gedächtnisverlust.

»Es ist kalt«, sagt Artem. »Aber meine Finger bleiben warm.«

»Warte. Lass mich ein paar Fotos machen. Das glaubt uns doch sonst niemand. Halt den Finger schön drauf.«

Max zückt sein Telefon und schießt Fotos, erst als Totale, dann aus der Nähe. Er vergrößert eines der Makrofotos mit den Fingern.

»Siehst du, die Haut berührt die Oberfläche gar nicht«, sagt er.

»Erkennst du die Streifen auch?«, fragt Artem.

»Streifen?«

»Zoom noch mal richtig rein.«

Max vergrößert das Foto maximal. Artem hat recht. Das Grün verändert seine Intensität. Es sieht fast so aus wie ein Barcode. Mit bloßem Auge ist davon nichts zu erkennen.

»Könnte das eine Information sein?«, fragt Max.

»Das müssen wir analysieren«, sagt Artem. »Wenn es kein Code ist, verrät es uns zumindest etwas über den physikalischen Aufbau des Artefakts.«

JETZT IST MAX PLATT. SIE SITZEN NEBENEINANDER AUF DEM Fußboden, mit dem Rücken an das Raumteiler-Regal gelehnt. Was sie da gerade gelesen haben, ist unfassbar. Erklärt das auch, warum sie sich kurz nach Mitternacht in diesem Raum getroffen haben, ohne sich an den Anlass zu erinnern?

»Vielleicht haben wir die Nachrichten vorhin schon gemeinsam gelesen«, sagt Artem.

»Das habe ich mir auch gerade gedacht. Aber ich fühle mich überhaupt nicht müde, obwohl ich dann ja die Nacht durchgemacht haben müsste.«

»Stimmt, ich auch nicht. Aber das war ja auch nicht gestern, sondern morgen. Wir werden den Text erst gemeinsam gelesen haben. Und wenn wir hier bis Mitternacht herumsitzen, wird alles ungeschehen sein, denn es liegt ja in unserer Zukunft, während wir immer tiefer in die Vergangenheit tauchen.«

»Diese Zeitsprünge machen mich wahnsinnig, Artem. Können wir weniger davon sprechen?«

»Kennst du ›Zurück in die Zukunft‹, den Film? Mir hat es immer großen Spaß gemacht, die logischen Verwirrungen aufzudröseln.«

»Mir nicht. Ich kann mit Antilogik nicht gut umgehen«, sagt Max.

»Ist ja Pech, dass ausgerechnet du vor dem Artefakt gelandet bist.«

»Pech kann man das nicht nennen. Es steckt ja wohl eine Absicht dahinter. Ich fürchte, ich werde mich einfach daran gewöhnen müssen. Einstein hat sich ja auch noch einigermaßen mit der Quantenphysik angefreundet.«

»Na, du Einstein, sollen wir mal weitermachen? Ich glaube, durch unsere Nachtschicht haben wir die einmalige Chance, weiter voranzukommen als jedes Max-Artem-Team vor uns. Es ist alles eine Frage der Zeit.«

»Wie recht du hast!«

»Und, welches Problem lösen wir nun zuerst?«, fragt Max.

Er hat seine Verwirrung immer noch nicht ganz überwunden. Artem scheint pragmatischer veranlagt zu sein. Er nimmt die ganze Unlogik einfach so hin.

»Wir müssen, Punkt 1, verhindern, dass wir wieder alles vergessen. Ja, ich weiß, dass es kein Vergessen im physiologischen Sinn ist. Und, Punkt 2, wir sollten die Frage beantworten, die eines deiner Zukunfts-Ichs gestellt hat.«

»Welche?«, fragt Max.

»Wo genau die Zeit derart zersplittert ist. Vielleicht betrifft es ja nur die Uni? Oder nur Amerika? Eine Geheimwaffe der Kommunisten, die uns getroffen hat?«

»Ich bitte dich, deren Wissenschaft müsste ja so verdammt weit fortgeschritten sein … Das glaube ich einfach nicht.«

»Du vergisst, dass das irgendwann in der Zukunft passiert sein könnte. 2050, 2100 … wann auch immer.«

»Aber die aktuellen physikalischen Theorien bieten doch dafür gar keine Grundlage.«

»Ich habe gehört, ein neuer Einstein soll eine Theorie entwickelt haben, in der die Zeit ein quantisierter, veränderbarer Parameter ist. Er kommt aus Princeton, glaube ich.«

Max lacht kurz auf, dann dringt Artems Satz tief in seine Gedanken. Er hat immer gedacht, dass seine Theorie die Menschheit voranbringen würde. Natürlich wollte er sich gern als ihr Schöpfer feiern lassen. Aber wenn er nun dafür verantwortlich ist, dass die Erde im Wortsinn wieder in der Steinzeit versinkt? Ihm wird kalt.

»Max? Du bist so bleich?«

»Ich habe mir gerade vorgestellt, dass meine eigene Theorie das alles ausgelöst haben könnte.«

»Also ein zu schwaches Ego hast du jedenfalls nicht.«

»Im Ernst. Wenn jemand meine Gleichungen nun als Anleitung gelesen hat?«

Max Webber, Möchtegern-Einstein, der Zerstörer des Universums. Muss man sich als Physiker damit abfinden, dass die eigenen Ideen als Waffe missbraucht werden können?

»Als Anleitung, das Universum zu manipulieren, wie ein Gott? Ich muss zugeben, dass das für manche unglückliche Seele eine Verlockung sein könnte. Aber dazu muss man doch auch gewisse Fähigkeiten mitbringen.«

»Die ein genügend mächtiger Mensch sich beschaffen kann.«

»Das klingt jetzt vielleicht unethisch, aber ehrlich gesagt, wäre das mein bevorzugtes Szenario. Wenn unser Universum einfach nur in sich selbst reflektiert wurde, weil das am Ende seiner Lebenszeit eben so passiert, dann können wir ihm nur noch beim Weg in die Vergangenheit zusehen. Falls jedoch ein Schurke seine Hände im Spiel hat, können wir die Manipulation vielleicht rückgängig machen.«

Artem hat recht. Wenn ein Mensch daran schuld ist, besteht zumindest noch Hoffnung.

»Dein Ego ist aber auch nicht zu verachten, Artem.«

»Ich sage ja nur, was ich mir wünsche, Max. Dem Universum ist das egal. Aber wir sollten uns nun endlich an die Arbeit machen. Das ist unser Tag.«

»Okay, du hast mich überzeugt. Also Punkt 1. Das Vergessen vermeiden. Wie das geht, verrät uns das Artefakt. Allerdings ist es nicht sehr gesprächig, und es scheint mir auf hochentwickelter Technologie zu basieren, die uns fehlt.«

»Da bin ich mir gar nicht so sicher. Denk an den Trick mit dem Laserpointer. Wer immer sich das Artefakt ausgedacht hat, scheint uns im Blick gehabt zu haben. Und natürlich unsere beschränkten Mittel. Hättest du je gedacht, dass man den Code mit einer Telefonkamera entschlüsseln kann?«

»Du glaubst also wirklich, dass wir das Artefakt irgendwie nachbauen können, Artem?«

»Ich könnte es mir vorstellen. Es gibt da aber eine Person, die noch viel mehr darüber wissen dürfte. Das Artefakt könnte schließlich direkt aus einem Lehrbuch der Topologie kommen.«

»Ah, Liz! Soll ich sie fragen, ob sie sich das mal ansieht?«

»He, du bekommst ja ganz rote Wangen!«

»Quatsch. Es ist so warm hier unten.«

»Ich kann sie natürlich auch fragen. Immerhin werde ich mal irgendwann mit ihr ausgegangen sein.«

»Wirst du nicht. Dieser Tag ist schon lange Geschichte, weil Zukunft.«

»Pah. Also, was ist, gehst du?«

Max sieht auf die Uhr. Es ist gerade einmal halb zwei Uhr morgens. Da kann er Liz kaum aus dem Bett holen.

»Weißt du, ob sie früh aufsteht?«, fragt Max.

»Ich habe sie schon öfter vor acht in die Uni kommen sehen.«

»Gut, dann werde ich um 7 vor ihrer Haustür stehen. Und bis dahin?«

»Bis dahin unterhalten wir uns über Punkt 2.«

»Das war welche Frage?«

»Ob die Zersplitterung der Zeit das ganze Universum betrifft oder nur uns, was auch immer ›uns‹ bedeutet.«

»Darf ich dich korrigieren, Artem?«

»Wenn es sein muss …«

»Es stört mich schon die ganze Zeit. Haha. Es ist nicht richtig, dass wir es mit einer Zersplitterung zu tun haben. Im Gegenteil. Die einzelnen Zeitquanten müssten winzig sein, fast nicht zu bemerken. Nur in der Nähe eines Schwarzen Lochs verschmelzen sie zu größeren Stücken, so wie Schokoladenkrümel in der Hitze zusammenbacken. Es handelt sich also eher um eine Zeitverschmelzung, verbunden mit einer Zeitumkehr.«

Endlich hat Max die richtige Formulierung dafür gefunden. Der Zeitablauf fühlt sich zwar holprig an, aber mit Zersplitterung hat das eben nichts zu tun. Und das ist vermutlich wichtig.

»Und das ist wichtig, weil …?«, fragt Artem.

»Hätten die Zeitquanten ihre normale, winzige Größe, würden wir von der Zeitumkehr gar nichts bemerken. Die Zeit würde ganz kontinuierlich fließen, nur eben rückwärts. Nur durch die Verschmelzung haben wir überhaupt die Chance, das Problem zu erkennen und vielleicht zu beheben.«

»Es handelt sich also um einen Fehler im System.«

»Ja, wenn dahinter wirklich ein Plan steckt, hat der Verursacher damit eine Schwachstelle eingebaut. Vielleicht war es gar nicht anders möglich. Ich könnte mir vorstellen, dass der Prozess der Zeitumkehr auch selbst Zeit in Anspruch nimmt. So, wie man einen Zug nicht während der Fahrt umkoppelt, sondern erst bremst, brauchte der Schuldige vielleicht eine gewisse Pause, aus der sich dann dieser diskrete Zeitablauf ergeben hat.«

Artem ist der perfekte Diskussionspartner. Mit seinen geschickten Fragen entlockt er Max überzeugende Argumente.

»Dann können wir darauf ja vielleicht einen Gegenplan

aufbauen«, sagt Artem. »Gut, dass ich es falsch ›Zersplitterung‹ genannt habe.«

»Aber wie stellen wir nun fest, ob die Verschmelzung anderswo auch eingetreten ist?«

»Wir könnten ja einfach fragen«, sagt Artem.

»Das wird schwierig ohne Ansprechpartner. Momentan sind die Besatzungen der beiden Raumstationen die einzigen weit entfernten Menschen. Aber 400 Kilometer sind ja kein wirklich großer Abstand.«

»Du willst weiter hinaus? Nun, wir haben robotische Sonden im Orbit von Mond, Mars, Venus oder Sonne.«

»Aber wie fragen wir die, ob bei ihnen die Zeit ebenfalls rückwärts läuft?«

»Ich kenne ein paar Leute in der Abteilung für Astrophysik. Bei denen könnte ich mal nachfragen.«

»Das ist doch ein guter Plan. Wir gehen nach Hause und machen uns ein bisschen frisch. Dann besuche ich Liz und du stattest den Astrophysikern einen Besuch ab.«

ALS MAX SEIN ZIMMER BETRITT, IST ES KURZ VOR DREI UHR morgens. Die anderen WG-Bewohner schlafen, also wartet er besser mit dem Duschen. Es kann ja sicher nicht schaden, sich mal ein paar Minuten aufs Ohr zu legen. Max zieht die Schuhe aus, wirft sich auf sein Bett und ist kurz darauf eingeschlafen.

Er träumt wieder seinen seltsamen Traum. Der schwarze Mechanismus hat allerdings die grüne Farbe des Artefakts angenommen. Dadurch wirkt er nicht ganz so bedrohlich.

Er erwacht, weil jemand an seinem Hosenbein zieht. Es ist sein WG-Mitbewohner Adrian.

»He, so voll gewesen gestern Nacht?«, fragt Adrian.

Max springt auf. »Scheiße, wie spät ist es?«

»Ich soll dich an das Barbecue heute Abend erinnern. Du wolltest das Bier …«

»Ich muss wissen, wie spät es ist!«

»Es ist kurz nach acht. Nun mach dich mal locker. Was ist mit dem …?«

»Ich hab überhaupt keine Zeit! Sorry!«

Max reißt sich die Sachen vom Leib, während Adrian noch neben ihm steht.

»Und heute Abend?«

»Mann, auch nicht! Es geht um Leben oder Tod!«

Er läuft nackt durch den Flur zum Bad. Die Tür ist verschlossen. Auch das noch! Max klopft laut dagegen.

»John, bist du das?«, ruft er.

»Hm-hm.«

»Mann, ich muss dringend duschen! Es ist supereilig!«

»Kann man nicht mal in Ruhe sein Geschäft erledigen?«

»John, ich geb dir einen Zehner, wenn du …«

»Ich komm ja schon.«

Die Spülung rauscht, dann knackt der Schlüssel im Schloss. Als sich die Tür öffnet, zuckt John zurück.

»Sorry, hab's eilig«, sagt Max und schlüpft an ihm vorbei in das Bad.

Er schließt die Tür hinter sich. Es stinkt. Schnell unter die Dusche.

Acht Minuten später verlässt er in frischen Sachen das Haus. Er tritt kräftig in die Pedale und kommt schnell ins Schwitzen. Liz ist bestimmt schon unterwegs zur Universität oder dort bereits angekommen. Er fährt trotzdem einen Umweg. Am Palmer Square hat er letztens einen Blumenladen gesehen.

Sehr gut, er hat sich nicht geirrt. »Princeton Floral Design« steht über dem Laden. Oh, das sieht teuer aus. Hoffentlich haben sie Tulpen. Er stellt das Rad ab und betritt den Laden. Eine ältere Frau begrüßt ihn.

»Einen Strauß Tulpen hätte ich gern.«

»Sie haben Glück, junger Mann. Wir haben gerade welche hereinbekommen. Eine bestimmte Farbe?«

Hm, über Farben hat sein späteres Ich nichts geschrieben.

»Bunt«, sagt er.

»Das bekommen wir hin«, sagt die Verkäuferin und lächelt ihn an.

Sie nimmt ein paar Tulpen aus einem Eimer und bindet sie mit grünem Gestrüpp zu einem Strauß. Geht das nicht schneller? Warum gibt sie ihm nicht einfach die Blumen? Dann wickelt sie den Strauß auch noch in rosafarbenes Papier.

»Das wären dann 75 Dollar«, sagt sie und reicht ihm die Ware.

»Äh, ja«, sagt Max und gibt ihr seine Kreditkarte.

Warum hat ihm niemand gesagt, dass Blumen so teuer sind?

»Vielen Dank und viel Erfolg mit dem Strauß!«

Er klemmt die Tulpen unter den Gepäckträger. In der morgendlichen Rushhour fährt er besser nicht einhändig. Max quält sich durch den Verkehr. Vor der Fine Hall schließt er das Rad an, stürmt in das Gebäude, bemerkt, dass er die Blumen auf dem Gepäckträger vergessen hat, und läuft zurück.

Schwer atmend erreicht er den gut gefüllten Fahrstuhl.

»Welches Stockwerk?«, fragt ein Mann, der neben der Steuerung steht.

Hm, wo arbeitet Liz?

»Gibt es ein Sekretariat?«

»Elfter Stock, Raum 1108.«

»Danke!«

Der Mann drückt die Elf, und der Fahrstuhl setzt sich in Bewegung. Max riecht seinen eigenen Schweiß. Die Dusche hätte er sich sparen können. Warum hat er sich nur keinen Wecker gestellt?

»Elfter Stock«, sagt der Mann.

Ups, beinahe hätte er auch noch das Aussteigen verpasst.

Natürlich geht er zuerst in die falsche Richtung, und als er umdreht, läuft er beinahe eine junge Frau über den Haufen. Max entschuldigt sich.

»Liz, wo finde ich die?«, fragt er.

Er kennt nicht einmal ihren Nachnamen. Wieso hat er sich bei Artem nicht danach erkundigt?

»Tut mir leid, bin auch neu hier«, sagt die Frau.

»Danke trotzdem.«

Er geht bis zu Büro 1108. »Charles Pardon«, steht auf dem Schild neben der Tür, und »Stellvertretender Abteilungsleiter«. Max klopft, hört etwas, das er nicht versteht, interpretiert es als »Reinkommen« und öffnet die Tür. Das Büro ist klein. Hinter dem Schreibtisch sitzt ein Mann, nicht viel älter als er, aber viel seriöser angezogen und mit einem pausbäckigen, freundlichen Gesicht. Er sieht Max an und kneift dabei das linke Auge kurz zu, wie um ihn zu fokussieren.

»Was kann ich für Sie tun?«

»Ich suche Liz, können Sie mir helfen?«

»Meinen Sie eventuell Elisabeth Gabai? Sie macht seit vorletztem Jahr hier ihren Master.«

»Wenn Sie keine andere Liz im Angebot haben …«

»Tut mir leid, nur Frau Gabai.«

»Und wo finde ich sie?«

Der Mann zeigt auf den Blumenstrauß, den Max locker in der Hand hält. »Es geht nicht um Dienstliches, oder?«

Max spürt die Wärme auf seinen Wangen. »Äh, doch. Eine fachliche Frage.«

»Verstehe. Sie teilt sich Büro 1313 mit einer Kommilitonin.«

»Danke, Mr. Pardon.«

»Gern. Wenn ich noch etwas ergänzen darf: Ich glaube, sie ist derzeit gebunden. Aber das interessiert Sie ja nicht.«

Die Hitze in seinen Wangen verstärkt sich.

»Danke noch mal.«

Er verlässt den Raum. 1313, das sind nur zwei Stockwerke. Also nimmt er die Treppe. Verschwitzt ist er sowieso schon.

»Ist Liz …?«

Die Frau am Schreibtisch, die ihm bisher den Rücken zugewandt hat, dreht sich um. Sie ist … wunderschön. Max stockt der Atem. Er hat sie bestimmt schon auf dem Campus gesehen, aber sie ist ihm nie aufgefallen. Jetzt ist es anders.

»Guten Morgen, ich bin Elisabeth«, sagt sie und steht auf.

Sie ist ungewöhnlich groß, bestimmt knapp sechs Fuß, und hat ein breites Kreuz. Ihre großen, hellblauen Augen, die hübsche, klassische Nase, der breite Mund und dieses umwerfende Lächeln … Max ist schockverliebt und würde sich am liebsten kneifen, um sich zu überzeugen, dass das kein Traum ist.

»Hi, ich bin Max«, bekommt er heraus, obwohl sich seine Zunge im Mund verheddert.

»Was kann ich für dich tun? Willst du zu Annie?« Liz zeigt auf den Blumenstrauß. »Sie kommt heute erst gegen Mittag. Aber ich kann den Strauß so lange in eine Vase stellen und ihr sagen, dass Max da war.«

»Äh, nein, ich wollte dich was fragen«, sagt er. »Und der Strauß ist für dich.«

»Oh.«

Jetzt wird Liz rot, was sie noch schöner macht. Sie kommt auf ihn zu. Liz ist tatsächlich ein paar Zentimeter größer als er, aber das stört Max nicht. Er riecht ihr Parfüm und stellt sich vor, wie sie sich in die Arme fallen. Aber Liz nimmt ihm natürlich bloß den Strauß ab.

»Du musst schon loslassen«, sagt sie und kichert.

Max lässt den Strauß los und kichert mit. Er kommt sich vor wie ein kleiner Junge. Was wollte er noch mal hier? Liz zum Essen einladen?

»Das ist sehr nett«, sagt sie. »Und dann auch noch Tulpen, meine Lieblingsblumen.«

*Max hat mir gesagt, dass du Tulpen magst.* Natürlich spricht er das nicht aus, aber es macht ihm Mut. Wenn der künftige Max das weiß, dann ist er doch offenbar bei ihr angekommen. Er hat also eine Chance, auch wenn stimmt, was dieser Charles gesagt hat.

»Gern«, sagt er.

»Was kann ich für dich tun? Setz dich doch.« Liz zeigt auf den Bürostuhl ihrer Zimmernachbarin.

»Ich bleibe lieber stehen.«

»Wie du willst.« Liz bleibt ebenfalls stehen.

»Setz dich ruhig«, sagt er.

»Ich stehe auch lieber.«

»Na dann … Ich wollte dich um Hilfe bitten. Es geht um Topologie, und mir wurde gesagt, du wärst hier die Expertin.«

»Professor Saskin weiß bestimmt mehr darüber als ich.«

»Die Natur des Problems lässt leider nicht zu, dass wir jemanden vom Lehrkörper einbeziehen.«

»Wir?«

»Mein Freund Artem arbeitet ebenfalls an dem Problem.«

»Artem? Artem Denisov aus der theoretischen Physik?«

»Genau der. Kennst du ihn?«

»Ja, ich war mal mit ihm im Kino.«

Max schluckt. Davon hat ihm Artem gar nichts erzählt. Aber da Liz nicht seine Freundin ist, haben sie wohl nur einen Film zusammen gesehen.

»Ah, er hat mir empfohlen, mit dir zu sprechen.«

»Ja, wir haben uns kurz über Topologie unterhalten. Er schien aber nicht so sehr daran interessiert. Hat sich das geändert?«

»Ich denke, schon. Wir glauben, dass wir nur mit Hilfe der Topologie weiterkommen.«

»Dann hoffe ich sehr, dass ich eure Erwartungen erfüllen kann. Wann braucht ihr mich denn?«

»Jetzt. Wir müssen das Problem bis heute Nacht gelöst haben.«

»So dringend?«

»Absolut.«

»Na gut, dann lass uns gehen. Ich stelle nur schnell deine Blumen in die Vase. Hat dir Artem gesagt, dass ich Tulpen mag?«

*Nein, ich selbst. Auf einem mehrdimensionalen, zeitlosen Artefakt.*

»Hm.«

Hoffentlich ist Artem noch lange in der astrophysikalischen Abteilung beschäftigt.

»Bist du sicher?«

Liz zeigt auf die staubige Treppe. Sie hat ihn schon seltsam angesehen, als er im Aufzug B2 gedrückt hat.

»Ja, das Problem wartet da unten auf uns, im alten Archiv«, sagt er.

»Ich wusste gar nicht, dass wir ein Archiv im Keller haben.«

»Es muss vor Jahren aufgegeben worden sein.«

»Und ihr seid da auf ein paar alte Akten gestoßen?«

»Nein, das trifft es nicht so ganz. Du kannst mir vertrauen. Ich hätte das Objekt ja hochgeholt, aber es lässt sich nicht bewegen.«

Max geht voraus. Liz bleibt ein paar Schritte hinter ihm. Er versteht sie. Ein wildfremder Mann bringt ihr Blumen mit und erzählt etwas von einem seltsamen Problem, das sich ausgerechnet im Keller befindet, wo niemand sie hören wird. Er wäre dem Mann nicht gefolgt.

»Wir sind gleich da«, sagt er. »Hier hinein.«

Wieder geht er vor. Artem ist nicht da. Liz bleibt im Türrahmen stehen und beobachtet ihn. Ihr Blick wirkt eher neugierig als misstrauisch, aber Max ist nicht gut darin, Gesichtsausdrücke zu deuten.

»Wir müssen durch die Ritze hier.« Er zeigt auf den Spalt zwischen Regal und Wand. »Es tut mir leid. Ich habe mir das nicht ausgesucht.«

Max schlüpft hindurch. Liz folgt ihm, bleibt aber im Zwischenraum stehen. Sie hält sich den Fluchtweg offen, sehr vernünftig. Max geht zum Artefakt. Artem hat die Plane darüber gezogen. Er nimmt sie ab.

»Wow!«, sagt Liz und kommt schnell näher. Ihre Wangen röten sich.

»Das ist … das ist … eine Mannigfaltigkeit. Ich komme gleich darauf, welche. So etwas habe ich bisher nur in Büchern und in Simulationen gesehen. Aber das hier sieht so echt aus. Wie habt ihr das gemacht?«

»Das haben wir nicht gemacht. Wir haben es nur gefunden.«

»Ist das eine Projektion?«

Liz dreht sich im Kreis. Sie sucht offenbar die Wände nach versteckten Projektoren ab.

»Nein, es ist echt, also soweit wir das beurteilen können.«

»Darf ich es anfassen?«

»Kein Problem. Es ist nicht gefährlich.«

Vorsichtig berührt Liz das grüne Leuchten. Beim ersten Mal zuckt sie kurz zurück, vermutlich, als sie die Kälte spürt. Dann streicht sie über die geschwungenen Formen.

»Es fühlt sich völlig real an. Woraus besteht es?«

»Aus Photonen.«

»Ein Laser? Aber wo ist die Quelle? Und woran orientiert sich der Lichtstrahl? Und die Energiedichte …«

»… muss riesig sein, ja. Ich hoffe, also wir hoffen, dass du uns ein paar Antworten geben kannst.«

Liz stellt schon einmal die richtigen Fragen. Sie scheint sich auch in Physik ganz gut auszukennen. Wahrscheinlich hat er die Richtige gefragt. *Natürlich, du Dummkopf, das ist die Richtige, sowieso und für immer.* Sei still. *Du musst …*

»Ich würde es gern mit dir versuchen«, sagt Liz. »Also, ähm, mit euch, die Antworten, meine ich. Aber du musst mir erst verraten, was ihr schon alles wisst.«

»Natürlich. Warte. Es ist glaubwürdiger, wenn ich andere für mich sprechen lasse.« Er richtet seine Telefonkamera auf das Artefakt.

»Du machst ein Selfie? Jetzt?«

»Nein, sieh mal.« Er vergrößert das Bild, bis die Streifen zu sehen sind.

»Ein Code?«

»Genau. Eine Nachricht. Viele Nachrichten. Wir haben sie bereits übersetzt. Komm, setz dich.«

Er schiebt den Stuhl vor das Notebook und klappt es auf. »Das ist ihr Inhalt.«

»DAS IST … UNGLAUBLICH«, SAGT LIZ NACH DER LEKTÜRE.

»Glaubst du nicht, was da steht?«

»Doch, obwohl ich das Gefühl habe, es nicht komplett erfassen zu können.«

Plötzlich fällt Max auf, dass seine zukünftigen Ichs nichts von einer glücklichen Beziehung zu Liz schreiben. Heißt das, er hat überhaupt keine Chance? Aber das kann nicht sein. Diese Zukunft da ist nicht seine. Es ist seine Vergangenheit.

»Verstehst du jetzt, warum es eilig ist?«

»Weil wir nur 24 Stunden Zeit haben, das Problem zu lösen.«

Sie hat ›wir‹ gesagt, also ist sie dabei!

»14 Stunden und 31 Minuten. Es ist schon gleich halb zehn«, sagt Max.

»Weißt du, was mich am meisten überzeugt, dass die ganze Geschichte kein fein geplanter Scherz ist?«

»Nein.«

»Ich hasse Tulpen.«

»Waaas?«

»Wenn ich mit jemandem nicht noch einmal ausgehen will, behaupte ich, sie wären meine Lieblingsblumen.«

»Oh.« Max wird heiß. »Da bin ich ja ins Fettnäpfchen getreten.«

»Bei deinen Tulpen ist es anders. Die mag ich.« Liz schenkt ihm ein strahlendes Lächeln.

»ARTEM VERSUCHT GERADE IN DER ASTROPHYSIKALISCHEN Abteilung sein Glück«, erklärt Max. »Von dir erhoffen wir uns einen Hinweis darauf, wie wir das Artefakt vervielfachen können. Wir werden das Problem nur lösen können, wenn wir verhindern, dass wir heute nach Mitternacht alles wieder vergessen haben werden. Oder nie gewusst haben. Dazu brauchen wir Kopien des Artefakts, die wir mitnehmen können.«

»Nichts leichter als das. Ich kopiere euch das Ding, verkleinere es und stecke es in eine Zündholzschachtel.«

»Wirklich? Das kannst du?«

»Wo denkst du hin? Das ist Technologie, die unserer bestimmt 50 Jahre voraus ist.«

»Also kannst du uns nicht helfen?«

»Das habe ich nicht gesagt. Wir haben immerhin einen Vorteil: Das Artefakt steht vor uns. Ich muss es nicht aus dem Nichts erzeugen.«

»Du klingst, als hättest du schon eine Idee.«

»Das stimmt, Max. Du hat mich durchschaut.« Wieder lächelt sie strahlend, und er würde sie am liebsten umarmen. »Ich muss das Artefakt zunächst als geometrisch-topologische Struktur erfassen, mit all seinen Eigenschaften, Geschlecht, Orientierbarkeit, Komplexität. Wenn ich das geschafft habe, kann ich es kopieren und transformieren.«

»Aber brauchst du dazu nicht die Technik unserer Urenkel?«

»Ich glaube nicht. Die Topologie lässt sich nicht nur geometrisch behandeln, sondern auch algebraisch. Ich stelle ein algebraisches Abbild des topologischen Sachverhalts her, führe daran die gewünschten Operationen aus, und wenn ich es dann wieder in die geometrische Topologie überführe, habe ich das Ergebnis.«

»Ich verstehe zwar nicht, was du da vorhast, aber es klingt sinnvoll.«

»Ich kann natürlich nicht garantieren, dass es funktioniert. Das ist eine mindestens sechsdimensionale Struktur, die ich analysieren muss. Normalerweise würde ich eine Woche dafür veranschlagen.«

»Und trotzdem glaubst du, du könntest es in zehn Stunden schaffen?«

»Ich habe einen Vorteil. Ich kann mich auf Strukturen beschränken, die sich sinnvoll in die dreidimensionale Welt projizieren lassen, und zwar so, dass sie unser Artefakt ergeben.«

»Dann ist es ja gut.«

Er hat zwar immer noch nicht ganz verstanden, warum das, was noch viel komplizierter klingt, die Arbeit einfacher macht, aber es soll ihm recht sein.

»Du müsstest mir allerdings deinen Computer überlassen. Oder du holst meinen.«

»Nimm meinen. Momentan brauche ich ihn nicht.«

»Danke.«

LIZ RECHNET UND RECHNET. DAS GERÄUSCH IHRER FINGER auf der Tastatur lullt ihn ein. Max hat sich in den vorderen Raum zurückgezogen. Er gähnt herzhaft. Es ist anstrengend, sich gegen das Schlafbedürfnis zu wehren. Heute Nacht wird er auch nicht eher ins Bett kommen.

»He, da bist du ja schon«, weckt ihn Artem.

Max schreckt auf. Er ist doch eingeschlafen. »Ja, wir analysieren gerade das Artefakt.«

»Wir?« Artem zieht die rechte Augenbraue hoch.

»Liz.« Max zeigt nach hinten. »Bitte nicht stören.«

»Und, hat es funktioniert mit den Tulpen?«

»Sie hasst Tulpen. Aber ich glaube, es hat trotzdem funktioniert.«

»Verstehe ich nicht, aber egal. Sie ist also dran?«

»Ja, Liz will, wenn ich das richtig verstanden habe, das Artefakt in Gleichungen umrechnen, diese umformen und daraus ein neues Artefakt herstellen.«

Artem kneift die Augen zusammen. »Das klingt nicht, als hättest du besonders viel verstanden. Ich habe dir doch gesagt, du sollst dir die Topologie näher ansehen, bevor du mit ihr sprichst. Sonst geht es dir wie mir.«

»Sie sagt, ihr wart mal im Kino, aber du hättest dich nicht

für Topologie interessiert.«

»Aha. Ach, sie konnte über gar nichts anderes sprechen als ihre Arbeit. Das hat mich ein bisschen genervt.«

»Ich finde es faszinierend, ihr dabei zuzuhören. Sie brennt richtig dafür.«

»Ah, und du bist der Flamme ein wenig zu nahe gekommen.«

»Psssst, sie hört uns doch.«

»Ich wünsche euch das Allerbeste! Dann können wir ja nur noch hoffen, dass sie erfolgreich ist, denn anderenfalls …«

Scheiße, ja, Artem hat recht. Nach Mitternacht wird er ihr strahlendes Lächeln nie gesehen haben. Plötzlich kommt ihm das schlimmer vor als das unaufhaltbare Absinken der Menschheit in die Steinzeit. So viel unglücklicher waren die Menschen doch damals nicht, oder?

»Hast du denn wenigstens eine gute Nachricht für mich, Artem?«

»Wie man es nimmt.«

»Nun sag schon.«

»Wo ist denn der Computer?«

»Den benutzt Liz gerade.«

»Na gut, dann musst du mir eben glauben.«

»Ich glaube dir alles.«

Artem macht es aber auch spannend.

»Ich habe drüben bei den Astrophysikern Nick getroffen. Er ist ein alter Freund, kommt aus Tschechien und hat Zugriff auf Daten der ESA. Na ja, die Daten liegen frei in der Cloud, aber er weiß, wie man darauf zugreift und wie man sie auswertet.«

»Und was hat er herausgefunden?«

»Langsam. Also, sämtliche Erdbeobachtungssatelliten sind langweilig. Sie funktionieren exakt nach Plan.«

»Das heißt, sie sind ebenso betroffen wie wir.«

»Richtig. Wären sie nicht betroffen, müsste es kleinste Abweichungen geben.«

»Dann brauchtet ihr ja nur nach Satelliten mit Abweichungen zu suchen.«

»Genau das haben wir getan. Hast du vom Solar Orbiter gehört? Das ist eine ESA-Mission im Sonnenorbit. Wurde gerade noch einmal bis 2030 verlängert.«

»Sagt mir nichts, aber ich interessiere mich nicht besonders für Raumfahrt.«

»Du bist ja auch Theoretiker.«

»Du auch, Artem.«

»Stimmt. Das passt irgendwie noch immer nicht zu meinem Selbstbild. Ich fühle mich mehr wie MacGyver.«

»Ich wie Einstein.«

»Ich weiß. Aber dann passt du gut zu Mrs. Einstein da drüben, die sogar im Kino über Topologie sprechen will.«

»Nicht ablenken. Was ist mit dem Solar Explorer?«

»Du hast recht, zurück zum Thema. Auch der Solar Explorer verhält sich ganz normal.«

»Das heißt, die Zeitverschmelzung betrifft auch die Sonne?«

Das wäre eine schlechte Nachricht. Wenn der Prozess so weitreichend ist, wie sollen sie ihn dann beenden?

»Auf den ersten Blick ja. Es ist ja auch logisch. Die Satelliten besitzen zwar exakte Atomuhren. Aber wenn bei uns die Zeit einen Tag rückwärts schreitet und wir die Atomuhr des Satelliten abfragen, bekommen wir das Ergebnis vom Vortag und sind beruhigt.«

»Klar, aber wie kann der Satellit dann überhaupt einen Hinweis auf die Zeitrichtung geben?«

»Nick hat mich darauf gebracht. Es gibt ja etwas, das den Zeitablauf signalisiert, die Thermodynamik, ganz konkret die Entropie.«

»Und wie misst man die Entropie eines Satelliten?«

»An seiner Abnutzung. Der Solar Explorer versorgt sich über Solarzellen mit Strom. Deren Effizienz sinkt Jahr für Jahr, sollte man annehmen.«

»Sollte man, ja.«

»Siehst du, aber das trifft nicht zu. Ich habe die Werte gesehen. Die Effizienz steigt. Der Satellit gewinnt jeden Tag etwas mehr Energie aus dem Sonnenlicht. Dabei haben wir den Einfluss seiner Bahn natürlich herausgerechnet.«

»Er verjüngt sich, obwohl er älter wird.«

»Ja, Max, genau wie wir. Aus unserer Sicht wirkt es, als hätte die Entropie ihre Richtung geändert. Aber das liegt daran, dass wir ihr quasi entgegenkommen.«

»Äh, nein, es ist, als würden wir rückwärts an ihr vorbeigehen. Weil wir rückwärts laufen, sieht das Wachstum aus wie ein Schrumpfen.«

»Nein, es ist andersherum, Max. Wir glauben, vorwärts zu laufen, bewegen uns aber rückwärts und schätzen die Bewegung der Entropie deshalb falsch ein.«

Max massiert seine Schläfen. Das Nachdenken über Zeit-Paradoxa verdreht seine Gehirnwindungen.

»Artem, hör auf. Das treibt mich zum Wahnsinn. Fakt ist, dass der Solar Explorer außerhalb des Bereichs der Zeitverschmelzung liegt.«

»Das stimmt.«

»Dann ist die Grenze irgendwo zwischen Erdorbit und Sonne?«

»Nicht irgendwo. Wir haben dann nach weiteren Satelliten gesucht, um sie nach diesem Muster zu studieren. Bei Mars und Mond sind wir fündig geworden. Und, was glaubst du?«

»Nun sag schon, Artem.«

»Bei einer Marssonde tritt derselbe Effekt zu Tage wie beim Solar Explorer. Aber im Mondorbit – Fehlanzeige.«

»Ich habe es gewusst! Der Effekt ist lokal begrenzt!«

Das ist die beste Nachricht seines Lebens. Es liegt nicht am Universum als Ganzem.

»Du hattest ein gutes Gespür, Max. Irgendwo zwischen Mond und Mars normalisiert sich die Zeit wieder.«

»Elon Musk hat doch recht!«

»Wie meinst du das?«

»Er hat immer gesagt, dass wir einen zweiten Planeten besiedeln sollten. Hätten wir schon eine Kolonie auf dem Mars, könnte man uns bestimmt von dort aus helfen.«

»Ich bin nicht sicher, ob da Hilfe möglich ist«, sagt Artem. »Wir wissen ja nicht einmal, um welche Art von Prozess es sich handelt, also wie das alles passiert ist.«

»Dann müssen wir eben nachsehen.«

»Nachsehen? Wie stellst du dir das vor? Parkt da ein Raumschiff im Footballstadion, das mir bisher entgangen ist?«

»Vorgestern ist dieser japanische Milliardär zu seinem Flug um den Mond gestartet«, sagt Max. »Davon hast du doch bestimmt gehört? Wir müssen nur an Bord gelangen, dann entführen wir das Schiff und verlassen damit den Bereich des Zeitbruchs.«

»Jetzt drehst du ja völlig durch. Ein blinder Passagier wird doch sofort bemerkt. Jedes Gramm zusätzliches Gewicht ist ein Problem.«

»Wir müssen zwei der Passagiere entführen und uns als sie ausgeben. Nein, drei, Liz, du und ich. Es sind drei Frauen und fünf Männer an Bord plus der Milliardär und seine Managerin. So gut kennen die sich nicht. Das Ergebnis der Verlosung ist erst vor einer Woche bekanntgegeben worden.«

»Sagtest du gerade ›vorgestern‹, Max?«

»Ja, vorgestern. Wir brauchen nur zwei Tage zu warten.«

»Dann habe ich eine bessere Idee. Wir warten acht Tage. Statt die Gewinner zu entführen, manipulieren wir die Verlosung derart, dass wir selbst ausgewählt werden. Dann werden wir ins All starten. Oder ins All gestartet sein.«

»Und du behauptest, ich wäre durchgedreht. Dein Plan ist doch noch weitaus verrückter!«

»Er ist visionär, Max. Und er ist durchführbar, im Gegensatz zu deinem, der viel zu viele Sollbruchstellen enthält. Meinst du wirklich, du bekommst es hin, dass der Milliardär nicht mitbekommt, wie drei seiner Gäste ausgetauscht werden? Nein, wir müssen von Anfang an für diese Expedition ausgewählt worden sein.«

»He, Jungs! Darf ich euch unterbrechen?«

Max und Artem gehen gerade die Einzelheiten des Plans durch. Das Raumschiff des Milliardärs startet auf einer Starship-Rakete von Florida aus. Die Verlosung findet allerdings am Sitz des Herstellers in Boca Chica, Texas, statt. Sie müssen also im Land herumreisen, ohne dabei das Gedächtnis zu verlieren.

Max springt auf. »Immer, Liz. Was kann ich für dich tun?«

Liz lächelt. »Ich dachte, ihr wollt vielleicht etwas Besonderes sehen.«

»Hast du es geschafft?«

Max geht an ihr vorbei und drückt sich durch den Spalt neben dem Regal.

»Es sieht so aus. Aber genau wissen wir es erst in ein paar Minuten.«

»Du hast dich selbst übertroffen und gerade einmal zehn Stunden gebraucht.«

»Die meiste Zeit habe ich benötigt, um von der geometrischen in die algebraische Topologie umzurechnen. Und dann wieder zurück. Die berechnete Form habe ich mit dem Laserpointer auf das Artefakt übertragen. Die Geburt selbst wird vergleichsweise schnell gehen.«

»Bist du etwa schwanger?«

»Ich nicht, aber das Artefakt. Ich habe es mit einer Transformation aufgeladen.«

»Aufgeladen?« Max beugt sich über das Artefakt. »Es sieht genauso aus wie vorher.«

»Wenn du nachmessen würdest, könntest du eine gesteigerte Helligkeit feststellen.«

»Und das führt zu einer Geburt?«

»Indirekt. Das Artefakt befindet sich nun nicht mehr im energetischen Grundzustand. Es ist angeregt.«

*Ich bin auch angeregt.* Sei still.

»Aber das bleibt nicht ewig so. Nach meinen Berechnungen müsste es in kurzer Zeit wieder in den Grundzustand wechseln. Die dann überflüssige Energie …«

»Sieh mal, es geht los!«, sagt Liz.

Artem stellt sich rechts neben Max, Liz auf seine linke Seite. Sie sind wirklich ein gutes Team.

Einer der drei Arme des Artefakts hat gerade seine Krümmung geändert. Es ist, als würde er den Ellenbogen ausfahren. In der Mitte, in der Höhe des Gelenks, formt sich eine Kugel. Sie wandert langsam nach außen, dringt dabei teilweise in den Arm ein, und erscheint dann an seinem Ende. Jetzt sieht sie aus wie eine Träne, die über einen schmalen Kanal mit dem Arm verbunden ist. Die Träne löst sich auf. Was ist da los? Läuft es schief? Liz legt ihm die Hand auf die Schulter. Nein, die Träne trocknet nicht aus. Sie gliedert sich in drei ineinander verschränkte Ringe und schrumpft dabei. Ein winziges Abbild des Artefakts. Sein Kind.

Das Kind fällt zu Boden.

Artem stürzt hinterher. Er kriecht auf dem Boden herum. »Hab es!«, ruft er schließlich und zieht das Miniatur-Artefakt unter dem Regal hervor.

»Uff, ist das schwer.«

Er reicht es Max. Das kleine Ding wiegt bestimmt zwei Pfund. Max gibt es an Liz weiter. Dabei berühren sich ihre Finger. Statische Elektrizität versetzt ihnen einen Schlag. Max lacht.

»Kein Wunder, dass wir das Artefakt selbst nicht bewegen können«, sagt Liz. »Es muss so schwer sein wie ein Panzer.«

»Eine beeindruckende Energiedichte«, sagt Artem. »Und was machen wir nun damit?«

»Wir benutzen es, um unser Wissen nachlesen zu können«, sagt Liz. »Die Kameraauflösung müsste genügen, Schreiben wird darauf allerdings nicht möglich sein, dazu ist es zu klein. Wir bräuchten winzige Laser.«

Liz lässt es in ihrer Handfläche herumrollen. Das Mini-Artefakt ist etwa so groß wie eine Brosche.

»Es sieht wirklich exakt so aus wie die große Version«, sagt Artem. »Ob es auch alle Nachrichten enthält, die wir dort gefunden haben?«

»Ich denke schon«, sagt Liz. »Aber sehen wir doch lieber

nach.«

Max nimmt das Telefon aus der Tasche. Liz hält ihm das Artefakt hin. Er fotografiert es mit der höchstmöglichen Auflösung. Dann zoomt er in das Bild hinein. Die Streifen sind erkennbar, wenn sie auch nur wenige Pixel breit sind. Nein, mit dem Laserpointer neue Streifen zu markieren, ist ganz ausgeschlossen.

»Schick sie doch zur Sicherheit mal durch das Analyseprogramm«, sagt Artem.

Max leitet das Foto an den Computer weiter und startet dort die Textanalyse. »Hallo, Max«, gibt das Programm aus.

»Stimmt, die Miniversion gibt den gleichen Text wieder«, sagt er.

»Warte mal, und wenn ich nun etwas hinzufüge?«, fragt Artem.

Er kodiert einen Text und schreibt ihn nach Anleitung des Computers auf das große Artefakt. Max fotografiert die kleine Variante von allen Seiten. Dann macht er einen Textvergleich. Der neue Text enthält einen kurzen Satz, der vorher noch nicht da war.

»Wir haben ein Problem«, liest Max vor. »Hat geklappt. Wir können uns sogar Botschaften schicken, zumindest in einer Richtung.«

»Das ist gut«, sagt Artem. »Wir haben aber trotzdem ein Problem.«

»Und das wäre?«, fragt Max.

»Bevor ich euch das auseinandersetzen kann, muss ich Liz noch ein paar Informationen nachreichen.«

Artem erklärt, was er bei den Astrophysikern erfahren hat und welchen Plan sie sich vorhin ausgedacht haben, als Liz noch die Geburt des Mini-Artefakts vorbereitet hat.

»Du willst die drei Leute entführen, Max?«, sagt Liz. »Das ist riskant.«

»Darum ja auch mein Plan, die Verlosung zu manipulieren«, sagt Artem.

»Das klingt mir wesentlich … realistischer«, sagt Liz.

Es ist schon seltsam, wie schnell sie eine Reise rückwärts in die Zeit als »realistisch« bezeichnen, ohne in ein irres Gelächter auszubrechen. Wer immer ihnen zuhören würde, müsste sie für völlig übergeschnappt halten.

»Ich gebe zu, dass der Teufel hier im Detail steckt«, sagt Artem. »Offenbar ist es so, dass wir im Laufe eines Tages völlig frei sind. Es heißt ja immer, die Geschichte der Zukunft sei noch nicht geschrieben. Für uns ist die Vergangenheit die Zukunft. Also ist sie genauso offen wie im Normalfall die Zukunft. Fast. Denn wir wissen, was gestern passiert ist. Das Gestern ist dadurch wie eine Schablone, die wir verwenden können, wie sie ist, aber die wir auch abändern können.«

Max' Kopf brummt. Zeit-Phänomene strengen ihn ungeheuer an.

»Hier haben wir jetzt konkret zwei Schablonen«, erklärt Artem weiter. »Eine am Tag X-2, also vorgestern, die andere am Tag X-7, vor sieben Tagen. Wir können sie nicht beide gemeinsam verändern. Wenn wir an Tag X-2 ankommen, ohne dass die Schablone von X-7 verändert wurde, haben wir auch an X-2 keine Chance. Wenn wir aber bis X-7 warten, ist X-2 längst vorbei, denn die Zeit läuft erbarmungslos rückwärts.«

»Einverstanden«, sagt Liz. »Es ist zwar unglaublich, aber in sich schlüssig. Was ist deine Schlussfolgerung?«

»Wir müssen uns aufteilen. Ich kümmere mich um X-7, also um die Verlosung, ihr euch um X-2, um den Start zur Mondumkreisung.«

»Aber das heißt, dass du auf der Erde bleiben musst«, sagt Liz. »Du kommst von X-7 nie wieder zu X-2.«

»Es sei denn, ihr schafft es, die Zeitverschmelzung aufzuheben und alles wieder ins Lot zu bringen.«

»Wohin musst du?«, fragt Liz.

»Nach Boca Chica, Texas, zum Stargate«, sagt Artem.

»Stargate? Wie die Serie?«

»Nein, wie ›Spacecraft Tracking and Astronomical Research into Giga-hertz Astrophysical Transient Emission‹, aber etwas leichter zu merken. Es handelt sich um ein Gemeinschaftsprojekt der University of Texas und des Herstellers der

Rakete, eine Mischung aus Forschungszentrum und Wirtschaftsförderung für Jungunternehmer. Der japanische Milliardär will sich wohl auch daran beteiligen.«

»Das ist eine lange Reise bis dahin«, sagt Liz.

Warum interessiert sich Liz so sehr für den Weg nach Texas?

»2000 Meilen mit dem Auto. Selbst wenn ich bis nach Houston fliege, sind es noch sechs Stunden im Wagen.«

»Das schaffst du nicht hin und zurück an einem Tag, Artem«, sagt Liz.

»Nein. Die Verlosung ist am Nachmittag. Anschließend muss ich in Texas bleiben.«

»Dann wirst du unweigerlich vergessen, warum du überhaupt dort warst.«

»Nein, ich werde nie dort gewesen sein. Ich werde von dem ganzen Artefakt-Scheiß und der geschmolzenen Zeit nichts wissen und mein Leben leben, bloß in die umgekehrte Richtung. Mach dir keine Sorgen um mich. Es gibt Schlimmeres. Ich hatte eine gute Kindheit.«

»Okay«, sagt Liz. »Wir werden alles versuchen, um den Prozess umzukehren.«

»Ich wünsche euch erst einmal, dass ihr es nach draußen schafft. Bringt euch bitte meinetwegen nicht zusätzlich in Gefahr.«

»Nicht zusätzlich«, sagt Max.

»Na ja, immerhin wollt ihr eine Raumkapsel entführen«, sagt Artem. »Die anderen werden das vermutlich nicht so gut finden.«

»Aber sie werden auch nicht damit rechnen«, sagt Liz. »Wir müssen Zugang zur Schleuse bekommen. Dann können wir drohen, die Kapsel zu entlüften. Das müssen wir bloß 24 Stunden durchhalten, dann werden sie sehen, dass die Entführung berechtigt war.«

»Das klingt wie ein guter Plan«, sagt Artem.

»Ich hoffe, du hast auch einen.«

»Habt ihr euch denn an dem Wettbewerb beteiligt?«

»Na klar«, sagt Max. »Ein kostenloser Flug um den

Mond, wer kann da Nein sagen?«

»Ich habe meine Bewerbung auch abgeschickt.«

»Gut, dann muss ich nur eure beiden Namen in die finale Crew bringen. Ich habe einen guten Freund an der University of Texas Rio Grande Valley. Der bringt mich bestimmt ins System. Mit Computern kenne ich mich ja ganz gut aus.«

»Jungs?«

»Ja?«, fragen Max und Artem gleichzeitig zurück.

»Wie habt ihr es geschafft, heute so viel Zeit zu haben, also nach der Entdeckung des Artefakts?«

»Wir sind hier im Keller aufgewacht«, sagt Max.

»Das ist seltsam. Warum seid ihr nicht in euren Betten aufgewacht?«, fragt Liz.

»Vielleicht, weil wir morgen ebenfalls hier gewesen sein werden?«, fragt Artem.

»Als der morgige Tag vorbei war, begann der heutige, und das, was morgen geschehen ist, hat sich in Nichts aufgelöst.«

»Nicht ganz«, sagt Max. »Wir haben aufgeschrieben, was passiert ist. Im Artefakt bleibt es ewig erhalten.«

»Dann gab es deshalb vielleicht diese unmögliche Kontinuität. Ihr habt es aufgeschrieben, also konnte es nicht ganz verschwinden. Die Zeit musste ihren Verlauf anpassen. Ihr Strom mäandriert. Das könnte eine ziemlich wichtige Erkenntnis sein.«

»Wir sollten also alles auf dem Artefakt notieren, was heute geschehen ist«, sagt Artem.

»Nicht nur, um uns selbst daran erinnern zu können, sondern auch, um der Zeit ihre Erinnerung zurückzugeben.«

»Das wird aber nur funktionieren, solange wir uns hier im alten Archiv in Princeton befinden«, sagt Max. »Sobald wir unsere Reise angetreten haben, hilft uns nur noch das Mini-Artefakt.«

»Am besten, wir übernachten hier unten«, sagt Artem. »Dann kommt einer von uns morgen früh auf jeden Fall auf die Idee, das Artefakt zu untersuchen.«

»Eine gute Idee. Ich besorge uns Schlafsäcke und Luftmatratzen«, sagt Liz.

»Ich hole etwas zu essen«, sagt Max. »Du bist Vegetarierin, oder?«

»Seit ein paar Jahren, ja.«

»Ich besorge uns Bier«, sagt Artem.

»Prost«, sagt Artem.

Sie heben die Bierdosen. Artem hat Bud gekauft, dabei hat er doch Bier besorgen wollen! Aber die Flüssigkeit läuft gut die Kehle hinunter, und sie stillt den Durst. Plötzlich merkt Max, dass er den ganzen Tag lang fast nichts zu sich genommen hat.

»Seid ihr eigentlich Freunde?«, fragt Liz.

Komische Frage. Interessante Frage. Warum antwortet Artem nicht? Wieso sagt er selbst nichts?

»Ich frage nur, weil ihr mir noch nie zusammen aufgefallen seid.«

Das ist gut beobachtet. Sie sehen sich zwar jeden Tag im Büro, reden miteinander, helfen sich auch, aber nach der Arbeit haben sie sich noch nie getroffen. Ob sich das in der Zukunft ändern wird? Sie kennen sich ja noch nicht so lange. Die Notizen, die sie auf dem Artefakt hinterlassen haben, klingen so, als wären sie in Zukunft ein Team.

»Ja, ich denke schon«, sagt Artem.

Endlich. Er hat recht. Artem ist das, was für Max einem Freund am nächsten kommt. Er wäre der Erste, den er um Hilfe bitten würde. Bisher hat er immer gedacht, das läge daran, dass er ihn einfach am häufigsten sieht, aber das ist nicht entscheidend.

»Prost«, sagt Liz.

Wieder heben sie die Bierdosen. Sie müssen sich beeilen, bevor das Zeug auch noch warm wird. Hier unten gibt es weder Kühlschrank noch Eis. Max läuft etwas von der Flüssigkeit aus dem Mundwinkel. *Nicht zu gierig, mein Junge.*

»Wenn ich das Prinzip richtig verstehe, haben wir morgen

früh alles vergessen, was heute war, ja?«, fragt Liz. »Aber wir wachen trotzdem hier auf.«

»So war es jedenfalls gestern. Also morgen«, sagt Artem.

»Du vergisst aber nichts«, sagt Max. »Du hast den heutigen Tag nie erlebt, weil dann ja gestern ist. Dass wir ausgerechnet hier aufwachen und nicht im Wohnheim, ist aber seltsam.«

»Das kann ich topologisch erklären«, sagt Liz. »Das Artefakt verankert uns in den räumlichen Dimensionen. Es verändert die Schablone des gestrigen Tages.«

»Spannend«, sagt Max.

Er hätte Artems Tipp befolgen und das Topologie-Lehrbuch überfliegen sollen. Hoffentlich mag ihn Liz auch, wenn er so wenig über ihr Gebiet weiß.

»Sehr spekulativ, insbesondere die Verbindung zwischen den typologischen Eigenschaften eines fiktiven Objekts und der Wirklichkeit. In einer wissenschaftlichen Veröffentlichung würde ich damit nicht durchkommen.«

»Du wirst sowieso keine Zeit haben, ein Paper darüber zu schreiben.«

»Nein. Noch eine halbe Stunde, dann wird sich dieser Tag in Luft auflösen.«

Ihre Mundwinkel senken sich.

»Du klingst traurig«, sagt Max.

Liz' Blick heitert sich auf. »Danke, dass du es erkannt hast. Es ist … Ich mag dich.«

Sie mag ihn! Sein Herzschlag beschleunigt sich.

»Aber ich befürchte, dass das in ein paar Minuten vorbei ist. Wer weiß schon, was gestern gewesen sein wird?«

Sie werden sich nicht kennen, das wird geschehen. Max sieht nach unten auf die Matratze. Sie hat zwei graue Flecke.

»Weißt du, was? Wir machen jetzt ein Experiment«, sagt Liz und rückt näher.

Max hat noch gar nicht realisiert, was gerade geschieht, da nimmt sie seinen Kopf in die Hände und küsst ihn auf den Mund. Ihre Lippen sind warm und weich. Sie hat die Augen geschlossen. Max kann nicht wegsehen. Die Nähe ist überwältigend und noch viel schöner als das Artefakt.

Liz löst sich von ihm, öffnet die Augen wieder – und lacht. Max' Wangen werden heiß.

»Du guckst so entgeistert«, sagt sie. »Entschuldige.« Sie nimmt seine Hand. »Es war schön. Und nun bin ich gespannt, ob das Experiment etwas bewirkt.«

Experiment? Hat sie es gar nicht so … gemeint? Hätte sie auch Artem geküsst, hätte er näher bei ihr gesessen? Max ist verwirrt. Jemanden zu mögen, ist anstrengend. Also so zu mögen, wie er Liz mag. Vielleicht ist es gar nicht so schlecht, dass in ein paar Minuten alles ausgelöscht wird.

# 7

»Ich danke euch allen«, sagt Elisabeth und sieht in die Runde, während der Wind über die Ebene pfeift.

Heute Morgen ist es besonders kalt. Acht Grad Celsius, hat sie auf dem Außenthermometer am Campingbus abgelesen, und das mitten im Sommer! Dichte, dunkelgraue Wolken jagen über den Himmel nach Osten. Das ist zufällig auch ungefähr die Richtung, in die sie heute fahren müssen.

»Wir haben zu danken«, sagt Gerhart. »Es war das Spannendste, was wir in den letzten zehn Jahren erlebt haben. Stimmt's, Schatz?«

Er sieht seine Frau an, und Waltraud lächelt. Dann zieht sie ihren Umhang fester um sich. Sie hätten sich vielleicht lieber im geheizten Bus verabschieden sollen. Doch wegen des Panzertauchanzugs ist es darin ziemlich eng geworden.

»Ohne eure Hilfe hätten wir das nicht geschafft«, sagt Elisabeth. »Aber den letzten Abschnitt dieser Reise könnte ich auch allein unternehmen.«

Dabei sieht sie Shania an. Das Treffen mit den Leuten, die hinter dem Artefakt her sind, könnte gefährlich werden. Vor allem, wenn sie zu früh bemerken, dass sie das Objekt gar nicht mehr bei sich haben. Das darf zwar nicht passieren, aber die Realität hält sich selten an ihre Wünsche. Shania hat schon so viel für sie getan, und sie hat ihr ganzes Leben noch vor sich.

»Wie, willst du mich jetzt allein hier sitzenlassen?«, fragt Shania. »Das kommt gar nicht in Frage. Ich will doch die Königin der Berge sehen!«

»Die Schlammfrau und die Königin der Berge, das wäre ein toller Titel«, sagt Gerhart.

»Wofür?«, fragt Elisabeth.

»Für die Geschichte, die Sie uns versprochen haben.«

Elisabeth lächelt. »Und die Sie bekommen werden. Notfalls schreibe ich sie auf und schicke sie Ihnen.«

»Ich bestehe darauf, sie persönlich erzählt zu bekommen.«

»Wir fahren jetzt zu unserer Verabredung, und anschließend kommen wir wieder vorbei und berichten«, sagt Shania.

Die junge Frau scheint falsche Vorstellungen davon zu haben, was ihnen bevorstehen könnte.

»Ich glaube kaum, dass sie uns so einfach davonkommen lassen werden«, sagt Elisabeth. »Und wenn, dann dürfen wir sie nicht auf die Spur von Gerhart und Waltraud führen.«

Shania nickt. Niemand sagt mehr etwas. Irgendwie hat sie mit ihren letzten Worten die Stimmung zerstört. Schweigend umarmen sie sich, dann steigen Elisabeth und Shania in den Jeep und fahren davon.

SEIT SIE AUF DIE F88 EINGEBOGEN SIND, FOLGT IHNEN jemand. Shania sitzt am Steuer, sodass Elisabeth den Verfolger beobachten kann. Natürlich könnte es sich um einen Zufall handeln – einen Einheimischen etwa, der wie sie nach Süden fährt. Der Wagen hält einen konstanten Abstand ein. Sie erkennt das an der Staubfahne, die er hinter sich her zieht. Auch das muss keine Absicht sein. Auf der Schotterpiste ist eben nur eine bestimmte Maximalgeschwindigkeit möglich, und Shania fährt wirklich zügig.

Aber als sie die Furt in der Nähe des Grafarlandsfoss

erreichen, bremst ihr Verfolger ebenfalls ab, statt sie zu überholen. Das Wasser spritzt. Es hat in der Nacht geregnet, sodass der Fluss mehr Wasser führt als beim letzten Mal. Shania beschwert sich nicht. Im Gegenteil, sie hat sichtlich Spaß, den Jeep über die glatten Steine zu quälen. Elisabeth hält das dunkle Tuch fest, das sie auf der Rückbank über ein paar alte, leere Kisten gespannt haben. Ein flüchtiger Beobachter könnte glauben, dass sich darunter das Artefakt verbirgt.

Sie brauchen diesmal fast eine halbe Stunde für die Furt. Als Elisabeth das nächste Mal nach dem Verfolger sucht, erschrickt sie, denn die Staubfahne ist nicht mehr zu sehen. Der einsetzende Regen hat sie vermutlich ausgewaschen. Dadurch können sie nicht mehr einschätzen, wie groß ihr Vorsprung noch ist.

Elisabeth sieht trotzdem davon ab, Shania damit zu stressen. Sie fährt sowieso schon so schnell es geht. Gerade quält sich der Jeep zwischen den beiden Pfosten auf der anderen Seite der Furt hindurch. Ihr Verfolger wird zurückfallen, wenn er selbst den Übergang erreicht. Das spricht dafür, dass sie Ortsfremde hinter sich haben, die von der Verzögerung durch die Furt nichts wissen. Aber der Abstand ist ihm vielleicht auch einfach egal und er will nur verhindern, dass Elisabeth und Shania umkehren und entkommen können. Dieses Ziel hat er auf jeden Fall erreicht – abseits der Piste kommen sie mit dem Jeep garantiert nicht durch das Gelände.

Laut der Kartendarstellung ihres Telefons haben sie an der Furt etwa die Hälfte des Weges zur Herðubreið hinter sich. Den majestätischen Vulkan sehen sie – anders als gestern – trotzdem noch nicht. Der Regen hat schon wieder aufgehört. Dafür bedeckt nun ein dichter, grauer Schleier den Himmel. Er breitet sich über ihnen aus wie eine riesige Zeltplane, und der Jeep ist mitten im Zentrum des kuppelartigen Zelts unterwegs.

Die Landschaft wird mit jedem Kilometer rauer. So ungefähr könnte die Erde kurz nach dem schweren Bombardement ausgesehen haben, als ihr noch junger Körper in kurzer

Zeit enorm viele Meteoriteneinschläge aushalten musste. Das Gestein rund um sie herum sieht aus, als wäre es verbrannt, geschmolzen und wieder erstarrt.

Die Piste muss sich nun immer wieder in engen Kurven und Kehren um Spalten, Lavaflüsse und Abhänge winden. Shania leckt sich die Lippen. Sie kneift die Augen zusammen und ihre Fingerknöchel werden weiß, so fest hält sie das Lenkrad.

»Soll ich dich ablösen?«, fragt Elisabeth.

»Das ist nett, aber nicht nötig. Du kannst ja auf dem Rückweg fahren.«

Dass sie die Rückfahrt mit diesem Jeep antreten werden, kann Elisabeth sich gerade gar nicht vorstellen. Wer wird sie wohl bei der Herðubreið erwarten?

Weitere 20 Minuten später verändert sich die Landschaft schon wieder. Der Jeep fährt durch ein Gelände, das sie an die Gipfelregion der Rocky Mountains erinnert. Der Boden ist großteils von maximal kniehohen, grünen Sträuchern bedeckt. Vor allem aber öffnet sich die Aussicht auf den Berg. Shania stoppt den Wagen.

Die Herðubreið ist ein mächtiger Tafelberg. Nein, ein Vulkan, wie eine Rauchfahne über seinem Krater anzeigt. Wie zur Begrüßung rumpelt die Erde unter ihnen. Haben sie das bisher nicht bemerkt, oder haben die leichten Erdstöße wirklich gerade erst begonnen?

»Komm, wir steigen aus«, sagt Shania.

Das Wetter ist verlockend. Gerade reißen über dem Vulkan die Wolken auf und lassen einen kitschig blauen Himmel erkennen. Es fehlt eigentlich nur noch, dass die Sonne herausschaut. Und als hätte Elisabeth das mit ihren Gedanken beschworen, öffnen sich die Wolken und geben den Blick auf die Sonne frei.

Shania springt vom Fahrersitz auf den Boden. Doch im selben Augenblick ist ein Rattern zu hören. Ein Hubschrauber! Elisabeth sucht ihn am Himmel und findet ihn im Norden. Er kommt also aus derselben Richtung wie die Verfolger, die auf vier Rädern unterwegs sind.

»Wir sollten besser weiterfahren, tut mir leid«, sagt Elisabeth.

Sie schließt gerade den Gurt, als Shania aufschreit und aus der Tür fällt. Ein mächtiger Stoß schüttelt ihr Fahrzeug. Hektisch öffnet Elisabeth den Gurt wieder, springt aus dem Jeep und rennt zu Shania auf die andere Seite. Die junge Frau hat sich schon wieder aufgesetzt und hält sich den Hinterkopf.

»Lass mal sehen«, sagt Elisabeth.

Vorsichtig nimmt sie Shanias Kopf in die Hände und untersucht ihn. Kurz unter dem linken Ohr ist ein kleiner Riss, aus dem Blut sickert. Sie stillt es mit einem Taschentuch. Das sieht nicht schlimm aus. Genau könnte das aber nur ein Arzt sagen.

»Hast du Schmerzen?«

»Mein Schädel dröhnt, aber sonst ist nichts.«

»Gut. Könnte eine Gehirnerschütterung sein, deshalb fahre jetzt lieber ich, nur falls dir plötzlich übel wird.«

»Einverstanden.«

Shania überlässt ihr freiwillig das Steuer? Es geht ihr also vermutlich schlechter, als sie zugeben will. Elisabeth bringt die junge Frau zum Beifahrersitz und schnallt sie an. Shania lässt es sich gefallen und lächelt nur matt. Elisabeth beißt die Zähne zusammen. Shania verhält sich nicht normal. Ihr Kopf muss einen ordentlichen Schlag abbekommen haben.

Elisabeth setzt sich auf den Fahrersitz. Sie greift zum Sicherheitsgurt und zuckt zurück, weil es schon wieder mächtig rummst. Irgendwer möchte wohl nicht, dass sie sich anschnallt. Dann erst sieht sie, was den Knall verursacht hat. Der hintere, südöstliche Teil des Vulkans bricht weg. Sie kann zusehen, wie ein Teil der mächtigen Wand in Zeitlupe zur Seite kippt.

»Siehst du das?«

Shania öffnet die Augen zu einem Spalt. »Der Vulkan«, sagt sie.

»Die Königin erwacht«, sagt Elisabeth.

»Ich bin gerade mächtig müde«, sagt Shania. »Meinst du, ich könnte einen Moment …«

Sie verstummt. Soll sie Shania wecken? *Nicht einschlafen, bleib bei mir*, sagen sie immer im Film. Aber was ist mit der Wirklichkeit? Tut eine Mütze Schlaf Shania nicht gut? Elisabeth mustert sie. Ihre Begleiterin atmet ganz normal. *Schlaf gut.* Sie startet den Wagen.

Hinter der nächsten Kurve erkennt sie den Hubschrauber genauer. Es ist ein anderes Modell als bei ihrer letzten Begegnung, deutlich größer und schwarz lackiert. Noch kann sie aber keine Hoheitszeichen erkennen. Das Fluggerät hat aufgeholt und ist jetzt fast auf der Höhe ihrer Verfolger. Setzt es etwa zur Landung an? Die Rotoren wirbeln Staub auf. Elisabeth hört ein Knattern. Das ist kein Motorengeräusch, das sind Schüsse! Der Helikopter setzt auf.

Elisabeth bremst den Jeep auf einer Anhöhe. Sie will mit eigenen Augen sehen, was nun passiert. Ein paar aus der Entfernung winzige Menschen springen heraus und rennen auf das ebenfalls haltende Fahrzeug zu. Das Knattern setzt sich fort. Einer der Angreifer stürzt, die anderen laufen weiter. Das Fahrzeug setzt sich in Bewegung. Es verlässt die Piste und rast im Zickzack auf den Hubschrauber zu. Dabei erwischt es einen weiteren Angreifer, der in hohem Bogen über das Dach fliegt. Doch es sind noch drei oder vier Männer übrig, die nun von zwei Seiten aus auf das Auto zustürmen. Knattern und einzelne Schüsse. Das Fahrzeug versucht eine besonders scharfe Kurve und überschlägt sich. Die schwarzen Männchen laufen langsam zum Hubschrauber zurück.

Ob sie wohl das nächste Ziel sein werden? Elisabeth bricht der Schweiß aus. Hektisch startet sie den Jeep. Als der Helikopter wieder in der Luft ist, bemerkt sie im Rückspiegel eine Explosion. Das muss das Fahrzeug gewesen sein. Ist das eine gute oder eine schlechte Nachricht? Der Helikopter hält den Abstand jedenfalls nicht wie ihre bisherigen Verfolger. Er scheint es deutlich eiliger zu haben. In ein paar Minuten wird er zu ihnen aufschließen. Elisabeth fährt schneller, auch wenn die Piste gerade nicht dazu einlädt. Vor ihren Augen bricht der Königin der Berge ein Zacken aus der Krone. Die frische Wunde blutet. Das muss Lava sein, die aus dem Berg dringt. Wenn sie doch jetzt nur den Geologen fragen könnte, was ihnen noch bevorsteht!

»Vorsicht!«, ruft Shania.

Elisabeth weicht einem Felsbrocken aus, den sie natürlich gesehen hat. Shania ist wieder wach, aber das ist kein Wunder, weil die Strecke gerade in zahlreichen Kurven verläuft.

»Wie geht es dir?«, fragt Elisabeth.

»Gut, glaube ich. Habe ich lange geschlafen?«

»Nur zehn Minuten oder so.«

»Ist in der Zwischenzeit irgendetwas passiert? Du siehst so angespannt aus. Achtung, da rechts!«

Eine besonders gute Beifahrerin ist Shania nicht.

»Sieh doch mal lieber in den Rückspiegel und lass mich fahren.«

Shania folgt der Aufforderung. »Scheiße, wer ist das?«, fragt sie.

»Keine Ahnung. Erkennst du irgendwelche Hoheitszeichen?«

Shania lehnt sich nach vorn und sieht konzentriert in den Spiegel.

»Nein, nichts«, sagt Shania.

»Dann sind es vermutlich nicht die, die uns gestern beschossen haben. Das waren eindeutig Amerikaner.«

»Hängen sie schon lange so an uns dran?«

»Nein, sie haben gerade aufgeschlossen, nachdem sie diejenigen, die uns die ganze Zeit über mit einem Auto verfolgt haben, abgeschossen haben. Aber bisher keine Schüsse auf uns.«

»Was, wir wurden schon länger verfolgt?«

»Ja, ich wollte dich nicht beunruhigen.«

Shania dreht sich um und atmet hastig. Im Rückspiegel sieht Elisabeth, dass sie die Abdeckung glattzieht. Ja, dass die anderen glauben, das Artefakt sei im Wagen, könnte ihre Lebensversicherung sein.

»Vorsicht, links!«, ruft Shania.

»Erschreck mich nicht dauernd, bitte! Sonst baue ich wirklich noch einen Unfall.«

»Entschuldige.«

Der Wagen schießt um eine Bergflanke herum. Vor ihnen öffnet sich ein beeindruckendes Panorama, in dessen Zentrum die Herðubreið steht. Der Berg stößt inzwischen dichteren Rauch aus. Ab und zu knallt es, woraufhin immer wieder größere Steine aus dem Krater fliegen. Die Luft ist voller feiner Asche, die sich nur sehr langsam absetzt. Elisabeth benutzt regelmäßig den Scheibenwischer.

»Sie ist wunderschön«, sagt Shania.

»Deine Königin.«

»Ja. Kommen wir noch näher heran?«

»Wir müssen. Wir brauchen schließlich einen Ort, wo wir das Artefakt versenken können«, sagt Elisabeth und zwinkert.

Sie wird die unter dem Tuch versteckte Kiste in den Abgrund stoßen. Spätestens dann werden sie sehen, wer ihnen das alles hier eingebrockt hat. Noch ist Charles nicht überführt. Dass man sie auf dem Weg hierher aufspüren würde, war zu erwarten. Aber wenn an der Herðubreið jemand auf sie wartet, kann nur ihr Chef Charles diese Information weitergegeben haben. Oder Shania, doch der traut sie das nicht zu.

»Aber dir ist schon klar, dass die Herðubreið keinen Drive-In-Krater hat?«

»Ja, Shania. Ich hatte an irgendeinen Nebenkrater gedacht, eine Schlucht oder so etwas. Ich würde auch eine Spalte nehmen, die sich plötzlich auftut. Wir sind in Island, wo die amerikanische und die eurasische Kontinentalplatte aufeinander stoßen, da muss es doch eine Gelegenheit geben?«

Shania zeigt nach vorn. Rotglühende Lava dringt aus dem Riss im Kamm.

»Na ja. Normalerweise hätten wir eine mehrstündige Wanderung den Berg hinauf vor uns. Ich habe das schon geplant, seit ich von der Königin der Berge gelesen habe. Aber wir haben Glück im Unglück. Die Gelegenheit kommt auf uns zu, würde ich sagen.«

Obwohl Elisabeth langsamer wird, fällt der Hubschrauber etwas zurück. Die Besatzung scheint vor den glühenden Gesteinsbrocken Respekt zu haben, die der Vulkan mit wachsender Begeisterung in alle Richtungen wirft – fast alle: Den Bereich hinter seinem westlichen Hang scheint er auszulassen, was vermutlich mit der Lage des Hauptkraters zu tun hat. Das hat wohl nun auch der Pilot des Helikopters erkannt, denn er dreht ab und steuert nach Westen.

Offenbar nehmen ihre Gegner an, dass der Hauptkrater ihr Ziel ist. Elisabeth will sie so lange wie möglich in diesem Glauben lassen. Deshalb biegt sie auf eine Nebenpiste ab, die laut Beschreibung im Internet zu einem Parkplatz in der Nähe des Gipfels führt. Dort beginnen Wanderer meist ihre Herðubreið-Besteigungen. Ein kleines Haus mit rotem Dach bleibt links zurück. Es gehört zu einem primitiven Campingplatz, aber momentan ist dort nur ein Zelt aufgebaut, das aus Planen in Tarnfarben besteht. Dort wohnen bestimmt keine gewöhnlichen Touristen. Man hat sie also erwartet. Die Information kann nur von Charles kommen.

Der Jeep rast über eine steil ansteigende Schuttebene. Hier gibt es keinerlei Pflanzen. Es erinnert sie eher an eine Wüste aus schwarzem Sand. Wenn sie stark beschleunigt oder bremst, drehen die Räder durch. Ansonsten hält sich der Geländewagen aber sehr gut. Shania beobachtet ihre Verfolger.

»Der Hubschrauber ist jetzt in Kammnähe gelandet«, sagt sie.

»Das ist gut. Sie glauben immer noch, dass wir so dumm sind, ihnen entgegenzukommen.«

»Jetzt steigen ein paar Leute aus. Sie haben Rucksäcke auf und große Waffen in der Hand«, sagt Shania.

»Sie kommen uns entgegen.«

Sehr gut. Je weiter sich die Gegner vom Hubschrauber entfernen, umso langsamer können sie reagieren, wenn sie merken, dass Elisabeth gar nicht auf den Kamm zusteuert.

»Genau.«

Bei dem Zelt in der Nähe des kleinen Häuschens tut sich ebenfalls etwas. Jemand schiebt ein Objekt ins Freie, das wie ein Motorrad aussieht. Es folgt noch eines, dann das dritte.

»Sieh mal, da«, sagt Elisabeth.

»Oh, nein, sie haben fahrbare Untersätze.«

Je zwei Menschen steigen auf die beiden Fahrzeuge, die sich in Bewegung setzen. Elisabeth und Shania sind nun genau zwischen beiden Gruppen. Aber das wird nicht mehr lange so bleiben. Elisabeth will den Jeep nicht auf dem Wandererparkplatz abstellen. Sie wird dort in südlicher Richtung ausbrechen, um möglichst schnell den Lavafluss zu erreichen. Sie tritt das Gaspedal ganz durch und prescht den Berg hinauf. So holt sie noch eine Minute heraus.

»Wenn du aussteigen willst, wäre jetzt die Gelegenheit«, sagt Elisabeth.

Das ist die Minute, die sie gerade herausgeholt hat. Sie kann kurz halten und Shania hinauslassen und wird trotzdem nicht gefasst werden – so jedenfalls ihr aktuelles Kalkül.

»Ich will aber nicht«, sagt Shania.

»Wie du willst. Ich kann dir nicht versprechen, dass das klappt.«

»Was?«

»Mein Plan. Wirst du gleich sehen.«

Elisabeth ist erstaunlich ruhig. Das muss das Adrenalin sein. Was hat sie auch zu verlieren? Solange ihre Verfolger glauben, dass das Artefakt im Jeep ist, ist sie einigermaßen sicher.

»Ich vertraue dir.«

»Dann musst du jetzt auf den Rücksitz hinter mir klettern. Du schnallst dich nicht an. Wenn ich ›Jetzt!‹ rufe, springen wir nach links aus dem Wagen. Sofort. Wenn du eine Sekunde zu lange wartest, stirbst du. Okay?«

»Okay. Klingt nach Spaß.«

»Eine Menge Spaß.«

Der Jeep bricht aus der Piste aus, die weiter den Berg hinaufführt – zum Hauptkamm, wo der Helikopter wartet. Elisabeth steuert einen Nebenkamm hinab, der wie eine Rippe aus der Erde ragt. Aus der Ferne sah er noch einigermaßen befahrbar aus. Doch er ist verdammt schmal. Die Angst kriecht ihr den Rücken hinauf. Links und rechts geht es mit etwa 70 Prozent Gefälle in den Abgrund. Wenn sie das Lenkrad verreißt, wird der Wagen umkippen und sich überschlagend ein paar Hundert Meter nach unten stürzen.

Die motorisierten Verfolger passen ihren Kurs an. Es scheint sich nicht um gewöhnliche Motorräder zu handeln, so schnell sind sie unterwegs.

»Die anderen laufen zu ihrem Heli zurück«, sagt Shania, die nach hinten aus dem Fahrzeug sieht.

Das ist nicht gut. Dem Helikopter können sie kaum entkommen. Elisabeths Arme verkrampfen am Lenkrad. Sie muss es festhalten, egal, was passiert. Kurz vor ihnen kracht ein großer Klumpen auf den Hang. Staub und Sand spritzen nach allen Seiten. Elisabeth bereitet sich darauf vor, dem Stein auszuweichen, aber im letzten Moment rollt er immer schneller werdend den Hang hinunter. Er stürzt genau auf die Motorradfahrer zu. Sie werden ihnen zumindest nicht mehr folgen können.

Sie muss konzentriert bleiben. Ein Erdstoß lässt den ganzen Berg erzittern. In 50 Metern Entfernung entsteht ein schwarzer Strich. Eine Spalte! Der Kamm bricht auseinander. Elisabeth gibt weiter Gas. Sie kann nicht ausweichen, selbst wenn sie wollte. Hier ist nicht genug Platz zum Wenden.

*Ruhig, ganz ruhig.* »Halt dich fest«, sagt sie.

Shania muss die Spalte schon bemerkt haben, denn sie legt ihr beruhigend die Hand auf die Schulter. Das tut gut.

»Du schaffst das«, sagt sie.

Lenkrad festhalten. Fuß auf dem Gas. Nicht bremsen. Elisabeth zwingt sich, die Augen offenzuhalten, denn gleich nach dem Spalt biegt der Kamm etwa 20 Grad nach Osten. Drei. Zwei. Eins. Kante. Flug!

Ihr ganzer Körper versucht, dem Auto zusätzlichen Schwung zu verleihen. Sie sind in der Luft. Einen Wimpernschlag später knallt Elisabeth so in ihren Gurt, dass sie kurzzeitig nicht mehr atmen kann. Die Hinterräder hängen und drehen frei. Die Vorderräder schaffen es nicht allein und rutschen durch. Erster Gang. Sie zwingt sich, weniger Gas zu geben. Die Vorderräder greifen wieder. Zentimeter um Zentimeter ziehen sie den Jeep voran. Ein kurzer Stoß, dann sind die Hinterräder wieder auf festem Grund, und Elisabeth gibt Gas.

»Bist doch keine so schlechte Beifahrerin«, sagt Elisabeth.

»Und du fährst ziemlich gut«, sagt Shania.

»Glück gehabt.«

Der dunkelrot glühende Lavafluss kommt in Sicht. Er stürzt eine Bergflanke hinunter, die ihnen gegenüber liegt, um dann von dem Bergrücken aufgehalten zu werden, auf dessen Kamm sie gerade fahren. Zu seinen Füßen fließt er dann weiter.

Weil der Berg langsam ausläuft, kommen sie der Lava auf der rechten Seite immer näher. Doch auch die Motorradfahrer nähern sich wieder. Sie kommen von links, den flacher werdenden Berg hinauf. Mit lautem Rattern überholt der

Hubschrauber den Jeep. Ein Mann, der aus dem Ausstieg des Helikopters hängt, winkt ihnen zu. In der anderen Hand hält er eine automatische Waffe. Aber es ist eine leere Drohung. Wenn er schießt, stürzt der Jeep in den Abgrund, und das Artefakt ist verloren.

Der Hubschrauber setzt vor ihnen zur Landung an, bricht den Versuch aber ab. Der Kamm ist hier zu schmal. Was jetzt passiert, liegt nicht mehr in ihrer Hand. Es ist ein Dreikräfteproblem, das analytisch nicht zu lösen ist. Sie hält einfach den Jeep auf dem Kamm. Das ist anstrengend genug.

Ihr Plan ist einfach, fast primitiv. Das ist unter diesen Umständen wichtig. Elisabeth will den Jeep vom Hang aus nach rechts in die Lava stürzen lassen. In letzter Minute werden Shania und sie nach links herausspringen, gerade so, als hätten sie sich eben noch retten können. Doch damit das Artefakt auf dem Rücksitz glaubwürdig in der Lava verschwindet, muss der Wagen den glühenden Strom treffen. Und damit sie beim Sturz aus dem Jeep nicht sterben, sollte es auf der linken Seite nicht allzu tief nach unten gehen. Sie sieht kurz aus dem Fenster. Im Moment würden sie bestimmt 200 Meter nach unten kugeln. Der Abhang ist von großen Felsen übersät, an denen sie sich alle Knochen brächen.

Beide Faktoren hat sie umso besser im Griff, je länger sie den Jeep noch auf dem Kamm halten kann. Ihre Verfolger aber wollen sie so früh wie möglich stoppen. In jedem Fall ist es ein Spiel auf Leben und Tod, aber Elisabeth ist erstaunlich ruhig. Sie hofft, dass sich die beiden Gruppen gegenseitig ins Gehege kommen. Das würde ihnen Zeit verschaffen.

»Schau mal«, sagt Shania und zeigt nach vorn.

Der Hubschrauber, der gerade erneut zum Landen ansetzen wollte, startet durch. Er neigt seinen Bug in Richtung der Motorradfahrer und prescht ihnen entgegen. Aus der Tür hängt ein Mann, der eine Waffe gen Boden richtet. Aber er feuert nicht. Der Hubschrauber jagt lediglich im Tiefflug über die drei Zweiräder. Eines davon stürzt um. Ob der Fahrer abgelenkt oder der Luftstrom der Rotorblätter daran schuld war, ist nicht zu erkennen. Die Beifahrer der anderen beiden Motorräder heben Waffen gen Himmel, schießen aber ebenfalls nicht. Die beiden Fraktionen scheinen sich schonen zu wollen. Noch?

Der Kamm verbreitert sich etwas, und Elisabeth atmet durch. Da taucht wie aus dem Nichts vor ihnen ein gedrungener, flacher Panzerwagen mit übergroßen Rädern auf. Auf seinem Dach ist ein Maschinengewehr angebracht, und dahinter steht ein Mann, der zur Hälfte in einem Loch im Dach verborgen und zusätzlich von einem Metallschild geschützt ist. Das MG dreht sich und versucht offenbar, den Hubschrauber ins Visier zu nehmen, während der Panzerwagen auf ihren Jeep zurast. Scheiße!

Es knallt ein paarmal. Auch das zweite Motorrad geht zu Boden. Der Helikopter dreht eine Runde. Der Pilot hat offensichtlich Respekt vor der Bewaffnung des Panzerwagens, dessen Fahrer nun mit einem Schlenker dem MG-Schützen dabei hilft, auf den Hubschrauber zu zielen. Dadurch lässt das gepanzerte Fahrzeug nun allerdings eine schmale Lücke. Zwei Meter bleiben zwischen Abgrund und Panzer, und Elisabeth steuert genau darauf zu. Rechts ist der Abgrund, links der Feind. Als sie an ihm vorüberfährt, meint sie, durch den schmalen Sehschlitz des Panzerwagens den Fahrer zu erkennen.

Weiter! Sie muss ihren Vorsprung nutzen. Der Helikopter bleibt hinter ihnen, während der Panzerwagen die Verfolgung aufnimmt. Er ist überraschend wendig, dreht fast auf der Stelle und schafft, was ihnen nie gelungen wäre.

Knattern und Rattern. Elisabeth sieht den Hubschrauber im Rückspiegel. Aus dessen beiden Türen feuern nun zwei Soldaten auf den Panzerwagen, erreichen aber gar nichts. Stattdessen kommt das Fahrzeug immer näher. Es versucht, sie rechts zu überholen. Schon ist es auf halber Höhe. Mit der Schnauze stößt der Panzerwagen gegen das Heck des Jeeps. Elisabeth verhindert durch Gegenlenken, dass ihr Wagen ausbricht. Sie revanchiert sich mit einem kurzen Schlenker, doch der Panzerwagen ist so viel schwerer, dass nur Blech kreischt.

Elisabeth holt alles aus dem Jeep heraus. Der Panzerwagen holt unerbittlich auf. Der Fahrer scheint zu ahnen, was sie vorhat. Er blockiert den Abhang, über den sie den Jeep in die Lava stürzen lassen wollte. Gleich wird er sie nach links abdrängen, wo der Hang schon deutlich flacher geworden ist. Jetzt wäre eigentlich der Moment, den Plan umzusetzen. Aber da prescht von links ein Motorrad heran. Die Männer darauf müssen mutig sein – oder todesmutig. Der Panzerwagen schwenkt bereits das MG herum, um auf sie zu schießen.

Das heißt, sein Fahrer ist vielleicht ein wenig abgelenkt. Elisabeth steigt auf die Bremse, mit ihrem ganzen Körpergewicht. Der Jeep ächzt. Sein Heck will ausbrechen. Sie lenkt blitzschnell dagegen. Der Panzerwagen reagiert zu langsam. Er überholt sie und bremst erst dann. Die Staubwolke hüllt sie beide ein. Der Jeep steht.

»Jetzt!«, ruft Elisabeth.

Sie gibt Gas und lenkt den Jeep scharf nach rechts. Der Abgrund liegt vor ihnen. Sie reißt die Tür auf. Ein Luftzug von hinten sagt ihr, dass Shania auch so weit ist. Also nimmt sie die Arme schützend vor das Gesicht und lässt sich aus dem Fahrzeug fallen. Der Aufschlag ist hart. Sie krümmt sich zu einer Embryonalstellung zusammen, während sie über den harten Boden rutscht und sich dabei immer wieder überschlägt. Das Letzte, was sie sieht, ist ein schwarzer Felsbrocken. An seiner linken Kante wächst ein Flecken grünes Moos.

# H

»Guten Morgen, Max«, sagt Winston.

»Guten Morgen«, sagt Max und gähnt.

»Lange Nacht gehabt?«

»Zu kurze Nacht.«

»Das kenne ich. Heute viel zu tun? Sonst leg dich doch am Mittag auf eine Parkbank und schlaf ein bisschen, das wirkt Wunder.«

»Danke für den Tipp, Winston.«

»Morgen bin ich übrigens nicht da. Falls du etwas von mir brauchst, dann melde dich heute noch. Sag es bitte auch deinen Bürokollegen.«

»Danke, mache ich. Ist Artem schon da?«

»Ich weiß nicht. Gesehen habe ich ihn noch nicht.«

Das war eine rhetorische Frage, denn Max weiß genau, dass Artem noch nicht da ist. Er verlässt den Raum. Auf dem Gang bleibt er an einem der schmalen Fenster stehen. Von dort kann man das Hochhaus der Fine Hall sehen. Dort, im Keller, warten Artem und Liz.

Ob sie die Matratzen schon weggeräumt haben, auf denen sie heute Morgen aufgewacht sind? Das war der rätselhafteste Moment seines Lebens. Max erinnert sich noch an den Traum. Die schwarze Maschinerie ist geplatzt und hat ihn in einen Abgrund gestoßen. Nach einem endlos erscheinenden Fall fing ihn etwas Weiches auf, und er erwachte im Keller des Archivs, neben seinem Kollegen Artem und einer jungen Frau namens Liz, die er zuvor nur flüchtig kannte.

Liz war furchtbar erschrocken gewesen. Jetzt kann er darüber lächeln, aber jetzt schmerzen die Tritte auch nicht mehr, die sie ihm verpasst hat. Sie hat tatsächlich geglaubt, Artem und Max hätten sie mit KO-Tropfen betäubt und in den Keller entführt, um sie zu missbrauchen. Weder Artem noch er haben sich gegen ihre Schläge gewehrt, was sie ein wenig beruhigt hat. Ihr Telefon hatte dort unten keinen Empfang, sodass sie nicht die Polizei rufen konnte. Trotzdem wäre sie beinahe ins Erdgeschoss gerannt, um Hilfe zu holen, hätte Artem nicht zufällig die Plane vom Artefakt gerissen.

Seine faszinierende Form muss die Wissenschaftlerin in Liz geweckt haben, denn plötzlich hat sie ihre feindselige Haltung aufgegeben. Danach haben sie das Objekt untersucht und schnell die Inschrift gefunden, die alles aufgeklärt hat.

Verstehen kann Max immer noch nicht, was hier gerade passiert. Er muss das Artefakt schon über zehn Mal untersucht haben und hat es trotzdem noch nie gesehen. Und nun steht er hier am Fenster und überlegt, was man für einen Raumflug braucht. Einen Flug ins All, den sie in der Vergangenheit unternehmen wollen, nachdem ihnen das Ticket, ebenfalls in der Vergangenheit, zugespielt wurde.

Das ist der Schritt, den er nicht so ganz versteht. Max löst sich vom Fenster und läuft zum Fahrstuhl. Wenn sie morgen, also gestern, in Florida erscheinen, brauchen sie ein Ticket, das aber erst fünf Tage früher auf ihre Namen umgeschrieben wird. Artem behauptet dazu, dass seine Änderung in der tieferen Vergangenheit sich auf die Zukunft auswirken müsse. Sobald er die Verlosung manipuliert habe, müssten sie im Besitz der Tickets sein, um sie dann fünf Tage später vorzeigen zu können.

Aber gilt das auch, wenn die Zeit in umgekehrter Richtung läuft? Verkehren sich damit nicht auch Ursache-Wirkung-Beziehungen? Artem bestreitet das. New York liegt an der Ostküste, San Francisco im Westen, ganz egal, ob man von New York nach San Francisco fliegt oder umgekehrt. Ob die Zeit von der Vergangenheit in die Zukunft oder andersherum verlaufe, ändere nichts daran, dass die Vergangenheit die Zukunft bestimme. Es führe nur dazu, dass nach dem Freitag der Donnerstag kommt.

Hoffentlich hat Artem recht. Max wird zur Sicherheit trotzdem eine Waffe besorgen. Wenn Artem keinen Erfolg hat oder die Kausalität gestört ist, können sie immer noch versuchen, mit Gewalt an Bord des Raumschiffs zu gelangen.

Die Wachleute des privaten Sicherheitsdienstes, die die Gebäudeeingänge bewachen, haben ihren Pausenraum im Erdgeschoss. Max hat es vorher recherchiert: Es gab in den vergangenen drei Jahren hier keinerlei Zwischenfälle. Der Mensch neigt zu menschlichem Verhalten, also werden die Wachleute vermutlich ihre Waffen eher sorglos behandeln. Beim Betreten des Gebäudes hat er schon bemerkt, dass gar nicht alle sie am Gürtel tragen. Entweder nur ein Teil ist damit ausgerüstet – oder die anderen liegen in einem ihrer Spinde.

Max steht gerade vor der Tür des Pausenraums und fragt sich, ob er klopfen soll, als sich die Tür öffnet. Eine Frau in Uniform kommt heraus. Sie muss schon über sechzig sein, ist schwarz und hat ein freundliches Gesicht.

»Hallo, junger Mann«, sagt sie. »Kann ich etwas für Sie tun?«

»Ich bin Doktorand und suche einen Nebenjob, um meine Miete zahlen zu können«, sagt Max.

»Oh, das tut mir leid, Schätzchen, aber der Chef stellt aus Prinzip keine Studenten ein. Den Besuch kannst du dir sparen. Zu unzuverlässig, zu zerstreut.«

»Ich bin Doktorand, kein Student.«

»Hast du gedient?«

»Nein, Sie etwa?«

»25 Jahre, junger Mann!«

Sie sieht ihn stolz an. Ja, die Uniform passt zu ihr.

»Damit kann ich leider nicht dienen«, sagt er.

»Du kannst den Chef natürlich auch selbst fragen, aber glaub mir, bei McD hast du bessere Chancen.«

Max nickt.

»Die bezahlen auch besser«, flüstert sie. »Die Universität ist ganz schön knauserig. Ich bin leider gegen das ganze Fett allergisch, sonst hätte ich schon gewechselt.«

»Oh, das tut mir leid«, sagt er.

Die Frau schlägt ihm auf die Schulter. »Alles Gute jedenfalls!«

Das kann man immer gebrauchen. Er betritt den Raum. Es riecht nach Schweiß und Fastfood. An der gegenüberliegenden Wand stehen Spinde. Links gibt es einen großen Tisch, an dem ein hagerer Mann in Uniform sitzt. Er beugt sich über eine Zeitung, isst Chips und ignoriert Max. Soll er die Chance nutzen und die Schränke durchsuchen?

Nein, das ist zu gefährlich. Er muss den Mann ablenken. Jetzt weiß Max, dass der Raum bis auf den Hageren leer ist, also muss er bloß noch abwarten, bis er ebenfalls gegangen ist.

»Entschuldigung, ich suche den Chef«, sagt er.

Der Mann sieht auf. »Das bin ich. Aber ich bin nicht die Auskunft, dass das klar ist.«

»Ich suche einen Job und dachte …«

»Sorry, aber ich nehme keine Studenten.«

»Ich bin Doktorand.«

»Das ist doch dasselbe. Außerdem nehme ich nur Veteranen. Du siehst nicht aus wie einer.«

»Nein, das bin ich nicht. Danke für die Auskunft.«

Max dreht sich um und verlässt den Raum.

»Hehe«, ruft ihm der Hagere hinterher. »Der war gut. Treffer, versenkt.«

Max schließt gerade die Tür hinter sich, da fällt es ihm ein. Diesen dämlichen Diebstahlversuch kann er sich sparen.

Denn sobald der neue Tag anbricht, wird er die Waffe nie gestohlen haben.

Artem und Liz sind schon wieder im Keller, als er dort eintrifft.

»Wo hast du denn die Sachen, die du besorgen solltest?«, fragt Liz.

»Das bringt doch nichts. Sind morgen eh wieder alle bei ihren Besitzern«, antwortet er.

»Und was ist mit den Matten? Ich würde wetten, dass ich sie aus meinem Wohnheim geholt habe. Heute sind wir darauf erwacht.«

»Wer weiß, vielleicht lagen sie hier herum. Dreckig genug sind sie ja. Du kannst nicht beschwören, dass sie aus dem Wohnheim sind, oder?«

»Natürlich nicht. Wir haben es nicht aufgeschrieben.«

»Siehst du?«

»Du bist ein Rechthaber, Max!«

Er seufzt. Warum muss er auch darauf herumreiten? Jetzt hat Liz einen völlig falschen Eindruck von ihm. Dabei findet er sie sehr interessant!

»Ich habe eine Idee«, sagt Artem.

»Raus damit«, sagt Max.

»Es ist ja offenbar völlig egal, was wir tun«, sagt Artem.

»Nicht ganz«, widerspricht Max. »Es beeinflusst nur nicht den nächsten Tag, den wir erleben, sondern bloß unsere Zukunft, die wir nie erreichen werden.«

Liz wirft ihm einen Blick zu. *Siehst du, Klugscheißer.* Ach, menno.

»Das wollte ich sagen.«

*Dann sag es doch.* Aber diesmal spricht Max es nicht aus.

»Wir könnten dann ja auch etwas völlig Verrücktes tun, nicht wahr?«, fragt Artem.

»Ich denke, schon«, sagt Liz. »Wie verrückt?«

»Es gibt kein Limit. Wie könnten vom Dach der Fine Hall

springen und würden am nächsten Tag im Wohnheim erwachen.«

»Schmerzhaft wäre es trotzdem«, sagt Max. »Vom Dach zu springen, war eigentlich nie mein heimlicher Wunsch.«

»Ist ja nur ein Beispiel. Was habt ihr denn für Wünsche, die ihr nie umsetzen konntet?«, fragt Artem.

*Liz zu küssen.* Der Wunsch ist aber nicht uralt. Er ist gerade erst entstanden, als sie ihn so böse angesehen hat. Das zählt nicht.

»Ins All zu fliegen«, sagt Max.

Er wollte schon als Kind Astronaut werden. Heute kommt man zwar für ein paar Hunderttausend Dollar in den Orbit, aber das kann er sich nicht leisten.

»Wenn unser Plan funktioniert, bekommst du den Wunsch sowieso erfüllt«, sagt Liz.

»Und was wünschst du dir, Liz?«, fragt Max.

»Ich war mit meinen Eltern ab und zu im Land of Make Believe. Das ist ein Vergnügungspark, ein bisschen außerhalb, etwas altmodisch, aber sehr charmant. Ich habe mir immer gewünscht, mal den Abend dort zu verbringen, wenn alle anderen weg sind und ich alles für mich habe.«

Artem zückt sein Telefon und tippt darauf. »Wie passend, der Park befindet sich in Hope. Davon können wir doch etwas gebrauchen. Es sind etwa anderthalb Stunden mit dem Auto. Sie machen um sechs zu. Dann haben wir noch genug Zeit, um uns einen Mietwagen zu besorgen.«

»Ist ja ganz schön weit weg«, sagt Max.

»Der Park ist so toll, der wird euch gefallen!«, sagt Liz.

Ihre Augen leuchten. Das genügt Max schon als Argument.

Kurz nach sechs hält ein rotes Ford-Cabrio vor der Universität. Artem sitzt am Steuer und winkt ihnen zu.

»Ein Cabrio?«, fragt Max. »Ist das nicht teuer?«

»Ein Ford Mustang, ist der nicht cool?«

»Ja, der ist cool«, sagt Liz und öffnet die Tür auf der Beifahrerseite. »Komm, Max!«

Artem klappt den Beifahrersitz etwas nach hinten, und Max klettert auf die Rückbank. Besonders viel Platz ist hier nicht. Liz setzt sich neben Artem nach vorn.

»Kannst du dir das denn leisten?«, fragt Max.

»He, nach Mitternacht werde ich das Auto nie gemietet haben. Wir können uns alles leisten!«

Artem fährt los. Liz hängt sich in den Wind, der ihre kurzen Haare wie eine Mähne aufstellt. Artem sieht immer wieder zu ihr hinüber und lächelt. Jeder dieser Blicke versetzt Max einen Stich. Hätte er doch bloß den Mietwagen besorgt! Aber er hätte sich auch nicht getraut, seinen Kreditrahmen zu überziehen.

Kurz vor acht begrüßt sie am Rand der schmalen Landstraße ein rot-orangefarbenes, altertümlich anmutendes Schild: »Land of Make Believe«. Der Park ist kleiner als gedacht. Artem lenkt den Wagen auf den Parkplatz, der nicht asphaltiert und völlig leer ist. Artem kurvt eine Weile über den geschotterten Platz und wählt dann eine auf zwei Seiten von Bäumen umstandene Bucht.

Sie steigen aus. Max läuft ein paar Schritte nach vorn. Der Wagen ist von der Straße aus nicht zu sehen.

»Der Haupteingang ist dort vorn«, sagt Liz.

»Hinten muss es Notausgänge geben«, sagt Max, »schon aus Sicherheitsgründen.«

Der Park ist von einer Bretterwand umgeben. Sie laufen im Uhrzeigersinn um das Gebiet. Dabei bemühen sie sich nicht, besonders leise zu sein, denn wenn sich Wächter im Park aufhalten, sollen die auf sie aufmerksam werden, bevor sie öffentlichen Grund verlassen und den Park betreten. Dann müssten sie eben zurückfahren. Aber nichts und niemand rührt sich.

Etwa in der Mitte der Rückseite finden sie einen Notausgang. Die Tür hat ein simples Bartschloss, das Artem mit einem mitgebrachten Werkzeug öffnet. Vermutlich gibt es drinnen nichts zu holen. Die Tageseinnahmen werden sicher nach der Schließung weggebracht.

Sie betreten das Gelände. Von jetzt an machen sie sich strafbar. Direkt vor dem Zaun sind Gleise verlegt. Daneben verläuft ein asphaltierter Weg. Die Attraktionen sind eher bescheiden. Kinder bis zwölf haben aber bestimmt ihren Spaß. Liz' Augen glänzen wieder. Für sie muss das eine Reise in eine glückliche Kindheit sein. Vielleicht ist das ihnen zugedachte Schicksal ja gar nicht so grausam. In zehn, 15 Jahren wird Liz diesen Vergnügungspark wieder durch die Augen eines kleinen Mädchens erleben.

»Da, das verwunschene Haus!«, sagt sie.

Das Haus ist eine Baracke. Die Tür steht offen, vermutlich zum Lüften, denn ein großer Stein sorgt dafür, dass sie nicht zufällt. Sie betreten das Haus. Es ist eine Geisterbahn zum Hindurchlaufen.

»Was hab ich mich damals gefürchtet«, sagt Liz, die die Führung übernimmt.

Max geht direkt hinter ihr. Ein schreckliches Geräusch, dann erscheint ein haariger Kopf auf einer grotesken Figur.

»Huch«, sagt Liz.

Max stellt sich neben sie und nimmt vorsichtig ihre Hand. Liz entzieht sie ihm nicht. Hoffentlich spürt sie das Zittern in seinen Fingern nicht. Sie betrachten sich in den Zerrspiegeln und laufen über die wackelnden Hindernisse am Boden.

»Wir müssen da rüber«, sagt Liz am Ausgang. »Zum Wasserpark. Der ist am lustigsten.«

Der Wasserpark ist tatsächlich beeindruckend. Er besteht aus zahlreichen Röhren, deren Start und Ziel nicht auf den ersten Blick zu erfassen sind. Max läuft zur äußersten Röhre und hält das Ohr daran. Nichts zu hören. Er hat es befürchtet.

»Sie sind trocken«, sagt er.

Liz' Mundwinkel sinken. »Schade. Die Kanonenkugel ist wirklich lustig. Und die Rache des Piraten erst!«

*Los, tu etwas.* Aber was? *Da hinten, das Häuschen direkt unter dem riesigen Trichter!* Max läuft zu der aus Stein errichteten Hütte. An ihrer Rückseite ist eine Tür. Sie ist verschlossen. Er rüttelt daran. Immer noch zu. Er nimmt einen Ziegelstein, der an der Seite liegt, und schlägt ihn immer wieder gegen das Schloss. Es ist verdammt laut. Was tut er eigentlich hier? Die Tür springt auf. Er hat richtig geraten. Direkt gegenüber der Tür ist ein großer Hebel. »Hauptschalter – Pumpen« ist darauf zu lesen. Er dreht ihn, bis er auf »Ein« steht.

Ein lautes Brummen setzt ein. Die Pumpen arbeiten! Den zweiten Hebel, »Hauptschalter – Licht« lässt er in Ruhe. Der Pumpenlärm ist schon laut genug. Max läuft nach draußen. Durch die Rohre fließt Wasser. Er hat es geschafft! Liz zieht ihn mit sich. Wo ist eigentlich Artem? Liz klettert eine schmale Treppe hinauf, immer höher. Die Treppe endet vor der Öffnung eines Rohrs.

»Was ist das?«, fragt Max.

»Lass dich überraschen. Komm!«

Er hört, dass Wasser die Röhre hinunterfließt und zeigt auf seine Kleidung.

»Ist doch egal.«

Max nickt. Liz klettert in die Röhre.

»Setz dich hinter mich und halt mich am Bauch fest.«

Er klettert hinter sie. Als er ihren Bauch umgreifen will, berührt sein Unterarm kurz ihre rechte Brust.

»Sorry.«

Er hält sich vielleicht lieber an den Schultern fest. Aber Liz lässt das nicht gelten. Sie führt seine Arme um ihren Bauch.

»Sonst geh ich dir verloren, glaub mir.«

Sie stößt sich ab und zieht Max mit sich. Immer schneller wird die Fahrt. Die Röhre macht eine Kurve, dann noch eine, schraubt sich in die Tiefe, bis sie – ja, was? Liz hat von einer Kanonenkugel gesprochen. Und da schießen sie auch schon wie eine Kugel aus der Röhre, fallen in einen Behälter, der wie eine riesige Spüle aussieht, kreisen um den Abfluss, der sie verschlucken wird, der sie verschluckt, und nun fallen sie, ewig, und sie stürzen in kühles Wasser und Max erschrickt, lässt Liz los, verschluckt sich, paddelt nach oben, und da ist sie auch schon, die schönste Frau der Welt, und sie lacht und freut sich und lacht ihn an.

»War das nicht schön?«

»Ja, das war schön – wunderschön«, sagt er und lacht zurück.

Da fällt ihm das grüne Schmuckstück auf, das Liz um den Hals trägt, und Max erinnert sich, was es bedeutet: nämlich, dass morgen nichts mehr von alldem da sein wird. Er schwimmt zu ihr und umarmt sie, und sie dreht den Kopf so, dass … so, dass …, so, dass … sie seinen Kopf in die Hände nimmt und ihn küsst.

Der Kuss dauert ewig, vielleicht auch nur eine Sekunde oder so lange, wie man über Wasser bleibt, wenn man keine Schwimmbewegungen macht. Sie tauchen fast im selben Moment unter, lösen sich voneinander und erreichen die Oberfläche. Doch dann ist da ein hässlich heller Scheinwerferstrahl, der sie einfängt, und die bellende Stimme eines Mannes, der sie anschreit, aber sie lachen immer noch, bis Max bemerkt, dass der Mann mit einer Waffe auf sie zielt.

»Rauskommen, sofort!«

»Ihr beide da rein«, sagt der Polizist. »Du hier.«

Sie stehen vor zwei Stahltüren, Liz und Max links, Artem rechts. Max friert. Seine Sachen sind noch immer tropfnass. Liz geht es nicht besser. Artem, der ein Riesenrad in Gang gesetzt hat, statt sich ins Wasser zu stürzen, ist trocken. Max sieht erst den schmalen Raum mit dem noch schmaleren Bett hinter der Tür und dann Liz an.

»Na was? Oder will die Dame lieber ein Einzelzimmer? Wenn ich abgeschlossen habe, ist gefälligst Ruhe. Es läuft gerade ein wichtiges Spiel!«

»Und wenn wir mal müssen?«, fragt Liz.

Der Polizist zeigt auf den mit einem Deckel versehenen Eimer in der Ecke. »Ist nun mal kein Hotel hier!«

»Unsere Sachen …«, sagt Max.

»Sind euer Problem. Das Bett ist bezogen, es gibt für jeden eine Decke, fertig. Morgen früh sehen wir weiter. Also, was ist nun? Einzelzimmer für die Dame?«

»Nein, bitte nicht«, sagt Liz.

Sie hat schon ganz blaue Lippen.

»Dann los!«

Der Sheriff stößt Max in das Zimmer, rührt aber Liz nicht an. Sie folgt ihm. Hinter ihnen fällt die schwere Tür ins Schloss. Ein Schlüssel wird herumgedreht, erst bei ihnen, dann nebenan. Das Licht geht aus. Schritte. Eine weitere Tür fällt zu. Sie sind allein.

»Artem?«, fragt Max.

»Ich bin da. Was für ein Spaß! Ich habe noch nie in einer Zelle gesessen.«

»Spaß, na ja«, sagt Max.

Liz sagt gar nichts. Es ist stockdunkel in dem Raum. Er hört das Rascheln von Stoff, dann klatscht etwas auf den Boden. Liz hat ihre nassen Sachen ausgezogen. Eine sehr gute Idee. Er macht es ihr nach.

»Gibst du mir die zweite Decke?«, flüstert er.

Er kann sich ja unmöglich neben sie in das schmale Bett legen. Das geht nicht. Liz ist in einer Notlage. Die paar Stunden bis Mitternacht wird er es schon auf dem Boden aushalten.

»Nun sei nicht albern und komm her«, sagt Liz.

»Echt?«

»Echt.

Er tastet sich zum Bett. Die Decke ist rauh.

»Ich liege an der Wand«, sagt Liz.

»Okay.«

Vorsichtig klettert er auf das Bett. Plötzlich berührt er mit der Hüfte Liz' Po.

»Entschuldige«, flüstert er. »Die Decke muss verrutscht sein.«

»Das war ich«, sagt sie. »Ich habe sie hochgehoben. Ich möchte, dass du mich von hinten umarmst.«

Max bleibt der Atem weg. Was hat sie da gesagt? Er darf nicht zu lange nachdenken, sonst überlegt sie es sich anders. Vorsichtig legt er über der Decke den Arm um sie. Liz zieht die Decke so weit zurück, dass sein Arm auf ihrem nackten Oberkörper liegt, und schiebt sie dann über sie beide. Dabei bewegt sie kurz das Hinterteil und berührt ihn damit. Die Reaktion erfolgt automatisch. Liz kichert. Sie bewegt den Po noch einmal. Max versucht, an etwas anderes zu denken – erfolglos.

»Lass das lieber«, flüstert er.

»Wirklich? Bist du sicher?«

Er ist nicht sicher. Er ist der glücklichste Mensch auf der Welt, und umso mehr fürchtet er, dass alles nur ein kurzer Traum sein wird.

Max antwortet nicht.

# 8

»Guten Morgen, Mum!«

Elisabeth kann es nicht fassen. Ihre Tochter sitzt auf dem Bett! Wo kommt sie denn her? Sie richtet sich auf. Etwas sticht ihr in die Brust.

»Langsam«, sagt Laura und nimmt ihre Hand. »Du hast dir ein paar Rippen gebrochen.«

»Hast du einen Spiegel?«

Laura bückt sich, nimmt ihre Handtasche und kramt darin. Dann reicht sie ihr ein Schminkset.

»Hier.«

»Danke.«

Elisabeth zögert einen Moment. Langsam klappt sie es auf. Der Spiegel ist klein. Das ist gut. So wirkt ihr Abbild nicht ganz so gruselig. Sie hat einen Verband um den Kopf und jede Menge Kratzer und blaue Flecken im Gesicht.

»Geht ja«, sagt sie.

»Du hattest riesiges Glück. Sie haben dich über einem Felsbrocken gefunden und dachten schon, du wärst tot.«

Sie? Wer war im Helikopter? Und der Jeep? Sie hat so viele Fragen. Aber die wichtigste zuerst.

»Wie geht es Shania?«

»Sie lag hier im Nebenzimmer, hat aber nur ein paar Kratzer abbekommen und hat sich schon wieder entlassen.«

»Wann denn?«

»Vorgestern.«

»Waaaas? Wie lange liege ich denn schon hier?«

»Du wurdest vor drei Tagen operiert. Danach hast du geschlafen. Bis jetzt.«

»Und wer hat mich hergebracht?«

»Die isländische Polizei. Wer sonst?«

»Irgendein Geheimdienst oder so?«

»Muss ich mir nun doch um deinen Kopf Sorgen machen? Der Oberarzt hat mir gesagt, dass der Bruch keine Nachwirkungen haben würde.«

»Hat die Polizei denn gesagt, wie ich mir das zugezogen habe?«

»Sie gehen davon aus, dass du eine große Dummheit begangen hast.«

Dummheit, nun ja, das trifft es nicht ganz.

»Inwiefern?«

»Du bist mit dem Jeep off-road gefahren. Das ist hier streng verboten! Der Strafbefehl liegt schon in deinem Nachtschrank hier: 790 Euro! Die Kosten für eure Bergung wirst du dir mit Shania teilen müssen. Ihr habt Glück, dass euer Fahrzeug in die Lava gestürzt ist. Da lässt es sich nicht mehr rausholen. Das hättet ihr sonst auch noch zahlen müssen.«

»Ich bin off-road gefahren.«

»Erinnerst du dich nicht mehr?«

»Ich … doch.«

Jetzt ist nicht die Zeit, Laura alles zu erklären. Sie glaubt bloß, ihre Mutter hätte einen Dachschaden.

Laura nimmt ihre Hand. »Du machst ja Sachen, Mum.«

»Ich … Shania wollte unbedingt die Herðubreið sehen.«

»Aber ihr hättet doch nicht …«

»Du hast ja recht. Kennst mich doch. Ich war zu faul, da hinaufzusteigen, und der Weg sah aus, als könnte man ihn befahren. Kommt nicht wieder vor.«

»Das beruhigt mich. Es war wirklich ein Schock, als sie dich gebracht haben. Und das, nachdem gerade das mit Floki passiert ist.«

»Was ist denn nun mit ihm?«

»Er wird bald entlassen.«

»Sehr gut, das freut mich. Seid ihr … zusammen?«

»Ich bin verliebt, und ich glaube, er auch. Wir wollen es versuchen, sobald er hier raus ist.«

Ihre Tochter strahlt, und die Wärme fließt direkt in ihr Herz.

»Kommt er mit nach Hause?«

»Nein, Mum, ich werde in Island bleiben.«

Oh. Dann wird Elisabeth ihre Tochter noch seltener sehen. Sie strengt sich an, damit Laura ihr die Enttäuschung nicht ansieht. Sie soll doch glücklich sein.

»Tut mir leid, Laura, dass du dir meinetwegen solche Sorgen machen musstest. Keine Sondertouren mehr, versprochen.«

»Bitte ganz lockerlassen«, sagt die Schwester.

Elisabeth schließt die Augen.

»Es zieht nur ein bisschen. Und … schwupps, habe ich ihn draußen.«

Der Schmerz hallt nach. Sie wischt sich die Tränen aus dem Gesicht, ist aber trotzdem froh, dass sie den Katheter wieder los ist. Das Pflegepersonal und die Ärzte wollen sie so schnell wie möglich wieder auf die Beine bringen.

Sie fröstelt von einem plötzlichen Luftzug.

»Raus!«, ruft die Krankenschwester.

Die Tür schließt sich wieder. Elisabeth hört ein Klopfen.

»Moment!«, antwortet die Schwester an ihrer Stelle.

»Man kann doch nicht einfach so hier hereinplatzen!«, sagt sie leise zu ihr, während sie die Infusionsnadel herauszieht und die Wunde mit einem Pflaster verschließt.

Elisabeth schüttelt den Kopf. Es ist ein anstrengender Tag, vor allem, seit die Wirkung der starken Schmerzmittel nachlässt, die man ihr bisher gegeben hat. Sie hätten sie ruhig noch ein paar Tage länger schlafen lassen können.

Dann ist die Schwester fertig. Sie schiebt ihren Wagen zur Tür. Als sie sie öffnet, stolpert ihr ein älterer Mann entgegen, der sich von draußen dagegen gelehnt haben muss. Es ist Charles. Ihr Chef ist extra nach Island geflogen?

Charles setzt sich auf den Stuhl, der neben dem Bett steht.

»Soso«, sagt er statt einer Begrüßung.

»Du könntest dich erfreut zeigen, mich bei guter Gesundheit zu sehen«, sagt Elisabeth.

»Ja, bin ich ja auch«, grummelt Charles. »Aber du weißt selbst, wer dich in diese Lage gebracht hat.«

Wut steigt in ihr auf. »Nein, das weiß ich, verdammt noch mal, nicht!«

»Du hättest das Artefakt doch bloß übergeben müssen.«

»Ja, aber wem? Einar etwa, der mich im Berg mit der Waffe bedroht hat? Den Leuten im Hubschrauber, die auf uns geschossen haben?«

»Gut, Einar, das war ungeplant. Er hat wohl anderswo mehr Geld bekommen.«

»Er hat von euch gar kein Geld bekommen.«

»He, er ist Angestellter des Unternehmens, das für uns arbeitet, und verdient da sehr ordentlich.«

»Das Artefakt ist aber offensichtlich viel mehr wert. Hast du das gewusst?«

Charles nickt.

»Dann hättest du mich einweihen müssen!«

»Du bist Zivilistin. Je weniger du weißt, umso besser.«

»Genau diese Haltung hat mich fast das Leben gekostet. Und nicht nur einmal. Ich weiß nicht einmal, wer an der Herðubreið die Guten waren.«

»Die Männer auf den Motorrädern.«

»Und der Panzerwagen?«

»Keine Ahnung, wer den geschickt hat. Er ist geflüchtet, nachdem das Artefakt in der Lava lag.«

»Und der Heli?«

»Kam von einem befreundeten Dienst, sagte man mir. Aber wer genau, das ist streng geheim.«

»Tolle Freunde – zu der Motorradtruppe war er nicht nett. Und der Hubschrauber, von dem zu Beginn auf uns geschossen wurde?«

»Davon weiß ich nichts, gebe es aber weiter. Unsere Freunde hätten nicht auf euch geschossen.«

»Warum hast du mir nicht einfach gesagt, mit wem ich es zu tun haben würde?«

»Hättest du das Artefakt dann freiwillig übergeben?«

Elisabeth schüttelt den Kopf. Niemand sollte das Artefakt besitzen. Abgesehen von ihr vielleicht.

»Siehst du. Hättest du gewusst, wer die Guten sind, hättest du sie nicht mehr ernst genommen, weil du der irrigen Ansicht gewesen wärst, dass sie dir nichts tun werden.«

»Irrige Ansicht?«

»Nun, das Artefakt ist ein Objekt nationalen Interesses. War. Es wäre im Ernstfall mehr wert gewesen als ein einzelnes Menschenleben.«

»Was sagst du da? Dann bin ich ja froh, dass ich es vernichtet habe.«

»Da wäre ich mir nicht so sicher. Nach dem, was ich darüber weiß, lässt es sich auch von glühender Lava nicht zerstören. Wir brauchen nur ein bisschen Geduld. Der Lavastrom wird sich abkühlen, und dann werden wir es herausmeißeln. Die Experten sagen, dass wir es in zwei, drei Jahren bergen können.«

Damit weiß Elisabeth nun, wie viel Zeit sie hat, um das Artefakt endgültig in Sicherheit zu bringen. Denn wenn sie es in der Lava nicht finden, werden sie ein weiteres Netz spannen. Irgendwann werden sie auf Hverir kommen.

»Was weißt du denn schon über das Artefakt, Charles?«

»Was weißt du denn? Raus mit der Sprache.«

Er sieht sie lauernd an. Elisabeth kneift die Augenbrauen zusammen.

»Ich hätte es wirklich gern untersucht, aber ich hatte zu viel damit zu tun, vor meinen Verfolgern zu fliehen.«

»Na gut. Ich werde sicher nicht der Letzte sein, der dir solche Fragen stellt. Und du als Topologin …«

»Meinst du, ich brauche etwas nur kurz zu sehen, um seine Natur zu erfassen?«

Charles rutscht auf seinem Stuhl hin und her.

»Nein, ist ja auch egal. Ich wollte dir noch sagen, dass die ganze Fakultät froh ist, dass du das überstanden hast. Ich natürlich auch. Und du bekommst deine Fehlzeiten sogar bezahlt.«

»Sogar? Ich bin in deinem Auftrag hier!«

»Offiziell war dein Ausflug auf die Herðubreið eine rein private Fahrt. Aber bleib ganz ruhig, ich habe das arrangiert. Auch die Behandlungskosten werden übernommen.«

»Von wem?«

»Spielt keine Rolle.«

Elisabeth schnauft, sagt aber nichts. Die Operation allein würde sie bestimmt einen fünfstelligen Betrag kosten. Dann sollen eben Charles' feine Freunde das übernehmen. Sie tragen dafür ja auch die Verantwortung.

ALS SHANIA EINTRIFFT, IST ELISABETH KURZ VOR DEM Einschlafen. Für die Nacht hat ihr die Schwester ein hochdosiertes Schmerzmittel gegeben, das offenbar auch müde macht. Sie schafft es deshalb kaum noch, die Augen offenzuhalten.

»Tut mir leid, dass ich jetzt erst komme, aber ich musste allerlei Aussagen machen.«

»Ich freue mich trotzdem. Vor allem, dass du mein riskantes Fahrmanöver so gut überstanden hast.«

Sie reißt die Augen dreimal auf, um Shania zu verstehen zu geben, dass sie womöglich Zuhörer haben. Die junge Frau nickt.

»Durch mein Judotraining kann ich anscheinend besser fallen als du. Ich bin aber auch froh, dass alles so glimpflich ausgegangen ist.«

»Hast du Probleme bekommen?«

»Ich musste viele Fragen beantworten, aber da meine

Version der Ereignisse von Einar im Wesentlichen bestätigt wurde, bin ich da gut rausgekommen.«

»Einar kooperiert?«

»Sieht so aus, als hätten die gute Argumente.«

Shania macht eine Fingerbewegung, die »Bezahlen« bedeutet.

»Wusstest du schon, dass Laura hier in Island bleiben will, bei Floki?«, fragt Elisabeth.

»Das ist ja schön. Dann wirst du wohl öfter hierherkommen müssen. Mich wirst du dann allerdings nicht mehr antreffen.«

»Nein? Das ist aber schade!«

»Ich habe ein sehr gutes Angebot. Ab nächstem Monat soll ich eine neue Filiale in Michigan aufbauen. Schluss mit den Praktika. Ich werde richtiges Geld verdienen!«

»Das ist ja großartig.« Elisabeth gähnt.

»Finde ich auch. Aber ich sollte dich jetzt besser schlafen lassen.«

»So war das nicht gemeint.« Sie muss erneut gähnen.

Shania lacht. »Dein Körper weiß, was gut für dich ist.«

Die junge Frau beugt sich zu ihr hinunter und drückt ihr einen Kuss auf die Wange.

»Mach's gut, Liz.«

Sie winkt noch einmal, doch ob sie die Tür erreicht, bekommt Elisabeth nicht mehr mit.

# I

»Guten Morgen, Max«, sagt Alexa. »Es ist jetzt …«

»Alexa, Stopp!«

Die Sprach-KI gibt Ruhe.

Die nächste Störung kann er nicht so leicht abblocken. Jemand klingelt an der Wohnungstür Sturm. Anscheinend fühlt sich keiner seiner WG-Kollegen bemüßigt, die Tür zu öffnen. Er springt auf. Oh, er ist ja nackt? Er schläft doch sonst nie nackt? Schnell schlüpft er in seinen Schlafanzug und schlurft zur Wohnungstür. Eine junge Frau, sechs Fuß groß, breite Schultern, blaue, strahlende Augen, kurze, dunkelblonde Haare erwartet ihn. Sie kommt ihm bekannt vor. Eventuell aus der Uni?

»Guten Morgen, Max!«

Sie kennt seinen Namen. Also will sie zu ihm. Gut, die Chance dafür war eins zu vier, denn er hat drei Mitbewohner. Schön, aber muss es denn so früh am Morgen sein?

»Guten Morgen, äh …«

»Liz. Ich bin Liz. Du kennst mich. Also du wirst mich gekannt haben.«

Die Frau ist verwirrt. Soll er ihr ein paar Dollar spenden? Vielleicht braucht sie nur ihren Morgenkaffee so dringend wie er. Anscheinend sieht sie ihm an, dass er sie nicht versteht, denn plötzlich hält sie ihm ein Schmuckstück vor die Nase.

Es ist faszinierend. Max versucht, seinen Formen mit den Augen zu folgen, doch es gelingt ihm nicht. Er braucht einen Kaffee, schnell.

»Ein Smaragd? Ich kann mit Edelsteinen wenig anfangen.«

»Guck es dir genauer an, Dummkopf.«

Dummkopf nennt ihn niemand! Das Adrenalin hilft, die verquollenen Augen schärfer zu stellen. Da sieht er es. Das Schmuckstück ist nicht von dieser Welt. Es hat eine vollkommen unmögliche Form.

»Jetzt erkennst du es, oder?«, fragt Liz. »Das ist eine topologische Mannigfaltigkeit. Sie verbirgt eine Nachricht, die muss ich dir zeigen.«

»Kann ich mir erst einmal einen Kaffee machen?«

»Nein, es ist eilig. Wir müssen auch noch Artem überzeugen. Heute ist der Tag!«

Was hat sein Kollege Artem damit zu tun? Und welcher Tag ist heute?

»Komm einfach. Wo ist dein Zimmer? Ich brauche einen Computer.«

»Ich lade jetzt die Fotos in das Programm. Du hast gesehen, dass ich da nicht getrickst habe?«

»Ich glaube schon.«

»Gut. Die Software wird das Strichmuster dekodieren, das ich dir gezeigt habe.«

»Verstanden.«

Er hat das Strichmuster gesehen. Es könnte sich um eine simples Interferenzmuster handeln. Auf dem Schirm erscheinen die ersten Textzeilen. Nein. Das ist nicht das Ergebnis der Interferenz zweier Lichtwellen. Es ist eine Nachricht, die er selbst geschrieben hat.

»Wie kommt das auf dein Schmuckstück?«

»Das Schmuckstück ist die Kleinausgabe eines Artefakts. Das zeige ich dir, wenn es sein muss, aber erst, nachdem wir

Artem gefunden haben. Danach fliegen wir ins All. Lies dir einfach den Text bis zum Schluss durch.«

»Okay … Nehmen wir mal an, ich würde dir glauben.«

»Max, mach keinen Scheiß. Das war alles deine Idee, und Artems. Ihr habt mich erst ziemlich spät ins Boot geholt. Jetzt lass mich nicht deine Arbeit machen.«

»Ich … Ich hatte nicht mal einen Kaffee. Eine fremde Frau klingelt mich aus dem Bett und erzählt mir eine haarsträubende Geschichte. Wie würdest du reagieren?«

»Stell dir vor, du wachst auf. Alles, was du anhast, ist eine Kette mit einem grünen Anhänger, der dir gleich seltsam vorkommt. Du fotografierst ihn, um ihn deiner Freundin zu zeigen, siehst eine Art Code, entschlüsselst ihn und findest den Brief eines Unbekannten vor, in dem du irgendwann ganz am Ende erwähnt wirst. Wie würdest du reagieren?«

Irgendwas stört Max an der Geschichte. Es dauert einen Moment, bis er darauf kommt.

»Du warst nackt? Schläfst du immer so?«, fragt er.

»Ich wusste, ich hätte das nicht sagen sollen. Männer!«

»Nein, im Ernst, ich bin heute auch nackt aufgewacht, obwohl ich nie so schlafe.«

»Ich auch nicht, wenn es nicht gerade sehr heiß ist. Ich strample mich oft frei, und dann hole ich mir von der Klimaanlage eine Erkältung.«

»Was steht in Ergänzung 14? ›Wir fahren heute ins *Land of Make Believe*. Liz hat es sich gewünscht.‹ Klingelt da etwas bei dir, also in Bezug auf die Nacktheit?«

»Stimmt, das *Land of Make Believe*. Hach ja. Ich war als Kind oft da. Es ist … gemütlich, unschuldig.«

Liz' Augen leuchten. Sie sieht wunderschön aus, wie sie so in Gedanken versunken ist. Max muss aufpassen, dass er sich nicht in sie verliebt.

»Also keine Nacktheit.«

»Auf keinen Fall. Wobei es da einen spaßigen Wasserpark gibt. Da wird man ziemlich nass.«

»Das ist nicht der Zusammenhang, den ich suche. Aber egal. Wir haben ja nichts zu verlieren, oder? Fahren wir eben heute nach Cape Canaveral, steigen in das Raumschiff des Japaners und fliegen zum Mond. Ich wollte schon immer mal ins Weltall.«

»Das trifft sich ja gut. Ich wollte schon immer mal die Welt retten. Aber erst müssen wir Artem finden. Er muss schließlich die Vorarbeit leisten.«

»Kann ich mir jetzt noch einen Kaffee …?«

»Zieh dir was an und schnapp dir deinen Computer. Wir fahren bei einem Starbucks vorbei, das geht schneller.«

LIZ HAT EINEN ROTEN FORD MUSTANG GEMIETET. EIN Cabrio! Damit rast sie durch die Stadt, als gäbe es kein Morgen. Max kichert. Gibt es ja auch nicht. Er kann seine Kreditkarte hemmungslos überziehen. Ist es nicht ziemlich dumm, daran etwas ändern zu wollen? Er beobachtet die Fahrerin und nippt an seinem Kaffee. Mathematikerinnen hat er sich immer anders vorgestellt, irgendwie abgehoben, in höheren Sphären schwebend. Aber wie sie den Mustang durch die Kurven treibt … Der Elektromotor schnurrt wie eine Katze.

Der Wagen bremst. Max ist noch nie so schnell von seiner WG in die Universität gelangt. Er springt heraus.

»Warte«, sagt Liz und gibt ihm die Kette mit dem Mini-Artefakt. »Das brauchst du, um Artem zu überzeugen.«

Max erschrickt, weil es so schwer ist. Ob er jedes Mal so erstaunt darüber ist?

»Denk dran, wir müssen den Flug um 11:24 Uhr schaffen. Der Crew Dragon 19 soll um 7 Uhr abends abheben, Startplatz 39A. Beeil dich.«

»Wenn ich nicht bis um halb zehn zurück bin, fährst du

allein los. Dann brauche ich wohl länger, um Artem zu finden.«

»Okay, wie du willst. Ich glaube, wenn du ihn vor der Abflugzeit des Raumschiffs ausfindig machen kannst, könnte ich es immer noch schaffen.«

Max nimmt den Computer unter den Arm. Der Abschied fällt ihm schwer. Er hat das Gefühl, Liz nie wiederzusehen. Dabei hat er sie gerade erst kennengelernt. Hat er sich etwa doch schon verliebt? Er muss sich klarmachen, wie viel besser es wäre, das seltsame Zeitphänomen bis zum Ende auszukosten. Er hat das Mini-Artefakt.

Wie lange wird es ihm gelingen, sich der Zeitverschmelzung bewusst zu bleiben? Er hat mit 9 Jahren gelernt, mit einem Computer umzugehen. Aber die Kamera des Telefons, das er dann besitzen wird, hat eine viel geringere Auflösung. Ihm bleiben vielleicht zehn Jahre, in denen er so richtig auf den Putz hauen kann. Zehn Jahre ohne Liz. Sogar zehn Jahre ohne menschliche Bindung, denn wer auch immer ihn kennenlernt, wird ihn am nächsten Tag vergessen haben. Ist das wünschenswert oder auch nur auszuhalten? Vielleicht wirft er das Artefakt doch lieber weg.

Artem. Wo ist er? Max rennt über die Plaza und fährt mit dem Fahrstuhl in den vierten Stock. Raum 432. Er stürzt zur Tür hinein. Brad ist da und hört laut Musik. Von Artem keine Spur. Max reißt Brad die Kopfhörer herunter.

»Wo ist Artem?«

»Keine … Ah, warte. Er hat gestern was erzählt von einer Familienfeier. 75. Geburtstag des Vaters, glaube ich.«

»Hast du eine Ahnung, wo seine Familie wohnt?«

»In Russland vielleicht?«

»Du spinnst doch. Wohnt deine etwa in Rumänien?«

»Na klar, was dachtest du?«

Fettnäpfchen. Max wischt sich den Schweiß von der Stirn.

»Sorry, war nicht so gemeint. Wer könnte denn wissen, wo Artems Familie wohnt?«

»Winnie?«, schlägt Brad vor.

Natürlich, Winston Churchill weiß alles. Max rennt aus dem Büro, läuft die Treppe nach oben und stürzt ohne anzuklopfen in das Vorzimmer von Professor Shou. Winnie betrachtet den Eindringling mit hochgezogenen Augenbrauen.

»Max?«

»Winston, entschuldige. Ich brauche unbedingt und ganz dringend eine Auskunft.«

»Dann schieß los.«

»Kannst du mir sagen, wo Artems Eltern wohnen?«

»Ich nehme an, dass ich das kann, zumindest, wenn er sich von seinem Elternhaus aus bei uns beworben hat. Aber wenn er dir die Adresse nicht selbst gesagt hat – es tut mir leid, Datenschutz. Das musst du verstehen.«

»Winnie, es ist wirklich dringend. Seine Freundin hat sich bei mir gemeldet, es ist so weit, aber sie erreicht ihn nicht.«

»Es ist so weit? Ich wusste gar nicht, dass er ein Kind erwartet.«

»Wenn ich ihn nicht auftreiben kann, wird er die Geburt verpassen.«

»Dann ruf ihn doch an?«

»Er ist mobil nicht erreichbar. Sonst hätte es doch seine Freundin schon geschafft. Sie hat mich gebeten … Wegen der Wehen hat sie wirklich gerade andere Sorgen.«

»Nun ja, ich könnte dir ausnahmsweise die Festnetznummer seiner Eltern geben. Dann fragst du sie direkt.«

»Du bist ein Engel, Winnie.«

Puh, das war knapp. Winston tippt etwas am Computer.

»Ah, da habe ich sie. Scheint ziemlich auf dem Land zu sein. Da wird er es schwer haben, pünktlich zur Entbindung hier zu sein.«

»Oh nein, das wird seine Freundin treffen.«

»Vielleicht klappt es ja noch. Ruf ihn da an. Hier ist die Nummer.«

»Denisov?«

»Hier ist der Postdienst der Vereinigten Staaten, Myers am Apparat. Ist dort Denisov, 4 Williamson Lane, Mount Airy, New Jersey?«

»Nein, hier ist Denisov, 109 Timber Ridge Road, Newport, Pennsylvania.«

»Herzlichen Dank, Mrs. Denisov. Dann ist die Sendung nicht für Sie bestimmt.«

Er legt auf und gibt die Adresse in sein Telefon ein. Google Maps sagt 25 Minuten Fahrzeit voraus. Mist. Er wird mindestens eine Stunde brauchen, selbst wenn Artem sofort überzeugt ist. Irgendetwas muss gestern schiefgelaufen sein. Nein, wird morgen schiefgelaufen sein. Sie sollten nicht zu dem Vergnügungspark fahren.

Max verlässt das Gebäude. Der rote Mustang ist schon von weitem zu sehen. Aber Liz nicht. Hat sie es sich anders überlegt? Vielleicht hat sie Vernunft angenommen. Das wird doch alles zu hektisch. Muss der Raumfahrtcrew nicht auffallen, dass sie noch fehlen? Aber noch stehen ja ganz andere auf der Liste.

»He, Max, was ist los? Ich habe uns ein paar Sandwiches besorgt.«

»Artem ist bei seinen Eltern auf dem Land. Ich schlage vor, du fährst schon zum Flughafen, damit wenigstens einer von uns pünktlich ist. Ich werde mindestens eine Stunde brauchen.«

»Einverstanden. Aber dann nimm du den Wagen. Ich hole mir einen neuen.« Liz wirft ihm die Autoschlüssel zu. »Ich habe dir das Flugticket per E-Mail geschickt. Bitte lass mich nicht allein ins All fliegen. Ich glaube nicht, dass ich so viele Menschen unter meine Kontrolle bringen kann. Und nach Mitternacht … Du weißt ja.«

»Verwandelst du dich in einen Oger. Ich weiß. Ich bemühe mich.«

Liz lacht. Max steigt in den Wagen, koppelt sein Telefon mit dem Bordrechner und startet die Fahrt.

»Ankunft in Newport in 27 Minuten«, meldet der Mustang.

Die Denisovs wohnen wirklich edel. Ihr Haus liegt in einer locker besiedelten Gegend voller Villen. Die Gärten bestehen durchgängig aus kurz und sauber geschnittenen Rasenflächen, fast wie auf einem Golfplatz, mit sorgfältig angelegten Inseln für Bäume und Beete. Edle Terrakottafliesen schmücken die Einfahrt zu Haus 109. Max fährt allerdings nicht hinein, denn der Parkplatz vor dem Haus scheint voll zu sein.

75. Geburtstag, Brad hat recht. Ihm hat Artem gar nichts davon erzählt. Max stellt den Wagen am Straßenrand ab und läuft die Einfahrt nach vorn. Draußen stehen lockere Grüppchen von Menschen ganz unterschiedlichen Alters, aber alle sehr schick gekleidet. Die Familie scheint Geld zu haben.

»Darf ich fragen, wer Sie sind und was Sie hier wollen?«, spricht ihn eine ältere Dame in einem schwarzen Kleid an.

»Ich muss dringend mit Artem sprechen. Max Webber, ein Freund von der Universität.«

»Als einziger Sohn wird Artem gleich eine kleine Rede halten, so lange werden Sie sich gedulden müssen. Er ist dort vorn.«

»Danke, vielen Dank.«

Max deutet eine Verbeugung an. Da ist Artem. Er muss ihn hier herausholen, schnell. Scheiß auf die Rede. Und scheiß auf die Bedenken. Wenn dieser Tag vorbei ist, wird er für keinen der Anwesenden geschehen sein.

»Artem? Ich muss dich dringend sprechen«, sagt Max absichtlich laut.

Die Umstehenden werden aufmerksam.

»Deine Freundin, dein Kind, es kommt heute! Du musst unbedingt mitkommen. Sofort!«

»Spinnst du? Ich habe überhaupt keine …«

»Artem, was höre ich da?«, unterbricht ihn ein untersetzter, älterer Mann, vermutlich der Vater.

»Nein, Dad, es ist nicht so.«

»Aber warum hast du denn nichts gesagt? Da wird sich Mum ja riesig freuen! Und ich natürlich auch.«

»Ich habe kein …«

»Artem, wenn du bei der Geburt dabei sein willst, musst du jetzt kommen.«

»Mein Sohn, dein Freund hat recht! Das geht natürlich vor! Ich setze voraus, dass du uns die Mutter unseres Enkels bald vorstellst!«

»Aber ich …«

»Artem-Schatz, Dad hat recht«, sagt eine schlanke Blondine, die bestimmt 20 Jahre jünger als Artems Vater ist. »Tu dir selbst einen Gefallen und steh deiner Liebsten bei. Das macht man heute so.«

»Mum!«, ruft Artem.

»Ja, Artem, das macht man so«, sagt Max. »Komm, ich erkläre dir alles.«

Artem hebt theatralisch die Hände gen Himmel, widerspricht aber nicht mehr und folgt ihm. Max drückt Artem das Artefakt in die Hand.

»Sieh dir das genau an«, sagt Max.

»Es ist … seltsam. Aber was soll dieser Quatsch mit dem Kind?«

»Das Objekt enthält eine Botschaft. Komm mit zum Auto, und ich beweise es dir. Mach dir keine Sorgen wegen des kleinen Aufruhrs. Um Mitternacht hat er nie stattgefunden.«

»Hä?«

»Du wirst es verstehen, wenn du es im Computer gesehen hast.«

»Ich weiß nicht. Das ist ziemlich schwach«, sagt Artem.

»Und was ist mit den Fakten, die du über Liz genannt hast? Du hast mir noch nicht davon erzählt, oder? Woher sollte ich das also wissen?«

»Ich war auch noch nicht mit ihr aus. Du könntest dir das alles ausgedacht haben.«

»Lies dir Ergänzung 13 durch. Das hast du geschrieben, es ist dein Stil. Da steht auch, welche Aufgabe du hast. Aber du darfst sie auf keinen Fall wieder vergessen. Am besten, du hältst dich jede Nacht im Archiv auf, bis zu dem Tag X-5, von heute an. Wir müssen gestern einen Fehler gemacht haben.«

»Das ist doch verrückt. Du kommst hierher zum Geburtstag meines Vaters und erzählst mir so eine Geschichte.«

»Habe ich dich je belogen?«

»Keine Ahnung. Vermutlich nicht. Aber wir sprechen ja auch nicht viel miteinander.«

»Aber ich bin kein Psychopath. Du kannst dich bei dem Artefakt im Archiv von der Geschichte überzeugen. Es ist bestimmt noch viel eindrucksvoller als die Miniaturversion.«

Auf der Fahrt zurück nach Princeton diskutieren sie das Zeitproblem. Max fällt auf, dass alles hervorragend zu der Theorie passt, die er gerade entwickelt. Schade nur, dass er das momentan nicht genauer untersuchen kann. Eine Analyse von Betazerfällen unter dem Einfluss der schwachen Kernkraft müsste zum Beispiel eine CP-Verletzung …

»Vorsicht!«, ruft Artem.

Max tritt auf die Bremse. Der Stau, der hinter der Kuppe beginnt, hat ihm noch gefehlt. Mist. Die I-295 ist oft so voll. Aber schon am späten Vormittag? Er trommelt mit den Fingern auf das Lenkrad.

»Warum bist du so nervös?«

»Der Flug nach Florida … Ich werde ihn verpassen.«

»Warte mal, es gibt eine Alternative. Fahr die nächste Ausfahrt runter, dann kommen wir zum Trenton-Mercer-Airport. Klein, aber fein.«

»Trenton Mercy? Nie gehört.«

»Mercer. Ein typischer Regionalflughafen. Mein Dad hat hier seine Cessna stehen. Ich suche gerade nach Flügen.«

Max setzt den Blinker und fährt auf den Randstreifen. Dort lässt er den Wagen langsam zur Ausfahrt rollen.

»Es gibt erst nach vier Uhr abends einen Flug mit Frontier nach Orlando«, sagt Artem.

»Das ist zu spät.«

Max benutzt die Ausfahrt. Wenn ihm der Flughafen nicht hilft, dann gibt es vielleicht zumindest einen schnelleren Weg in die Stadt.

»Aber am Flughafen ist auch eine Leihfirma ansässig. Ich gehe gerade ihr Angebot durch.«

»Kannst du denn ein Flugzeug steuern?«

»Vielleicht, aber ich habe keine Lizenz. Wir müssen es mit Piloten mieten.«

»Was kostet das?«

»Moment. Ich muss mir auch die Reichweite ansehen. Nach Orlando, das sind 1000 Meilen. Da brauchst du so was wie eine Cessna 208. Ha! Sie haben eine verfügbar. Gib mir mal deine Kreditkarte.«

Max greift in die hintere Hosentasche, holt das Portemonnaie heraus und gibt es Artem.

»Was kostet das?«

»Der Flieger 320 Dollar pro Stunde, vom Piloten steht hier nichts.«

»Und insgesamt?«

»Rechne mal dreizehn Stunden, der muss ja auch wieder zurück, dann sind wir bei über 4000 plus Pilot plus Steuern.«

Max schluckt. Hoffentlich sprengt das nicht sein Limit. Aber Artem sagt nichts, die Buchung geht durch.

»Rechts abbiegen, hast du das Schild nicht gesehen?«

Er reißt das Steuer herum, und der Mustang biegt mit quietschenden Reifen in die Nebenstraße.

»Da, Crossing Aviation, das ist es.«

Sie erreichen eine Baracke. Davor sitzt ein bärtiger Mann in Motorradkluft, der der Chef des örtlichen Rockerclubs sein könnte.

»Einen wunderschönen guten Tag«, sagt Artem.

Der Mann grinst. »Sind Sie Webber, der gerade gebucht hat? Schickes Auto!«

»Webber, das ist mein Freund hier.« Artem zeigt auf Max.

»Ah, dann fliegen wir beiden Hübschen jetzt nach Florida?« Der Mann kommt auf Max zu und reicht ihm seine mächtige Pranke.

»Sie sind der Pilot? Freut mich.«

»Pilot und Eigentümer von Crossing Aviation. Harry Storck, Storck mit ›ck‹, wenn's beliebt. Aber ich habe gehört, du hättest es eilig. Also lass uns zum Flughafen rüberstiefeln. Die Jungs von SFS bereiten die Maschine schon vor.«

»Das geht ja alles sehr flott.«

»Für Effizienz sind wir berühmt.«

Der Flughafen ist von einem bestimmt 15 Fuß hohen Zaun umgeben. Harry klingelt an einer Tür. Eine Sicherheitskamera bewegt sich, dann summt etwas, und Harry drückt die Tür auf.

»Da drüben!«

Der Flughafen wirkt wie ausgestorben. Sie laufen über Asphalt zu einer Gruppe Kleinflugzeuge. Dahinter ist eine Baracke mit einem Firmenlogo zu sehen. Links, vielleicht 300 Meter entfernt, steht ein flaches Abfertigungsgebäude.

»Das ist sie«, sagt Harry.

Er wirkt sichtlich stolz. Für Max ist es einfach nur ein Kleinflugzeug.

»Schöner Vogel«, sagt Artem, und Harry lächelt.

»Lässt sich sogar auf unbefestigten Plätzen landen«, sagt er. »Reichweite deutlich über tausend Meilen, 213 Meilen pro Stunde Reisegeschwindigkeit.«

»Dann bin ich noch vor Liz in Orlando.«

»Ah, ist Liz deine Freundin? Willst du sie überraschen?«

»So in etwa«, antwortet Max.

»Ich setz mich jetzt mal wieder in den Wagen«, sagt Artem und gibt Max das Portemonnaie zurück.

»Danke für dein Vertrauen«, sagt Max. »Hier sind die Schlüssel.«

»Dass du fünf Riesen dafür ausgibst, hat mich überzeugt. Ich habe dich immer für ziemlich geizig gehalten.«

Wenn alles klappt, wird er Artem so schnell nicht wiedersehen. Max macht einen Schritt nach vorn und umarmt ihn.

»Mach's gut, mein Freund. Und viel Spaß beim Stargate.«

»Danke. Ich schlafe von jetzt an immer im Archiv.«

Es ist Max' erster Flug in einer so kleinen Maschine. Harry legt Rockmusik aus den 1970er-Jahren auf, an die Max sich erst gewöhnen muss. Aber sie passt irgendwie zu dem lauten Motorengeräusch und dazu, dass sie in einer Höhe über die Landschaft gleiten, in der tatsächlich etwas zu sehen ist. So vielfältig sind die Staaten! Wenn man im Auto sitzt, merkt man das kaum, weil sich die Landschaft nur graduell verändert.

Je näher sie Florida kommen, desto nervöser wird er. Max muss sich plötzlich überall kratzen. Er knetet seine Hände und knackt mit den Fingergliedern.

»Sie wird schon *Ja* sagen, Junge.«

»Wie bitte?«

»Du machst deiner Liz doch einen Antrag? Die Nervosität kenne ich. Ging mir ganz genauso, damals, bei Marjorie. Vergiss bloß den Ring nicht.«

Harrys Gesicht wird ganz weich, als er das sagt. Hoffentlich ist er noch mit Marjorie zusammen.

»Den Ring habe ich.«

Max klopft auf die Hosentasche, in der der grüne Anhänger steckt.

»Kannst du mir Bescheid sagen, wenn das Kennedy Space Center zu sehen ist?«, fragt Max.

»Ich fürchte, das wird nichts. Flugverbotszone. Heute gibt es wohl noch einen Start. Interessierst du dich für Raumfahrt?«

»Liz begeistert sich dafür. Sie will beim Start dabei sein.«

»Ah, das ist perfekt. Und danach gibst du ihr den Ring?«

»Ja, das ist der Plan.«

»Das wird klappen, Junge, glaub mir.«

Hoffentlich behält Harry recht. Leider hängt alles davon ab, ob Artem seine Aufgabe erfüllt. Vor fünf Tagen erfüllt hat. Und ob sie den Zeitablauf richtig verstanden haben.

Auf der Fahrt vom Flughafen zum Weltraumzentrum sagt niemand ein Wort. Max hat einen Mietwagen besorgt und Liz damit am Terminal abgeholt. Sie haben sich umarmt, als würden sie sich schon ewig kennen. So hat es sich jedenfalls für Max angefühlt.

Aber jetzt hat die Nervosität übernommen. Liz rollt dauernd ihr Fenster hoch und wieder herunter, weil ihr mal zu warm und mal zu kalt ist. Max kratzt sich mit der linken Hand am ganzen Körper, als hätte er sich die Krätze geholt.

Es ist wenig los. Der Mietwagen rollt mit 45 Meilen über den Asphalt. Die Sonne brennt unbarmherzig. In der heißen Luft entstehen Spiegelungen. Irgendwo dort vorn muss die Schranke kommen, an der es ernst wird. Sie werden sich ausweisen müssen, und dann wird man sie entweder zurückschicken oder als künftige Raumfahrer begrüßen.

»Da!«, sagt Liz.

Mitten auf der Straße steht ein kleines, weiß gestrichenes Häuschen mit metallisch glänzendem Dach. Links und rechts davon sind je eine Schranke, beide geschlossen. Liz gibt ihm ihren Führerschein. Max hält neben dem Haus und rollt das Fenster nach unten. Eine Schiebetür öffnet sich, und ein Uniformierter tritt heraus.

»Einen schönen guten Tag!«, begrüßt ihn Max.

»ID!«, befiehlt der Uniformierte.

Max gibt ihm die Führerscheine. Der Mann verschwindet damit in seinem Häuschen. Max klopft auf das Lenkrad. Liz öffnet und schließt ihren Gurt. Hinter der Schranke ragen eiserne Zähne aus dem Asphalt. Sie können hier nicht mit dem Wagen durchbrechen, und wenn sie es zu

Fuß versuchen, wird der Uniformierte sie hinterrücks erschießen.

Ein weiteres Fahrzeug hält hinter ihnen, ein schwarzer Mercedes mit abgedunkelten Scheiben und Diplomatenkennzeichen. Der Uniformierte kehrt zurück. Statt Max ihre Führerscheine zurückzugeben, bellt er irgendetwas. Max ist so verwirrt, dass er ihn nicht versteht.

»Er will, dass du an den Rand fährst«, sagt Liz.

Der Mercedes rollt ein paar Schritte zurück und macht Platz. Max lenkt den Mietwagen in den losen Schotter neben der Straße. Die Schranke öffnet sich, die Zähne im Asphalt klappen ein. Der Mercedes fährt weiter. Jetzt wäre der Moment. Er könnte …

Liz legt ihm die Hand auf die Schulter.

»Nicht.«

Die Schranke senkt sich. Sie haben die Chance verpasst. Wahrscheinlich ihre letzte. Von hier aus sieht Max, dass der Uniformierte in seinem Kabuff an einem altertümlichen Telefon mit Kabel hängt. Er sagt nichts, also nimmt er wohl Anweisungen entgegen, wie mit ihnen zu verfahren ist.

»Alles gut«, sagt Liz.

»Gut?«

»Wir haben nichts Strafbares getan. Er hätte uns einfach weggeschickt, wenn wir da drin völlig unbekannt wären.«

Ihren Optimismus hätte er gern. Max betrachtet seine Beifahrerin. Wieso ist Liz ihm nicht schon eher aufgefallen? Sie dreht sich zu ihm, muss seinen Blick bemerkt haben. Für ein paar Sekunden sehen sie sich in die Augen. Es ist nur ein Moment, aber doch ein Stück Ewigkeit.

»Sieh mal!« Liz zeigt nach vorn.

Zwei dunkle Punkte schwimmen durch die fernen Spiegelungen, kommen näher, wachsen, verwandeln sich in tarnfarbige Jeeps. Die linke Schranke öffnet sich, aber die Fahrzeuge rollen nicht an ihnen vorbei, sondern kommen auf sie zu. Gleich werden Soldaten herausspringen, mit ihren Waffen auf sie zielen und sie festnehmen. Max greift nach Liz' Hand.

Die erste Tür öffnet sich. Jetzt sieht er das Logo des

privaten Raumfahrtunternehmens. Max lässt Liz' Hand wieder los. Der Mann, der aussteigt, trägt keine Uniform, sondern Jeans und ein Polohemd. Ihm folgt ein Mann im Anzug mit asiatischen Zügen. Aus dem anderen Jeep klettern eine Frau und ein Mann in Arztkitteln. Alle vier kommen zu ihnen.

»Steigen wir aus«, sagt Liz.

Max öffnet die Tür. Liz scheint sicher zu sein, was hier passiert. Er traut sich nicht, es sich einzugestehen.

»Mrs. Gabai, Mr. Webber, es freut mich sehr, Sie als unsere Gäste begrüßen zu dürfen«, sagt der Mann im Anzug in tadellosem Englisch. »Ich bin der Beauftragte Ihres Gastgebers. Ich muss mich jetzt schon für die Umstände entschuldigen, die wir Ihnen in den kommenden Stunden leider bereiten müssen, aber sie sind für unser großes Vorhaben nötig.«

»Da haben wir vollstes Verständnis«, sagt Liz. »Ich freue mich riesig, hier sein zu dürfen.«

»Ich bin ebenfalls sehr erfreut«, sagt Max.

Der Satz klingt furchtbar, aber ihm ist kein anderer eingefallen.

»Die Freude ist ganz auf meiner Seite«, sagt der Mann im Anzug. »Mrs. Gabai, wenn Sie nun Dr. Song folgen würden? Und Mr. Webber, um Sie wird sich Dr. Mendez kümmern.«

Die Frau im Arztkittel führt Liz zu dem einen Jeep, der männliche Arzt nimmt Max mit zu dem anderen. Max kommt nicht einmal dazu, Liz ein letztes Mal zuzuwinken.

ERST AM FUSS DES STARTTURMS BEGEGNEN SIE SICH WIEDER.

»Schick!«, sagt Liz.

Die eng geschnittenen, modernen Fluganzüge sehen wirklich gut aus. Die Gruppe versammelt sich um ihren Gastgeber. Der japanische Milliardär wirkt aus der Nähe deutlich kleiner als im Fernsehen.

»Haben sie dich auch überall …?«

»Eine sehr gründliche Untersuchung«, sagt Liz und lacht. »Ich habe mich noch nie so sauber gefühlt. Und du hast alles dabei?«

Max greift an seine Hosentasche und nickt. Das Artefakt ist noch da. Persönliche Mitbringsel sind erlaubt. Er hat behauptet, es handle sich um ein Schmuckstück seiner Großmutter, das sie ihm als Glücksbringer mitgegeben hat. Nachgewogen hat es wegen seiner geringen Abmessungen niemand.

»Sehr gut«, sagt Liz. »Hast du die Einführungslektion aufmerksam verfolgt?«

»Ja, sehr interessant.«

Vor allem der Teil, in dem es um das Öffnen und Schließen der Schleuse im Notfall ging. Max hat sich nicht einmal von dem Einlauf ablenken lassen, den man ihm währenddessen verpasst hat. Hoffentlich war Dr. Song netter zu Liz als sein Arzt zu ihm. Er hatte immer wieder das Gefühl, dass Dr. Mendez die ganze Aktion nicht gutheißen würde.

»… uns allen einen tieferen Einblick in den Grund unserer Existenz, in die Eleganz des Universums, auf dass sie die Kreativität in uns freisetze, uns mit unserer ganzen Persönlichkeit für die Fortentwicklung der Menschheit einzusetzen.«

Applaus. Max klatscht ebenfalls. Ihr Gastgeber versteht es, sich gewandt auszudrücken, ohne dabei viel zu sagen. Aber das ist okay. Wahrscheinlich will er nur nicht einsam um den Mond fliegen. Wer will schon allein sein, wenn auf der Rückseite des Mondes die Erde in Dunkelheit versinkt?

Die Gruppe startet. Die ersten vier betreten den Fahrstuhl, der die künftigen Astronauten zu ihrem Raumschiff transportiert.

Sie sitzen nebeneinander, aber um 180 Grad versetzt. Das ist schön, weil er Liz ansehen kann. Und es ist anstrengend, weil sie ihn dann auch die ganze Zeit sieht. Er muss sich also zusammenreißen, darf nicht in der Nase bohren oder zu viel Angst zeigen.

Liz tippt ihn mit dem Fuß an der Hüfte an. »Gleich geht es los!«

»Ganz schön eng hier, oder?«

»Ist doch sehr komfortabel. Wenn ich das mit der Economy auf dem Flug vergleiche …«

»Ich habe sehr gut gesessen, und der Ausblick aus der Cessna war großartig.«

»Das freut mich.«

Eine Ansage unterbricht sie. Es wird tatsächlich ernst. Max kann es kaum fassen. Alle Gespräche ersterben. Max sieht zur Decke. Der Countdown zählt herunter.

Ein tiefes Wummern fährt in sein Rückgrat, löst einen Schauer aus, der bis in seine Zehen und Finger wandert. Er wird schwerer. Es ist, als hätte sich Harry auf seine Brust gesetzt. Max strengt sich an, um gleichmäßig zu atmen, wie man es ihnen gesagt hat. Er schwitzt. Der Druck nimmt zu. Max versucht, Liz zuzuwinken, bekommt die Hand aber nicht von der Lehne, als verweigerten seine Muskeln die Arbeit.

»Uff«, sagt er.

Sogar den Mund zu öffnen, fällt ihm schwer. Die Beschleunigung drückt ihn tiefer in den Sitz. Wann hört das auf? Harry sitzt nicht mehr nur auf der Brust. Er hat seine Geschwister geholt. Einer seiner Brüder drückt auf Max' Blase. Etwas Urin geht in die Windel, obwohl er vorher auf der Toilette war.

Die Ansagen setzen wieder ein. Max hört nicht darauf. Er ist bloß Passagier. Sie sind alle Passagiere. Die Bodenkontrolle und der Computer steuern das Schiff. Endlich steigt Harry ab. Max zwingt sich zu einem Lächeln. Liz winkt. Ein lautes Geräusch hinter ihm. Irgendeine Raketenstufe hat sich abgetrennt. Sie haben es erklärt, aber er hat es vergessen. Nur das Triebwerk der Kapsel ist wichtig. Es soll sie zurück zur Erde transportieren, wird sie aber in die Freiheit bringen.

Das ist der Plan.

Dann ist die Quälerei vorüber. Plötzlich reden alle durcheinander, als hätte jemand ein Radio mit ganz vielen Sendern gleichzeitig eingeschaltet. Die anderen Passagiere kennen sich schon. Max und Liz lächeln sich an. Das genügt für den Moment. Erst nach Minuten, als die anderen sich schon wieder in ihren Sitzen anschnallen, lösen sie die Gurte und schweben zu dem Panoramafenster auf der rechten Seite. Dort ist die Erde zu sehen. Sie wirkt riesig, wird aber von Minute zu Minute spürbar kleiner. Max schwitzt. Liz nimmt seine Hand, wie es früher seine Mutter getan hat, wenn er sich fürchtete. Er will nicht, dass Liz sich mütterlich verhält, aber er nimmt es trotzdem dankbar an.

»Ob es Nachricht von Artem gibt?«, fragt Liz.

Max holt sein Telefon und den Anhänger heraus und schießt die nötigen Bilder. Dann steckt er das Artefakt wieder weg und schwebt zu ihrem Gastgeber. »Norio Minorikawa« steht auf dem Aufnäher an seiner Brust.

»Darf ich ein paar Bilder am Bordrechner bearbeiten?«

»Natürlich. Ein hübsches Stück haben Sie da.« Der Mann studiert sein Namensschild. »Max.« Er zeigt auf das Bild des Anhängers.

Kommt es ihm gar nicht seltsam vor, dass er die Namen seiner Mitreisenden nicht kennt? Aber vielleicht hat er anderes zu tun, als ihre Namen auswendig zu lernen. Als Milliardär hat er bestimmt jede Menge Stress.

»Ja, ein altes Familienerbstück. Danke, Norio.«

Max schwebt zum Bordrechner. Jeder Passagier hat ein eigenes Login. Er tippt sein Passwort ein und überträgt das Auswertungsprogramm für das Artefakt. Er startet es so, dass es nur neu hinzugekommene Inhalte ausgibt. Eine Sanduhr vertröstet ihn, dann erscheint ein etwa halbseitiger Text.

»Ergänzung 15. Hallo Liz und Max, ich hoffe, ihr konntet den Plan umsetzen. Bei mir lief anscheinend alles glatt. Anscheinend, weil ich mich nicht mehr daran erinnere. Heute haben wir Tag X-10, das heißt, die Verlosung findet erst in zehn Tagen statt. Ich habe es danach wohl nicht mehr ins

Archiv geschafft. Erst heute bin ich auf das Artefakt gestoßen und auf all unsere Pläne.

Dass ich trotzdem optimistisch bin, obwohl es etwa 850.000 Bewerber um die freien Plätze gibt, liegt an meinem alten Kumpel aus Texas. Er hat mir den Quellcode des Verlosungsprogramms geschickt. Das Programm ist signiert, und die Signatur soll von einem Notar überprüft werden. Ich kann daran also nichts verändern.

Allerdings habe ich einen Bug gefunden. Das Programm wird nicht auf doppelte Namen achten, vermutlich, weil sie vorher schon aussortiert wurden. Es zählt sie einfach nicht, bezieht sie aber trotzdem in die Verlosung ein. Also werde ich eure Bewerbungen vermutlich vervielfacht haben. Wisst ihr eigentlich, wie seltsam das ist, in einer vergangenen Zukunft zu formulieren? Na, eine Million Lose für Liz, eine Million für Max, da werden sie nur euch ziehen können. Vorausgesetzt, ich werde am Tag der Verlosung genauso schlau gewesen sein wie heute.

Ansonsten werde ich mich mit Hilfe meiner Kreditkarte über Wasser halten. Das täglich erneuerte Limit ist einfach zu reizvoll. Mit genug Geld kann man schon eine Menge anstellen. Mein Vater sagt das ja auch immer, aber ich habe ihm nie geglaubt. Neben mir stehen Champagner und die Reste eines Hummers. Schade nur, dass das meiste über Nacht verschwindet. Aber so muss ich wenigstens nicht aufräumen.

Lasst es euch gutgehen. Ich vermisse dich, Max, obwohl ich dich jeden Tag im Büro treffe, und dich, Liz, obwohl ich dich nie getroffen habe. Artem.«

Max läuft ein Schauer über den Rücken. Es muss seltsam für Artem sein, Max' früheren Ichs im Büro zu begegnen. Was würde wohl passieren, wenn er den anderen Max zum ruhigen Arbeiten ins Archiv schickte?

»Der Arme«, sagt Liz. »Wir hätten ihn nicht zurücklassen sollen.«

»Du weißt, dass es nicht anders ging.«

»Artem könnte ja mit mir ausgehen.«

»Bei dem Gedanken bekomme ich Gänsehaut.«

»Aus Eifersucht?«

»Ja, auch. Aber es ist einfach … seltsam, als gäbe es unzählige Kopien von uns. Außerdem hätte Artem am Ende nichts davon, denn Mitternacht macht alles ungeschehen.«

Liz seufzt. Diesmal nimmt er ihre Hand, und sie lässt es geschehen. Ob es wohl eine Wirklichkeit gibt, in der sie ein Paar sind? Max wünscht es sich.

»Noch drei Stunden bis Mitternacht übrigens«, sagt Liz.

»Ich weiß.«

»Kurskorrektur in drei Minuten. Nehmen Sie bitte wieder Ihre Plätze ein und schnallen Sie sich an.«

Das ist das Zeichen. Sie müssen die erste Gelegenheit nutzen, denn eine weitere wird es nicht geben. Die anderen klettern in ihre Sitze. Liz schwebt nach oben zur Schleuse. Er deckt ihren Körper ab, während sie mit dem Öffnen des Durchgangs beginnt. Ein Warnton. Niemand wird aufmerksam. Vermutlich ordnen alle den Ton der kommenden Kurskorrektur zu. Liz zieht die Klappe auf. Ein kühler Luftstrom dringt aus der Schleuse. Liz klettert schnell hinein.

»Was tust du denn da?«, fragt Norio und schnallt sich ab.

»Halt!«, sagt Max mit möglichst fester Stimme. »Halt, oder wir werden alle sterben.« Liz als Erste. Sie wird vermutlich aus der Schleuse gezogen, wenn sie die Drohung wahrmachen muss. »Meine Partnerin wird die Schleuse öffnen, wenn unsere Forderung nicht erfüllt wird.«

Ein Mann kreischt kurz auf.

»Ruhe«, sagt Norio.

Es wird still. Der Milliardär versteht es, sich Respekt zu verschaffen.

»Was wollen Sie? Ich kann Ihnen beiden je hundert Millionen auf ein Nummernkonto in der Schweiz überweisen, innerhalb von wenigen Minuten. Aber töten Sie bitte keine Unschuldigen.«

»Wir wollen kein Geld. Die Kurskorrektur muss unterbleiben. Sofort!«

»Mission Control, haben Sie das gehört?«, fragt Norio. »Die Kurskorrektur wird abgebrochen.«

»Verstanden. Kurskorrektur abgebrochen.«

»Jetzt Ihr Kennwort, Norio«, sagt Max.

Das ist der schwierigste Teil des Plans. Er braucht das Login des Gastgebers, um die Steuerung des Schiffes von der Erde abzukoppeln. Sonst könnte Mission Control die Kurskorrektur jederzeit nachholen.

»Das geht nicht, Max, das müssen Sie verstehen.«

»Das muss gehen. Sonst werden hier alle sterben. Meine Partnerin muss nur noch einen Knopf drücken.«

Max sagt das ganz entspannt, weil er an den verschobenen Zeitablauf gedacht hat. Niemand wird hier sterben. Sie werden gestern irgendwo erwachen. Auch Liz. Aber ihr Plan wird dann gescheitert sein.

»Aber dann sterben Sie auch«, sagt Norio.

»Dazu bin ich bereit.«

»Na gut.«

Das ging einfach. Zu einfach. Er stößt sich ab und schwebt zum Computer. Plötzlich kommt ihm der Japaner entgegen.

»Liz, mach auf!«, ruft er.

Ein starker Wind fegt durch die Kapsel. Die anderen Passagiere schreien.

»Ist ja gut, ich gebe auf!«, ruft Norio.

»Liz, ist gut.«

Der Sturm ebbt ab. Der Japaner zieht sich in seinen Sitz. Eine Frau hinter ihm wimmert.

»Alles wird gut«, sagt ihr Gastgeber. »Ich musste einfach testen, ob Sie es wirklich ernst meinen.«

»Das dachte ich mir. Jetzt das Passwort.«

Norio diktiert es. Das Login funktioniert. Das Steuerungsprogramm ist zu kompliziert. Aber er findet die Software, die für die Antennen zuständig ist. Er schaltet den Empfang ab.

»Und nun?«, fragt Norio.

»Nun mischt sich die Erde nicht mehr ein.«

»Und wir driften ins All.«

»Genau. Richtung Mars. Das ist der Plan.«

»Ihr wollt zum Mars?«

»Ich hoffe, dass wir nicht bis zum Mars fliegen müssen.«

»Das klingt wie ein nicht besonders ausgereifter Plan.«

»Das ist höflich ausgedrückt, vielen Dank. Es ist ein verrückter Plan.«

»Kannst du mich mal ablösen?«, fragt Liz.

»Ich komme.«

Max nimmt ihren Platz ein. Der Platz in der Schleuse ist eng. Dass Liz das so lange ausgehalten hat? Und die äußere Schleusentür ist eisig kalt. Trotzdem muss er sich konzentrieren. Die Passagiere könnten jederzeit auf die dumme Idee kommen, sie anzugreifen.

Wenn die Muskeln und die Gelenke schmerzen, vergeht die Zeit besonders langsam. Norio versucht immer wieder, Liz in ein Gespräch zu verwickeln. Auch seine Millionen bringt er noch öfter an. Er ist es wohl gewöhnt, damit jedes Problem lösen zu können. Aber das hier geht über seinen Horizont, wie es auch über Max' geistige Fähigkeiten geht.

Einfach durchhalten. Sie haben es gemessen. Nicht sie, aber der Solar Orbiter und die Marssonde. Sie müssen einfach nur weit genug weg gelangen. Wie weit ist genug, und wird die Zeit bis Mitternacht genügen? Alle fünf Minuten gibt Liz ihm die Uhrzeit durch. Die anderen Passagiere tuscheln schon. Norio stellt die Frage:

»Was passiert denn in eurer Vorstellung um Mitternacht?«

In eurer Vorstellung. Er hält sie für krank. Aber wahrscheinlich ginge es ihm an Norios Stelle genauso.

»Hoffentlich nichts«, sagt Liz.

»Ihr habt die Kapsel entführt, damit um Mitternacht hoffentlich nichts geschieht?«

»Das ist gut zusammengefasst.«

»Und wenn doch etwas passiert, was genau erwartet ihr dann? Werden wir alle sterben?«

»Niemand wird sterben. Es sei denn, ihr greift uns vor Mitternacht an.«

»Das heißt, nach Mitternacht gebt ihr auf?«

Liz lacht. »Wir geben nicht auf. Aber unser Plan ist dann so gründlich gescheitert, dass es keinen Weg gibt, ihn weiter zu verfolgen.«

»Das klingt alles sehr rätselhaft«, sagt der Japaner.

»Das ist es auch.«

»Niemandem wird etwas geschehen? Ich kann mich darauf verlassen?«

»Darauf haben Sie unser Wort. Stimmt's, Max?«

»Das stimmt«, sagt Max.

»Habt ihr das gehört, liebe Freunde?«, fragt Norio. »In ein paar Minuten ist alles vorbei. Wir sind noch nicht so weit von der Erde entfernt, dass man uns nicht zurückholen könnte. Vielleicht können wir sogar noch in den Mondorbit einschwenken.«

»Solange die beiden Verrückten an Bord sind, würde ich lieber zurück zur Erde fliegen«, sagt ein Mann.

»Ich auch«, sagt eine Frau.

»VIER MINUTEN«, SAGT LIZ. »SOLL ICH DICH NOCH EINMAL ablösen?«

»Nein, danke. Das halte ich jetzt auch noch durch.«

»Es war sehr nett mit dir«, sagt Liz. »Der aufregendste Tag meines Lebens.«

»Das Kompliment gebe ich gern zurück.«

Das klingt so lahm. Fällt ihm denn nichts Feuriges ein, das er ihr sagen kann?

»Vielleicht gehen wir mal aus, wenn wir wieder auf der Erde sind.«

»Man soll die Hoffnung nie aufgeben.«

Hoffnung nie aufgeben, gähn. *Du bist die Liebe meines Lebens.* Quatsch, woher soll er das denn jetzt schon wissen?

»Zwei Minuten.«

Plötzlich rast die Zeit. Max muss an seinen seltsamen Traum denken. Die schwarze Maschinerie, die tickend zusammenbricht. Ist das die Zeit? Er spürt überhaupt nichts, keine Veränderung. Sie sind gescheitert. Hätten sie das Gebiet der Zeitverschmelzung wirklich schon verlassen, müsste das doch irgendwie zu spüren sein? Oder nicht? War ihm früher bewusst, in welche Richtung die Zeit fließt? Höchstens an den Falten, die seine Eltern mit den Jahren bekommen haben und zuletzt auch er schon.

»Gleich«, sagt Liz.

Er spürt, wie sie sich an seinem Anzug nach oben zieht. Sie umarmt ihn, während er tapfer die Schleusentür bewacht.

Nichts passiert.

»Es ist nach Mitternacht«, sagt Norio.

Sie sind noch hier. Max erinnert sich, wie sie in die Rakete gestiegen sind und wie ihr Plan aussah. Heißt das, sie hatten Erfolg? Jemand zieht an seinen Füßen. Er hält sich an der Schleuse fest.

»Soll ich?«, fragt er.

»Nein, lass es geschehen«, sagt Liz. »Wir haben es geschafft.«

Die anderen Passagiere ziehen sie nach unten und fesseln sie.

»Es ist okay«, sagt Liz.

Ist es das? Was, wenn die Kapsel nun wieder zurückfliegt? Norio schwebt zur Steuerung. Bestimmt schaltet er die Antennen wieder ein.

Plötzlich sind unbekannte Stimmen in der Kapsel zu hören. Sie sprechen über einen Zwischenfall nahe der Kontrollzone. Der Dialekt klingt wie eine Mischung aus Englisch und Spanisch.

»Crew Dragon 19 hier«, meldet sich ihr Gastgeber. »Mission Control, bitte kommen.«

»Patrouillenschiff Zeta 3 hier. Wer spricht da? Sie funken auf einer eingeschränkten Frequenz.«

»Hier Norio Minorikawa vom Raumschiff Crew Dragon 19.«

»Was wollen Sie hier? So nah an der Kontrollzone sind

zivile Raumschiffe gar nicht erlaubt. Woher kommen Sie? Hellas-Becken oder Olympus Mons? Und was ist Ihr Ziel?«

Das sind Formationen des Mars. Und was ist ein Patrouillenschiff?

»Wir sind im Kennedy Space Center, Landepad LC-39A, gestartet und planen eine Mondumkreisung.«

»Was sagen Sie da? Sie kommen von der Erde? Aber das ist unmöglich seit dem Unfall. Der ganze Orbit ist großräumig gesperrt.«

»Unfall? Was für ein Unfall? Wir haben keinen erlebt.«

»2096, das Zeitbeben, das lernt man doch in der Schule!«

»2096? Welches Jahr haben wir denn jetzt?«

»Ist das eine ernsthafte Frage? 32, was sonst!«

»Sie müssen sich irren. Wir schreiben das Jahr 2028, da bin ich sicher.«

»Mein Gott, er kommt wirklich von der Erde«, sagt der Mann am anderen Ende der Leitung. »Sag oben Bescheid. Wir haben einen Durchbruch. Das kann zu gefährlichen Paradoxa führen.«

»Durchbruch? Paradoxa? Was reden Sie da?«

»Mr. Minorikawa, bleiben Sie ganz ruhig. Man wird Ihnen helfen. Im unmittelbaren Umkreis der Erde gab es 2096 einen Unfall, der die Zeitrichtung umgekehrt hat. Inzwischen schreiben wir das Jahr 2132.«

»Aber woher kommen Sie, wenn nicht von der Erde? Sie hören sich doch ganz menschlich an? Sind Sie Außerirdische?«

Der Mann lacht. »Wir sind natürlich Menschen. Unsere Basis liegt auf dem Mars.«

# 9

»Die Schlammfrau! Das ist ja eine Überraschung!«, sagt der Geologe und lädt sie in den Campingbus ein.

»Ich habe doch versprochen, dass ich Ihnen die Geschichte erzähle.«

»Woher wussten Sie, dass wir wieder da sind? Wir sind erst vor einer Woche mit der Fähre …«

»Meine Tochter fährt auf dem Weg zum Krafla-Kraftwerk regelmäßig hier vorbei. Ich habe sie gebeten, auf Ihren Campingbus zu achten.«

»Die richtige? Dann lebt sie jetzt hier?«

»Ja, Laura. Sie hat sich in einen Isländer verliebt. Jetzt ist sie schon im achten Monat, mein kleines Mädchen.«

»Und was ist aus der anderen geworden?«

»Shania ist in die Staaten gezogen und hat dort einen Job. Von ihr habe ich lange nichts mehr gehört.«

»Nun lass doch die Frau erst mal richtig herein, Gerhart, bevor du sie ausfragst«, sagt Waltraud. »Darf ich Ihnen etwas zu trinken anbieten? Schön, dass Sie uns besuchen.«

»Gern, Ihr Kaffee war sehr gut.«

»Ein Kaffee, kommt sofort.«

Der Geologe geleitet sie zum Tisch. Er setzt sich ihr gegenüber. Seine Frau kommt mit einer Tasse Kaffee.

»Ist noch heiß«, sagt sie. »Kommt aus der Thermoskanne.«

»Vielen Dank.«

Elisabeth nimmt einen Schluck. Die Flüssigkeit ist so bitter wie beim letzten Mal, aber nicht ganz so heiß. Sie stellt die Tasse wieder ab.

»Nun, ich will Sie nicht länger auf die Folter spannen.«

»Eine letzte Frage noch«, sagt der Geologe. »Glauben Sie, dass das Artefakt von einer außerirdischen Zivilisation konstruiert wurde?«

»Nein, Gerhart. Ich denke, dass es von Menschen gebaut wurde.«

»Aber von wem, wenn diese allerletzte Frage erlaubt ist?«

»Ich habe mich jetzt ein Jahr lang theoretisch damit befasst. Dabei bin ich auf eine interessante Spur gestoßen. Ende der 20er-Jahre hat ein theoretischer Physiker namens Max Webber eine Theorie der Zeit entwickelt. In ihr spielen solche sechsdimensionalen Mannigfaltigkeiten eine wichtige Rolle. In einer Abbildung habe ich unser Artefakt wiedererkannt.«

»Webber hat es konstruiert?«

»Nein, er hat es nur beschrieben. Wenn er es gebaut hätte, hätte ich das mitbekommen. Webber ist mein Mann. Später muss jemand seine Beschreibung in die Tat umgesetzt haben. Dazu gibt es allerdings keine wissenschaftliche Veröffentlichung.«

»Und nun wollen Sie direkt am Objekt mehr darüber herausfinden?«, fragt Waltraud.

»Ganz genau. Dazu brauche ich noch einmal Ihre Hilfe. Wir holen es mit dem Panzertauchanzug aus dem Schlammloch. Dann transportiere ich es mit dem Wagen nach Seyðisfjörður, wo in drei Tagen ein Hochseefischer eintrifft, der es mit einer Ladung Fische nach Kanada bringen wird. Dort hole ich es dann ab und bringe es heimlich ins Institut.«

»Zu Hause können Sie aber nicht im Panzertauchanzug herumlaufen.«

»Ich weiß. Ich habe mir von den Physikern einen kräftigen mobilen Laser ausgeliehen. Es geht ja nur um den kurzen Weg vom Schiff zum Wagen und dann vom Wagen in den Keller. Das bekomme ich schon ohne Zeugen hin.«

»Dann sollten wir uns auf den Weg machen, um den Anzug und den Laser zu holen.«

»Darum wollte ich Sie bitten.«

Der Wagen hält ohne ihr Zutun. Elisabeth gähnt. Es war eine lange Fahrt, auch wenn sie dabei wenig zu tun hatte. Neun Stunden plus Pausen, dabei sah es auf der Karte wie ein Katzensprung aus. Die Übergabe der Ware in Quebec lief reibungslos, ebenso das Überqueren der Grenze in Champlain, wo man sie einfach durchgewinkt hat.

Jetzt fehlt nur noch der letzte Schritt. Sie schaltet die Zündung aus. Es ist wenig Verkehr, denn heute ist Sonntag. Elisabeth nimmt die Jacke vom Rücksitz und zieht sie an. Dann steigt sie aus, läuft um das Fahrzeug herum und öffnet die hintere rechte Tür.

»Aufstehen und aussteigen«, befiehlt sie.

Der Roboter, der auf dem Rücksitz Platz genommen hat, steht auf. Er sieht aus wie ein Hund. Nur sein Kopf ist ungewöhnlich. Statt seiner normalen Sinnesorgane trägt er auf seinem langen, ausfahrbaren Hals einen starken Laser. Geschickt springt der Roboter vom Rücksitz. Fast geräuschlos landet er auf dem Gehweg neben der Straße. Er dreht den Kopf zu ihr und wartet offenbar auf weitere Befehle. Es fehlt eigentlich nur noch, dass er das Bein hebt und an den nächsten Baum pinkelt.

Elisabeth hat einen Truck mit geschlossener Ladefläche gewählt. Sie geht um das Fahrzeug herum und öffnet die hintere Klappe. Das Artefakt ist noch da. Es ist unter einer blickdichten Plane verborgen, die sie herunterzieht. Sie dreht sich kurz um, aber niemand beobachtet sie. Das Risiko muss sie eingehen.

»Hole das Objekt herunter«, befiehlt sie dem Roboter.

Noch auf dem Schiff im Hafen von Quebec hat sie der Maschine beigebracht, wie sie das Artefakt bewegen muss. Der Roboter ist erstaunlich lernfähig und kann aus seinen eigenen Versuchen lernen. Wie man das Artefakt etwa nach unten bewegt, hat er sich daraus erschlossen, wie es in der Ebene schwebt. Nun läuft der Hund an ihr vorbei und springt auf die Ladefläche. Gleich darauf kommt ihr das Artefakt auch schon entgegen geschwebt, getrieben vom Laserblick des Roboterhundes. Es nähert sich der Straße. Zwei Fuß darüber stoppt es der Roboter.

»Sehr gut. Jetzt musst du es über die Wiese zu dem Gebäude dort bringen«, sagt sie.

Der Hund wedelt einmal mit dem Schwanz und führt sofort ihren Auftrag aus. Sie nimmt die Plane heraus, schließt alle Türen des Trucks und folgt ihm. Die Wiese zu kreuzen, ist zwar nicht der kürzeste Weg zum Hintereingang der Fine Hall, aber der mit den wenigsten Überwachungskameras. Das hat sie zuvor gründlich recherchiert.

»Warte«, sagt sie.

Der Roboterhund bleibt stehen. Sie geht zum Artefakt und breitet die Plane darüber aus. Sie kann es nicht komplett abdecken, weil der Laserstrahl des Roboters noch eine Fläche braucht, auf die er zielen kann, aber so ist es nicht mehr ganz so auffällig.

»Weiter.«

Elisabeth schlendert betont unbekümmert über die Wiese. Sie ist eine alte Frau, die ihre zwei Haustiere auf der Wiese ausführt. Wer nicht genau hinsieht, könnte das glauben. Aber wer beobachtet schon an einem Sonntag nach 22 Uhr die Wiese hinter der Fine Hall?

»Jetzt die Treppe runter«, befiehlt sie.

Ab sofort ist das Artefakt außer Gefahr. Die Überwachungskamera an der rückwärtigen Tür hat sie vorher abgeklebt. Der Roboter fährt seine Beine aus, um das Artefakt von oben steuern zu können. Sie öffnet ihm die Tür. Sobald das Objekt im Keller verschwunden ist, entfernt sie die Klebestreifen von der Kamera und schließt die Tür hinter sich. Es handelt sich um ein altmodisches Exemplar; den Schlüssel hat sie mit einer Ausrede vom Hausmeister geliehen.

Sie zieht die Plane herunter. Nun braucht sie nicht einmal mehr das Licht einzuschalten. Das Artefakt beleuchtet den Weg mit seiner geheimnisvollen Ausstrahlung. Endlich ist es hier. Endlich kann sie es am Objekt studieren statt in einer Simulation. Der Hund bugsiert es durch die Kellergänge. Ganz hinten gibt es einen Raum, der wie geschaffen für das Artefakt ist. In einem seiner Paper hat Webber berichtet, dass er sich hier ein Labor eingerichtet hat. Seltsam, dass ihr Mann ihr davon nie erzählt hat. Er muss hier gearbeitet haben, während sie ein paar Stockwerke darüber an ihrem Durchbruch in der Topologie grübelte, der ihr schließlich die Fields-Medaille einbrachte.

Elisabeth öffnet die Tür. Der Raum ist schmutzig. Hier war schon lange niemand mehr. An den Wänden stehen Regale voller Aktenordner. Der Raum hat wohl für einige Zeit als Archiv gedient, bis das hypermoderne Princeton-Zentralarchiv eröffnet wurde. Sonst gibt es keine Möbel. Elisabeth hat eines der Regale quer gestellt. Es ist so voller Aktenordner, dass es fast kein Licht durchlässt. Der Roboter platziert das Artefakt dahinter, und Elisabeth deckt es mit einer Plane ab.

»Du wartest hier auf mich«, sagt sie. »Ich kann dich nicht zu oft besuchen, um keinen Verdacht zu erregen.«

Sie hat schon überlegt, ob sie es lieber nach Hause holen soll, aber ihr Instinkt hat ihr davon abgeraten. Sie holt ihr Telefon aus der Tasche. Darauf läuft die Interface-Anwendung für den Roboter. Elisabeth wechselt in das Einstellungsmenü und löscht dort alle Erinnerungen der Maschine aus den letzten 24 Stunden. Falls ihre Kollegen in der Physik neugierig sind, werden sie nichts finden.

Elisabeth verlässt den Raum. Der Hund läuft voraus. Sie wird ihn morgen zurückgeben. Es ist ein seltsames Gefühl, sich den Traum endlich erfüllt zu haben. Mit einem Mal erscheint das Artefakt gar nicht mehr so wichtig. Es ist nur ein Objekt, wenn auch ein bemerkenswertes, um das sich viele Rätsel ranken. Wie konnte Max es so genau beschreiben, obwohl er es nie gesehen hat? Warum hat sich ihr Mann ausgerechnet hier in der Fine Hall ein Labor eingerichtet, in der Mathematik-Abteilung? Darüber schreibt er nichts in seinem Beitrag, und ihn zu fragen, kommt leider überhaupt nicht in Betracht.

Egal. Elisabeth wischt den Gedanken weg. Es ist nicht wichtig. Wichtig ist, so schnell wie möglich Laura anzurufen, denn heute ist der errechnete Geburtstermin. Sie wird Großmutter!

# J

»Guten Morgen, Max.«

»Guten Morgen, Winston.«

»Guten Morgen, Max.«

»Guten Morgen, Winston.«

»Guten Morgen, Max.«

»Guten Morgen.«

»Guten Morgen, Max.«

»Winnie? Geht es dir gut?«

»Guten Morgen, Max.«

Was ist mit dem Assistenten der Abteilung passiert? Er bewegt sich auch so ruckartig!

»Guten Morgen, Max.«

»Guten …«

Plötzlich fällt Max die Uhr auf, die über der Tür zu Shous Büro hängt. Sie scheint stehengeblieben zu sein. Der Sekundenzeiger bewegt sich von der Mittagsposition aus drei kleine Striche nach rechts, dann springt er wieder zurück. Das Uhrwerk klemmt.

»Guten Morgen, Max.«

Max geht um den Schreibtisch herum. Er stellt sich hinter Winnie und drückt seinen Kiefer nach oben. Winnie ist schlecht rasiert.

»Gum-m Mom-m, M-x.«

Winston sieht ihn hilfesuchend an, kann aber offenbar nicht anders, als ihm zwei Sekunden später schon wieder einen guten Morgen zu wünschen. Mist. Die Zeit ist weiter zersplittert.

»Guten Morgen, Winston.«

»Guten Morgen, Winston.«

Was tut er da? Max drückt sich den Mund ebenso zu, wie er es bei Winston versucht hat.

»Gum-m Mom-m, Wim-m.«

Max klammert sich an Winstons Stuhllehne fest, als könnte er den Zeitablauf so anhalten. Da berührt eine Hand seine Wange. Es ist nicht seine! Max schreit.

»He, ganz ruhig, ich bin es doch bloß.«

»Wer? Liz? Oh, ich hatte einen Alptraum. Die Zeit … Sag, erkennst du mich noch?«

»Hm … Du kommst mir bekannt vor. Kenne ich dich von der Uni?«

»Was? Das kann doch nicht sein?«

Liz lacht. »Okay, das war gemein. Ich erinnere mich sehr gut an dich, Max.«

Sie tupft ihm mit einem Tempo den Schweiß von der Stirn und gibt ihm dann einen Kuss zwischen die Augen.

»Du hast so süß in meinem Schoß geschlafen. Aber jetzt solltest du aufstehen. Wir landen bald.«

Max richtet sich auf. Er schlüpft in seine Schuhe und geht zu seinem Sitz, wo er sich anschnallt. Dann kippt er den Sitz nach hinten. Über ihnen befindet sich ein Panoramafenster. Momentan sind nur Sterne zu sehen, aber das ändert sich, denn das Schiff rotiert langsam. Jetzt kommt der Mars ins Bild. Der ferne Horizont sieht fast irdisch aus, weil Dunst darüber schwebt. Aber nun wandern die mächtigen Ebenen ins Bild, rot, braun, ocker, grau dominieren. Grün und blau fehlen völlig. Das ist nicht die Erde und wird es auch nie werden.

»Liebe Gäste, wir setzen jetzt zur Landung an«, sagt die Kapitänin.

Sie sind an Bord eines Passagierschiffs, das normalerweise

zwischen dem Asteroidengürtel und dem Mars verkehrt. Es hat sie bei dem Patrouillenboot abgeholt. Die Schwerkraft wächst. Im Gegensatz zum Start trägt er keine Windel. Man hat ihnen versprochen, dass die Landung viel sanfter abläuft. Der Mars hat ja auch eine geringere Gravitation.

Das Schiff kippt nach vorn. Der Sitz passt automatisch seine Lage an. Jetzt fliegen sie fast waagerecht über den Boden. Die Landschaft verändert sich. Die rostrote Wüste weicht transparenten Kuppeln, die wie Seifenblasen schillern. Darunter erkennt Max Vegetation und offenes Wasser. Das müssen die Städte sein, von denen man ihm erzählt hat. Die Kolonie auf dem Mars gedeiht.

»Ist das nicht schön?«, fragt Liz.

»Schön und zerbrechlich«, sagt Max.

»Den Menschen hier geht es gut.«

»Wie viele sind es? 320.000, oder? Was ist mit den sieben Milliarden, die wir zurückgelassen haben? Mit Artem?«

»Du hast recht, Max. Wir müssen einen Weg finden, ihnen zu helfen.«

»Das werden wir. Ich denke schon die ganze Zeit über das Artefakt nach. Es befand sich nicht immer im Archiv.«

»Jemand muss es dort hingebracht haben, das glaube ich auch.«

»Aber die Zeit lief rückwärts, als wir es gefunden haben. Das Artefakt muss also in der Zukunft dort platziert worden sein. Wer konnte so genau wissen, dass Artem und ich dort unten sein würden?«

Wieso ist er eigentlich nicht schon früher darauf gekommen? Klar, er kannte ja den Ausgang ihres Abenteuers nicht. Also hatte er keine Chance.

»Max, es gibt nur eine Person, nein, genau genommen zwei.«

»Du weißt, was das bedeutet?«

»Ich weiß«, sagt Liz. »Wir sollten uns so bald wie möglich an die Arbeit machen.«

# Nachwort

»Guten Morgen, liebe Leserinnen und Leser«, sagt Winston.

Und jetzt Sie: »Guten Morgen, Winnie!«

Haben Sie auch manchmal das Gefühl, dass sich alles wiederholt?

Mir ging es früher manchmal so, als ich noch als Journalist angestellt war. Vor ein paar Jahren hat sich das geändert. Dank Ihnen! Weil Sie meine Bücher lesen, kann ich mich hauptberuflich damit beschäftigen, in meiner Fantasie ins Weltall oder in die Zukunft zu reisen (und dieses Mal auch Tag für Tag in die Vergangenheit). Ich fühle mich manchmal wie der kleine Junge früher, der im Unterricht aus dem Fenster gesehen hat und mit einem Raumschiff davongeflogen ist, bis es die Lehrerin bemerkt hat (Ärger gab es dafür nie, was ich der Lehrerin hoch anrechne). Also – herzlichen Dank, dass Sie diesen Weg mit mir gegangen sind und mich auf meinen Reisen begleiten.

Danken möchte ich auch Liz, Artem, Shania und Max, die sich als geduldige Protagonisten gezeigt haben und alle Wege und Irrwege mit mir gegangen sind. Es überrascht mich immer selbst, wie am Schluss dann doch alles zusammenfindet. Das Ende der Geschichte ist, wie so vieles im Leben, nicht völlig zufriedenstellend. Deshalb wird es Sie vielleicht beruhigen, dass ich schon einen zweiten Teil vorbereite. Denn Max und Liz kennen vielleicht noch nicht die ganze Wahrheit. Hat Artem doch noch eine Chance? Den Nachfolger, der unter anderem auf dem (künftig kolonialisierten) Mars, aber auch auf der Erde spielen wird, nenne ich jetzt erst einmal »Möbius 2«. Sie können das Buch hier vorbestellen:

hardsf.de/links/1912161

Bevor ich mich bis dahin von Ihnen verabschiede, möchte ich noch auf etwas hinweisen, das für Autoren ziemlich wichtig ist: Leser-Besprechungen des Buches. Niemand kauft gern die Katze im Sack. Wenn Sie unter

hardsf.de/links/1880401

… ein paar Worte verlieren könnten, wäre ich Ihnen sehr dankbar.

Außerdem freue ich mich stets über direktes Feedback per E-Mail, das Sie an brandon@hardsf.de schicken können. Die illustrierte Version der Biografie der Zeit erhalten Sie wie immer über hardsf.de/fortsetzung.

Ich freue mich auf ein Wiederlesen im nächsten Buch!

Ihr Brandon Q. Morris


facebook.com/BrandonQMorris

patreon.com/hardsf

youtube.com/HardSF

amazon.com/author/brandonqmorris

instagram.com/brandonqmorris

pinterest.com/brandonqmorris

## Bücher von Brandon Q. Morris

### Die dunkle Quelle

Nach zwölf Jahren Funkstille empfangen Wissenschaftler plötzlich Informationen vom Kometen 67P. Der Lander, der dort abgesetzt wurde, galt eigentlich als defekt. Seine rätselhaften Botschaften beschäftigen bald Forscher in aller Welt. Von ihren zunächst sensationellen, dann aber beängstigenden Erkenntnissen motiviert, entschließt sich die NASA, ein bemanntes Raumschiff zu dem Kometen zu schicken.

Doch die Verbindung zu den drei Astronauten bricht ab – und niemand kann die dunkle Gefahr, die auf die Erde zukommt, jetzt noch stoppen …

3,99 € – hardsf.de/links/1090402

### Amphitrite

Seit Jahren suchen Astronomen nach einem Planeten jenseits der Neptunbahn. Immer wieder finden sie Indizien – aber der schlagende Beweis, die Beobachtung, schlägt fehl.

Die vier Astronauten an Bord der Ganymed Explorer suchen keinen wissenschaftlichen Ruhm. Sie brauchen nichts weiter als einen sicheren Unterschlupf, so weit von jeglicher Zivilisation entfernt wie nur möglich. Dass ausgerechnet sie einen bisher unbekannten Planeten aufspüren, erscheint ihnen praktisch. Neugierig, geradezu freudig landen sie; Angst zu haben kommt ihnen nicht in den Sinn.

Denn sie wissen noch nicht, was sie da gefunden haben: Amphitrite ist kein gewöhnlicher Himmelskörper. Es ist der schwarze Planet.

3,99 € – hardsf.de/links/1305827

## Die Störung

Weiter als die vier Astronauten der Shepherd-1 ist noch nie jemand ins All vorgestoßen. Das Ziel ihrer Mission: die Entstehung des Kosmos zu beobachten. Ein Schwarm von Sonden soll so ausgerichtet werden, dass mit Hilfe der Sonne als Linse der Moment des Urknalls sichtbar wird.

Für die Astronomin Christine geht damit ein Traum in Erfüllung. Um so größer ist die Enttäuschung, als über den ersten Bildern ein Schleier liegt, der jede Erkenntnis verhindert. Wie besessen arbeitet sie an einer Lösung, doch als es ihr tatsächlich gelingt, den Schleier zu lüften, sieht sie etwas, das besser verborgen geblieben wäre …

14,99 € – hardsf.de/links/1107664

## Proxima Rising (Proxima 1)

Gegen Ende des 21. Jahrhunderts erreicht die Erde ein Hilferuf vom sonnennächsten Stern Proxima Centauri. Ein Strahlungsausbruch droht, die dortige Zivilisation zu vernichten. Die Menschheit ist ratlos, denn Hilfe zu leisten scheint technisch unmöglich. Einem russischen Milliardär gelingt es trotzdem, mit nicht ganz legalen Mitteln ein bemanntes Raumschiff auf die lange Reise zu schicken. Vor der ungewöhnlichen Crew steht eine übermenschliche Aufgabe. Erst recht, weil die Besatzungsmitglieder nicht mit dem rechnen, was der fremde Planet für sie bereithält.

3,99 € – hardsf.de/links/526922

## Mars Nation 1

Endlich hat es die NASA geschafft: Der erste Mensch hat soeben seinen Fuß auf die Oberfläche unseres Nachbarplaneten gesetzt. Damit beginnt ein langer Forschungsaufenthalt, für den die Wissenschaftler ins All geschickt wurden.

Doch die vier Astronauten der Mars-Expedition sind nicht die einzigen mit diesem Reiseziel: Die durch Spenden finanzierte Initiative »Mars für Alle« zieht es ebenfalls auf den roten Planeten – die zwanzig Männer und Frauen möchten dort sesshaft werden und die erste Siedlung auf dem Mars gründen. Schon der Anfang birgt Schwierigkeiten: Das Raumschiff der MfA-Organisation, das kurz nach der NASA eintreffen soll, havariert im Orbit. Nur die vier NASA-Astronauten können jetzt noch helfen und versuchen, die Leben zu retten. Dabei ahnen sie nichts von der unvorstellbaren Katastrophe, die sich hinter ihrem Rücken anbahnt - und die ihre Existenz grundlegend in Frage stellt. Ganz zu schweigen von den alltäglichen Tücken, die ein Aufenthalt auf einem fremden Planeten mit sich bringen kann. Es beginnt ein Kampf um begrenzte Ressourcen, menschlichen Zusammenhalt und das nackte Überleben.

3,99 € – hardsf.de/links/527010

## Einschlag: Titan

Vor 250 Jahren hat sich die Menschheit zum großen Teil selbst zerstört. Ein versprengter Haufen von Forschern und Astronauten hat kurz vorher auf dem Saturnmond Titan eine neue Heimat gefunden – und überlebt, indem sich ihre Nachfahren der lebensfeindlichen Umgebung genetisch angepasst haben. Die Titanier, wie sie sich nennen, sind stolz auf die faire Gesellschaft, die sie sich aufgebaut haben, und weinen der alten, langsam wiedererstarkenden Heimat nicht hinterher. Doch dann löst sich aus dem Asteroidengürtel ein 30 Kilometer großer Gesteinsbrocken und nimmt Kurs auf die Erde. Für deren Bewohner muss es so aussehen, als ob das tödliche Bombardement von Titan aus gestartet wurde. Können die Titanier den Einschlag noch verhindern?

3,99 € – hardsf.de/links/733807

## Das Triton-Desaster

Nick hält zwar den offiziellen Weltrekord für Starts ins All, aber eigentlich reizt ihn sein Astronauten-Job schon lange nicht mehr. Erst, als seine Frau ihn verlässt, ändert er sein Leben. Er geht auf das verlockende Angebot eines russischen Milliardärs ein: Wenn er eine simple Reparatur auf dem Neptun-Mond Triton übernimmt, ist er bei seiner Rückkehr mehrfacher Millionär und kann sich als Winzer in Kalifornien zur Ruhe setzen. Den Flug wird er allein unternehmen, und er dauert immerhin vier Jahre, doch das stört ihn nicht. Menschen mag er sowieso nicht besonders. Sein Auftraggeber verschweigt ihm allerdings etwas, das ihn sein Leben kosten könnte - und die Menschheit ihre Existenz ...

3,99 € – hardsf.de/links/680494

## The Wall: Ewiger Tag

Judith Rosenberg, Kapitänin des Raumschiffes ARES, steht unter Druck. Nachdem die Vorgängermission abgestürzt ist, soll sie die ersten Menschen auf dem Mars absetzen. Maxim Gontscharow hat derweil mit anderen Problemen zu kämpfen. Er leitet den Aufbau einer internationalen Mondbasis am Südpol des Mondes, wo die Sonne fast immer scheint. Doch seiner Crew gehen langsam die Ressourcen aus. Die Menschheit scheint das Interesse am Mond verloren zu haben. Als die ARES auf einen interstellaren Besucher stößt, klären die Forscher auf dem Mond seine wahre Natur auf: eine Entdeckung mit furchtbaren Folgen, wie Judith und Maxim fast gleichzeitig feststellen müssen ... The Wall: Ewiger Tag schildert ein schicksalhaftes Ereignis, das das Sonnensystem und all seine Bewohner verändert. Doch jedes Schicksal besitzt zwei Seiten. In The Wall: Ewige Nacht von Joshua Tree lernen Sie die andere Seite kennen.

3,99 € – hardsf.de/links/618875

## Der Untergang des Universums

Milliarden Jahre lang hat sich die unsterblich gewordene Menschheit in der ganzen Galaxis ausgebreitet. Ihre größte Enttäuschung liegt darin, dass sie keine andere vernunftbegabte Spezies gefunden hat. Jetzt aber steht die Menschheit selbst vor dem Untergang, denn das Universum stirbt einen langsamen Tod. Ihre einzige Hoffnung liegt deshalb im »Rettenden Projekt«. Es soll das Schwarze Loch im Zentrum der Milchstraße in einen Quasar verwandeln, um den Menschen auch in ihren letzten Atemzügen genug Energie zu liefern. Doch dann geschieht etwas, das niemand erwartet hätte – und die Menschheit muss sich und ihre Existenz in völlig neuem Licht betrachten.

4,99 € – hardsf.de/links/527019

## Clouds of Venus

Die Venus ist ein lebensfeindlicher Planet, bedeckt von aktiven Vulkanen. Trotzdem startet die NASA eine Expedition, die nach Leben suchen soll, denn die dichten Wolken der heißen Schwester der Erde könnten dafür gute Bedingungen bieten. Ein speziell entwickeltes Airship dient den vier Astronauten als

Forschungsplattform. Doch dann entdecken sie auf der glühenden Oberfläche gefährliche Aktivitäten, für die es nur eine Erklärung geben kann: Dort muss eine hoch entwickelte Lebensform am Werk sein.

3,99 € – hardsf.de/links/527016

## Helium-3: Kampf um die Zukunft

Das System ist ideal. Vier Gasriesen bieten die einmalige Chance, genug des seltenen Helium-3 abzubauen, um das Überleben ihrer Spezies zu sichern. Dafür haben sie eine lange und gefährliche Reise auf sich genommen – eine Expedition ohne Wiederkehr. Doch dann müssen sie feststellen: Sie sind nicht allein! Die Anderen sind genauso auf die wertvolle Ressource angewiesen wie sie – aber sie sind so grundverschieden, dass eine Verständigung aussichtslos erscheint. Alles, was bleibt, ist ein Kampf auf Leben und Tod – und um die Zukunft…

3,99 € – hardsf.de/links/527009

## The Hole

Ein mysteriöses Objekt droht, unser Sonnensystem zu zerstören. Obwohl das Überleben der Menschheit auf dem Spiel steht, nimmt niemand die Entdeckung der jungen Astrophysikerin Maribel Pedreira ernst. Währenddessen schürft an der Grenze unseres Sonnensystems eine eingeschworene Crew von Außenseitern auf einem Asteroiden nach seltenen Erzen – bis sich herausstellt, dass sie die Letzten und die Einzigen sind, die unsere Welt vielleicht noch retten können.

Denn The Hole rast unerbittlich auf die Sonne zu.

3,99 € – hardsf.de/links/526925

## Silent Sun

Verhält sich die Sonne anders als vergleichbare Sterne? Als Astronomen auf Teleskopbildern eine seltsame Entdeckung machen, scheinen sie eine Erklärung für das Rätsel der Sonne gefunden zu haben. Was genau es ist, kann jedoch nur eine erfahrene Crew herausfinden. Vier Menschen machen sich auf den Weg und wissen genau: Was vor ihnen liegt, ist nicht nur bedeutsam für die Vergangenheit, sondern vor allem auch für die Zukunft der gesamten Menschheit.

3,99 € – hardsf.de/links/526991

## Der Riss

Quer durch den Himmel verläuft ein Riss. Er ist über Nacht entstanden. Jeder Mensch kann ihn sehen, aber die Physiker verzweifeln, weil sie keinerlei Signale empfangen. Der Riss besteht buchstäblich aus Nichts. Zunächst scheint keine Gefahr von ihm auszugehen, doch dann passiert etwas, das die schlimmsten Befürchtungen der größten Pessimisten weit übertrifft.

3,99 € – hardsf.de/links/527001

## Enceladus (Eismond 1)

Im Jahre 2031 finden Forscher in den Signalen einer Roboter-Sonde, die den Saturnmond Enceladus studiert, eindeutige Spuren biologischer Aktivität. Beweise für außerirdisches Leben – eine Weltsensation. Fünfzehn Jahre später macht sich ein eilig dafür gebautes, bemanntes Raumschiff auf die weite Reise zum Ringplaneten. Der Crew stehen nicht nur schwierige siebenundzwanzig Monate bevor: Falls sie es ohne Zwischenfall bis

zum Enceladus schafft, muss sie mit einem Bohrschiff den Eispanzer des Mondes durchdringen. Denn Leben kann nur am Grunde des ewig dunklen Salz-Ozeans existieren, der sich vor Milliarden Jahren in der Schale des Eismondes gebildet hat, sagen die Astrobiologen. Doch schon kurz nach dem Start macht eine Katastrophe ein glückliches Ende des Abenteuers höchst unwahrscheinlich.

2,99 € – hardsf.de/links/526930

## Eismond - der Sammelband (Eismond 1-4)

Der Sammelband enthält die vier aufeinander aufbauenden Romane »Enceladus«, »Titan«, »Io« und »Enceladus – die Rückkehr«. Hinweis: »Enceladus«, das erste Buch der Reihe, ist hier in einer speziellen Version enthalten, die einer chronologischen Erzählweise folgt und einige zusätzliche Szenen bietet.

9,99 € – hardsf.de/links/526924

# Die neue Biografie der Zeit

Was ist Zeit? Für die einen ist sie ein Luxus, andere haben zu viel davon. In der Physik ist sie ein Exot, über den wir noch viel zu wenig wissen. Einen Sinn ergibt sie nämlich nur, wenn sich ein System in Bewegung befindet, wenn es Veränderung gibt. Wenn Sie Ihre Umgebung mit der Fotokamera aufnehmen, bleibt in Ihrem Bild die Zeit stehen. Würden Sie versuchen, Bewegungsgleichungen aus der Schule auf das Foto anzuwenden, würde die Rechnung scheitern.

Die Zeit ist ein Parameter, der eine Abfolge von Ereignissen beschreibt. Ohne Abfolge keine Zeit. Die Zeit ist nicht wegzudenken. Das Foto vergilbt oder, wenn es sich auf einer Speicherkarte befindet, löst langsam seine Dateistruktur auf. Das Foto selbst hat ein ganz bestimmtes Jetzt dokumentiert, die Gegenwart des Moments, in dem es entstanden ist. Aber diese Gegenwart ist ultrakurz, kürzer als ein Wimpernschlag. Die Vergangenheit und die Zukunft hingegen sind überproportional länger. Im Grunde besteht unser Leben nur aus Vergangenheit und Zukunft, wobei sich ihr Anteil verschiebt. Zu Beginn überwiegt die Zukunft, später die Vergangenheit.

Trotzdem ist die Gegenwart, so kurz sie auch ist, von überragender Bedeutung. Denn in ihr finden alle Vorgänge statt, deren Ablauf von der Zeit beschrieben wird. In der

Gegenwart leben wir, und nur in ihr, selbst, wenn wir dauernd in die Vergangenheit zurückschauen oder versuchen, die Zukunft vorherzusagen.

Bei welcher anderen physikalischen Größe gibt es solche Diskrepanzen und qualitative Unterschiede? Bei der Zeit kommt ein weiterer Faktor hinzu: Sie besitzt eine eindeutige Richtung. Stets verläuft sie von der Vergangenheit in die Zukunft. Umkehr ist unmöglich.

Es gibt eine weitere physikalische Größe mit ähnlichen Eigenschaften: die Entropie, ein Maß für die Unordnung (von Teilchen u.a.). Nach dem zweiten Hauptsatz der Thermodynamik nimmt sie stetig zu. Es ist deshalb verlockend, Zeit und Entropie zusammenzubringen. Aber es gibt einen wichtigen Unterschied: Die Entropie ist eine rein statistische Größe. Manchmal sinkt sie auch, zufallsgesteuert und für einen Moment. Und durch Energieaufwand lässt sie sich fast beliebig senken – zumindest innerhalb bestimmter Grenzen (anderswo steigt sie dadurch – das sollte man immer im Kopf behalten, wenn man mit Energieaufwand die Entropie im Kinderzimmer senkt).

All das funktioniert bei der Zeit nicht. Sie springt nicht rückwärts, und selbst mit dem größten Energieaufwand lässt sie sich nicht zurückdrehen.

## Die Physik der Zeit

Als physikalische Größe hat die Zeit das Formelzeichen t und die Einheit Sekunde. Lange dachte man, dass die Zeit absolut und unbeeinflussbar ist. Die Allgemeine Relativitätstheorie (ART) veränderte unser Verständnis der Zeit. Sie zeigt, dass Zeit relativ ist und ihr Ablauf von der Umgebung abhängt. Indem Einstein Raum und Zeit zur vierdimensionalen Raumzeit zusammenfasste, machte er die Zeit zum Spielball der Materie. Wenn eine große Masse die Raumzeit krümmt, verändert sie auch den Ablauf der Zeit, verlangsamt oder beschleunigt sie.

Aber die ART war nicht der erste Angriff auf die absolute

Zeit. Schon die spezielle Relativitätstheorie führte durch die Entdeckung der Lichtgeschwindigkeit als konstanter Größe dazu, dass der Zeitablauf relativiert wurde. Seitdem ist klar, dass er vom Beobachter und seiner Geschwindigkeit abhängt. Es wird immer schwieriger, eine Gleichzeitigkeit festzustellen, weil sich in der Realität alle Bezugssysteme bewegen. Es gibt keinen Stillstand.

Trotzdem bleibt aber etwas erhalten: Die Symmetrie der Zeit. Wenn wir uns Vorgänge aus dem Elektromagnetismus oder der Gravitation ansehen, dann ist zu jedem Ablauf, der ihren Gesetzen gehorcht, auch das genaue Gegenteil möglich. Möglich heißt nicht, dass er wahrscheinlich ist: Ein Ball fällt im Gravitationsfeld. Er könnte aber auch steigen. Das ist anders, wenn man zwei andere Grundkräfte betrachtet: die starke und die schwache Wechselwirkung. Bei beiden gibt es Vorgänge, die sich auf keinen Fall umkehren lassen. Vermutlich sind sie dafür verantwortlich, dass es unser Universum überhaupt gibt, denn durch sie ist das Übergewicht der Materie über die Antimaterie entstanden.

Ebenfalls nicht reversibel sind die Vorgänge in der Thermodynamik. Wir haben oben schon gesehen, dass sie sich deshalb dafür eignen, die Richtung des Zeitablaufs festzulegen. Wenn Sie sich einmal nicht sicher sind, was Vergangenheit und was Gegenwart ist, machen Sie es wie Max Webber und testen Sie den Verlauf der Entropie.

Die meisten Kosmologen sind sich einig, dass die Zeit eine dem Universum innewohnende Eigenschaft ist, deren Richtung durch die Gesetze der Physik bestimmt wird. Eine umstrittene neue Theorie besagt jedoch, dass die Ausdehnung des Universums den Verlauf der Zeit bestimmt – was bedeutet, dass sie theoretisch auch einmal rückwärts laufen könnte.

Die Zeit ist zwar nur schwer zu visualisieren, wird jedoch oft als vierte Dimension dargestellt: eine Richtung, in der Phänomene ihre Position ändern können, ähnlich wie die bekannten drei Dimensionen, die Objekte im Raum verorten.

„Zeit ist gar nicht so schwer zu verstehen", sagt Professor Sean Carroll, Forschungsprofessor am California Institute of

Technology und Verfasser des Buchs »From Eternity to Here: The Quest for the Ultimate Theory of Time«. »Ich glaube nicht, dass sie ein Geheimnis ist. Zeit ist nur das Etikett, das wir den verschiedenen Versionen der Ereignisse umhängen, die eines nach dem anderen in unterschiedlichen Positionen passieren, wie die Seiten eines Buchs.«

Er erläutert weiter, dass unsere moderne Betrachtungsweise der Zeit vor etwas mehr als einem Jahrhundert durch die wissenschaftlichen Erkenntnisse Albert Einsteins geformt wurde: »Bei Einstein gibt es die ‚Raumzeit' [eine vierdimensionale Struktur, die festlegt, wie Objekte im Universum lokalisiert sind]. Wie ein Beobachter die Raumzeit in Zeit und Raum zerlegt, ist ein bisschen willkürlich. Auf diese Frage gibt es unterschiedliche Antworten, und keine davon ist falsch. In jedem Standpunkt kommt aber eine Aufeinanderfolge von Augenblicken vor. Eine Definition der Zeit ist also ein wenig komplizierter, aber nicht wirklich schwieriger als eine des Raums. Ich schmuggle da allerdings eine eternalistische Perspektive hinein, in der jeder Moment gleichwertig ist – im Gegensatz zur gegenwärtigen Perspektive, die nur den momentanen Augenblick für real hält. Aber so denken nach Einstein ohnehin nicht mehr viele Physiker.«

Wenn aber jeder Moment gleichwertig ist, warum können wir uns dann nicht beliebig in der Zeit vor- und zurückbewegen? Warum fließt die Zeit nur in eine Richtung – und fließt sie überhaupt wirklich?

»Der Unterschied zwischen Zeit als Etikett an verschiedenen Punkten und dem ‚Zeitpfeil' ist ein wichtiges Detail«, erläutert Carroll. »Im Raum sind alle Richtungen gleich, zumindest außerhalb des Einflusses der Gravitation. In der Zeit jedoch sind die beiden Richtungen, also Vergangenheit und Zukunft, sehr unterschiedlich für uns. Wir bewegen uns nur in eine Richtung.«

Wenn man Physiker auf den Zeitpfeil anspricht, werden sie ihn höchstwahrscheinlich mit dem zweiten Hauptsatz der Thermodynamik erklären. Dieser Hauptsatz besagt, dass die Menge an Unordnung oder Entropie in einem geschlossenen

System mit der Zeit zunimmt, wenn keine Ordnung schaffende Energie zugeführt wird.

Das System kann alles sein – und als Entropie kann man die darin enthaltene nutzlose Energie betrachten. Ein klassisches Beispiel sind zwei Behälter, die heißes bzw. kaltes Gas enthalten und durch eine Klappe miteinander verbunden sind. Die Entropie dieser speziellen Anordnung ist zunächst gering, weil die meiste Energie in nützlicher Form vorliegt, also als heiße, sich schnell bewegende Gasmoleküle in dem einen Behälter, mit denen sich etwa ein Kolbenmotor antreiben ließe.

Öffnet man aber die Klappe, werden sich die Gasmoleküle unterschiedlicher Temperatur mit der Zeit zwangsläufig vermischen. Heißere Moleküle kollidieren mit kühleren, sich langsamer bewegenden, und übertragen dabei Energie, bis irgendwann beide Behälter mit Gas in einer Zwischentemperatur gefüllt sind. So wird aus einem geordneten System mit niedriger Entropie eines mit hoher Entropie und ungeordneten Molekülen, die weniger nützliche Arbeit verrichten können.

Nach aktueller kosmologischer Auffassung kann man das Universum als geschlossenes System betrachten, in dem es nur eine gewisse Energiemenge gibt und wo von außen keine Energie zugeführt werden kann, um die Entropie umzukehren. In seinen Anfängen war das Universum hochgradig geordnet und hatte eine geringe Entropie – schließlich hatte beim Urknall die gesamte Materie dieselbe hohe Temperatur. Seither nimmt die Entropie zu. Heute ist ein großer Teil der Materie des Universums in Systemen mit niedriger Entropie wie Sternen konzentriert, doch in ferner Zukunft, wenn immer mehr Sterne erloschen sein werden, wird der Kosmos den Wärmetod sterben, in dem Materie und Energie immer dünner und gleichmäßiger verteilt sind.

»Aus meiner Sicht resultiert der Zeitpfeil aus der Tatsache, dass das Universum früher wenig Entropie aufwies, die danach immer stärker wurde«, sagt Carroll. »Es gibt nichts, was das Universum in der Zeit vorwärts bewegt; es gibt nur diese unterschiedlichen Augenblicke, die sich dadurch auszeichnen, dass ‚früher' weniger Entropie und ‚später' mehr Entropie bedeutet. Deswegen kann man sich auch an die Vergangenheit erinnern und nicht an die Zukunft, kann aber nur Entscheidungen über die Zukunft und nicht über die Vergangenheit treffen. Es gibt gute Gründe, warum ein Mensch – wenn man ihn als eine Reihe von Menschen zu Zeitpunkten mit zunehmender Entropie betrachtet – das Gefühl hat, dass die Zeit in diese Richtung fließt.

Dabei handelt es sich aber eher um einen psychologischen Effekt. Wir tragen in unseren Köpfen ein Bild dessen herum, was wir vor einer Sekunde waren und was wir in einer Sekunde sein werden. Dieses Bild aktualisieren wir aufgrund neuer Informationen und sich verändernder Umgebungen permanent. Wir reiten auf der Welle der zunehmenden Entropie des Universums und nehmen sie als Fluss der Zeit wahr. Die Vorstellung, dass es ein aktives Element der Realität gibt, das unser Universum vorwärts bewegt, um Änderungen herbeizuführen, deckt sich nicht mit den physikalischen Erkenntnissen.«

Dennoch könnte die Vorstellung einer treibenden Kraft hinter dem Fluss der Zeit bei einer umstrittenen neuen Idee des Physikers Richard Muller von der University of California, Berkeley ins Spiel kommen. Muller bezeichnet die Zeit in seinem Buch »Jetzt: Die Physik der Zeit« als reales Phänomen und behauptet, dass mit dem Wachstum des Raums auch mehr Zeit geschaffen werde. Er schlägt auch eine plausible Methode zur Überprüfung seiner Theorie vor: Seiner Idee liegen Gravitationswellen zugrunde – die winzigen Verwerfungen der Raumzeit, die sich nach kataklysmischen Ereignissen durch das Universum ausbreiten.

Einstein sagte diese Wellen bereits Anfang des 20. Jahrhunderts voraus, doch nachgewiesen wurden sie erst 2016 am hochempfindlichen Laser Interferometer Gravitational-Wave Observatory (LIGO). Muller und sein Caltech-Kooperationspartner Shaun Maguire sind der Ansicht, dass die Kollisionen zwischen Schwarzen Löchern, von denen Gravitationswellen ausgehen, nicht nur neuen Raum schaffen, sondern auch eine kleine Menge neue Zeit. Die dabei gebildete Zeitmenge (etwa eine Millisekunde) ist groß genug, um mit LIGO-Instrumenten gemessen werden zu können. Das heißt, dass Mullers faszinierende Theorie sich in naher Zukunft als falsch erweisen oder durch Beobachtungen bestätigt werden könnte.

Mullers Zeitmodell stellt eine radikale Abweichung von den Konzepten der meisten Kosmologen dar, lässt den Zeitfluss auf intuitive Art aber real und nicht nur als durch die zunehmende Entropie definiert erscheinen. Rein formal gesehen besteht der Unterschied zwischen der Zeit und den anderen Dimensionen in ihrer fehlenden Symmetrie. In der Physik versteht man unter Symmetrie die Eigenschaften eines Systems, nach einer Transformation oder Bewegung in einer oder mehreren Dimensionen unverändert zu bleiben. Bleibt ein System in den drei räumlichen Dimensionen trotz Transformation gleich, gilt es als symmetrisch im Raum, aber wahrscheinlich nicht symmetrisch in der Zeit. Prinzipiell ist die Wahrscheinlichkeit für Interaktionen, die die Entropie vermehren, höher als für Entropie reduzierende Interaktionen – Omelettes werden eben nur sehr selten wieder zu Eiern.

Muller behauptet, dass sein Jetzt-Modell die Asymmetrie der Zeit erkläre, während die herkömmliche Kosmologie sie nur durch den Anstieg der Entropie definiere. Carroll hat eine alternative Lösung für dieses Problem parat, die sich ganz natürlich aus einem anderen brisanten Thema der modernen Kosmologie ergibt: »Das Symmetrieproblem ist deshalb so schwierig, weil man in Wahrheit davon ausgehen muss, dass die fundamentalen physikalischen Gesetze keine der Richtungen bevorzugen«, sagt er. »Immer wieder gehen Leute in die Falle, irgendeine Eigenschaft des Urknalls zu erfinden, die erklären soll, warum das Universum damals eine so niedrige Entropie hatte. Sie erklären aber dabei nie, warum diese besondere Eigenschaft nicht auch auf die Zukunft zutreffen sollte.«

Carroll legte mit seiner damaligen Doktorandin Jennifer Chen eine Lösung vor, indem er das Problem durch die Linse der unendlichen Ausdehnung betrachtete. Sie gehen davon aus, dass unser Universum nicht einzigartig ist, sondern nur eine aus einer unendlichen Folge von Raumzeitblasen darstellt, die sich spontan bilden und entwickeln können. »Wir sagten, dass der Grund für die zunehmende Entropie sein könnte, dass die Entropie einfach unbegrenzt zunimmt«, erläutert Carroll. »Betrachtet man das Universum als Behälter voll Gas, so kann die Entropie darin zunehmen und auf einem hohen Niveau bleiben. Wird die Entropie aber ewig größer, dann ist es nur natürlich, dass wir ihre Zunahme beobachten können – weil sie nie gesättigt ist. Warum sollte die Entropie in diesem Fall auf eine Art zunehmen, die zu Beginn wie unser Urknall aussieht und sich von da an weiterentwickelt? Unsere Theorie besagte, dass das Universum seine Entropie erhöht, indem es Baby-Universen erschafft. Wenn Sie ein Universum wie unseres haben, das sich ausdehnt, abkühlt und leert, kann dieses leere Universum ewig weiterbestehen. Es passiert zwar nichts darin, aber für jede winzige Region besteht in einer gegebenen Zeit die endliche Möglichkeit, dass sich daraus eine kleine Blase abkoppelt, die ihren eigenen Weg geht und wächst. Nun haben wir also nicht mehr nur das alte, strukturlose Universum, sondern auch diese Blase – und damit nimmt die Gesamtentropie zu. Aber die Entropie in der Blase beginnt sehr klein, weil es einfacher ist, eine kleine Blase herzustellen als eine große. Wächst die Blase jedoch, so wächst auch die Entropie.«

Im Modell von Carroll und Chen ist die ewig zunehmende Entropie des Universums darauf zurückzuführen, dass wir in einem der schnell expandierenden Blasenuniversen eingeschlossen sind und wegen der begrenzten Lichtgeschwindigkeit nicht darüber hinaussehen können. Daher scheint die kosmische Geschichte für uns mit der Explosion des Urknalls zu beginnen, nach dem die Entropie stetig ansteigt. Die Zeit spielt hier weiterhin ihre Rolle als vierte Dimension, doch der Zeitpfeil und die zunehmende Energie bedeuten, dass wir uns an die Vergangenheit erinnern und die Zukunft planen können. »Ich weiß nicht, ob dieses Szenario stimmt«, gibt

Carroll zu, »aber für mich ist es das einzige, das keine Asymmetrie zwischen dem frühen Universum und der Gegenwart postuliert.«

Heute lässt sich noch nicht sagen, ob Mullers Theorie von der ständig neu geschaffenen Zeit, Carrolls Annahme zunehmender Entropie in einem ewigen Universum oder eine andere Hypothese den Ursprung der Zeit erklären können. Wir können nur hoffen, dass mit zunehmender Entropie auch unser Wissen über dieses faszinierende Phänomen zunehmen wird.

## Zeitreisen ohne Paradoxon?

In der Science Fiction gehen Zeitreisen meistens schief, weil Ereignisse in der Vergangenheit die Zukunft zum Schaden des Helden beeinflussen. Das muss nicht sein – gleich zwei Theorien haben eine plausible Erklärung.

Filme wie »Butterfly-Effekt« oder »Zurück in die Zukunft« spielen mit der Idee, dass ein Zeitreisender mit seinen Handlungen in der Vergangenheit der Gegenwart eine neue Form geben könnte. Meist scheitern die Helden dabei, denn es ist unmöglich, jegliche Auswirkungen einer Veränderung vorherzusehen. Irgendwann stößt jeder Zeitreisende auf das so genannte Großvater-Paradoxon: Tötet jemand in der Vergangenheit seinen eigenen Opa, löscht er damit unweigerlich die eigene Existenz aus und verhindert gleichzeitig sowohl die Zeitreise als auch den Mord.

Es ist dieses Paradoxon, das in seinen vielen Abwandlungen dazu führt, dass jeder Streifen mit Zeitreise-Thematik auf die ein oder andere Art unlogisch wird. Der Zuschauer empfindet das so, weil die zeitliche Abfolge von Ursache und Wirkung, die Kausalität, im gesunden Menschenverstand tief eingebrannt ist. Das heißt aber nicht, dass Zeitreisen nur deshalb unmöglich sein müssten: Auch die Quantenphysik samt ihren Erscheinungen wie der Quanten-Teleportation oder der Verschränkung ist der menschlichen Logik nicht zugänglich.

Tatsächlich erlaubt die Allgemeine Relativitätstheorie Lösungen, die zur Möglichkeit von Zeitreisen führen. Der erste Mathematiker, der das ausrechnete, war 1937 der Niederländer Willem Jacob van Stockum. Wirklich bekannt wurde das mathematische Konstrukt, die »closed timelike curves« (CTCs, übersetzt etwa »geschlossene zeitähnliche Kurven«) erst 1949 mit den Berechnungen von Kurt Gödel. Geschlossene Kurven im Raum sind nichts Besonderes: Wer einmal um sein Haus läuft, hat eine solche Kurve beschritten. Eine CTC ist aber in allen vier Dimensionen geschlossen, also in Raum und Zeit. Ein Objekt, das sich auf einer solchen Kurve bewegt, kommt irgendwann wieder am selben Ort in seiner eigenen Vergangenheit an.

CTCs wären, gäbe es sie, ziemlich praktisch. Forscher schlagen zum Beispiel vor, einen Computer auf Zeitreise zu schicken. Das Prinzip: Man schickt den Computer einfach so lange und so oft in die Vergangenheit, bis das Problem zum heutigen Zeitpunkt gelöst ist. Auf diese Weise wären universelle Computer möglich, die sogar dem Quantenrechner weit überlegen sind. Das Großvater-Paradoxon ist dabei leider ein echtes, nicht nur logisches Hindernis, denn jedes kleinste Photon, das in die Vergangenheit reist, kann den Effekt auslösen – Großväter werden dazu gar nicht benötigt.

Doch man muss nicht so radikal wie Stephen Hawking sein und Zeitreisen deshalb gleich ganz ausschließen. Hawking denkt, dass sich das Zeitreise-Problem mit einer künftigen Theorie der Quantengravitation komplett auflösen wird, weil diese eine Art »Vergangenheits-Schutz« enthält.

MIT-Physiker Seth Lloyd schlägt eine andere Lösung vor. Er setzt auf das aus der Quantenphysik bekannt Prinzip der »Post-Selection«. Ein quantenmechanisches System mit dieser Fähigkeit lässt von vornherein nur bestimmte Ergebnisse zu. Kombiniert man dies mit einer Quanten-Teleportation, dann sind gewissermaßen nur Kurven begehbar, die garantiert nicht zu einem Paradoxon führen, also selbst-konsistent sind.

Der theoretische Physiker David Deutsch schlägt eine andere Lösung vor, die zwei seiner Kollegen kürzlich in einer

Simulation überprüft haben. Demnach löst sich das Paradoxon auf Quantenebene in Nichts auf, weil hier statt eindeutiger Abläufe (Determinismus) die Gesetze von Zufall und Wahrscheinlichkeit herrschen. Es kommt nur darauf an, dass jedes Teilchen, das sich auf eine geschlossene zeitähnliche Bahn begibt, am Ende mit Eigenschaften mit gleicher Wahrscheinlichkeit erscheint. Wenn es also am Anfang eine 50-prozentige Chance hat, ein bestimmtes Ereignis auszulösen, muss es am Ende (das ja auch der Anfang ist) dieselbe Wahrscheinlichkeit haben.

Der Scientific American überträgt das so auf das Großvater-Paradoxon: Wenn eine Person geboren wird, kommt sie bereits mit einer bestimmten (sagen wir: 50-prozentigen) Wahrscheinlichkeit auf die Welt, ihren eigenen Großvater umzubringen. Reist dieser Mensch nun aber in die Vergangenheit, hat der Opa eine entsprechend hohe (hier auch 50-prozentige) Chance, dem Anschlag zu entgehen. Der Killer bliebe also trotz des Mordes am Leben. Jedenfalls wenn er den Gesetzen der Quantenphysik genügt – wozu er allerdings sehr, sehr klein sein müsste.

Falls Sie sich an dieser Stelle an die Schrödinger-Katze erinnert fühlen, die ebenfalls zwischen Leben und Tod schwebt: Richtig, auch diese ist (wie jedes Teilchen im Quantenregime) einer Überlagerung verschiedener Wahrscheinlichkeiten unterworfen. Einer echten Zeitreise bringt uns die (durch die Simulation längst nicht bewiesene) Idee also nicht näher – wohl aber einer Anwendung von CTCs im Allerkleinsten, etwa bei Quantencomputern. Allerdings treten CTCs auch nicht einfach so im Alltag auf. Sie entstehen als Lösungen der Allgemeinen Relativitätstheorie nur, wenn der Raum extrem verzerrt wird, etwa in der Nähe eines Schwarzen Lochs.

## Die Zeit vor der Zeit

Der Urknall hat ein im Wortsinn kleines Problem: Er muss sich auf winzigstem Raum abgespielt haben. Je näher man ihm kommt, desto stärker muss sich die komplette Energie des Kosmos in einer Raumeinheit zusammengedrängt haben, bis alles in einem Punkt unendlicher Dichte konzentriert war. Dieser Zustand ist mit der Allgemeinen Relativitätstheorie nicht fassbar, Einsteins Werk versagt hier. Physiker würden den Urknall deshalb gern mit einer Theorie betrachten, die Großes (das Weltall) und Kleines (die Quantenwelt) vereint.

Würden – weil es leider mehr als einen Kandidaten für diese Alles-Theorie gibt. Geschichtlich gesehen noch sehr jung, aber doch die älteste aktuell diskutierte Vertreterin ist die Stringtheorie, nach der der Raum aus winzigen, Klaviersaiten ähnlichen Objekten aufgebaut ist. Diese *strings* sind eindimensional, sie vibrieren mit einer bestimmten Frequenz, der sich eine Energie zuordnen lässt. Inzwischen haben Physiker diese Idee zur »M-Theorie« um andere Strukturen ausgebaut: Punktteilchen und vor allem Membranen, die bis zu 9 Dimensionen besitzen können.

Um zu den Elementarteilchen und den Naturgesetzen zu kommen, wie wir sie kennen, muss man die überzähligen Dimensionen auf ganz bestimmte Art »aufwickeln«, wie die Forscher diesen Vorgang nennen. Es gibt ganz unterschiedliche Möglichkeiten, die Membranen und Strings aufzuwickeln, und je nachdem, welche man wählt, entsteht ein andersartiges Universum. Insgesamt sind so 10 hoch 100 verschiedene Universen möglich. Und nicht nur möglich, sondern sogar wahrscheinlich. Wobei kein Bewohner eines speziellen Exemplars irgendetwas von den im Nachbar-Kosmos existierenden Lebewesen mitbekommen würde. Allerdings kann auch ein großer Teil dieser Universen aus den besagten Membranen bestanden haben oder bestehen, ohne dass es je zur Entstehung von Elementarteilchen kam. Wenn sich allerdings, so die Idee der Forscher, bei der Bewegung über eine zusätzliche elfte Dimension hinweg zwei dreidimensionale Welten zu nahe kamen, könnten diese kollidiert sein – wodurch im Urknall unser Universum geboren wurde. Was dann passiert, hängt mit dem weiteren Verhalten der kollidierten

Membranen zusammen: Nähern diese sich irgendwann erneut, könnte mit einem neuen Urknall ein ganzer Zyklus entstehen.

In Sachen Welt vor der Welt noch ergiebiger ist der Konkurrent der Stringtheorie, die Schleifenquantengravitation. Nach ihr ist das Universum nur scheinbar kontinuierlich. Tatsächlich aber ist alles, wirklich alles, quantisiert, auch die Gravitation. Der Raum ist nicht mehr der Behälter für das Universum, sondern er ist ein Teil davon, der ebenfalls zerstückelt ist und die Form eines Netzes aus Linien und Knoten annimmt. Die Elementarteilchen entsprechen dann verschiedenen Knotentypen, zwischen den Linien und Knoten befindet sich: nichts. Kein leerer Raum, sondern ganz und gar nichts.

Die Theorie der Schleifenquantengravitation führt zu einigen seltsam anmutenden Folgerungen, beschreibt aber manch interessante Phänomene besser als andere Theorien. Was sich aus ihr für den Urknall ergibt, hat erstmals 2004 der deutsche Physiker Martin Bojowald simuliert. Zunächst vermeidet man das Konzept der Singularität, denn das Schleifenquanten-Universum hat eine bestimmte Mindest-Strukturgröße, die es nicht unterschreiten kann. Rechnet man sich immer näher an den Urknall heran, erscheint dieser nicht mehr als unüberwindbare Schranke. Stattdessen erreicht man mit einem »Plopp« die Minuszeit – ein neues, anderes oder auch Vorgänger-Universum, in dem alle Richtungen (auch die der Zeit) umgekehrt sind.

Für die Physiker ist das kein großes Problem, weil die Naturgesetze praktischerweise symmetrisch sind. Dieses Universum vor dem Universum zieht sich in Richtung des Urknalls zusammen. Die Theorie hat damit den früher schon einmal populären »Big Bounce« wiederbelebt, der das Universum sich periodisch zusammenziehen und ausdehnen sieht. Hat sich das Weltall unter dem Einfluss der Gravitation sehr weit zusammengezogen, zerreißt irgendwann das aus den Quantenschleifen bestehende Gewebe der Raumzeit – und die Gravitation verwandelt sich unter dem Einfluss dieses

»Quanten-Rückstoßes« in eine stark abstoßende Kraft, die das Universum wieder auseinander treibt.

Einen dritten Mechanismus für ein sich zyklisch veränderndes Universum hat der britische Mathematiker Roger Penrose 2011 vorgeschlagen. In seinem Buch »Zyklen der Zeit« widmet er sch dem Phänomen Zeit. Der »Big Freeze«, eine gängige Vorstellung vom Ende des Universums, besteht darin, dass sich irgendwann sämtliche Materie in Energie umgewandelt hat, in Photonen, die sich auf ewig mit Lichtgeschwindigkeit bewegen – und für die deshalb die Zeit stillsteht (auch ein Astronaut, der lichtschnell fliegt, altert nicht). Der Raum verliert damit seine Bedeutung, denn seine Ausdehnung ist nicht messbar, wenn es keine Zeit mehr gibt. Wer könnte widerlegen, dass die Milliarden Lichtjahre nicht doch nur ein paar Zentimeter sind?

Ganz genau so sah ja das Universum kurz nach dem Urknall aus: Es bestand aus purer Energie, für die kein Zeitbegriff existierte. Nur ein Mathematiker traut sich aber wohl, scheinbar so weit auseinander liegende Zustände zu einem einzigen zusammenzusetzen: Wenn die räumliche Ausdehnung nicht definiert ist, könnte das gerade in ewiger Energie verendete Universum auch den Keim für einen neuen Urknall darstellen.

Lässt sich eine dieser Theorien irgendwie beweisen? Bisher handelt es sich im Grunde um plausible Fiktion. Die Forscher haben aber Ideen, wie man Hinterlassenschaften des Vorgänger-Universums ausfindig machen könnte. Denn nicht alles muss beim »Big Crunch« vergänglich sein. Im vergangenen Jahr haben Bernard Carr und Alan Coley gezeigt, dass eine bestimmte Art Schwarzer Löcher die ungemütlichen Bedingungen beim Urknall überstehen könnte. Leider wird die Suche nach solchen, dann uralten Objekten dadurch erschwert, dass auch während des Urknalls massearme Schwarze Löcher entstehen können. Ihre Existenz hat erstmals Stephen Hawking in den 70er-Jahren hergeleitet. Gefunden hat man diese primordialen Schwarzen Löcher bisher ebenso wenig wie ihre noch älteren Vettern aus dem

Vorgänger-Universum – ein solches Objekt ist umso schwerer nachzuweisen, je weniger Masse es besitzt. Auch im Penrose-Universum kann es prinzipiell Überbleibsel des Vorgängers geben: Dessen Masse muss nicht komplett zerstrahlt worden sein. Es genügt, wenn die Energie bei weitem das Übergewicht hat.

## Das Zeitversteck

Ein Objekt vor einem Beobachter zu verstecken, ist zwar noch immer eine Domäne von Science Fiction (»Tarnfeld«) oder Fantasy (»Tarnumhang«). Doch auch in der experimentellen Physik ist das Problem längst gelöst. Zumindest prinzipiell – der Trick besteht darin, das Licht so um das zu versteckende Objekt zu leiten, dass es nie von diesem reflektiert wird. Und ein Gegenstand, der weder durch Aussendung von eigenem Licht noch durch Reflexion oder Absorption auf sich aufmerksam macht, ist für das Auge, aber auch für ein Messinstrument unsichtbar. Zumal bei den Tarnvorrichtungen der Physiker peinlich genau darauf geachtet wird, dass das optische Feld vor dem Objekt nicht anders aussieht als dahinter.

Den Schlüssel dazu, solche zunächst nur theoretisch vorhergesagten Konstrukte tatsächlich bauen zu können, haben Meta-Materialien geliefert – (künstliche) Stoffe mit einer derartigen Struktur, dass ihr Brechungsindex negativ wird. Sie ermöglichen es, das Licht, das eigentlich auf das Objekt treffen und damit dessen Existenz verraten würde, geschickt darum herum geleitet wird. In der Praxis muss man allerdings noch mit diversen Einschränkungen leben. Diese beruhen darauf, dass man Meta-Materialien noch nicht wirklich jede gewünschte Eigenschaft verleihen kann. Deshalb gilt der Tarneffekt in der Regel nur für elektromagnetische Wellen bestimmter Frequenzen. Angefangen hat man da im Terahertz-Bereich, doch allmählich dringen die Forscher auch in den Bereich des sichtbaren Lichts vor.

Parallel dazu eröffnen nun allerdings Forscher der Cornell

University im US-Bundesstaat New York eine weitere spannende Tarn-Möglichkeit, die im Grunde auf der Schaffung eines Zeit-Lochs basiert. Vielleicht trifft der Begriff Zeit-Pause das Prinzip noch besser. Ein Ereignis, das weiß die Physik (selbst wenn es der Alltagslogik widerspricht), das man nicht nachweisen kann, hat nicht stattgefunden. Keine Ursache ohne Wirkung. Wenn es nun gelingt, den Nachweis auszuschließen, hätte man das Ereignis perfekt in der Zeit versteckt. Im Wissenschaftsmagazin *Nature* beschreiben die Forscher, wie ihr Zeit-Loch funktioniert.

Wie machen sich Ereignisse irgendwelcher Art dem Beobachter bemerkbar? Indem sie eine elektromagnetische Welle verursachen (oder in charakteristischer Form beeinflussen) – ganz allgemein gesprochen. Diese breitet sich mit der Lichtgeschwindigkeit c aus. Allerdings ist c materialabhängig – und lässt sich damit auch in sehr weiten Grenzen von den Forschern manipulieren. Der Trick besteht nun darin, den vorderen Teil der Welle zu beschleunigen, während man den hinteren dehnt – tatsächlich ist die Experimentaltechnik heute zu solchen Kunststücken in der Lage. Dadurch bleibt eine, wenn auch kurze, Lücke – alles, was darin passiert, wird sich nie nachweisen lassen. Ein skeptischer Beobachter würde allerdings die Manipulation des Lichts bemerken, deshalb muss man anschließend den umgekehrten Weg gehen und den hinteren Teil der Welle beschleunigen, während man den vorderen bremst.

Das ist den Forschern zwar noch nicht auf ideale Weise, aber doch mit erstaunlicher Genauigkeit gelungen. Jedenfalls ließ sich ein im Zeitloch initiiertes Ereignis nur noch mit einer auf den zehnten Teil reduzierten Amplitude nachweisen - sprich: die Tarnung war weitgehend, aber nicht komplett. Wer jetzt schon das perfekte Verbrechen plant, sollte allerdings eine wichtige Einschränkung beachten: Der Zeithorizont, für den ein Ereignis unsichtbar wird, lag gerade einmal bei 50 Pikosekunden, also 50 Billionstel Sekunden. In dieser Zeit legt Licht im Vakuum labortaugliche 15 Millimeter zurück. Außerdem ist der Effekt winkel- und polarisationsabhängig. Die Forscher hoffen aber, die Pause in Zukunft auf den Mikro- oder gar Millisekunden-Bereich ausdehnen zu können. Dafür können sie sich sogar schon einen praktischen Nutzen vorstellen: Bei der optischen Informationsverarbeitung könnte man zum Beispiel, falls zwei Datenstreams gleichzeitig eintreffen, einen der beiden auf diese Art bremsen, so dass er etwas später bequem verarbeitet werden kann.

## Kristalle in der Raumzeit

Es gibt eine ganze Reihe von Konzepten, die den, der sie vertritt, unter Physikern sehr schnell zu einer Art Outlaw werden lassen. Die Idee, dass sich die Masse eines Körpers abhängig von seiner Geschwindigkeit verändert, gehörte lange dazu. Manche Konzepte kommen zurecht auf die Schwarze Liste, weil diejenigen, die zuerst davon berichteten, mit Lug und Trug vorgingen – die kalte Kernfusion ist so ein Thema.

Die Vorstellung, etwas könne aus dem Nichts entstehen, hat erst die moderne Quantentheorie wieder in die Physik einfließen lassen. Das Konzept des Perpetuum Mobile jedoch, einer Maschine, die sich unaufhörlich bewegt, lässt jeden halbwegs vernünftigen Physiker verächtlich den Mund verziehen. Insofern spricht es für Frank Wilczek, dass er sich trotzdem nicht davon abbringen ließ, die Existenz so genannter Zeitkristalle zu postulieren.

Dabei handelt es sich, abstrakt formuliert, um physikalische Strukturen, die sich in einem zeitlichen Muster wiederholen, ohne dabei jemals Energie abzugeben. Der Begriff ist in Analogie zu einem gewöhnlichen Kristall gewählt, bei dem die Atome gewissermaßen in den räumlichen Dimensionen gefrieren. In einem Kristall gibt es Orte, an denen sich Atome befinden können, und andere Stellen, wo sie sich nicht aufhalten können. Ein Kristall bricht also die Symmetrie des Raumes: Es sind nicht mehr alle Orte gleichberechtigt. Die berechtigte Frage ist: Lässt sich dieses Konzept auf die vierdimensionale Raumzeit erweitern? Falls ja, müsste es ebensolche Strukturen in der Zeit geben, die wir im Zeitablauf als fortdauernde Wiederholung wahrnehmen.

Dass Wilczek zufällig Nobelpreisträger ist, erhöhte natürlich die Aufmerksamkeit, die seine Ideen bekamen – als rangniedriger Assistent an irgendeinem Patentamt wäre es ihm vermutlich schwerer gefallen, sie zu publizieren. Beispiele für mögliche Zeitkristalle ließ Wilczek sich ebenfalls einfallen – etwa einen supraleitenden Ring, in dem die Elektronen reibungslos fließen, sodass sich für sie das Vergehen der Zeit gar nicht mehr nachweisen lässt.

Inzwischen gibt es allerdings auch die ersten ausgereiften Reaktionen aus der Forschergemeinde. Der Physiker Patrick Bruno zeigte etwa, dass sich viele der Systeme, die als Kandidaten für Zeitkristalle in der Diskussion waren, nicht in ihrem energetischen Grundzustand befinden. Die Elektronen etwa müssten irgendwann Energie aufgenommen haben, um ihre Reise zu beginnen. Es muss aber rein statistisch für jedes System, das nicht im Grundzustand ist, irgendwann der Moment kommen, in dem es in diesen wechselt, wo es also Energie abgibt – doch damit genügt es der Definition eines Zeitkristalls nicht mehr.

Das Paper der Schweizer Physikers ist allerdings nicht genereller Art. Er zeigt nur, dass das von Wilczek erdachte Beispiel nicht passt (und viele ähnliche Konzepte ebenfalls nicht). Deshalb sind die Physiker nun auf der Suche nach neuen Beispielen. Die sollen allerdings nicht zur Konstruktion eines Perpetuum Mobile dienen. Da ein Zeitkristall ja per Definition keine Energie abgibt, taugt er dafür auch gar nicht. Die spannende Frage ist vielmehr eine, die nach den grundlegende Eigenschaften des Phänomens Zeit fragt: Lässt sich die Symmetrie der Dimension Zeit brechen?

## Die Zeit messen

Wie hat der Mensch die Zeit im Lauf der Geschichte verfolgt?

ca. 3000 v. Chr.: Den Jahreszeiten folgen

Die meisten Lebewesen der Erde haben ein bewusstes

oder unbewusstes Zeitgefühl, das sich in der Anpassung an die Jahreszeitenzyklen manifestiert.

ca. 2000 v. Chr.: Wasseruhren

Die ersten Geräte zur Messung kürzerer Zeiträume waren Wasseruhren, die durch die Ansammlung gleichmäßiger Wassertropfen den Zeitablauf schätzten.

ca. 1500 v. Chr.: Sonnenuhren

Sonnenuhren, die den Weg des Sonnenschattens nachzeichnen, gibt es seit dem Alten Ägypten. Sie sind aber ungenau, weil der Schatten im Jahreslauf nicht gleich bleibt.

ca. 3000–1200 v. Chr.: Mechanische Zeitmesser

Komplexere Wasseruhren arbeiteten mit einer Hemmung, die die Kraft des fallenden Wassers nutzte und es in kleinen geregelten Bewegungen freigab.

1656: Erste Pendeluhr

Der niederländische Wissenschaftler Christiaan Huygens beobachtete, dass ein Pendel mit fester Länge unabhängig vom Schwingungsbogen im selben Takt schwingt. Mit Hilfe von Gewichten und einer Hemmung schuf er einen genauen Zeitmesser.

17.–18. Jahrhundert: Längengradproblem

Wenn Seeleute wussten, wie spät es im Heimathafen war, konnten sie durch Beobachtungen ihre Position ermitteln. Ein Zeitmesser, der auf See funktionierte, war aber noch nicht erfunden.

1735–1761: Längenuhr

Der Uhrmacher John Harrison aus Yorkshire konstruierte eine Reihe zunehmend genauer Zeitmesser, die zur Navigation auf See verwendbar waren und das Längengradproblem lösten.

1927: Quarzschwingungen

1927 fanden Ingenieure der amerikanischen Bell Laboratories heraus, wie sich mit Quarzkristallen extrem regelmäßige Vibrationen zum Antrieb einer Uhr erzeugen lassen.

1955: Atomuhren

Louis Essen und Jack Parry vom britischen National

Physical Laboratory bauten die erste genaue Atomuhr – den bis heute besten Zeitmesser.

Quellenhinweis: Der Text enthält Auszüge aus dem Magazin SPACE, für das der Autor arbeitet. Sie können es hier bestellen: shop.heise.de/magazine/space/magazine/ .

Die illustrierte Version der Biografie der Zeit erhalten Sie wie immer über hardsf.de/fortsetzung.

Jens Bühler

**Meer der Stille**

Im Jahr 2052 geht eine internationale Crew auf die zehnmonatige Reise zum Mars. Als Pilot Reyk Catana außerplanmäßig aus der Kryptobiose erwacht, stellt er fest, dass die Hälfte der Besatzung verschwunden ist. Aber es gibt noch ein dringenderes Problem als diese verstörende Entdeckung: Das beschädigte Raumschiff steht kurz davor, sich in einen fliegenden Sarg zu verwandeln. Die Menschen an Bord haben nun ein neues Missionsziel – überleben.

Taschenbuch 344 Seiten, € 12,99 [D]

ISBN 978-3-96357-162-6

Douglas E. Richards

**Die Andromeda-Sonde**

Mitten im Amazonas-Dschungel landet eine kleine außerirdische Sonde, die offenbar mit mächtigen Technologien ausgestattet ist. Sofort kommt es zu einem erbitterten Wettlauf der Nationen. Bis an die Zähne bewaffnete Spezialkommandos, ausgerüstet mit den neuesten Technologien, verwandeln den Dschungel in ein Schlachtfeld der Supersoldaten. Die Alien-Sonde hat allerdings ihre eigenen Pläne, und aus den Kämpfern werden Schachfiguren in einem grausamen Spiel um Leben und Tod, das nur einer gewinnen kann.

Taschenbuch 304 Seiten, € 12,99 [D]

ISBN 978-3-96357-182-4